그라니트
용들의 땅
GRANITE

그라니트 : 용들의 땅 13

이경영 판타지 장편 소설

초판 1쇄 찍은 날 § 2018년 6월 20일
초판 1쇄 펴낸 날 § 2018년 6월 27일

지은이 § 이경영
펴낸이 § 서경석

편집책임 § 김슬기

펴낸곳 § 도서출판 청어람
등록번호 § 제387-1999-000006호
등록일자 § 1999. 5. 31
어람번호 § 제1-2922호

주소 § 경기도 부천시 부일로 483번길 40 서경B/D 3F (우) 14640
전화 § 032-656-4452 팩스 § 032-656-4453
http://www.chungeoram.com
E-mail §chungeorambook@daum.net

© 이경영, 2015

ISBN 979-11-04-91766-0 04810
ISBN 979-11-04-90405-9 (세트)

그라니트

용들의 땅

GRANITE **13**

[완결]

이경영 판타지 장편 소설

도서출판 청어람

GRANITE
그라니트

용들의 땅

CONTENTS

117
왕자의 외침

같이 타고 있던 젝스와 셀레스티아 역시 헤이파의 행동에 당황하긴 마찬가지였다.

　엠페라투스와의 싸움이 끝난 이후, 헤이파는 치프를 정성껏 챙겨주고 있었다.

　식사 시간이 되면 어김없이 그에게 문자 메시지를 보내서 알려주었고, 저녁 식사가 끝난 뒤엔 자신이 직접 끓인 알타이르 전통 차를 대접해 주기도 했다.

　물론 그 모든 일은 자신의 시간을 쪼개어 챙겨주는 것일 뿐, 그녀는 알타이르 전사들의 훈련 및 전략 전술 구상과 토론이라는 자신의 본분을 게을리하지 않았다.

　자신의 감정과 관계없이, 치프의 곁을 끝까지 지켜줄 사람은 데스디아여야 한다는 것이 그녀의 마음이자 결심이었다.

　그러나 헤이파는 출산과 육아 경험만 있을 뿐, 연애 경험이 없는 탓에 행동의 '적정선'을 찾지 못하고 있었다.

아쉽게도 치프는 지난 이틀과 달리 사양을 하거나 부끄러워하기는커녕 대꾸조차 하지 않았다.

그냥 자신의 단말기를 진지한 얼굴로 바라보고 있을 뿐이었다.

"무슨 일이 있나?"

헤이파가 손에 든 음료수 캔을 슬쩍 내리며 물었다.

치프가 이번에도 대답이 없자, 치프의 옆자리에 앉은 젝스가 팔꿈치로 그의 팔을 툭 건드렸다.

"아……."

움찔하여 젝스와 헤이파를 차례로 본 치프는 씁쓸한 표정을 지었다.

"죄송해요, 여사님. 체육관으로 먼저 간 사만다와 포프, 켐리 모두 제가 보낸 메시지를 확인하지 않고 있어요. 전화도 받질 않네요."

"뭐라고?"

헤이파의 표정이 진지해졌다. 다른 이들의 얼굴도 순식간에 심각해졌다.

"아무래도 무슨 일이 생긴 것 같아요."

중얼거린 치프는 단말기를 통신기 상태로 전환한 뒤 체육관 근처에 몰래 배치한 에코 스쿼드에게 연락했다.

"여기는 알파 리더. 에코 리더는 응답하라."

─에코 리더입니다. 말씀하십시오, 알파 리더.

단말기에서 로버트의 목소리가 들려왔다.

"현장에 무슨 일이 있나? 선발대… 아니, 먼저 그곳으로 간 애들이랑 연락이 안 되는데?"

─알파 리더가 저 꼴을 보시면 아마도 체육관은 피바다가 될

겁니다.

치프가 흠칫하여 눈을 크게 떴다.

"자세히 보고해, 에코 리더. 무슨 일인지 알아야 피바다를 만들지, 케첩 바다를 만들지 정할 수 있잖아?"

—아이덴 왕국의 아홉 번째 왕자, '테리온 아이덴'이 꽤 그럴싸한 장비를 걸친 헌터 그룹을 데려왔습니다. 머릿수는 정확히 203명이고, 그중에서 여덟 명은 특히 뛰어난 자들로 보입니다. 아마추어치곤 말이죠.

"그건 됐어, 에코 리더. 우리 애들 상태나 얘기해 줘."

—켐리가 갑자기 한 대 맞았고, 사만다와 포프는 단말기를 그들에게 빼앗긴 채 포위당한 상태입니다. 아직까지는 말로만 위협을 당하고 있습니다.

단말기를 쥔 치프의 손에 힘이 꽉 들어갔다.

"켐리의 상태는?"

—코피가 많이 나고 있습니다. 한쪽 눈도 잘못 구운 컵케이크처럼 부었습니다만 사만다와 포프를 보호하며 잘 버티고 있습니다.

그 대목에서 장갑차에 탄 모든 이들의 얼굴이 분노로 구겨졌다.

"그 외에는?"

치프가 애써 화를 참으며 물었다.

—양동에 의한 테러 위험은 감지되지 않습니다. 구경꾼들 가운데에도 수상한 자는 없습니다. 살라트 회장과 전투경찰들은 멍청하게 서 있군요. 지시하시면 적성 집단을 모두 정리하고 저는 경찰에 자수하겠습니다. 함께해서 영광이었습니다, 알파 리더.

"기분은 이해하지만 참아, 로버트. 계속 관찰하도록 해. 위급 상황이 벌어지면 바로 보고하도록."

─하아. 알겠습니다, 알파 리더. 에코 스쿼드는 임무를 속행하겠습니다. 통신 종료.

"알파 리더, 통신 종료."

통신을 마치고 단말기를 내린 치프는 장갑차 바닥이 꺼져라 한숨을 쉬었다.

"뎃디. 며칠 전에 테리온 아이덴이 헌터 랭킹 1위라고 들었는데, 이렇게 거지 같은 짓을 하면서 랭킹을 올린 놈이었어?"

"나야 모르지. 헌터들의 세계엔 관심이 없으니까."

그러면서 그녀는 자신의 환도를 만지작거렸다.

"그 왕자님 말인데, 저번에 검색해 보니까 소문이 안 좋긴 했어. 일단 자신이 모든 그룹의 우두머리가 되어야 성이 풀린다나 봐."

탈리케이아 역시 환도를 만지며 말했다.

"나에게 맡겨줘, 사장. 그놈들 전부 내가……!"

젝스는 눈동자에서 파란빛을 뿜으며 살기를 뿌려댔다.

"안 돼."

치프가 손날로 젝스의 모자챙을 툭 건드렸다.

"모두 냉정하게 생각해 보자고. 그 왕자님이 지금 체육관에 헌터들을 데리고 왔다는 건… 우리 일에 참여하겠다는 뜻이잖아?"

"응, 아냐. 치프."

셀레스티아가 말했다.

"어?"

치프가 놀라서 그를 봤다.

"당장 엄마랑 할아버지를 부를게. 나도 본모습으로 돌아가서……!"

그녀의 눈동자와 머리카락이 매섭게 빛을 냈다.

"참으럼."

이번에는 헤이파가 검지를 튕겨 셀레스티아의 이마를 때렸다. 딱 하는 소리가 장갑차 안쪽에 울려 퍼졌다.

셀레스티아가 두 손으로 이마를 붙잡고 괴로워하는 한편, 심호흡을 하며 생각을 정리한 데스디아가 환도에서 손을 떼고 입을 열었다.

"그래, 당신 말대로 브리치 격추를 경험하기 위해서 이곳에 왔을 수도 있겠지. 긍정적으로 생각하자고."

"그런데 왜 우리 애들한테 시비를 걸었을까?"

치프가 물었다.

"유치한 기 싸움이겠지. 당신이 없을 때 원정팀을 꾸려봐서 알아. 그룹 단위의 헌터들은 금액과 자신들에 대한 대우, 그리고 환상종의 시체에 대한 소유권 문제로 시비를 걸었었어. 현장 지휘권을 싹 넘기라는 놈들도 있었지."

"전부 과거형이네?"

치프가 피식 웃었다.

"한두 놈 정도 골라서 떡으로 만들고 가로등 위에 걸어놓으니 조용해지더군."

"흠."

치프는 데스디아답다는 투로 고개를 끄덕거렸다.

"물러 터졌구나, 첫째야."

이번엔 헤이파가 성난 목소리를 냈다.

그녀가 무슨 소리를 할지 예감한 치프는 괴로운 얼굴로 눈을 질끈 감았다.

"그런 놈들은 일단 거세부터 하고 봐야……!"

헤이파가 이성을 잃은 눈으로 자리에서 일어나며 말했다.

"여사님. 제발요."

치프가 두 손으로 자신의 얼굴을 감싸며 애원했다.

안전벨트를 힘으로 끊고 일어나 있던 헤이파는 이를 갈며 자리에 앉았다.

치프는 장갑차의 작은 창문을 통해 밖을 봤다.

구름 한 점 없는 파란 하늘과, 그 하늘 아래에 늘어서 있는 고층 건물들이 치프의 눈에 들어왔다.

특정 건물을 이용해 자신의 위치를 확인한 치프가 손목시계를 봤다.

"앞으로 5분 정도 지나면 도착할 테니… 엇!"

치프를 비롯한 모든 이들의 몸이 순간 휘청했다. 장갑차가 급가속을 한 탓이었다.

"당했으면 갚아줘야지! 어찌 그리 냉정한 소리를 하는 거요, 사장! 켐리가 다쳤다는 말을 못 들었소? 꼭 잡고 있으시오!"

장갑차의 운전대를 잡은 롸켓이 소리를 버럭 질렀다.

장갑차가 교차로의 신호를 무시하고 통과하자 다른 차량들의 경적 소리가 사방에서 울려댔다.

롸켓이 광란의 질주를 벌인 끝에 2분 만에 현장에 도착한 치프는 바지 곳곳을 더듬어 자신이 숨겨 온 장비들을 확인한 뒤 장갑차에서 내렸다.

치프가 차에서 내려 체육관 쪽으로 걸어오자 체육관 앞에 빼곡히 모여 있던 헌터들이 일제히 입을 다물었다.

"미안해요. 좀 지나갈게요."

치프는 헌터들 사이를 몸으로 헤치며 지나가려 했는데, 작년부터 지금까지 그라니트 행성에서 사냥을 해온 헌터들 모두가 기적을 맞이한 바다처럼 좌우로 비켜서서 길을 터줬다.

다른 행성에서 온 헌터들도 그 분위기에 압도되어 함께 물러났다.

하지만 아이덴 왕국의 아홉 번째 왕자, 테리온 아이덴과 함께 온 200여 명의 헌터들은 꼼짝도 하지 않았다.

그들은 자신들에게 다가오는 치프를 바라보며 손에 들고 있던 크고 작은 흉기들을 만지작거렸다.

"저기, 좀 비켜줄래요? 우리 회사 직원이 다쳤다고 들었어요."

치프가 가볍게 웃으며 부탁했다.

"치, 치프!"

전투경찰들과 함께 상황을 지켜보던 그라니트 행성 헌터 연맹 회장, 갈라트가 듀베리아 행성인 특유의 짧은 다리를 빠르게 휘저으며 뛰어왔다.

"미안하네, 치프! 내가 아무리 말려봐도 소용이 없었다네!"

"괜찮으니까 나중에 말씀 나눠요, 회장님."

치프가 갈라트의 어깨를 만져주며 웃었다.

근처의 빌딩 옥상에서 망원경을 통해 치프의 표정을 살피던 에코 리더, 로버트가 한숨을 쉬었다.

'원사님께서 저렇게 화가 나신 건 오랜만에 보네. 오늘 여럿 죽겠군. 날씨도 좋은데.'

헬멧 때문에 보이진 않았지만 다른 UNSMC 대원들의 표정과 생각도 로버트와 비슷했다.

금발을 곱게 기른 미청년이 헌터들의 호위를 받으며 치프 앞으로 다가왔다.

"어서 오시오, UNSMC 소속 원사 A—1730. 수 년 전에 우리 왕국의 총리가 그대들의 덕을 봤다고 들었소."

"극비 사항을 누설하시면 곤란합니다. 테리온 아이덴 전하."

치프는 일단 거수경례로 그 청년, 테리온 아이덴에게 인사했다.

테리온은 환하게 웃으며 주변을 둘러봤다.

"그대가 이 행성에서 즐겁게 지내고 있다는 말을 들었소. 우리도 그 놀이에 참여하고 싶어서 왔소만……."

테리온의 깊은 파란색 눈동자가 치프의 뒤쪽으로 다가오던 데스디아와 탈리케이아, 그리고 헤이파 쪽으로 향했다.

"오, 알타이르의 왕족은 소문대로 아름답구려. 알타이르는 우리 위대한 아이덴 왕국과의 교류를 거부한 곳이어서, 나는 아쉽게도 그들의 아름다움과 용맹함을 오로지 사진과 동영상으로만 감상할 수 있었소. 하아, 옷으로도 감춰지지 않는 저들의 탄탄한 몸이……."

"용건을 말씀해 주십시오, 왕자 전하."

치프가 열중쉬어 자세로 물었다.

그가 테리온의 말을 끊자, 테리온의 뒤쪽에 서 있던 여덟 명의 남녀가 테리온의 옆으로 자리를 옮겼다.

치프는 며칠 전에 켐리에게 들었던 이야기를 떠올렸다.

'저들이 그 굉장한 호위 무사들인가?'

그들 8명 전원은 켐리의 말대로 종족이 달랐다. 남자 여섯 명에 여자 두 명이었고, 그들이 장비하거나 손에 들고 있는 무기들에는 온갖 종류의 전투 흔적이 선명했다.

'저건 무기가 아니라 장식품인가 보군. 너저분하네.'

그들의 무기를 유심히 본 치프는 매일같이 자신들의 무기를 점검하고 칼과 활을 살피던 데스디아와 탈리케이아를 떠올렸다.

그는 다시 테리온을 봤다.

그와 눈이 마주친 테리온은 거만하게 고개를 들더니 자신과 키가 비슷한 치프를 내려다봤다.

"현장 지휘권을 나에게 주시오."

"이곳에 모인 헌터들은 왕자 전하를 보고 온 사람들이 아닙니다."

"하하, 원사. 헌터들은 강한 자를 따르는 족속이라오."

"……."

테리온이 하고 싶어 하는 말이 무엇인지 짐작한 치프는 코로 한숨을 차분히 내쉬었다.

"그렇다면 이렇게 하죠. 왕자 전하 측이 이기면 현장 지휘권만이 아니라 우리가 가진 그라니트 용역 전부를 드리겠습니다."

"호오, 꽤 크게 나오는구려. 승부라……. 나를 대신하여 얘기해 준 것에 감사하오, 원사."

테리온은 자신의 금발을 산들산들 흔들며 웃었다.

"그렇다면 원사여. 나의 호위 무사와 승부를 내시오. 오직 그대만이 승부에 참여해야 하오."

테리온의 말에 반응하듯, 등판에 거대한 검 두 자루를 장비한 근육질의 거한이 치프 앞에 섰다.

사만다처럼 포니테일 머리를 한 그 남자의 신장은 2미터 30센티를 훌쩍 넘기고 있었다.

그의 목은 황소의 것처럼 두꺼웠고 팔과 다리도 치프의 몸통 이상으로 굵고 튼튼해 보였다.

"부하분의 생사 여부는 관계없습니까?"

치프가 물었다.

"없소. 이것은 우주 연합이 허락한 아이덴 왕국의 특별 권한 속에서 실행될 위대한 결투라오. 물론 그대도 생사를 각오해야……."

순간 테리온의 거한의 두 무릎이 부러진 상다리라도 되는 것처럼 앞으로 꺾이며 바닥에 닿았다. 그의 두 팔은 어깨와 팔꿈치의 관절이 모조리 빠진 채 아래로 늘어졌다.

탈구된 그의 턱은 신음 소리와 함께 덜그럭거렸다.

치프는 항거 불능 상태의 거한을 지나쳐서 테리온에게 다가갔다.

"불행은 여기서 끝내죠, 왕자님. 오늘은 아마추어들이 개죽음을 당하기엔 날씨가 너무 좋아요."

본래 말투로 돌아온 치프가 손을 내밀어 악수를 청했다.

"으, 으이익!"

이상한 비명을 지른 테리온은 치프의 손을 후려쳤다.

남아 있던 일곱 명의 호위 무사들이 각자의 무기를 꺼내 들고 치프에게 달려들었다.

'아, 그래. 여기에 포프가 있다는 걸 잊었어. 포프 현상. 어김없지.'

치프가 씁쓸히 코웃음을 쳤다.

또 다른 호위 무사가 눈을 뒤집으면서 바닥에 누웠다. 그녀는 두 팔이 꺾이고 양쪽 발목이 돌아간 채 꼼짝도 못 했다.

테리온이 자랑하는 여덟 명의 호위 무사들은 여러모로 그 실력을 공인받은 자들이었다.

그들은 사냥을 위한 보급형 건하운드가 판매되기 이전에도 초대형 짐승들을 손쉽게 잡아 왔으며, 개개인의 능력뿐만 아니라 팀으로서의 조직력도 훌륭했다.

영리하고 치명적인 특기를 가진 맹수들은 물론, 각 행성에서 아주 드물게 나타나는 괴수들까지도 그들의 손에 걸리면 끝장이었다.

그들은 자기 과시를 즐기는 테리온을 위해서 약간 지저분한 일을 맡을 때도 있지만, 그래도 정도를 벗어나는 경우는 없었다.

오늘만 하더라도, 호위 무사들은 테리온의 용건이 마무리되면 켐리에게 진심으로 사과하고 적지 않은 치료비와 위로금까지 그에게 줄 생각을 갖고 있었다.

그러나 그것은 순진한 발상이었다.

동료 두 명이 치프의 손에 눕는 것을 본 호위 무사들은 상황이 크게 잘못됐음을 직감했다.

치프는 분명히 권총을 차고 있었다. 그의 옷 안쪽에 숨겨진 군용 단검들과 전기 충격기는 살벌하기 그지없었다.

하지만 치프는 철저하게 맨손을 썼다.

물론 켐리나 사만다, 포프가 다치는 것에 그치지 않고 그 이상의 일을 당했다면 이야기가 달랐을 것이다.

온갖 짐승들을 상대로 단련된 호위 무사들의 육체와 감각이 단 한 명의 인간에게 허물어지고 말았다.

그들은 훈련된 군인, 혹은 자신들보다 강인한 존재와 싸우는 게 낯설어서 당하고 있는 게 아니었다.

그들은 치프의 예비 동작을 전혀 읽을 수 없었다. 또한 눈을 벌겋게 뜨고도 상대를 놓치기까지 했다.

반대로 치프의 공격은 묵직했다. 관절이 빠지고 인대가 늘어나거나 파열되는 것은 기본이었다.

호위 무사들 가운데 가장 나이가 많은 헌터가 양손에 든 사냥용 칼을 아래로 내렸다.

'이래서 다들 우리를 말렸던 거군.'

마침 그 호위 무사의 눈앞으로 양쪽 고관절이 탈구된 채 기절한 호위 무사가 이상한 모양새로 쓰러졌다.

'알타이르의 워치프들을 최고 위험 요소로 생각했는데, 오산이었어.'

이미 싸울 의지를 잃은 그녀는 저편에 가만히 서서 치프와 테리온의 헌터들을 바삐 살피고 있는 세 명의 알타이르 전사들을 봤다.

그것은 좋아하는 사람을 걱정하는 여자들의 눈이 아니었다.

헤이파와 데스디아, 탈리케이아 모두 '어느 놈이든 치프를 잘못 건드리면 거세를 해버리겠다'는 느낌의 살기를 노골적으로 뿜어내고 있었다.

테리온 왕자가 사병처럼 데리고 다니는 200여 명의 헌터들은 그녀들의 기세에 눌려 꼼짝도 못 하고 있었다.

'꼭 수업 참관을 온 엄마들 같네. 저들 눈에는 우리가 얼마나 가소롭게 보였을까?'

쓴웃음을 지은 호위 무사는 사냥용 칼을 다시 쥔 뒤 치프에게 달려들었다.

이대로 싸우기를 포기하고 테리온의 눈 밖에 난다면, 집에서 자신을 기다리는 가족들에게 큰 누가 된다는 것을 알기 때문이었다.

호위 무사의 시야에서 치프가 획 사라졌다.

'설마? 다른 이의 감각적 사각을 꿰뚫어 볼 수 있단 말인가?'

그녀가 치프를 찾기 위해서 몸을 멈추는 순간 그녀가 쥐고 있던 칼이 땅에 떨어졌다.

'다들 이런 느낌으로 당했던 거군.'

두 팔의 감각을 잃은 호위 무사는 후두부를 타격당하는 즉시 기절했다.

여덟 명의 호위 무사들을 죽이지 않고 쓰러뜨린 치프는 테리온 쪽으로 다시 다가갔다.

"다시 말씀드리죠, 왕자님. 이쯤 하세요."

그러나 금발의 왕자, 테리온은 그의 제안을 받아들일 수 없었다.

그는 자신이 자랑해 왔던 호위 무사들이 무기도 들지 않은 자에게 쓰러졌다는 사실 때문에 치욕감을 느끼고 있었다.

"여봐라, 뭐 하느냐! 어서 저 무엄한 자의 다리를 꺾어 내 앞에 대령하란 말이다!"

켐리와 사만다, 포프를 성벽처럼 포위하고 있던 200여 명의 헌터들이 모조리 치프 쪽으로 다가갔다.

"좀 쉬고 있어, 당신."

데스디아가 치프의 옆을 지나서 헌터들과 맞섰다.

"우리도 몸 좀 풀어야지."

탈리케아이는 손의 관절을 풀며 데스디아 곁에 섰다.

헤이파 역시 곱게 차려입고 온 검은색 전통복의 소매를 걷으며 주먹을 쥐었다. 그러나 데스디아가 공손히 손을 뻗어 어머니를 말렸다.

"치프의 곁을 부탁드립니다, 어머님."

"하아. 내가 왜 이 옷을 입고 왔을꼬?"

헤이파가 한탄하며 소매를 내렸다.

테리온의 헌터들을 향해 걸어간 데스디아는 헌터들 중 한 명을 손바닥으로 밀어 쳤다.

헌터는 그냥 서 있었으나, 헌터가 걸치고 있던 전투복과 각종 장비들이 모조리 날아가 흩어지고 말았다.

심지어는 신발과 양말까지 터져 버렸다. 신발 밑창만이 헌터의 발밑을 아스팔트로부터 지켜 주었다.

헌터는 나체가 된 채로 비틀거리더니 결국 기절하며 옆으로 쓰러졌다.

그 모습에 경악한 테리온의 헌터들이 단검을 던져 그녀를 공격하려 했다.

데스디아는 탄환을 피할 때의 속도로 그들에게 접근했다.

그녀의 초고속 돌진으로 인해 압축된 공기가 헌터들 앞에서 폭탄처럼 해방됐다.

헌터들은 대형 해머에 맞은 볼링 핀처럼 산산이 날아가고 말았다.

죽은 사람은 없었지만 그들의 귀와 코, 그리고 눈에서 피가 뿜어졌다.

압축된 공기의 폭발로 인해 고막과 모세혈관들이 터진 것이다.

데스디아의 왼쪽에 있던 탈리케이아는 헌터 한 명의 발목을 붙잡고는 둔기처럼 휘둘러 다른 헌터들을 후려쳤다.

테리온의 헌터들이 낙엽처럼 날아가고 바닥에 들러붙는 한편, 사만다와 포프를 자신의 큰 몸집으로 감싼 채 가만히 앉아 있던 켐리는 그 굉음을 듣고서야 치프가 왔음을 깨달았다.

한쪽 눈이 붓고 코피까지 쏟고 있는 악어 머리 켐리는 자신의 팔을 밀어내기 위해 애쓰고 있는 포프의 정수리에 자신의 긴 턱을 댔다.

"진정해, 포프. 좀 있으면 다 끝날 거야."

분노로 물들어 있던 포프의 얼굴 위로 눈물이 흘러내렸다. 꽉 다문 치아 사이에선 삐걱거리는 마찰음이 새어 나왔다.

사만다는 자신의 이마를 포프의 이마에 대고 체온을 나눴다.

"이제 괜찮아, 포프."

"윽……!"

울분을 터뜨리는 대신 짧은 신음을 낸 포프는 호신용으로 가져온 단검과 권총에서 손을 뗐다.

포프가 만약 분노를 이기지 못했다면 테리온과 그 부하들은 참살을 피할 수 없었을 것이다.

그들이 자유의 어둠에서 비롯된 포프의 은신을 미연에 방지하거나 발각해 내는 것은 불가능에 가까웠기 때문이다.

그러나 그것은 정당방위로 끝날 일이 아니었다.

말 그대로 살인에 불과했다.

치프가 포프의 장래를 걱정한다는 사실과, 포프가 생각보다 충동적으로 움직이는 일이 잦음을 알고 있던 켐리는 자신이 다치는 것을 각오하고 포프를 억눌렀다.

얼마 지나지 않아 체육관 앞이 조용해졌다.

쓰러진 헌터들을 이리저리 피해 걸어온 치프가 한숨을 쉬면서 켐리의 어깨를 두드렸다.

"잘했어, 켐리. 그새 남자의 얼굴이 됐네."

그의 칭찬을 들고 씩 웃은 켐리는 사만다와 포프를 놓고 일어나더니 치프가 건네준 손수건으로 코피를 닦았다.

치프는 아직도 훌쩍이는 포프의 더벅머리를 쓰다듬어 주었다.

"포프는 잘 참아줬고."

"예, 사장님."

포프가 젖은 목소리로 말했다.

"사만다, 넌 어때?"

치프가 사만다에게 가까이 다가와서 물었다.

치프의 얼굴을 가만히 바라보던 사만다는 긴장이 확 풀린 탓인지 정신없이, 평소에 차마 하지 못했던 질문을 그에게 던졌다.

"아저씨, 정말 결혼하실 겁니까?"

"응?"

그 뜬금없는 질문에 치프가 움찔했다.

포프가 분개하여 무슨 짓을 저지를까 봐 테리온의 곁에 있던 헤이파는 사만다의 질문을 멀리서 듣고는 깜짝 놀랐다.

전투경찰들을 향해 고함을 질러대던 데스디아도, 쓰러진 헌터들을 발로 툭툭 걷어차며 상태를 확인하던 탈리케아도 움찔했다.

젝스의 손을 꼭 잡은 채 분노를 억누르고 있던 셀레스티아와, 그녀의 체온을 통해 인내심을 발휘하고 있던 젝스도 놀랐다.

"음… 그건 나중에 얘기하자."

치프는 미안하다는 투로 웃었다.

"난 일단 경찰들과 함께 보안국으로 가야 돼. 이 일이 그냥 넘어갈 것 같진 않거든."

"아, 예. 아저씨."

사만다는 머리를 털어서 마음을 진정시켰다.

'내가 대체 무슨 말을 한 거야!'

그녀는 마음속으로 소리를 질렀다.

치프가 누군가와 결혼할지도 모른다는 자실이 자신을 이토록 압박했을 줄은 몰랐는지, 사만다의 마음은 한참 뒤에야 겨우 진정되었다.

"사만다랑 포프는 다른 사람들과 함께 면접을 진행해 줘. 켐리는 병원으로 가보고. 알았지?"

"예."

포프는 켐리, 사만다와 함께 대답했지만 마음으로는 '이 분위기에서 무슨 면접이냐'며 화를 냈다.

켐리는 분노를 씻어내지 못하고 있는 포프의 모습을 걱정스럽게 지켜봤다.

치프는 전투경찰들을 향해 손을 흔들며 다가갔다.

"저, 폭행으로 입건이죠?"

"글쎄요, 사장님. 저희들은 아무것도 못 봤습니다. 사람이 워낙 많아서 말이죠."

전투경찰들의 지휘관이 고개를 저었다.

"그러지 말고 같이 가요. 레투가가 곤란해할 거예요."

"음……. 알겠습니다. 수갑은 채우지 않겠습니다. 도움을 드리지 못해서 죄송합니다."

경찰 지휘관은 거수경례를 한 뒤 치프를 전투경찰 순찰차로 인도했다.

테리온은 치욕감으로 인해 충혈까지 된 눈으로 치프의 모습을 끝까지 지켜봤다.

그리고 치프를 공손하게 대한 전투경찰들에게도 노기가 어린 눈빛을 쏘아댔다.

"뒷일 부탁해, 뎃디!"

치프가 소리치자 데스디아는 피식 웃고는 어깨를 으쓱했다.

치프를 태운 순찰차가 체육관을 떠나자, 헤이파가 팔짱을 낀 채 테리온 왕자를 돌아봤다.

"왕자 전하. 설마 이번 일로 고소를 하시진 않으시겠지요?"

"할 거요! 법을 통하여 우리 위대한 아이덴 왕국의 치욕을 씻어낼 것이오!"

얼굴이 시뻘게진 테리온이 헤이파를 향하여 고래고래 소리쳤다.

한숨을 쉰 헤이파는 데스디아를 향해 턱을 움직였다.

어머니가 무슨 뜻으로 그러한 신호를 보냈는지 잘 아는 데스디아는 단말기를 들고 누군가와 통신을 시도했다.

"죠니, 들리나? 부사장이다."

—옙, 부사장님. 무슨 일이십니까?

오크들의 추적 및 취조 임무를 끝내고 회사에서 쉬고 있던 죠니가 쾌활하게 응답했다.

"자네 특기가 '설득'이었지?"

—원사님 수준은 아니지만 명함 정도는 내밀 수 있죠. 말이 안 통하는 친구라도 있습니까?

"테리온 아이덴에 대해 알고 있나?"

—그렇습니다.

"그 친구가 치프를 고소하려고 하는군."

—아… 무슨 일이 있었군요? 1시간 내로 연장을 챙겨서 그쪽으로 가겠습니다. 오늘 저녁 식사 전까지 그 친구가 부사장님을 엄마라고 부르도록 만들어 보이죠.

"엄마는 됐고, 돼지처럼 울부짖게 만들 수 있을까?"

—그건 난도가 좀 높군요. 아무튼 알겠습니다. 또 부탁하실 일은 없습니까?

"켐리가 우리보다 먼저 이곳에 왔다가 다쳤어. 켐리를 돌봐줄 사람이 필요해."

—알겠습니다. 체육관 앞에서 뵙겠습니다.

"통신 종료."

—옙, 통신 종료.

단말기를 내린 데스디아는 헤이파와 말싸움을 하고 있는 테리온을 한참 노려본 뒤 갈라트에게 다가갔다.

"면접을 진행하고 싶은데, 괜찮겠나?"

"내가 돕겠네, 뎃디. 무너진 천막부터 다시 세워야겠군."

켐리가 다치는 걸 보고만 있을 수밖에 없었던 갈라트는 빚을 갚는 심정으로 자신의 가족들에게 지시를 내리며 이리저리 뛰어다녔다.

＊　　　＊　　　＊

경찰들과 함께 보안국 임시 본부로 간 치프는 정문을 지키는 전투경찰들에게 인사를 하며 건물 안으로 들어갔다.

경찰들 대부분이 말과 행동만 자제할 뿐, 반가운 얼굴로 치프를 맞이해 주었는데, 그 사연을 모른 채 치프를 살피던 신입 경찰은 조금 뒤 선배에게 물었다.

"선배님. 저 사람이 그 A—1730 맞습니까? 어째서 생체 인증도 거치지 않고 본부에 들여보내 주는 겁니까?"

"응?"

선배 경찰이 후배를 돌아봤다.

"자네, 아까 치프를 봤을 때 무슨 느낌이 들었나?"

"음… 잘 모르겠습니다."

신입 경찰이 난감한 표정으로 대답했다. 그러자 선배 경찰이 훈훈하게 웃었다.

"부끄러워하지 말고 솔직히 말하게. 괜찮으니까."

"예."

신입 경찰은 아까 처음 치프와 눈이 마주했을 때를 떠올렸다.

"지구인의 껍질을 쓴 다른 걸 만난 느낌이었습니다. 그 남자와 눈이 마주치니까 제 등골이 오싹하더군요."

"그래. 바로 그거야."

선배 경찰이 다시 앞을 봤다. 신입 경찰은 선배의 말이 무슨 뜻인지 몰라 고개를 갸웃거렸다.

한편, 임시 본부의 로비로 들어간 치프는 로비 한가운데에 팔짱을 끼고 서 있는 레투가와 마주했다.

"자네, 집행유예 신분이라는 걸 잊었나?"

레투가가 진지한 표정으로 물었다.

"어이쿠."

치프가 장난하듯 탄식하며 웃었다.

레투가는 실실 웃고 있는 자신의 친구를 가만히 바라보며 팔짱을 풀었다.

제복 윗옷을 벗고 흰색 셔츠만 입은 레투가의 몸은 덩어리가 큰 근육질이었다.

두꺼운 상체에 비해 잘록한 그의 허리는 보안국 직원들이 꼽은 레투가의 매력 포인트 가운데 하나이기도 했다.

어쨌거나 레투가는 치프가 괜히 이곳으로 왔을 리가 없다고 생각했다.

"일단 올라가서 차나 한잔하세. 나에게도 취조 권한이라는 게 있으니 뭐라고 할 사람은 없을 것이네."

"미안. 몸을 움직이다가 와서 그런지 배가 좀 고픈데……."

치프가 자신의 배를 손으로 쓰다듬었다.

레투가는 한숨을 쉬었다.

"도넛은 어떤가?"

"좋지."

"그럼 옆에 있는 도넛 가게로 가도록 하지."

지갑과 단말기를 가져왔는지 확인한 레투가는 치프를 데리고 임시 본부를 나갔다.

본부 바로 옆에는 대형 프랜차이즈 도넛 가게가 있었다.

가게에서 음료와 도넛을 먹으며 쉬고 있던 보안국 직원들은 레투가가 가게로 들어오자 얼른 먹던 것을 챙겨 들고 밖으로 우르르 나갔다.

"자네, 무서운 상관으로 찍혔나 보네."

헐레벌떡 뛰어나가는 직원들의 모습에 치프가 실소를 터뜨렸다.

적당한 자리를 찾던 레투가는 가게 벽에 걸린 시계를 손으로 가리켰다.

"점심시간은 20분 전에 끝났다네. 그리고 난 전부 나가라는 말은 안 했어."

"으흠."

어깨를 으쓱거린 치프는 먹고 싶은 도넛과 차가운 커피 두 잔을 구입하여 쟁반에 담은 뒤 자리로 돌아왔다.

빨대를 이용해서 커피를 한 모금 마신 레투가는 도넛을 씹는 치프의 모습을 다시 지켜봤다.

"자네, 사실 날 만나려고 온 거지?"

레투가가 물었다.

치프는 도넛을 삼키며 고개를 끄덕거렸다.

"테리온 왕자가 왜 나한테 시비를 걸었는지 궁금해서 말이야. 그 왕자님 말인데, 원래 성격이 좀 그랬나?"

"글쎄?"

레투가가 고개를 갸웃거렸다.

"나도 CCTV 영상을 보고 조금 놀랐다네. 테리온 왕자는 원래 성격이 개차반이긴 하지만, 그렇다고 세력을 가진 사람을 상대로 마구 들이댈 만큼 머리가 나쁘진 않거든."

대답한 레투가 잠시 눈을 깜박거렸다.

"그런데 내가 아이덴 왕국과 인연이 있다는 사실은 어떻게 알았나?"

"자네 제복에 달린 약식 훈장에 아이덴 왕국의 깃발이 있잖아? 그 공룡 발바닥처럼 생긴……."

"세계수 잎사귀 문양일세. 그곳에서 3년 정도 근무하면 달 수 있지."

"그래, 그거."

"흠. 하여간 자네의 관찰력은 대단해."

레투가 가볍게 웃으며 도넛을 집어 들었다.

"아이덴 왕국은 지구에 석유를 팔기 시작하면서 어마어마한 부를 축적하게 됐지. 테리온 왕자는 헌터로서 왕이 되겠다고 선언했고, 본국에서 막대한 자금을 꾸준히 지원받는 대신에 왕위 계승권을 포기했다네. 어차피 아홉 번째 왕자라서 왕위 계승권과는 거리가 먼 입장이었지만 말이야."

테리온에 대해서 가볍게 설명한 레투가는 손에 들고 있던 도넛을 입에 물었다.

"아이덴 왕국의 내부 상황은 엉망인 것 같던데?"

치프가 묻자 레투가 고개를 끄덕였다.

"딱히 좋다고 할 수는 없다네. 그곳의 상황이 이번 일과 관련이 있을지는 모르겠네만, 지구에서 아이덴 왕국의 총리가 납치되어 죽을 뻔했던 사건 말일세. 사실 왕실에서 꾸민 일이라는 설이 파다하거든. 아이덴 왕국 내에서는 여전히 논란거리지. 그러고 보니 그 사건을 해결한 게 UNSMC였지?"

"놀랍게도 말이지. 딱히 재밌는 일은 아니었어."

치프가 답하자 레투가가 피식 웃었다.

"이 세상에 재미있는 군인 생활이라는 게 존재하나?"

"하하."

가볍게 웃은 치프는 커피를 한 모금 마셨다.

"왕실에서 꾸민 일이라는 설이라고 말했지? 그건 설이 아니라 진짜야."

"그런가?"

"혹시나 해서 납치범들을 상대로 알아봤거든. 자금 출처를 따라가 보니 터무니없는 인물이 나왔어. 정확히 누군지는 여기서 말할 수 없는데, 아무튼 석유 교역을 통해 얻고 있는 돈을 놓고 왕실과 의회가 엄청나게 싸워대는 것 같더라고."

말을 맺은 치프가 커피를 더 마셨다.

레투가도 커피로 입가심을 했다.

"그렇다네, 치프. 국토의 자원은 왕의 것이라는 왕실의 입장과, 국민의 것이라는 의회의 입장이 여전히 대립하고 있다네. 아무튼 지구에서는 그 일을 어떻게 처리했나?"

"상부에서는 그냥 덮으라고 했어. 괜히 진범을 밝혔다가 아이덴 왕국에서 내전이라도 벌어지면 석유 공급에 차질이 생기잖아?"

치프의 대답을 들은 레투가는 매우 의아해했다.

"지구의 석유 매장량이 그렇게 심각한 수준이었나?"

"시추 기술의 발달 덕분에 아직은 문제기 없는데, 아이덴 왕국에서 나오는 석유는 값이 싸고 질도 좋거든. 무엇보다 채굴 난이도가 대단히 낮지. 뭐, 그것도 수년 전의 얘기야."

치프가 가볍게 한숨을 내쉬었다.

"지금은 어떤가?"

"우리가 진범이 누구인지 아는 마당인데도 아이덴 왕국에서 석유 가격을 올리려고 시도한 적이 있어. 그런데 협상 과정이 좀 지저분했나 봐. 마트 바닥에 드러누운 애기들 꼴이었다고 하더라고."

"허허."

레투가가 가볍게 웃었다.

"그것 때문에 화가 난 각국의 대기업들이 외행성 시추 회사를 하나 세우고, 그 회사에서 게이트 근처의 무인 행성들을 쑤시고 다닌 끝에 대박 행성을 찾아냈지. 문제가 있다면 그 행성에 사는 토착 생물들의 체취가 좀 심하다는 것 정도?"

"흠."

"그 일 이후로 아이덴 왕국은 입을 다물었지."

"자신들이 지구의 자본에 잠식당한 존재라는 사실을 결국 깨달았나 보군."

지구가 가진 압도적인 자금이 우주 연합에 속한 각 행성들에게 얼마나 큰 영향을 끼치는지 잘 알고 있는 레투가는 그 부분을 씁쓸히 지적했다.

"나쁘게 말하자면 그렇지."

치프는 웃으며 친구의 말에 동의했다.

"어쨌든 테리온 왕자가 그 일 때문에 시비를 건 것 같진 않았어. 뭔가 다른 이유가 있는 것 같은데, 혹시 짚이는 바가 있어?"

치프가 묻자 레투가는 고개를 천천히 저었다.

"집행유예 신분인 자네를 고소하여 법적으로 몰아넣기 위한 수작일 수도 있겠지만… 감이 잡히진 않는군. 일의 시작은 테리온 왕자의 부하가 켐리를 폭행하고, 사만다와 포프를 집단으로 위험한 것이지 않나?"

"아, 증거 수집이 된 거야?"

"헌터들이 주로 모이는 체육관 앞 광장은 폭력 사건이 빈번히 일어나는 곳이라서 CCTV가 빽빽하게 배치되어 있지."

레투가는 다음 이야기를 꺼내기에 앞서 인상을 찌그렸다.

"자네가 테리온 왕자의 부하들과 대치하자마자 보안국 직원들의 단말기가 요란하게 울려댔다네. 드디어 떴다는 식으로 중앙 관제실 직원들이 해당 영상을 보안국 전체에 생중계했지. 다들 신나게 보긴 했는데, 관제실 직원들에게는 징계를 내릴까 생각 중일세."

"흠……."

치프는 고민을 하면서 도넛 하나를 집어 반으로 쪼개려 했다.

도넛이 딱딱하게 갈라지지 않고 쫀득하게 휘어지면서 톡 쪼개지자 치프와 레투가의 입에서 작은 탄성이 터졌다.

계산대 앞에 앉아 있던 도넛 가게 직원은 그들의 어린아이 같은 모습을 보고 소리 없이 웃었다.

레투가가 말했다.

"우주 연합이 아이텐 왕국에게 허락한 특별 권한 속에는 명예를 지키기 위한 결투의 허락이 포함되어 있다네. 워낙 애매모호한 권한이라서 법적으로 해석하기가 불쾌할 정도지. 아무튼 그 특별 권한 때문에 자네와 자네 직원들이 형사로 입건되기는 힘들고, 테리온 왕자가 민사 소송을 걸어봤자 얻을 수 있는 것은 아무것도 없다네. 그저 자네의 시간만 소비될 뿐이겠지."

"시간의 소비라……."

치프가 중얼거렸다.

"자네가 원한다면 아주 비싸고 좋은 변호사를 소개해 주지."

레투가가 씩 웃더니 농담하듯 말했다.

"음……."

치프는 진지한 표정으로 자신의 도넛을 봤다. 그가 생각에 잠겨 있자 레투가는 고개를 갸웃거리며 커피를 마셨다.

"이상한 점이라도 있나?"

"응. 그게 말이지, 그놈들이 왜 하필 켐리를 먼저 쳤을까?"

켐리가 얻어맞는 것을 CCTV 영상으로 봤던 레투가는 치프가 제기한 의문을 듣고 자신의 턱을 만지작거렸다.

"듣고 보니 그렇군. 켐리를 폭행한 헌터는 가까이에 있던 사만다와 포프를 아예 거들떠보지도 않았지. 겉보기에 가장 만만한 상대는 포프였을 텐데 말일세. 혹시 자네들을 일부러 노린 게 아닐까?"

"계획적으로 덤빈 거라면 켐리가 아니라 포프를 노리는 게 맞아."

"무슨 말인가?"

커피가 든 컵을 들던 레투가의 손이 멈췄다.

"포프는 아직 어려서 상대의 수를 읽을 줄 모르거든."

치프가 말했다.

"포프가 자유의 어둠을 이용해서 제대로 은신하려면 집중을 해야 돼. 그런데 누군가가 저돌적으로 폭력을 행사하면 포프 본인은 그 폭력에 대처할 수 있을지 몰라도 은신은 거의 불가능해. 집중력이 떨어지거든."

그의 지적에 레투가가 자못 놀란 표정을 지었다.

"포프는 잘 훈련됐다고 들었는데, 누군가가 갑자기 주먹만 휘둘러 대도 은신을 못 한다고?"

"문제는 사건이 발생한 장소야. 대낮의 길거리에서 그런 일이

터지면 포프는 당황할 수밖에 없을 거야. 걔는 돌발 상황에 약한 면이 있거든. 대처하는 데 시간이 좀 걸리지."

거기까지 이야기를 들은 레투가는 치프가 대체 무슨 생각을 기초로 하여 말을 하고 있는 건지 이해하기 힘들었다.

"그럼 자네는 어째서 켐리가 얻어맞았다고 생각하는 건가?"

"켐리는 포프를 폭탄으로 삼기 위한 수단에 불과해. 실제로 포프는 켐리가 흘리는 피와 퉁퉁 부은 눈 때문에 판단력을 상실한 상태였지."

"음. 거기다가 다수의 헌터들이 그들을 둘러싼 채 폭언을 던지는 상황이었고 말일세. 놈들이 포프를 가장 먼저 쳤다면 그 애는 당장의 상황에 대처하느라 정신이 없어서 분노를 할 틈도 없었겠지. 자네 말대로라면 말이야."

레투가는 슬슬 이해가 간다는 듯 고개를 끄덕이며 말했다.

"맞아. 켐리가 영리해서 다행이었어. 분노에 눈이 돌아간 포프가 은신하지 못하도록 직접 껴안아서 제지하고 있더라고."

"만약 켐리가 포프를 막지 못했다면……."

"적어도 한 명은 포프의 손에 죽었겠지. 포프는 권총과 단검을 가진 상태였거든. 만약의 상황에 대비해서 체육관 근처에 에코 스쿼드를 배치해 놓긴 했었는데, 그 친구들의 능력이 아무리 뛰어나다고 해도 포프가 방아쇠를 당기는 것까진 막지 못했을 거야."

"후우."

그 상황을 상상해 본 레투가는 깊은 한숨을 쉬었다.

"포프의 미래가 박살 날 뻔했군."

"그렇지. 이건 포프뿐만 아니라 우리의 내부 상황을 잘 알고 있는 자의 소행일지도 몰라."

치프는 고민에 휩싸인 표정으로 자신의 바지 주머니에서 단말기를 꺼냈다.

"미안, 레투가. 죠니가 통신을 보내는군."

"괜찮네. 어서 받게."

치프는 스피커 통화를 이용해 죠니와의 통신을 연결했다.

"나야, 죠니."

―옙, 원사님. 부사장님께서 테리온 왕자에 대한 부탁을 하셔서 확인차 연락드렸습니다.

"부탁? 무슨 부탁?"

―테리온 왕자를 설득해 달라고 하시더군요. 돼지처럼 울부짖게 해달라는 옵션도 거셨습니다.

죠니의 목소리를 들은 레투가의 표정이 파랗게 됐다.

난감한 표정을 지은 치프는 한손으로 자신의 얼굴을 감쌌다.

"중지해. 대신 테리온 왕자 일행의 뒤를 쫓아봐. 뭔가 이상해."

―알겠습니다.

"조금 뒤에 다시 연락하지. 미행하면서 대기하도록. 이상."

―지시대로 하겠습니다, 원사님. 통신 종료.

통신이 끊긴 뒤, 레투가가 어이없다는 표정으로 치프를 봤다.

"돼지라니?"

레투가가 물었다.

"뎃디가 애완동물을 기르고 싶어 하더라고. 아기 돼지 같은 거."

"……."

"미안, 친구. 내가 알아서 할게. 그보다… 테리온 왕자는 뭘 타고 여길 왔지?"

"개인 소유의 여객선일세. 현재 공항 격납고에 있을걸?"

"으흠."

치프가 눈웃음을 지으며 레투가를 바라봤다.

*   *   *

공항으로 출동한 전투경찰들이 여객선을 지키는 테리온의 부하들과 입씨름을 하는 사이, 치프는 여객선 안으로 잠입하여 내부를 샅샅이 살폈다.

헌터들이 머무는 곳에는 별다른 문제가 없었는데, 테리온의 방은 그렇지 않았다.

척 봐도 비싸 보이는 카펫과 책상 등에는 인간의 체모로 보이는 것들이 잘게 부서진 채 흩어져 있었다.

단말기를 통하여 그 체모의 주인이 테리온인 것을 확인한 치프는 인상을 구겼다.

"이거 일이 골 때리게 됐네. 사람이 이렇게 되려면……."

"극초단파 병기를 썼겠지."

치프의 뒤쪽에서 여성의 목소리가 들렸다.

경장갑 전투복 차림의 여성, 로젤라가 권총을 든 채 치프를 바라보고 있었다.

"진짜 테리온 아이덴은 여기서 죽었어, 치프. 오늘 돌아다니는 건 가짜야."

"부탁한 건 가져왔어?"

치프는 로젤라에게 등을 보인 채 그녀에게 물었다.

로젤라는 손에 들고 있던 권총을 거꾸로 돌려서 쥔 뒤 그것을 치프에게 내밀었다.

"고작 권총 따위가 필요해서 날 부르다니, 어이가 없군."

"권총 한 자루로는 좀 불안했거든. 다른 부탁을 하고 싶기도

했고."

"흠."

"왜, 싫어?"

치프가 슬쩍 물었다.

"일단 주문한 물건이나 받으시지?"

로젤라는 들고 있는 권총을 까딱거리며 치프를 재촉했다.

"딱딱하긴."

치프는 반쯤 돌아서서 로젤라가 든 권총을 받고 권총집에 넣었다.

"아무튼… 요즘 세상에 휴대용 극초단파 병기를 쓰는 청부업자가 있을까? 그건 피해자의 체모, 정확히는 털끝이 대량으로 남기 때문에 암살용으로는 부적합한데 말이야."

치프가 묻자 로젤라는 어깨를 올렸다가 내렸다.

"수사에 혼란을 초래하기 위해서 일부러 사용하는 경우도 있지. 그런 건 나보다 더 잘 알면서 왜 물어봐?"

"고민 중이라서 말이야."

"고민?"

"난 이 일에 손을 댈 여유가 없어. 앞으로 일주일이나 열흘 뒤면 큰일이 터질 게 분명하거든."

그가 털어내듯 말하자, 로젤라의 헬멧 밖으로 실소가 터졌다.

"점쟁이라도 만나고 왔나 보네? 근거는?"

"얼마 전에 동결 지옥이라는 곳에서 라이트스톤과 크게 싸운 적이 있어. 그때 그에게서 온갖 얘기를 다 들었지. 네가 냉동 수면에서 깨어날 수 있었던 건 그 일 덕분이야."

"……."

당시, 냉동 수면에서 깨어나자마자 자신의 단말기를 통해 치프가 남겨놓은 메시지를 본 로젤라는 그가 미리 준비해 놓은 장갑차를 몰고 회사를 탈출했다.

그 장갑차 안에 대량의 무기와 탄약이 있는 것을 확인하고 그것들을 단단히 숨긴 로젤라는 팔짱을 끼며 한숨을 내쉬었다.

"하아, 그리고?"

"이 행성에 떨어진 오크들의 대부분이 모습을 감췄어. 남아 있는 오크들은 죠니와 브라보 스쿼드가 붙잡아서 탈탈 털어봤는데, 드래곤들과 짝짓기를 하라는 명령을 받고 남아버린 미끼에 불과했지."

인상을 찡그린 채 말한 치프는 고개를 설레설레 저었다.

"그래서, 나한테 이 일을 맡길 생각이야?"

로젤라가 물었다.

"맞아."

치프가 슬쩍 웃었다.

"부탁할게, 주임원사님. 이중 첩자 임무도 다 끝났잖아?"

"…어쩔 수 없군."

로젤라가 전투복의 팔뚝 보호대에 넣어놓은 자신의 단말기를 꺼냈다.

"가짜 테리온 아이덴에겐 이미 미행을 붙였겠지? 위치를 알려줘."

"좋아."

치프는 자신의 단말기로 실시간 전송되고 있는 테리온 아이덴의 위치 정보를 로젤라에게 전송해 줬다.

치프에게 받은 정보를 확인하던 로젤라는 고개를 갸웃거렸다.

"움직임을 봐서는 드론이 아니라 사람이 직접 미행하는 것 같네. 킹이나 안드레이는 아닌 것 같고… 삐× 죠니인가? 골목에서의 움직임이 딱 그놈이군.”

로젤라와 죠니의 관계가 불구대천에 가깝다는 것을 잘 아는 치프는 로젤라의 'X킹 죠니' 발언에 쓴웃음을 지었다.

“욕은 해대도 죠니의 몸짓을 잊진 않았네.”

“일은 일이니까.”

로젤라는 단말기를 다시 팔뚝 보호대 안에 넣었다.

“맡겨놓은 무기와 탄약들은 최대한 아껴서 써.”

치프의 당부에 로젤라는 코웃음을 쳤다.

둘은 자신들의 흔적을 철저하게 지운 뒤 그 자리를 떠났다.

118
암살자, 다시 한번

해가 질 무렵, 헌터들의 1차 면접을 마친 데스디아는 피곤한 표정으로 페트병에 든 녹차를 마셨다.

탈리케이아는 테이블 위에 엎드려서 숨만 쉬었고, 사만다 역시 침침해진 눈을 만지며 자신의 대형 단말기를 펜으로 조작했다.

셀레스티아와 젝스는 간이 의자에 나란히 앉은 채 꾸벅꾸벅 졸았다.

셀레스티아의 치료 덕분에 병원 신세를 면한 켐리는 아직도 표정이 굳어져 있는 포프와 함께 면접에 쓴 천막을 열심히 정리했다.

녹차를 한 번 더 들이킨 데스디아는 자신의 단말기를 이용하여 오늘 면접을 통과한 헌터들의 이력서들을 훑어봤다.

그 이력서들은 사만다가 면접 과정에서 작성한 것들이었다. 그 서류들은 모두 회사 쪽 메인 서버에 저장된 상태고, 실시간으로 갱신돼서 데스디아의 단말기에 차곡차곡 쌓였다.

이력서를 읽는 데스디아의 눈은 옹이구멍처럼 퀭했다.

'헌터들의 랭킹과 실력은 저번에 모았을 때보다 훨씬 낮지만…… 괜찮을까?'

그녀는 걱정이 앞섰다.

위험한 일에 몰아넣을 사람들을 고르는 것은 그만큼 힘든 일이었다.

그들만큼이나 피로감에 찌들어 있는 헤이파는 연맹 회장 갈라트와 함께 시가를 피우며 정신을 환기하고 있었다.

그들 곁에는 오늘 내내 그라니트 용역의 일을 도와준 갈라트의 가족들도 담배와 따뜻한 음료를 들고 서 있었다.

데스디아는 그들과 농담을 주고받으며 기분을 풀고 있는 어머니의 모습을 부러운 눈길로 지켜봤다.

헤이파는 고향에서 동네 사람들을 대할 때와 마찬가지로 스스럼없이 그 듀베리아 행성인들을 상대했다.

갈라트의 가족들, 이른바 베리몬 가문의 헌터들은 눈동자 속에 존경심을 품은 채 그녀와 대화했다.

아니, 마치 경쟁을 하듯 각자의 이야기를 헤이파 앞에 풀어놓았다.

헤이파가 그냥 싸움만 잘하는 사람이었다면 지금과 같은 분위기를 만들지는 못했을 것이다.

헤이파와 똑같은 외모를 가진 채, 알타이르의 워치프라는 삶마저 동일하게 걸어온 데스디아는 어머니의 주변에 어김없이 피어오르는 그 독특한 분위기가 너무 부러웠다.

과거의 어느 날, 데스디아는 헤이파에게 '대체 어찌하면 사람들로부터 이야기를 이끌어낼 수 있냐'는 질문을 던진 적이 있었다.

그 질문에, 헤이파는 '경계에 선 자들은 원래 수다스럽다'는 모호한 대답을 내놓았다.

'경계에 선 자들이라……'

데스디아는 오늘 면접을 본 헌터들의 이력서를 다시 봤다.

그들 모두가 헌터로서 삶과 죽음, 혹은 경제적인 풍요와 빈곤의 경계에 선 자들이었다.

'그렇군. 이들의 이야기는 단순한 잡담이 아니라 유언일지도 몰라. 언제 어떻게 끝날지 모르는 삶들을 살고 있지 않나? 이야기를 들어줄 사람이 눈앞에 있다면 안달하지 않을 수 없겠어.'

데스디아는 뭔가 깨달음을 얻은 기분이었다.

하지만 그녀는 모르고 있었다.

다른 사람들이 보기에, 그녀는 어머니와 마찬가지로 다른 이의 이야기를 잘 들어주는 좋은 사람이었다.

테이블에 빈 페트병을 내려놓은 데스디아는 헤이파의 곁으로 다가갔다.

"어머님. 잠시 괜찮으시겠습니까?"

"응? 그래, 말해보렴."

헤이파는 재떨이에 시가를 눌러 불을 껐다.

"테리온 왕자 말입니다. 대체 무슨 이유로 우리에게 시비를 걸었는지 이해가 안 됩니다."

데스디아가 말했다.

헤이파는 대답에 앞서 데스디아의 왼쪽 어깨에 걸쳐진 망토를 손으로 정돈해 주었다.

가족의 옷차림에 신경을 쓰는 것은 알타이르 행성인들의 공통된 특징이었다.

"아쉽게도 아이텐 왕국에 대해서는 나도 아는 바가 없구나. 회장님께서는 아시는지요?"

헤이파가 갈라트를 돌아봤다.

"예, 여사님. 으음……."

자신의 희고 풍부한 수염을 매만지며 생각해 보던 갈라트는 옆에 서 있는 자신의 조카, 카발리오 베리몬을 흘끔 봤다.

붉은색의 긴 머리카락과 수염을 여러 갈래로 땋아 내린 듀베리아 행성인, 카발리오는 입에 물고 있던 담배를 손으로 옮기며 말했다.

"제가 말씀드리지요, 여사님."

"부탁하오, 카발리오."

헤이파가 빙긋 웃었다.

갈라트 이상으로 그라니트 용역과의 인연이 깊은 카발리오 베리몬은 리더십을 갖춘 뛰어난 헌터로서 베리몬 가문의 차기 당주 1순위로 거론되는 사내였다.

"예, 여사님. 테리온은 엄청난 자금으로 헌터들을 고용해서 랭킹 1위를 고수하는 자입니다. 성격은 개차반이고 여자관계도 복잡합니다만, 언변으로 사람들을 휘어잡는 재주가 신묘하고 자신의 부하들을 잘 대해주는 것으로 유명하지요."

"뭔가 극단적이로군."

데스디아가 말했다.

"그렇소, 부사장. 자신의 그룹을 이끄는 능력만큼은 확실히 뛰어나다오. 누군가의 머리 위에 있어야만 비로소 빛이 나는 인물이라 할 수 있소. 하지만 오늘처럼 폭력을 동원할 줄은 몰랐소. 그렇게 살아왔다는 이야기를 들은 적도 없는데……. 하아."

카발리오는 뒷일이 걱정되어 한숨을 터뜨렸다.

"테리온이 왕위 계승권을 포기한 입장이라고는 해도 왕가의 혈통임에는 분명하오, 부사장. 아이텐 왕국에서 이번 일을 빌미로 시비를 걸면 일이 복잡해질지도 모르겠구려."

"설마? 카발리오여, 그대는 그들이 그렇게까지 구질구질하게 나올 거라 생각하오?"

헤이파가 심각한 표정으로 물었다.

"알 수 없습니다, 여사님. 고소라도 한다면 정말 피곤해지겠지요. 아시다시피 치프 사장의 본래 신분이 군인이라서 외교적으로 문제가 생길 수도 있습니다. 아무래도 변호사들을 미리 알아보시는 게 좋을 것 같습니다."

카발리오는 자신이 생각할 수 있는 최악의 상황을 가정하여 진심으로 말했다.

"어렵구려."

알타이르의 법률 외엔 잘 모르는 헤이파는 왼손 손바닥으로 자신의 이마를 눌렀다.

치프와 그라니트 용역 전체의 상황을 걱정하는 헤이파와 달리, 데스디아는 오늘 일어난 일에만 한정하여 기억을 되짚어봤다.

'치프와는 연락이 안 되고, 죠니는 치프의 지시에 따라 움직이겠다면서 이곳으로 오지 않았어.'

그녀는 켐리와 포프 쪽을 돌아봤다.

'만약 단순한 깽판이 아니라 계획된 일이었다면……?'

데스디아는 자신도 모르게 어머니의 전통복 소매를 손끝으로 잡았다.

"어머님."

"음. 얘기하렴."

데스디아는 헤이파의 귀에 입을 가까이 대고 속삭였다.

"어머님께서 만약 나쁜 목적을 품으시고 우리를 공격하신다면, 사만다와 켐리, 포프 중에서 누구를 먼저 건드리시겠습니까?"

헤이파는 굳은 표정으로 생각에 잠겼다.

"켐리를 건드렸겠지. 테리온과 그들의 졸개들처럼 말이야."

"그렇게 생각하신 이유가 궁금합니다."

헤이파는 눈짓으로 포프를 가리켰다.

데스디아뿐만이 아니라 베리몬 가문의 모든 헌터들이 포프 쪽으로 눈을 돌렸다.

의자를 정돈 중인 포프의 굳은 표정 속에는 지금도 분노의 불씨가 아른거리고 있었다.

"궁금하다고? 면접이 시작되기 전에 포프의 단검과 권총을 압수한 건 너란다, 첫째야. 위험을 직감하여 스스로 답을 얻었으면서도 질문을 하다니. 어리광을 부리는 것에도 정도가 있는 법이란다."

가볍게 면박을 들은 데스디아는 고개를 반쯤 숙였다.

"반성하겠습니다, 어머님."

"아니다. 포프의 장래가 오락가락했던 일인 만큼 확실하게 하는 편이 좋겠지."

헤이파는 손수 정돈한 데스디아의 망토를 손으로 두드려 주었다.

"아무튼 난감하구나. 면접이 끝나면 곧장 브리치들을 떨어뜨리러 가야 하는데, 이렇게 찜찜해서야 원……."

헤이파가 한탄하던 그때, 한 대의 택시가 체육관 앞에 멈췄다.

택시에서 내린 사람은 치프와 죠니였다.

찜찜한 표정을 짓고 있는 죠니와 달리, 치프는 마치 산타클로스라도 된 듯 미소를 지은 채 도넛이 잔뜩 들어 있는 상자를 손에 들고 일행에게 걸어갔다.

"다녀왔어."

치프는 모두에게 손을 흔들었다.

테리온의 문제로 불안해하던 차에 그의 여유 넘치는 모습을 본 덕분인지, 헤이파와 데스디아는 물론 포프도 표정을 풀고 그를 맞이해 주었다.

죠니는 치프가 자신들의 뒷일을 로젤라에게 맡겼다는 사실이 너무 불안했다. 그에게 있어서 로젤라는 배신과 불신의 화신이나 마찬가지였기 때문이다.

하지만 죠니는 포프가 결국 울음을 터뜨리며 치프에게 매달리는 모습을 보자마자 표정을 풀었다.

'지금은 원사님의 판단을 믿는 수밖에 없지.'

그렇게 다짐한 죠니는 도넛 냄새를 맡고 다가온 켐리의 등을 두드려 응원해 줬다.

*   *   *

그로부터 이틀 뒤.

개조된 해적선과 수송기를 타고 그라니트 용역에 도착한 헌터들은 단 한 명도 빠짐없이 회사의 옆쪽으로 눈을 돌렸다.

'이 회사에 돔구장 같은 게 있었나?'

그라니트 용역의 외주에 개근하다시피 한 카발리오 베리몬은 붉고 거대한 물체가 회사 옆에 놓여 있는 것을 보고 의아해했다.

헌터들의 표정은 그 붉은 물체가 날개를 서서히 펴며 일어나자 새파랗게 변했다.

"음. 늦잠을 자버렸군."

어린 드래곤들을 품은 채 잠을 자고 있던 바라쿠스는 입을 크게 벌리고 하품을 했다.

붉은색의 전류가 그의 거대한 날개 사이에서 찌릿찌릿 흐르자, 드래곤의 모습을 처음 본 헌터들은 그 장엄함을 이겨내지 못하고 자리에 주저앉아 버렸다.

그라니트 용역에서 이번에 모은 헌터들의 수는 총 2,800명에 달했다.

이틀간 진행된 면접에 응한 사람들은 그 세 배에 가까웠는데, 만약 갈라트를 비롯한 베리몬 가문의 헌터들이 도와주지 않았다면 그 많은 사람들 가운데 괜찮은 자들을 추려내는 것은 불가능했을 것이다.

그 수천 명의 헌터들 중에서 그라니트 행성에 대한 경험이 있는 자는 800명 정도였다.

그들의 대장이나 마찬가지인 카발리오는 드래곤들의 외양과 그들 특유의 위압감에 특히 익숙한 편이었다.

그런데 카발리오가 보기에도 날개를 모두 펼치며 일어난 바라쿠스의 모습은 가공할 만큼 압도적이었다.

바라쿠스가 몸에 두른 두꺼운 외골격과 그 외골격 사이에서 파도처럼 너울거리는 막대한 비늘, 그리고 근육질은 그 많은 헌터들을 전율시켰다.

알타이르 전사들이 이곳에 처음 왔을 때 바라쿠스와 엠페라투스를 보고도 덤덤하게 자기 일들을 했던 것과는 전혀 다른 모습이었다.

다들 얼마나 정신이 없었는지, 바라쿠스의 아래에서 뛰어 노는 어린 드래곤들을 인식조차 하지 못했다.

모두가 숨도 못 쉴 만큼 긴장한 가운데, 헌터들과 함께 수송기를 타고 회사로 돌아온 셀레스티아가 헌터들 앞으로 나서서 바라쿠스에게 다가갔다.

"할아버지, 손님들이에요."

그녀가 두 팔을 흔들며 말했다.

셀레스티아에 대해서 잘 모르는, 아니 그 이전에 그라니트 행성에서 지금껏 무슨 일이 있었는지 전혀 모르는 대다수의 헌터들은 셀레스티아가 왜 바라쿠스를 할아버지라고 부르는지 이해 못 하고 혼란에 휩싸였다.

"흠. 오늘 온다는 손님들이 그 친구들이었습니까?"

응답한 바라쿠스는 회사 앞에 모인 헌터들을 슬쩍 살펴봤다.

헌터들 가운데에서 동물적인 감각이 좋은 자들은 바라쿠스가 자신들을 눈으로 보는 게 아니라 초감각으로, 마치 첨단 의료기기처럼 몸 안팎을 샅샅이 훑고 있음을 감지했다.

'생물로서의 격이 다른 존재야.'

감이 좋은 헌터 중에 한 명이 두 손을 모으고 자신의 조상에게 기도를 올렸다.

그들을 모두 살핀 바라쿠스는 짧게 한숨을 쉬었다.

'내가 기운을 방출하기만 해도 기절할 것 같은 친구들이 좀 보이는군. 대형 환상종들이 뿌리는 살기를 저들이 이겨낼 수 있을까?'

바라쿠스는 걱정이 앞섰다.

'하지만 머릿수를 무시할 수는 없지.'

그는 회사 사람들이 알아서 잘 처리하리라 생각하며 표정을 누그러뜨렸다.

"환영하오, 이방인들이여. 난 날개 달린 자들 중에 한 명인 바라쿠스라고 하오. 어서 안으로 들어가서 짐을 푸시오.”

바라쿠스가 자신의 기운을 최대한 억누르며 부드럽게 인사했다.

주저앉아 있던 헌터들은 그제야 일어나서는 바닥에 떨어뜨린 자신들의 소지품을 챙긴 뒤 셀레스티아와 카발리오의 안내를 받아 회사 쪽으로 걸어갔다.

“정말 많이도 끌어모았군.”

누군가가 바라쿠스의 머리 위에 걸터앉으며 말했다.

바라쿠스가 슬쩍 위를 봤다.

“아직 안 가셨습니까, 엠페라투스 님?”

“여기서 자네들을 지켜보는 게 너무 재밌어서 말일세.”

인간의 모습을 하고 보라색 정장을 걸친 엠페라투스는 즐겁게 웃었다.

“하지만 그 즐거움도 오늘이 마지막이겠군.”

“예. 저를 보고도 오줌을 지리는 자들이 엠페라투스 님을 보면 어떻게 될까 정말 궁금하군요.”

바라쿠스가 피식 웃었다.

“하이시리스에 의해 감염된 자들의 수가 생각보다 많다네, 투사여.”

“그렇다면 저와 파울라, 그리고 젊은 영주들을 동원해서 그들을 잡아야겠군요.”

“아닐세. 감염의 확산은 내가 막을 것이네. 나와 치프의 놀이터에 같잖은 것들이 끼어드는 건 용납할 수 없지.”

“후후……”

바라쿠스가 슬쩍 웃었다.

“당신께서 이 땅의 3세대 전부를 동결 지옥에 처넣으신 이유 말입니다. 그냥 심술이 나서서 그러신 게 아니라 하이시리스가 언젠가 일으킬지 모를 대규모 감염을 막기 위하신 계책이 아닙니까?"

"……."

엠페라투스는 답을 하지 않았다.

"당신께선 신들이 이 일에 끼어 있다는 사실을 아시자마자 감염에 대한 걱정부터 하셨겠지요. 동포들 가운데에서 감염을 이겨낸 자은 오직 저 하나뿐이니 말입니다."

"엇나간 해석이군. 난 훼방 없이 재밌게 즐기고 싶었을 뿐일세."

엠페라투스가 웃으며 부인했다.

"예. 즐거움. 그렇지요. 며칠 전에 있었던 치프와의 싸움은 정말 즐거워 보이더군요. 그것이야말로 운캄타르 님께서 바라 마지 않으셨던 광경이라 생각합니다만?"

"…후후, 역시 자네는 우리를 너무 잘 알아."

엠페라투스는 손을 뻗어 바라쿠스의 머리를 쓰다듬어 주었다.

바라쿠스는 그 손길을 통해 엠페라투스가 굳게 결심했음을 감지했다.

그러나 그 결심이 과연 치프와의 결전인지, 아니면 또 다른 일인지는 감이 잡히지 않았다.

바라쿠스는 엠페라투스의 그 애매모호한 결심이 자신들에게 해가 되지 않기를 바랐다.

"자네들은 내가 보낼 심부름꾼과 함께 탈란바토르에 지배되어 움직일 감염자들을 처리하게."

엠페라투스의 말에 바라쿠스가 의아해했다.

"심부름꾼? 그게 누굽니까?"

"자네를 스승으로 여기는 애송이지. 어제 확인해 보니 몸이 다 나았더군. 그가 이곳에 오면 잘 대해주게."

"…누군지는 정말 모르겠지만 신경 써 보겠습니다."

"부탁하지."

엠페라투스의 모습이 보라색의 안개로 변했다. 그 안개는 바람에 섞이며 바라쿠스의 머리 위에서 사라졌다.

바라쿠스는 딱하다는 투로 한숨을 쉬었다.

'미련이 많은 분들이군.'

생각에 잠길 뻔한 바라쿠스는 문득 숨을 한 번 더 내뿜어 봤다.

'어제보다 입김이 덜 나오는군. 혹시 기온이 올라갔나?'

바라쿠스가 연거푸 숨을 내뿜자, 아래쪽에 있던 어린 드래곤들이 단체로 숨을 내뿜어 그를 따라했다.

*　　　*　　　*

훈련장에서 헌터들을 맞이할 예정이었던 치프는 단말기를 귀에 댄 채 유리벽 밖을 바라보고 있었다.

"그래서, 추적만 계속하고 있다고?"

그가 말했다.

―첫날 저녁에 그 가짜를 죽이려고 했는데 느낌이 안 좋았어.

치프와 연락 중인 사람은 로젤라였다.

"느낌이 안 좋았다니?"

―테리온 왕자 행세를 하는 놈이 내 위치를 금방 알아차렸거든. 마치 내가 사용하는 능동 위장 장치를 꿰뚫어 보는 것 같았어.

치프는 자못 놀랐다.

로젤라라면 기계의 힘을 빌리지 않고도 완벽에 가까운 잠입과 암살을 실행할 수 있는데, 그녀가 UNSMC의 경장갑 전투복과 능동 위장 장치를 사용한 상태에서 들켰다는 것은 보통 일이 아니었다.

"아이덴 사람들이 그렇게 감이 좋았나?"

치프가 물었다.

—지구인과 다를 바 없지. 아무튼 가짜 테리온 왕자는 생체 기반의 안드로이드 같아. 먹은 것들을 소화시키지 못하고 그대로 배설하는 걸 봐선 분명해. 쯧, 주임원사가 된 이후에는 변기를 뒤집어엎을 일이 없을 줄 알았는데 말이지. 호텔 변기가 깨끗해서 다행이야.

"아웃소싱의 비애로군."

—흠. 아무튼 그 가짜는 정상적인 방법으로 보급을 하지 못하면 가동에 한계가 올 거야. 보조 동력 기관을 탑재한 모델이 아닌 것만은 분명하거든. 그러니 지금은 암살보다는 관찰이 더 나을 것 같아.

"말려 죽이기로 한 거네."

—말하자면 그렇지. 아무튼 중간보고는 여기까지. 수고하라고, 원사.

로젤라와의 통신을 마친 치프는 단말기를 만지작거렸다.

"일이 잘 풀리면 좋겠는데 말이지."

한숨을 쉬며 중얼거린 치프는 단말기를 주머니에 넣으려 했다.

"원사님. 보고할 일이 있습니다."

단말기에서 잭팟의 목소리가 나왔다.

"무슨 일이지?"

"어젯밤부터 그라니트 행성의 기온이 조금씩 상승하고 있습니다. 계산상, 앞으로 3주 내에는 정상적인 온도를 되찾을 것 같습니다."

"행성 냉각 장치의 상태는?"

"위성으로는 특별한 변화가 감지되지 않습니다."

"음… 슬슬 라이트스톤 아저씨를 만날 때가 된 것 같네."

"보고는 여기까지입니다. 원사님."

"알았어. 고마워, 잭팟. 사장실의 방음 장치를 해제해."

"알겠습니다, 원사님."

치프는 단말기를 바지 주머니에 넣었다.

사장실 내에 설치된 방음 장치가 해제되자 현악기의 현이 끊어질 때 날 법한 소리가 치프의 고막을 때렸다.

시큼한 것을 씹은 표정이 된 치프는 머리를 흔들며 사장실의 문을 열었다.

탈리케이아와 카렐리 올라루스가 각자의 귀를 손으로 감싼 채 사장실 앞 복도를 굴러다니고 있었다.

방음 장치가 가동되는 것을 알면서도 사장실 안쪽의 소리를 엿들으려다가 대가를 치른 것이다.

"그러면 못써, 탈리. 올라루스 아가씨도 그러시면 안 돼요."

"으으으……!"

쓰러진 알타이르 전사들은 고막만이 아니라 반고리관까지 마비되어 바닥을 기어 다닐 뿐, 사과조차 하지 못했다.

결국 치프의 부축을 받아 의자에 앉은 둘은 5분 정도가 지난 뒤에야 청력과 평형감각을 되찾았다.

"섬광 폭음탄이 터져도 멀쩡하던 사람들이 왜 그래?"

치프가 어이없다는 표정으로 물었다.

"정령 교감으로 청각을 증폭시켜서 그래. 아야야……."

탈리케이아가 귀를 만지며 인상을 찡그렸다. 카렐리는 통증

때문에 아직도 고개를 들지 못했다.

비틀거리며 일어난 둘은 치프와 함께 엘리베이터에 탑승했다.

"헌터들은 어디 있어? 훈련장에 있나?"

"우리 기마병들이 그들을 살피고 있습니다, 치프."

카렐리가 상기된 표정으로 대답했다.

"그렇군요."

치프는 수치심을 억누르며 대답하는 그녀의 모습이 딱했다.

탈리케이아는 알타이르 전사들 전체의 지휘권을 가진 자였고 카렐리는 기마병들의 지휘관으로서 탈리케이아를 보조하고 있었다.

원래는 둘 다 본관 밖에서 치프를 기다려야 했지만 탈리케이아는 호기심을 참지 못하고 카렐리와 함께 사장실로 올라오고 말았다.

카렐리는 사실 탈리케이아의 유혹을 거절했으나, 어렸을 때부터 탈리케이아의 분위기에 휘말려서 사고를 당하기 일쑤였던 그녀는 결국 이번에도 어김없이 변을 당하고 말았다.

본관 밖으로 나온 치프는 탈리케이아와 나란히 걸어갔고, 카렐리는 밖에 묶어놨던 말의 고삐를 쥐고 그들을 따라갔다.

식당 앞을 지나던 치프는 켐리와 포프, 포프의 동생들, 요르엘과 오라클이 한곳에 모인 채 훈련장을 구경하는 모습을 목격했다.

'요르엘과 오라클이 대낮에 나온 건 오랜만에 보네.'

둘은 바라쿠스가 두려워서 숙소 밖으로 나오지 못했지만 지금은 넋을 놓은 채 훈련장에 시선을 두고 있었다.

치프는 별일이 다 있다고 생각하며 훈련장으로 가는 길을 따라 걸어갔다.

훈련장 안에 들어간 치프는 아연실색했다.

다수의 알타이르 기마병들이 각 가문의 깃발을 손에 든 채 헌터들 주변을 빙빙 돌고 있었기 때문이다.

깃발을 들지 않은 기마병들은 미리 준비된 과녁을 향해 온갖 자세로 화살을 쏘며 기마궁술을 뽐냈다.

치프의 눈에는 그것이 환영을 위한 행사라기보다는 무장 해제된 포로를 겁박하는 모습처럼 보였다.

"올라루스 아가씨. 환영 행사치고는 무게감이 지나친 거 아닌가요?"

"무슨 말씀이십니까, 치프? 알타이르 전사들이 함께 목숨을 걸고 있다는 사실을 확실히 알려줘야 저들도 안심하지 않겠습니까?"

"…괜찮으니까 다들 뒤에서 쉬라고 지시해 주세요."

"알겠습니다."

투구를 쓰고 말에 올라탄 카렐리는 뿔피리를 불면서 훈련장을 내달렸다. 그 신호에 맞춰, 알타이르 기마병 전원이 헌터들로부터 물러나 훈련장 한쪽에 정렬했다.

헌터들이 안도의 한숨을 쉬는 한편, 치프는 고개를 설레설레 저으며 연단으로 향했다.

데스디아와 함께 연단에 서 있던 헤이파는 납득이 안 된다는 표정으로 치프를 쳐다봤다.

"왜 그러나? 우리는 저들에게 용기를 불어넣어 줘야 한다네!"

"나중에 더 친해진 다음에 해도 될 거 같아요, 여사님."

"허허."

헤이파는 혀를 찼으나, 치프와 마찬가지로 그 '행사'에 부담감을 갖고 있던 데스디아는 어머니를 끌고 연단을 내려갔다.

치프가 마이크를 잡았다.

"하하. 날씨 좋죠? 그라니트 용역에 오신 걸 환영합니다, 여러분."

치프가 웃으며 인사말을 하자, 헌터들 전원이 그를 향하여 가운데 손가락을 펴 보였다.

"예, 뭐… 흠, 그럼 일에 대한 얘기를 하죠."

치프는 헛기침을 하여 분위기를 환기시켰다.

"우리가 할 일은 그라니트 행성 곳곳에 존재하는 미지의 시설, 브리치를 철거하는 겁니다. 이 행성에 처음 오신 분들을 위해서 브리치가 어떻게 생겼는지 보여 드리죠. 사만다, 자료 화면 부탁해."

치프는 작은 테이블을 놓고 앉아 대형 단말기를 조작하고 있는 사만다에게 손짓을 했다.

이윽고, 치프의 머리 위로 고리 모양의 커다란 홀로그램이 출력되었다.

"이게 브리치예요. 각 브리치마다 미세한 차이가 있긴 하지만 지름과 무게, 두께는 거의 동일해요. 크기는 아주 커서, 여러분들이 갖고 있는 무기로는 이걸 떨어뜨리는 게 불가능하죠."

브리치에 대한 치프의 설명이 끝나자 사만다는 자신들이 사용하는 해적선들 가운데 하나를 추가로 출력시켰다.

"격추 수단은 해적선에 설치된 함포인데요, 안타깝게도 군용보다는 위력이 떨어져서 일정 거리 내로 접근하지 않으면 제대로 된 위력을 발휘할 수 없죠."

치프는 홀로그램 해적선을 손으로 집어서 브리치 곁에 놓았다.

"해적선이 브리치에 접근하면 브리치는 환상종이나 최면을 건 생물들을 동원해서 요격에 나설 거예요. 여러분들은 해적선들의 준비가 끝날 때까지 해적선을 방어해야 합니다. 자, 질문 있으신 분?"

치프가 헌터들을 향해 돌아서며 물었다.

카발리오가 손을 번쩍 들었다.

"사장. 지구 측 해군에서는 우릴 지원해 주지 않는 거요? 저기 떠 있는 위스콘신만 같이 움직여 줘도 한결 편할 것 같소만?"

"제16기동부대가 지원을 올 수도 있지만 약속드릴 수 있는 일은 아니에요. 그리고 지구의 군대가 개입하면 여러분들의 보수가 크게 깎여 버리죠."

"그래도 난 이 일이 마무리되는 모습을 살아서 보고 싶소."

카발리오는 돈보다는 사명감을 앞세워 일하는 사람이기에 그런 말을 할 수 있었으나 외부에서 온 헌터들은 저 붉은 머리의 듀베리아 행성인이 대체 무슨 헛소리를 하느냐는 표정을 지었다.

치프는 슬쩍 웃었다.

"군의 개입은 원정 도중에 결정될 수도 있는 일이니 일단 지켜보도록 하죠. 또 질문 있으신 분?"

치프가 묻자 코끼리 머리의 사내가 통나무처럼 굵은 손을 들었다.

"이번 일의 현장 지휘권과 최종 지휘권은 누구에게 있소?"

"좋은 질문이네요. 현장 지휘권은 두 분에게 맡겨질 거예요. 일단은 저기 계신 분과……"

치프는 장벽 너머에서 이쪽을 지켜보고 있는 바라쿠스를 가리켰다.

"우리 회사의 데스디아 브라토레 부사장이 맡을 겁니다."

"음… 그럼 최종 지휘권은 사장에게 있는 거요?"

"아뇨."

치프는 아까 데스디아에게 붙잡혀 연단 아래로 끌려 내려간 헤이파에게 손을 내밀었다.

"최종 지휘권은 헤이파 브라토레 여사님이 가지실 거예요. 알타이르 전사들의 최종 지휘 권한도 이분께 있으니 참고해 주세요."

며칠 전, 데스디아가 중무장한 헌터들을 맨손으로 구겨 버리는 모습을 봤던 외부의 헌터들은 아무런 불만을 제기하지 않았다.

"아, 그리고 여러분들께서 쓰실 숙소는 저거예요."

치프는 어제 셀레스티아가 새로 지은 대형 건물을 가리켰다.

3,000명 정도를 수용할 수 있는 그 숙소는 알타이르 전사들이 사용하는 것에 비해 평범하기 그지없었고 내부 시설도 샤워 장치와 침구류만이 확실했을 뿐, TV가 설치된 방은 하나도 없었다.

TV는 숙소 로비에 마련된 대형 기기가 전부였다.

셀레스티아는 더 좋게 꾸며줄 생각이었으나 그녀를 자제시킨 사람은 치프였다.

아주 길어야 한 달 내지는 몇 주 정도 사용될 건물을 그렇게 잘 만들 필요는 없다는 것이 그의 의견이었다.

아무튼 겉보기엔 그럴싸했기에 헌터들은 가만히 있었다.

"여러분들께서는 오늘부터 내일까지 적응 및 준비를 해주세요. 일은 모레 아침부터 시작됩니다. 그럼 푹 쉬세요."

치프는 손에 든 마이크를 데스디아에게 넘기고 연단에서 내려갔다.

데스디아는 근엄한 표정으로 자신의 입가에 마이크를 댔다.

"모두 잘 들었겠지? 불만 사항 및 돈 문제는 나에게 얘기해라.

난 내일부터 회사 본관 로비에서 대기하고 있을 테니 그쪽으로 오도록. 전화 상담이나 문자 상담은 받지 않는다. 이상이다."

알타이르 기병들이 헌터들을 인솔하는 한편, 치프는 미리 준비해 둔 가방을 들고 탈리케이아에게 다가갔다.

"탈리. 사격 훈련 준비는 됐어?"

"웅, 치프. 모두 기대감으로 폭발하기 직전이야."

탈리케이아가 명랑하게 웃었다.

"흠. 보조 인력이 필요하겠군."

치프는 동생들과 함께 훈련장을 구경하고 있던 포프에게 손짓을 했다.

"포프, 바쁘지 않으면 나랑 저쪽 숙소에 같이 갈래?"

"무슨 일이신가요, 사장님?"

치프가 큰 소리로 묻자 포프 역시 큰 소리로 답했다.

"알타이르 전사들에게 사격을 가르쳐 줄 거야."

"그럼 젝스도 같이 가면 안 될까요?"

"괜찮아. 대신 빨리."

"예!"

포프는 곁에 있는 젝스의 손을 꽉 잡고는 치프 쪽으로 달려갔다.

＊　　　　＊　　　　＊

아까 모여 있던 헌터들과 달리, 알타이르 전사들은 눈에서 광선이라도 뿜어낼 기세로 바짝 집중한 채 치프의 이야기를 듣고 있었다.

"UNSMC에서 사용하는 모든 탄환은 수중은 물론이고 초고

온, 극저온 상황에서도 격발이 가능해요. 대신 위력은 일반 군용 탄환의 80% 수준에 그치죠. 사냥하실 때는 일반 군용 탄환을 지급해 드릴 거예요. 이걸로 탄환 설명은 끝났고… 그럼 숙달된 조교의 사격 시범을 보도록 하죠.”

치프는 포프와 젝스에게 손짓을 보냈다.

둘은 테이블 위에 놓인 소총에 탄창을 끼우고 장전을 한 뒤 위에서 아래로 올라오는 표적을 노려보며 방아쇠를 당겼다.

사격의 정확성은 비슷했지만 목표를 포착하고 방아쇠를 당기는 속도는 젝스가 훨씬 빨랐다.

알타이르 전사들이 치프에게 사격을 배우려 하는 이유는 지구에서 사용하는 총의 편리함을 인정했기 때문이다.

그들이 화살 한 발에 실을 수 있는 위력은 바퀴 18개짜리 트럭을 한 방에 분해할 수 있을 정도인데, 그만한 위력을 가진 무기로 고블린 같은 작은 생물들을 처리하는 것은 어찌 보면 낭비라고 할 수 있었다.

그렇다고 접근해서 칼로 처리하는 것에는 위험이 따랐다.

엄청난 숫자의 고블린들과 난전을 벌이는 것은 알타이르 전사들에게도 위험한 일이었다.

행여 맹독을 품은 무기에 당하기라도 하면 죽음은 물론 집단으로 능욕을 당할 가능성도 있었다.

무기에 대한 고민에 빠진 알타이르 전사들에게 있어서 지구의 자동소총은 실로 적절한 위력과 정확성, 그리고 뛰어난 전투 지속성을 가진 무기였다.

포프와 젝스의 시범이 끝난 뒤, 탈리케이아가 가장 먼저 소총을 들고 사격 위치에 섰다.

거기서 끝났으면 모르겠는데, 탈리케이아는 치프가 생각하는 것 이상으로 교활한 여자였다.

"으응, 치프. 탄창을 어떻게 끼워야 하는지 잘 모르겠어."

"넌 총 쏠 줄 알잖아?"

"막상 들어보니까 아무것도 떠오르지 않아. 으으응."

탈리케이아가 몸을 꼬아댔다.

포프와 젝스는 그녀가 일부러 어리광을 부린다는 사실을 직감했다. 다른 알타이르 전사들도 교활한 계집이라며 내심 투덜거렸다.

"뭐, 긴장하면 그럴 수도 있지."

치프는 탈리케이아와 밀착한 채 자동소총의 사용법을 확실히 가르쳐 주었다.

그에 질세라, 다른 유명 가문의 딸들이 우르르 몰려나와 소총을 쥐고는 탈리케이아와 마찬가지로 몸을 꼬며 도움을 요청했다.

"아이, 참. 가증스럽기도 해라."

탈리케이아가 정색을 한 채 그녀들의 태도를 지적했다.

전사들은 그녀의 뻔뻔함에 화가 났으나 혹시라도 치프에게 오해를 살까 봐 아무 말도 하지 않았다.

아무튼 알타이르 전사들은 치프의 예상보다 훨씬 빠르게 총에 대한 적응을 마쳤다.

일을 마치고 숙소로 돌아온 기마병들은 말을 마구간에 넣은 뒤 곧장 달려와 사격 훈련을 받았다.

화살을 날려서 목표에 적중시키는 일을 밥 먹듯이 해왔던 그들에게, 그냥 방아쇠만 당기면 총알이 나가는 무기를 이해하는 것은 어려운 일이 아니었다.

저녁 식사 시간이 다 되자, 치프는 미리 들고 온 호루라기를 불며 훈련 종료를 알렸다.

"내일은 아침 9시부터 사격 훈련을 할 거예요. 힘드시더라도 좀 참고 따라와 주세요. 이렇게 부탁드리겠습니다."

"예, 치프!"

훈련장에 모인 알타이르 전사들 전원이 큰 소리로 대답했다.

"그럼 저희는 가볼게요."

로봇을 이용하여 총기류들을 모두 회수한 치프는 포프, 젝스와 함께 알타이르 숙소를 떠났다.

"수고하셨습니다, 치프!"

알타이르 전사들이 다시금 우렁찬 목소리로 인사했다.

"아, 오늘은 뭐 먹지?"

치프가 왼손으로 자신의 배를 만지며 중얼거렸다.

"평소대로 스테이크를 드시죠?"

포프가 말하자, 둘 사이에 끼어 따라오던 젝스가 고개를 저었다.

"지금 사장은 칼로리 제한을 해제하고 음식을 먹을 기세야. 스테이크 이상의 것을 원하고 있어."

그러자 포프가 깜짝 놀랐다.

"젝스, 그걸 어떻게 알았어?"

"굶주린 짐승의 눈빛 정도는 구별할 수 있어. 사장은 분명 기름이 줄줄 흐르는 음식으로 폭식을 할 생각이야."

"에이, 무슨 말이야, 젝스."

포프가 손을 흔들었다.

"사장님은 모던한 분이시란 말이야. 분명 칠면조 구이나……."

"아, 돈가스 먹고 싶어."

예상을 넘어선 음식이 치프의 입에서 흘러나오자 포프는 물론 젝스도 입을 다물었다.

식당에서 치프에게 돈가스 주문을 받은 알케온은 진지하게 고민했다.

"친구여. 변종 돈가스를 원하나, 아니면 한없이 오리지널에 가까운 것을 원하나?"

"아무튼 배불리 먹을 수 있는 걸로 부탁해."

"그러지. 접수했다네. 흠… 배불리 먹을 수 있는 돈가스라."

켐리에게 냉장고 안에 있는 돼지고기를 가져오게 한 알케온은 칼로 고기들을 얇게 썰면서 돈가스를 만들 준비를 했다.

이윽고, 치프의 테이블에 놓인 것은 금색으로 깨끗하게 튀겨진 거대한 돈가스였다.

엉겁결에 그와 똑같은 음식을 주문한 포프는 그 막대한 양에 당황한 반면, 젝스는 눈에서 하트 모양의 빛이 튀어나오는 게 아닐까 싶을 정도로 즐거워했다.

치프는 얇은 돼지고기를 겹쳐서 만든 그 돈가스를 즐겁게 자른 뒤 육즙이 떨어지는 조각을 입안에 넣었다.

소스도 사용하지 않고 그냥 한 입 물은 치프는 눈을 감은 채 음식을 씹었다. 입안을 따뜻하게 채워주는 식감과 고소한 기름의 냄새가 치프를 행복하게 만들어주었다.

포프는 돈가스의 맛을 보자마자 신나게 칼질을 했으나 젝스는 치프와 마찬가지로 돈가스의 맛과 육즙을 지그시 즐기며 시간을 보냈다.

마침 식당 구석에서 헤이파와 함께 차를 마시던 데스디아는 치프와 젝스의 그 열반에 든 듯한 표정을 주의 깊게 관찰했다.

'치프에게 있어서 돈가스가 저런 음식이었단 말인가?'

데스디아는 언젠가 시간이 나면 알케온에게 돈가스 제작법을 배워야겠다고 마음먹었다.

치프는 다음 날 새벽 5시 무렵에 훈련장으로 나왔다.

그는 약 1,000명 정도의 헌터들이 조금 쌀쌀한 날씨 속에서 열심히 몸을 푸는 모습을 목격했다.

'3,000명 가까이 되는 인원들 가운데에서 부지런한 사람은 저 정도인가?'

시가를 문 카발리오가 그에게 다가갔다.

"사장. 잘 주무셨소?"

"오, 카발리오 아저씨. 숙소는 괜찮던가요?"

그의 질문에, 카발리오는 어깨를 으쓱했다.

"TV가 없어서 좀 심심하긴 했소만 침대와 이불의 품질이 워낙 좋아서 푹 잘 수 있었소. 하지만 새벽까지 잠을 설친 친구들이 꽤 많았다오. 이 시간에 나와서 운동을 하는 헌터들은 길바닥에 내버려 놔도 잘 자는 친구들일 거요."

"흠."

치프는 겉에 입고 있는 검은색 야전 상의의 지퍼를 내렸다.

"아저씨, 혹시 지금 추워요?"

"오늘… 아니, 요 며칠은 좀 따뜻하구려. 작년 이맘때와 비교하면 아주 조금 추운 것 같소."

"그렇군요."

이후 잡담을 하던 둘이 동시에 움찔했다.

장벽 위로 바라쿠스의 머리와 긴 목이 올라왔기 때문이다.

바라쿠스는 뭔가를 감지한 듯 바짝 집중한 표정으로 동쪽 하늘을 노려봤다.

―알파 리더. 여기는 위스콘신 레이더 관제실입니다.

치프가 귀에 낀 헤드셋에서 젊은 군인의 목소리가 들려왔다.

"여기는 알파 리더. 무슨 일이지?"

―대형 생물체가 빠르게 접근하고 있습니다. 생체 파장 패턴은 반달리온과 일치합니다. 어찌할지 결정해 주십시오, 알파 리더.

"위스콘신은 근접 요격 태세로 대기하도록."

―알겠습니다, 알파 리더. 함포들을 준비하겠습니다. 위스콘신, 통신 종료.

"알파 리더, 통신 종료."

치프는 헤드셋에서 손을 내렸다.

'이 타이밍에 반달리온이라……'

치프의 표정을 살피던 카발리오가 손에 든 시거의 불을 껐다.

"나쁜 일이오?"

"아직 모르겠네요. 일단 사람들을 데리고 숙소 안으로 들어가 주세요."

"그러겠소, 사장."

카발리오는 시가의 꽁초를 손에 쥔 채 헌터들을 향해 달려 갔다.

치프는 야전 상의의 주머니에 손을 넣고는 바라쿠스의 머리 가 보이는 장벽 위로 올라갔다.

"아무래도 반달리온이 오는 것 같네요, 아저씨."

"반달리온? 그게 누군가?"

바라쿠스가 치프를 흘끔 보며 물었다.

치프는 그가 반달리온을 모른다는 사실에 조금 놀랐다.

"아, 혹시 반달리온을 모르시나요? 엠페라투스의 추종자고, 저번에 그라니트 행성에서 일어났던 일에 대해 설명드릴 때도 그 이름이 몇 번이나 나왔는데 말이죠."

"추종자들의 우두머리처럼 활동한 놈 따윈 모른다니까?"

바라쿠스는 언짢은 표정을 지은 채 딱 잘라 말했다.

"아, 예. 그런 의미로 말씀하신 거군요."

"흥."

바라쿠스의 코끝에서 불꽃이 섞인 숨이 뿜어졌다.

치프는 허리 좌우에 손을 대며 답답해했다.

"반달리온 때문에 감정이 많이 상하셨나 보네요."

"그놈은 타고난 싸움꾼이었지. 환상종들과의 싸움을 통해 유명해졌는데, 그러면서도 자만하지 않고 자신의 앞길에 대해 고뇌하는 자세가 꽤 훌륭했지. 그런데 어느 날 갑자기 엠페라투스 님의 추종자들과 가까워지더니, 결국 실버로드, 헬터스크와 함께 그들의 우두머리가 됐다네. 어이가 없었지. 깡패짓거리를 하라고 싸움 기술을 가르친 게 아닌데 말일세."

바라쿠스가 한숨을 쉬며 날개를 폈다. 그 안에 웅크리고 있던 어린 드래곤들이 일제히 고개를 들고 바라쿠스를 쳐다봤다.

"종족의 분열을 초래한 죄로 벌을 받아 마땅한 놈이 신들과 손을 잡기까지 해? 그런 못난 놈을 가르쳤다는 사실 자체를 기억에서 지워 버리고 싶군."

"······."

"아무튼 회사의 정문을 열어주게, 치프. 만약에 대비해서 아이들을 피신시켜야겠어. 반달리온이 신들과 손을 잡고 활동한 이상 감염됐을 가능성을 배제할 수는 없으니 말일세."

"그러죠."

치프는 정문을 맡은 UNSMC 대원들에게 수신호를 보냈다.

회사 정문이 열리는 한편, 바라쿠스는 날개와 꼬리 등으로 어린 드래곤들을 슬슬 밀었다.

"너희들은 어서 인간들의 둥지 안으로 들어가거라."

"바라쿠스 님……."

어린 드래곤들이 자신들보다 한참 큰 바라쿠스를 걱정스러운 표정으로 쳐다봤다.

"걱정하지 마라, 얘들아. 만약 나에게 무슨 일이 있더라도 안에 있는 어른들이 너희들을 돌봐줄 것이다."

어린 드래곤들은 일제히 치프를 돌아본 뒤 납득을 한 듯 회사 안으로 몰려들려갔다.

안쪽에서 대기 중인 UNSMC 대원들이 어린 드래곤들의 행렬 좌우에 따라붙어 함께 뛰면서 그들을 훈련장 쪽으로 인도했다.

두려움 때문인지 어린 드래곤들의 행렬이 복잡해졌다.

장벽 위에 있던 치프가 갑자기 박수를 천천히 치면서 큰 소리로 군가를 불렀다.

"When my granny was 91, She did PT just for fun!(우리 할머니가 아흔한 살 때, 그분은 그냥 재미로 PT를 하셨지!) When my granny was 92, She did PT better then you!(우리 할머니가 아흔두 살 때, 그분은 너보다 PT를 잘하셨어!) When my granny was 93……."

UNSMC 대원들은 아침마다 훈련장을 뛰며 그 군가를 불렀다. 얼마나 열심히, 또 꾸준히 불렀는지 데스디아와 포프, 젝스 모두 그 노래만큼은 번역기 없이 따라 부를 수 있을 정도였다.

어린 드래곤들 역시 회사에 온 뒤로는 그 군가를 들으며 아침을 맞이해야 했다.

UNSMC 대원들이 치프가 시작한 그 군가를 이어 불렀다. 어린 드래곤들도 그 노랫가락을 흥얼거리며 줄을 맞춰 이동했다.

만약 어린 드래곤들만이 훈련장 안으로 뛰어들어 왔다면 헌터들이 장난을 쳤을지도 모른다. 그들의 눈에 비친 어린 드래곤들은 날개도 돋지 않은 짐승에 불과했기 때문이다.

하지만 UNSMC 대원들까지 발을 맞춰 뛰며 같이 들어오자 모든 헌터들이 훈련장 바깥쪽으로 서둘러 물러났다.

바라쿠스는 어린 드래곤들의 이동을 가만히 지켜봤다.

"셀리의 힘으로 감염을 해결할 수는 없나요?"

치프가 묻자 바라쿠스는 고개를 저었다.

"운캄타르 님도, 엠페라투스 님도 감염자들을 치료하지는 못하셨네. 못 하신 게 아니라 안 하신 것일 수도 있지만……. 아무튼 감염은 신이 생물에게 가하는 직접적인 간섭이라서 해결하기 어려울 거야. 나보다 머리가 훨씬 좋은 닥터조차도 답을 내놓지 못하고 있지 않나?"

"음……."

닥터, 즉 아르마게일을 그리 믿는 편이 아니었던 치프는 미묘한 소리를 내며 고개를 갸웃거렸다.

'아르마게일은 예나 지금이나 달라진 게 없군. 그 누구에게도 믿음을 얻지 못하고 있어.'

친구를 잠깐 걱정해 본 바라쿠스는 혀를 찼다.

"흠. 엠페라투스 님은 감염자들을 파멸시킬 수 있는 무기를 갖고 계셨네. 하지만 우리들은 신체 조건 때문에 그 무기를 쓸 수 없었지."

"무기요?"

"제루스트라가 직접 벼린 무기, 제루스트라투스일세. 그 칼은 신에 의해 창조된 모든 것들, 즉 신이 만든 물건이나 신에 의해 변질된 생물들에게 파멸을 안겨주지."

"아, 그렇다고 들었던 기억이 나네요."

치프는 고개를 끄덕거렸다.

"엠페라투스 님께서 부사장에게 그 무기를 건네준 이유는 감염과 관련이 있을 것이네. 그때부터 감염자들에게 대비하셨다고 봐야겠지. 아니면 함정일 수도 있고."

"함정요?"

"부사장의 모친 말일세. 그녀는 부사장 이상의 수준으로 제루스트라투스를 다룰 수 있지. 교감 능력도 초월적이고 말일세. 엠페라투스 님께서는 꼭 자네와 싸우기 위해서 헤이파 브라토레를 노리신 건 아닐 거야."

그의 말에 치프가 씁쓸히 웃었다.

"그 얘기는 저번에 끝난 거잖아요? 엠페라투스는 여사님을 포기했다고요."

"그렇지. 그분은 분명히 약속을 지키실 것이네. 하지만 헤이파 브라토레 쪽은 어떨까?"

"…예?"

치프가 살짝 당황하자, 바라쿠스가 고개를 돌려서 그와 눈을 마주했다.

"이 회사의 모든 이들에게 절체절명의 위기가 닥쳤을 때, 위기감과 무력감을 느낀 헤이파 브라토레 쪽에서 역으로 엠페라투스 님과의 교감을 원할지도 모르지. 알타이르 행성인들의 모성애가 얼마나 강한지는 자네도 알지 않나?"

"……"

"그러니 주의하게, 치프. 가능성은 이미 열려 있으니까 말일세."

바라쿠스가 다시 앞을 봤다.

"녀석이 왔군. 자네는 여기서 대기하게."

바라쿠스가 며칠 전의 싸움으로 인해 폐허가 된 평원을 향해 걸어갔다.

날개를 조금 펼치고 전류를 흘리는 바라쿠스의 앞쪽에 회색의 드래곤이 내려와 앉았다.

바라쿠스보다 체구가 작은 그 드래곤, 반달리온은 자신을 노려보는 바라쿠스를 향해 고개를 숙였다.

"오랜만에 뵙습니다, 스승님. 설마 살아서 당신을 다시 뵙게 될 줄은 몰랐습니다."

"그렇구나, 반달리온이여. 깡패 짓거리는 재밌었느냐?"

바라쿠스가 도발적으로 말을 던졌다.

반달리온은 고개를 들고 주변을 돌아봤다.

"이럴 때 눈이나 비가 내렸으면 운치가 있었을 텐데 말입니다."

"인간 흉내를 내는군."

바라쿠스가 피식 웃었다.

반달리온은 진지한 표정으로 바라쿠스를 봤다. 표정은 괜찮았지만 눈빛은 죽은 생선의 것처럼 정기가 느껴지지 않았다.

"실버로드가 죽었습니다, 스승님. 메이건은 정신이 나간 채로 뜯겨 죽었고, 우주 연합 수도에 있는 동료들의 생사 여부도 불투명합니다. 다만 헬터스크는 이상할 정도로 팔팔하더군요."

"실버로드는 나름대로 싸움에 만족한 채 죽었다고 들었단다. 비록 다른 이에게 몸이 개조됐다고는 해도 그놈답지 않게 훌륭한 최후를 맞이했던 것 같더구나."

바라쿠스는 회사에서 들은 이야기들을 기초로 하여 실버로드의 최후를 평했다.

"하지만 메이건이 뜯겨 죽었다는 얘기는 오늘 처음 듣는구나.

대체 무슨 일이 있었지? 네놈의 몸에 난 상처도 아직 아물지 않은 것 같은데?"

"저희들은⋯ 공격당했습니다."

"누구에게?"

"제가 이 행성을 떠돌며 발견한 3세대들입니다. 저는 둥지도 없이 방황하던 그들에게 싸움의 기술과 살아가는 방법을 가르쳤습니다. 스승님께서 저를 거두실 때처럼 말입니다."

"그럴싸하게 포장하는구나."

바라쿠스의 지적에 반달리온의 긴 목이 꿈틀했다.

"네가 무슨 마음을 먹고 그들을 거뒀는지조차 모르는 마당에, 어째서 내 이름을 거기에 넣느냐? 그냥 네가 네 자신을 위해서 한 일이 아니더냐?"

바라쿠스가 큰 소리로 반달리온을 꾸짖었다.

"⋯그렇습니다."

분노, 수치심, 아쉬움. 그 모든 감정들이 반달리온의 마음속에서 뒤섞여 강렬한 혼돈을 일으켰다. 그 혼돈은 반달리온의 강건한 육체를 나쁜 쪽으로 전율시켰다.

"변명을 더 해보겠습니다, 스승님. 제가 모은 3세대들은 하이시리스에게 감염됐습니다. 감염된 3세대들은 둥지에 있던 메이건을 뜯어 죽인 뒤 흩어졌고, 남아 있던 몇몇은 둥지로 돌아온 저를 공격했습니다. 아마 엠페라투스 님께서 저를 구해주시지 않았다면 저는 메이건과 마찬가지로 그들의 양식이 됐겠지요."

"내가 되살아났을 때 느꼈던 죽음의 기운이 그 3세대들의 것이란 말이냐?"

"그렇습니다."

반달리온의 이야기를 들은 바라쿠스의 표정이 가볍게 일그러졌다.

"네놈이 사실을 얘기한다는 보장은 어디에 있느냐? 난 네가 감염자들에게 물리고 뜯겼는데도 불구하고 감염되지 않았다는 사실이 믿어지지 않는데?"

"그럼 스승님께서 진짜 그 바라쿠스라는 보장은 어디 있습니까? 엠페라투스 님께서 만들어낸 꼭두각시일지 누가 압니까? 당신께서 진짜 저의 스승님이시라면, 저를 거둬주실 때처럼 제가 가야 할 길을 알려주십시오! 지금 당장 말입니다!"

반달리온은 회사 안쪽까지 목소리가 닿을 만큼 크게 소리쳤다.

셀레스티아와 파울라, 젝스, 루할트와 알케온이 밖으로 나와서 정문 위로 올라갔다.

아직 인간의 모습을 한 그들은 반달리온을 도울까 했지만 셀레스티아가 손을 내밀어 그들을 제지했다.

반달리온의 목소리를 듣고 숙소에서 나온 포프는 어찌할까 망설이다가 숙소의 계단에 앉았다.

미래에 대한 두려움을 품고 있는 것은 자신만이 아님을 새삼 깨달았기 때문이다.

바라쿠스의 코와 입에서 열기가 섞인 숨이 하얗게 흘러나왔다.

"난 말이다, 힘이 있는 자는 약한 자를 도와야 한다고 네놈에게 말했었다. 그때는 동족들이 어떻게 죽어나갈지 모르는 험한 시절이었거든."

"그렇습니다."

"그러나 네놈이 초래한 것은 분열이다, 반달리온. 네놈은 아쉽게도 추종자들을 약자로 여겼어. 네놈이 합류하기 전의 추종자들은 분명 불쌍한 놈들이었지만 네놈이라는 지도자가 등장하면서 상황이 바뀌었지. 누군가에게 이용당하기 딱 좋은 세력으로 성장하기까지 했어. 그리고 그 결과는 오늘로 이어졌다."

"저를 탓하시는 겁니까?"

반달리온이 적의를 드러내며 물었다.

"물론 네놈을 탓해서 해결될 일이었다면 이 자리에서 백골조차 남기지 않았을 것이다."

"……"

"넌 나를 흉내 내고, 엠페라투스 님을 흉내 낸 끝에 결국 네 자신을 잃어버린 가엾은 존재야. 파울라의 말을 들어보니 최근에는 '좋은 놈'이라도 된 것처럼 행동했다고 하더구나. 네놈의 진짜 모습은 대체 뭐지? 그저 보기에 좋은 것을 추종할 뿐인 자인가?"

"윽……!"

반달리온의 날카로운 이빨이 적나라하게 드러났다.

치프에게 들었던 지적을 또 들어버린 탓이었다.

"이제라도 늦지 않았다, 반달리온. 3세대들은 지금부터 우리가 어떻게 하느냐에 따라 운명이 달라질 것이다. 나와 함께 다음 세대들을 위한 밑거름이 돼라. 물론 그 전에, 네놈이 감염자인지 아닌지 확실히 확인해 봐야겠지만 말이지."

"무슨 말씀이십니까, 스승님?"

질문하는 반달리온의 눈에, 날개를 활짝 펼치는 바라쿠스의 모습이 들어왔다.

바라쿠스는 회사에 있는 헌터들은 물론 알타이르 전사들까지 주저앉힐 만큼 무시무시한 기운을 뿜어내고 있었다.

"영주, 루할트는 내 친구의 후손인 갈룰라이드의 능력을 사용하더군. 검은색의 모래 폭풍은 언제 봐도 장엄하고 인상적이지. 같은 영주인 알케온 역시 내 친구의 후손인 말칼론의 능력을 사용했다. 춤을 추듯 화염을 다루는 그 모습은 붉은색의 보석처럼 변함이 없더구나."

중얼거리는 바라쿠스의 몸 전체에 붉은색의 전류가 끓어올랐다. 그 눈은 하얗게 빛을 냈고, 몸에서 방출되는 기운은 하늘과 땅을 흔들었다.

"이제 네 자신의 능력을 나에게 보여라, 반달리온. 얻어맞다 보면 너도 정신을 차리겠지."

"아아, 기다렸습니다! 스승이시여! 이 반달리온, 고향을 떠나 영겁의 시간을 떠돈 끝에 꿈에만 그리던 기적을 마주하고 말았습니다!"

반달리온의 눈이 파랗게 빛나는 순간, 그의 주변에 흩어진 돌무더기들이 하늘로 솟구쳐 올랐다.

중력을 조작하는 반달리온의 능력이 발동된 것이다.

"저는 눈에 보이는 모든 것들을 추종할 수밖에 없었습니다! 당신이라는 목표를, 제 소중한 영웅을 엠페라투스 님께서 앗아가셨기 때문입니다! 다시금 저의 것이 되어주십시오, 스승이시여!"

싸움을 직감한 포프는 눈을 감은 뒤 두 손으로 자신의 귀를 막았다.

그녀의 앞으로, 붉은색의 우비를 입은 작은 키의 여성이 양손에 단검을 든 채 스르륵 나타났다.

"테리온 왕자를 이용하는 건 실패했지만 오늘은 운이 좋네, 포프. 다들 저쪽에 정신이 팔렸어. 자, 우리들의 악연을 마무리하자. 포프 베르자르."

포프가 눈을 뜨고 앞을 봤다.

'진… 플레커?'

포프는 자신의 눈을 의심했다.

데스디아의 손에 죽었다고 들은 진 플레커가 자신을 향해 뚜벅뚜벅 다가오고 있었기 때문이다.

진 플레커는 자신의 모든 기운을 억누르고 있었다. 광기에 물든 그녀의 표정과 양손에 든 단검만이 살의를 드러낼 뿐이었다.

포프는 눈앞의 여성이 진짜 진 플레커가 맞는지 단정할 수 없었다.

하지만 그녀가 무기를 든 채 자신을 노리고 다가온다는 사실만은 분명했기에, 포프는 귀에서 두 손을 떼면서 즉각 맞서려고 했다.

만약 치프가 포프를 암살자로서 제대로 가르쳤다면 그녀는 대적하지 않고 은신부터 했을 것이다.

정정당당한 싸움이라는 것은 상대방 역시 룰을 지킨다는 보장이 있어야 성립되는 행사였다.

규칙이 없는 살육전에서 유리한 쪽은 이미 준비가 완료된 자였다.

진 플레커는 준비뿐만 아니라 경험과 기술까지도 포프를 압도하고 있었다.

포프가 맨손을 들고 일어나려 할 때, 진 플레커는 이미 그녀의 코앞에 다가와 단검을 휘두르고 있었다.

포프의 웃옷이 단검 끝에 눌리고 찢어지려는 순간, 누군가의 광선검이 진 플레커의 얼굴 쪽으로 닥쳐왔다.

순간적인 동작으로 광선검을 피한 진 플레커는 뒤로 몇 걸음 물러난 뒤 자신과 포프 사이에 서 있는 남자를 쏘아봤다.

"네가 왜 여기에 있는 거지?"

"난… 나이트 스토커다."

"그건 알아."

진 플레커가 눈썹 사이에 주름을 만들며 짜증을 냈다.

키드가 그 자리에 나타난 것은 순전히 우연이었다.

그는 바라쿠스와 반달리온의 싸움을 구경할 생각으로 식당에서 나오다가 포프와 진 플레커의 모습을 보고 그 사이에 뛰어든 것뿐이었다.

어쨌거나 포프를 구해낸 키드의 목 아래쪽에서 피가 흘렀다.

진 플레커가 광선검을 피하는 것과 동시에 그의 목에 단검을 찔러 넣은 것이다.

키드는 동물적인 감각으로 몸을 틀어서 즉사는 면했지만 치명상까진 피할 수 없었다.

그의 오른손에서 뿜어져 나오는 광선검이 수명을 다한 형광등처럼 깜박거렸다.

'이거… 정말 죽을지도 모르겠어.'

앞으로 1분 뒤면 자신이 말조차 못 하게 될 것임을 직감한 키드는 힘을 짜내어 말했다.

"맞서지 마, 포프. 내 느낌상 저 여자는 이미 오파로아 행성인이 아니야. 신에 의해 변질된 존재라고. 어서 어른들에게 도움을……."

키드가 갑자기 말을 끊고 오른팔을 들었다. 그의 눈과 목을 노린 단검 두 자루가 그의 오른팔에 박혔다.

투척된 단검은 키드의 뼈를 끊고 그의 팔을 관통했다. 인간을 아득히 초월한 진의 완력에 의해 팔이 날아갈 뻔한 키드는 결국 버티지 못하고 땅에 쓰러졌다.

포프는 키드가 걱정됐지만 진 플레커가 여유를 주지 않고 달려와서 단검을 휘둘렀기에 입도 뻥긋하지 못했다.

키드가 목숨을 걸고 개입한 덕분에 냉정해진 포프는 진 플레커의 단검을 피하여 사람들이 자신을 볼 수 있는 장소 쪽으로 움직이려 했다.

포프의 이마와 코, 뺨, 그리고 턱에 붉은 실선이 그어졌다.

그것은 단검 끝에 긁힌 상처였다.

진 플레커는 포프가 도망칠 수 없도록 건물과 건물 사이로 그녀를 밀어붙이고 있었다.

바라쿠스와 반달리온이 격전을 벌이며 내뿜는 소음으로 인해 둘의 싸움을 감지한 사람은 아무도 없었다.

치프와 엠페라투스가 싸울 때와 비교해서는 한참 못 미쳤지만, 드래곤들의 충돌은 정령들의 흐름까지 압박했기에 데스디아와 헤이파, 탈리케이아 등 사람들의 감각도 무뎌져 있었다.

포프는 사냥터에서 진 플레커와 처음 싸웠을 때 그녀의 기량에 감탄한 적이 있었다. 하지만 그때 당시의 진은 안드레이와의 싸움 때문에 컨디션이 엉망인 상태였다.

지금 포프와 마주한 진은 최상의 컨디션, 아니 살아생전의 기량을 아득히 초월하고 있는 상태였다.

'어쩔 수 없어!'

포프는 무아지경의 상황에서 정신을 집중했다. 그러자 그녀의 작은 몸에서 검보라색의 기운이 피어올랐다.

활활 퍼질 것 같던 그 기운은 포프의 오른손에 맺히더니 키드의 광선검처럼 손바닥을 통해 뿜어졌다.

씩 웃은 진 플레커는 단검을 쥔 손에 힘을 넣었다. 그러자 단검 전체가 붉은 불꽃을 머금고 주황색으로 달궈졌다.

히트 블레이드의 칼날이 달궈지며 발생하는 자기 첨예화 현상과는 겉모습부터가 달랐다.

진은 포프가 뭐라고 말을 할 틈도 주지 않고 공격을 재개했다.

포프의 광선검과 진 플레커의 단검이 세차게 충돌했다.

힘의 파편이 사방으로 튀는 등 박력은 대단했으나 소리가 나지 않았다.

금속과 금속의 충돌이 아니라 암살에 특화된 미지의 힘들이 맞부딪히는 것이기에 가능한 상황이었다.

포프가 이를 악물고 살의를 키우자 광선검이 더욱 길고 날카로운 형상으로 돌변했다. 광선검을 휘두르는 몸놀림도 더욱 빨라졌다.

그런데 진의 움직임도 그에 맞추듯이 더욱 민첩해졌다. 마치 포프를 도발하는 듯한 분위기였다.

포프의 분노는 이미 살의로 바뀌어 있었다.

포프의 눈동자에서 검은색의 전류가 일어났다. 마치 엠페라투스가 힘을 방출할 때와 비슷한 모습이었다.

포프의 마음속에 잠자고 있던 어머니와 조셉, 딕슨의 죽음. 해적에 의해 끔찍한 모습이 된 젝스의 모습. 동생들에 대한 걱정. 무력감. 그리고 힘에 대한 갈망이 자유의 어둠에 자극을 받아 한꺼번에 분출됐다.

부정적인 감정과 기억들이 포프의 살의에 뒤섞이면서, 그녀가 가진 자유의 어둠이 대형 소각로의 불꽃처럼 폭발적으로 날름거렸다.

포프의 이성이 끊어지는 것과 동시에, 반달리온이 포프의 손목에 감아뒀던 팔찌도 두 동강이 나고 말았다.

바라쿠스와 몸싸움을 벌이던 반달리온이 흠칫 놀랐다.

꼬리로 반달리온을 후려치려했던 바라쿠스는 상대가 멍한 표정으로 회사를 돌아보자 동작을 멈췄다.

만약 바라쿠스가 멈추지 않았다면 반달리온의 몸뚱이는 꼬리 끝에 꿰뚫리고 말았을 것이다.

"집중하지 않고 뭐 하는 것이냐?"

바라쿠스가 불쾌한 표정으로 물었으나 반달리온은 대답하지 않았다.

반달리온이 회사 쪽을 정신없이 바라보자, 뭔가 이상함을 느낀 치프는 회사 안쪽으로 돌아서서 본관과 숙소, 식당 주변을 살펴봤다.

검보라색의 기운에 완전히 먹혀 아예 공중에 떠버린 포프의 모습이 그의 눈에 들어왔다.

"포프!"

치프는 권총을 꺼내어 포프와 대치 중인 진 플레커를 겨눴다.

그러나 그는 방아쇠를 당길 수가 없었다.

자유의 어둠에 사로잡혀 폭주하는 포프와, 그 모습을 즐겁게 지켜보며 대항하는 진 플레커의 속도가 너무 빨랐기 때문이다.

'이 거리에선 안 돼!'

치프는 하늘을 향해 권총을 난사했다.

총소리에 놀란 회사 사람들은 치프의 시선이 닿은 곳을 향하여 눈을 움직였다.

"딱 좋아!"

진 플레커가 기다렸다는 듯 화염으로 변해 모습을 감췄다.

움찔한 포프의 등판에 진 플레커의 왼손이 닿았다.

"느껴지니, 포프? 네 엄마가 죽을 때까지 소원했던 일이 드디어 이뤄지고 있어."

"무슨……! 으아아아아악!"

포프가 목이 터져라 비명을 질렀다.

그녀의 얼굴과 손등을 비롯한 온몸의 피부에 굵은 정맥들이 흉측하게 불거졌다. 그 정맥들은 어딘가에 기생하는 생물처럼 팽창과 수축을 반복했다.

"원래는 며칠 전에 널 자극해서 자유의 어둠을 가져가려고 했는데, 그때는 켐리라는 놈이 너를 억누르는 바람에 실패했지. 하지만 오늘 이렇게 기회를 잡았어!"

진 플레커의 몸에서 뿜어지는 불꽃이 점차 검보라색으로 물들었다.

"나의 신, 하이시리스 님께 영광을! 이 진 플레커는 앞으로도 계속 당신의 노예로 살아갈 것을 맹세합니다!"

감격에 찬 표정으로 소리친 진 플레커는 왼발로 포프의 몸을 걷어차 앞으로 날렸다.

환도를 뽑아 들고 진에게 달려들던 데스디아가 자신을 향해 날아오는 포프를 받아 안으며 동작을 멈췄다.

아까 치프의 총소리를 듣고 나서야 일이 터졌음을 알아차린 데스디아는 누구보다 빨리 본관에서 뛰어나왔다.

그러나 이미 일어난 일들을 어찌 할 수는 없었다.

키드는 중상을 입은 채 쓰러져 있었고, 포프는 그녀의 품속에서 위험스럽게 경련하고 있었다.

'최근 감지했던 위화감의 근본이 저 계집이었나?'

그녀는 포프로부터 자유의 어둠을 강탈한 진 플레커의 검보라색 모습을 빠르고 자세하게 살펴봤다.

'포프가 가지고 있던 힘을 빼앗았다고? 저 계집이 서 있는 장소만 뻥 뚫린 것처럼 느껴지는 걸 봐선 그런 것 같은데……?'

몸 전체가 타르를 뒤집어쓴 것처럼 검게 변한 진 플레커는 하얀 치아를 활짝 드러내며 웃었다.

"데스디아 브라토레. 그래, 네년에게도 빚이 있지. 너 때문에 억지로 지구에 머물다가 겨우 도망칠 수 있었다고."

"뭐라고? 너, 진짜 진 플레커인가?"

진 플레커가 죽어 사라지는 모습을 직접 목격했던 데스디아는 눈을 부릅떴다.

"맞아. 우리가 마지막으로 만났을 '때와는 좀 다르지? 그럴 수밖에! 난 신의 소유물이 됐거든!"

진이 즐겁게 소리쳤다.

"그래, 수많은 변질자들이 내 앞에서 그런 식으로 지껄여댔지."

화가 난 목소리로 중얼거린 데스디아는 품에 안고 있던 포프를 왼손으로 들어 옆으로 내밀었다.

조금 늦게 본관에서 뛰어나온 탈리케이아가 포프를 받아 안았다. 뒤따라 뛰어온 헤이파는 진 플레커를 노려보며 키드에게 접근한 뒤 그를 안전하게 안아 들었다.

UNSMC 대원들과 알타이르 전사들이 순식간에 몰려와서 진 플레커를 포위했다. 포프와 인연이 있는 헌터들도 각자의 무기를 챙기기 위해 숙소로 뛰어갔다.

셀레스티아를 비롯한 드래곤들도 각자 자리를 잡고 진 플레커를 살폈다.

"대체 누가 포프를 콕 찍어서 자극하려고 했을까 궁금했는데, 이걸로 의문이 풀렸네."

치프가 권총의 탄창을 갈아 끼우며 일행들 틈에 섰다.

그는 재장전한 권총으로 진을 겨눴다.

"셀리. 포프와 키드를 부탁해."

"응, 치프."

이미 키드를 치료 중이었던 셀레스티아는 포프 쪽으로 손을 뻗었다.

"기자 양반. 정말 포프가 갖고 있던 힘을 빼앗은 건가?"

치프가 묻자 진은 어깨를 으쓱했다.

"신앙심이 이뤄낸 기적이야. 아무튼 반가워, A—1730. 얼굴색이 좋네?"

"요즘 푹 쉬고 있거든. 어쨌든 이걸로 포프의 혈연이 자유의 어둠에 속박당할 일은 없어진 건가?"

"하이시리스 님께서 직접 원하신 일이야."

"하, 내 고민이 이렇게 풀릴 줄은 몰랐네? 그 힘을 해제할 방법이 안 보여서 용하다고 소문난 무당까지 찾아가 볼 참이었거든. 작두장군이라고 혹시 들어봤나? 관성제군은?"

치프가 권총을 내렸다.

"정말 기쁜 표정이네?"

진 플레커가 활짝 웃으며 물었다.

그녀의 머리가 덜컥 움직였다.

군용 단검 한 자루가 진 플레커의 두개골을 뚫고 박혀 있었다.

어느새 손을 내밀고 있던 치프는 뻐근한 표정을 지으며 똑바로 섰다.

"그래, 기쁘지. 장소만 적절했으면 춤이라도 췄을 거야. 기자 양반."

치프가 그 단검을 언제, 어떻게 던졌는지 목격한 사람은 아무도 없었다.

알타이르 전사들은 물론 헤이파와 탈리케아아, 셀레스티아도 당황하여 진 플레커와 치프를 번갈아 봤다.

반면 UNSMC 대원들은 '필살 기술'이 터졌다며 내심 즐거워했다.

'저번에 오크를 처리했던 그 기술이군. 확률 조작이라고 했던 가? 아무리 봐도 섬뜩해.'

데스디아는 쓴웃음을 지었다.

"어라, 뭐지?"

진 플레커가 머리에 박힌 단검을 쥐더니 단숨에 뽑아냈다.

"나, 이런 걸 얻어맞은 기억이 없는데?"

진은 치프가 던진 단검을 신기하다는 듯이 쳐다봤다.

치프는 다시 권총을 겨눴다.

"아무래도 약에 취해서 신을 찾는 건 아닌 것 같군."

확률 조작 때문에 지친 목소리로 중얼거린 치프는 호흡을 조절했다.

"흠… 힘이 부족해. 역시 하이시리스 님의 말씀대로야. 모든 걸 거둬들여야만 해."

진 플레커가 단검을 떨어뜨린 뒤 오른손을 들었다.

본관 쪽에서 큰 폭발음이 터졌다.

모두가 반사적으로 자세를 낮추는 한편, 지하에 있어야 할 냉동 수면 캡슐이 통째로 본관 정문을 부수고 튀어나와 진 플레커의 머리 위에 자리를 잡았다.

그 캡슐 안에는 냉동 상태로 뭉개진 그랜드 마스터의 육체가 들어 있었다.

"이제 이 힘도 나의 것이야!"

진 플레커를 뒤덮고 있던 검보라색의 연기가 위로 치솟더니 냉동 수면 캡슐을 집어삼켰다.

진 플레커가 내뿜는 연기 속에서, 각종 합금과 복합소재로 만들어진 냉동 수면 캡슐이 괴이한 소리를 내며 짓이겨졌다.

뭔가 단단한 것이 씹히는 소리가 분명하게 들렸다.

금속 파편과 뼛조각들이 연기 밖으로 툭툭 튀어 나갔다. 으깨진 두개골까지 핏물조차 묻지 않고 깨끗이 떨어졌다.

무기를 들고 숙소에서 뛰어나오던 헌터들은 그 괴이한 모습에 질려서 뜀뛰기를 멈췄다.

'오늘은 뭔가 제대로 정산이 되는 날이군. 자유의 어둠에, 그랜드 마스터가 지닌 미지의 힘에……. 골치 아픈 것들을 한 방에 해결할 수 있겠어.'

눈앞의 이질적인 상황을 긍정적으로 해석한 치프는 단말기를 꺼내서 위스콘신 쪽에 통신을 시도했다.

"위스콘신, 들리나? 여기는 A—1730이다."

―위스콘신 병기창입니다, 원사님. 지상의 상황은 이곳에서도 주목하고 있습니다.

병기창을 맡은 해병이 다급한 목소리로 응답했다.

"그럼 내가 원하는 게 뭔지 알겠군. 내가 쓸 경장갑 전투복과 소총들, 그리고 가디언 옵션을 캡슐에 담아서 회사 정문에 투하해."

―예? 하지만 가디언 옵션은 기밀입니다만…….

"이건 명령이야."

치프가 냉랭한 어조로 강조했다.

―알겠습니다. 가디언 옵션 사용 승인 완료. 제대로 처리해 주십시오.

"고맙군. 행운을 빌어줘."

―예, 원사님.

통신을 마친 치프는 자신의 권총과 단검을 비롯한 각종 장비들을 옆에 서 있는 UNSMC 대원에게 건네주었다.

데스디아는 당황한 표정으로 그를 바라봤다.

"치프, 설마 혼자 처리할 생각이야?"

"아, 나 지금 진짜 화났어. 앞으로 뭘 보더라도 너무 놀라지 마."

장비를 대원에게 모두 넘겨준 치프는 야전 상의와 셔츠까지 벗어 던졌다.

그사이에 그랜드 마스터의 힘까지 완전히 흡수한 진 플레커는 검보라색 안개와 붉은색의 폭풍을 함께 휘감은 채 자신의 힘을 뿜냈다.

알타이르 전사들은 진 플레커가 주변의 정령들을 모조리 밀어내서 교감이 어려운 상황을 만들자 큰 압박감을 느꼈다.

하지만 그들은 무기를 쥔 손을 풀지 않았다. 다리를 떨지도, 뒤로 물러서지도 않았다.

진과 가장 가까이에 있는 데스디아와 탈리케이아, 헤이파가 눈을 부릅뜬 채 버티고 있어서였다.

전사들은 그들에게 품은 경외심과 알타이르 왕족 특유의 경쟁심을 바탕으로 진 플레커가 뿌려대는 광기의 폭풍을 견뎌내고 있었다.

검은색의 진흙에 휩싸인 모습으로 변해 버린 진 플레커는 양손바닥 위에 큰 단검을 만들어서 꼭 쥐었다.

단검으로부터 그랜드 마스터의 힘을 상징하는 붉은색의 광선검이 뿜어져 길게 늘어났다.

"역시 이 두 가지 힘은 잘 어울리네? 마치 같은 사람이 만들어 낸 것 같은 힘이야."

진은 광선검의 끝으로 바닥을 그으며 데스디아 쪽으로 걸어갔다.

콘크리트로 다져진 바닥이 인두에 지져지는 빵처럼 불타며 파였다.

"하이시리스 님께 귀환하기 전에 빚을 청산해야겠어. 나를 봐, 데스디아 브라토레."

진은 루비처럼 붉고 투명하게 변한 눈으로 데스디아를 봤다.

그 보석 같은 안구 속에서는 검은색의 모세혈관이 뿌리를 박은 채 두근거리고 있었다.

"난 당장에라도 널 죽이고 싶어. 하지만 난 신에게 모든 것을 바친 몸이라서 하이시리스 님의 지시를 따라야만 해. 죽고 싶지 않으면 제루스트라투스를 나에게 바쳐."

"스트라투스를 너에게? 건방지구나, 오물."

데스디아가 쓴웃음을 지었다.

그 순간 진 플레커의 모습과 기척이 데스디아의 감각에서 사라졌다.

그것은 자유의 어둠을 가진 자가 발휘할 수 있는 강력한 은신 능력이었다.

데스디아의 직감이 불러온 불길한 예상이, 구체적으로는 머리와 심장이 광선검에 뚫리는 자신의 모습이 그녀를 긴장시켰다.

'진 플레커의 기술이라면 그렇게 나오겠지.'

그러나 데스디아를 노린 광선검은 모습을 드러내기 직전에 멈추고 말았다.

헤이파가 맨손으로 광선검을 붙든 것이다.

"고얀 계집이로군."

그녀는 광선검과 함께 진을 들어 올리고는 땅에 패대기쳤다.

119
마지막 만찬

진득한 액체가 되어 바닥에 퍼졌다가 본래의 모습으로 돌아온 진 플레커는 다시금 치아를 드러내며 웃었다.

단검을 이용해 만든 그녀의 광선검은 헤이파의 맨손에 으깨져 사라졌다.

"하하! 뭐야, 그거? 이해가 안 되는데? 강철도 녹여서 뚫을 수 있는 광선검을 어떻게 맨손으로 압착시켜 부술 수가 있지? 게다가 내 은신은 어떻게 알아냈어?"

"흠."

헤이파는 연기가 솟아오르는 자신의 오른손을 꽉 쥐었다.

"네가 내 말을 어떻게 이해할지 모르겠군. 난 포프를 정말 귀여워한단다."

"……"

"하지만 그 아이가 가지고 있던 자유의 어둠만큼은 도저히 받아들일 수 없었지. 그건 포프의 장래에 도움이 안 되는 힘이었거든. 그래서 최악의 경우를 대비해 왔을 뿐이야. 개인적으로는 큰 공부가 됐어. 설마 정령에도 그림자가 있을 줄은 몰랐거든. 자유의 어둠은 그 그림자와 동일한 현상이야."

정령의 그림자라는 헤이파의 말에 데스디아를 비롯한 알타이르 전사들 전원이 깜짝 놀랐다.

가장 놀란 것은 진 플레커였다.

"하이시리스 님께서는 이 힘의 그 성질을 아주 비밀스럽게 알려주셨지. 그런데 네가 거기까지 알아내다니, 화가 날 정도로 허무한걸?"

"애정을 가지고 보살피다 보면 뭐든 가능하지."

헤이파는 화상으로 물집이 잡히고 피부가 벗겨진 자신의 오른손을 다시 펴고 안타깝게 바라봤다.

"어쨌거나 당장 너와 싸우는 건 무리군. 널 상대하겠다고 선언한 사람이 이미 있으니 이 자리는 양보할 수밖에 없겠지."

"양보라……."

진 플레커는 헤이파의 태도에 어이가 없었다.

그녀는 자유의 어둠, 그리고 그랜드 마스터의 힘까지 모두 가진 진 플레커를 진심으로 깔보고 있었다.

그때, 회사 바깥쪽에 뭔가가 떨어졌다.

위스콘신의 병기창에서 사출시킨 캡슐이 회사의 정문 앞에 낙하한 것이다.

활짝 열린 회사의 정문을 통해 흙먼지가 밀려들어 왔다.

"어이, 따라와."

그 캡슐이 오기를 기다렸던 치프는 진 플레커에게 손짓을 한 뒤 불발된 폭탄처럼 땅에 박혀 있는 캡슐을 향해 걸어갔다.

"A—1730? 네가? 하, 무장 제조인가 뭔가 하는 능력으로 날 잡으려고? 꿈 깨시지? 넌 날 발견할 수도 없다고!"

"그럼 지금 당장 날 어떻게 해보던가?"

"흐!"

웃음소리를 토한 진 플레커가 그 자리에서 사라졌다.

회사 정문을 나선 치프는 생체 인증을 거쳐 위스콘신에서 보낸 캡슐을 열면서 말했다.

"기억이 날지 모르겠네? 우리의 첫 만남 말이야. 넌 그 조그만 차에서 자는 척을 했고, 난 널 끌어내서 바닥에 눕혔지. 그때 내가 떨군 머리카락과 피부의 각질 등은 너라는 존재를 찾아내는데 소중하게 쓰였어."

캡슐 내에서 권총을 뽑아 든 치프는 급속으로 오른팔을 뻗으며 총을 쐈다.

광선검으로 탄환을 베어내며 모습을 드러낸 진 플레커는 입을 다물고 굳은 표정을 지었다.

"너도 내가 보이나?"

"궁금하지? 이제 알게 될 거야."

캡슐에서 빨래 건조대처럼 생긴 로봇이 튀어나오더니 치프의 바지와 신발, 그리고 양말까지 벗긴 후 보호복과 경장갑 전투복을 순식간에 입혀주었다.

임무를 마친 로봇은 뒤로 물러났고, 뒤이어 문어처럼 생긴 특수 장비가 여덟 개의 다리를 이용해서 캡슐 밖으로 나왔다.

보기보다 민첩하게 움직인 그 장비는 치프의 전투복 등판에 달라붙었다.

그 특수 장비, 가디언은 문어의 머리처럼 생긴 부분을 해체하더니 그 모든 것들을 치프의 헬멧에 부착시켰다.

그것은 온갖 종류의 감지 장치였다.

"겁쟁이 같으니. 맨몸으로는 날 상대할 자신이 없나 보군. A—1730."

진 플레커가 다시 모습을 감췄다.

가디언의 기계 팔들이 캡슐 안에 들어 있는 기관총들과 산탄총, 그리고 대량의 탄약을 챙겨서 팔에 장착했다.

치프 역시 소총을 들고 주변을 둘러봤다.

"내가 포프에게서 자유의 어둠을 떼어내려고 한 이유는 꽤 다양해. 해군 정보부에서 그 힘에 대한 정보를 기록한 뒤 지구에 넘긴 건 오래전의 일이야. 군의 관계자들이 그 자료들을 보고 인터넷 서핑을 하는 사람처럼 즐거워할 것 같아? 천만에. 이 일이 끝나면 그들은 분명 포프를 붙잡아서 연구소에 처박겠지."

중얼거리던 치프가 몸을 돌리더니 아무도 없는 장소를 향해 총을 겨눴다.

"그렇게 되면 해부와 복제를 포함한 각종 실험이 포프에게 가해질 거야. 포프의 동생들도 그 꼴이 될 수 있어. 혈연을 통해서 자유의 어둠이 전승된다는 사실을 군에서도 알고 있거든."

치프는 다음 이야기를 꺼내기 전에 자신의 감정을 조절해야만 했다.

"만약 포프의 복제 인간들이 영 시원치 않을 경우, 그들은 포프와 포프의 동생들에게 임신과 출산을 반복시켜서 실험용 육체를 계속 확보하려 할 거야. 축산용 우량종을 만들 때도 그러는데, 못 할 건 없지. 만약 자유의 어둠이 여자들에게만 전승되는 힘이라는 게 증명된다면 남자애들은 태아 단계에서 저세상으로 갈 거야."

싸움을 멈춘 채 치프를 바라보고 있던 바라쿠스와 반달리온은 그의 그 얘기를 듣자마자 서로를 보며 어이없어했다.

듣는 것에 집중하고 있던 알타이르 전사들도 마찬가지였다.

"내가 왜 그걸 아냐고? 상식 밖의 힘을 가진 외계 종족들은 전부 그런 식으로 사용되고 있거든. 외계 종족만이 문제가 아니지. 내가 결혼해서 애를 볼 생각을 안 했던 이유도 그것 때문이야."

치프는 뭔가를 쫓듯 소총을 계속 움직였다.

그의 헬멧에 부착된 감지 장치들도 겉으로만 고요할 뿐, 속으로는 지금 시대의 슈퍼컴퓨터 두 대 분량의 연산능력을 이용하여 진 플레커의 위치를 계산하고 있었다.

"기자 양반. 네가 무슨 수로 되살아났는지 모르겠지만 포프에게서 그 힘을 빼앗은 일만큼은 고맙게 생각하고 있어. 그에 대한 보답이라고 말하긴 뭐한데. 끌려가서 실험체로 사용될 일이 없도록 이 자리에 널 죽여주지."

치프의 소총에서 탄환이 튀어 나갔다. 가디언의 팔에 장비된 기관총들도 마찬가지로 불꽃을 뿜었다.

그을린 돌 외엔 아무것도 없던 장소에서 검은색의 액체가 튀더니 넝마가 되어버린 진 플레커가 풀썩 쓰러졌다.

치프는 진이 쓰러졌음에도 불구하고 그 육체에 끊임없이 사격을 가했다.

총구가 빨갛게 달아오를 정도로 사격을 거듭한 치프는 가디언의 팔에서 푸른색의 화염을 뿜어 진의 몸을 소각시키려 했다.

바닥에 쏟아진 간장처럼 진득하게 흩어져 있던 진 플레커가 순식간에 모습을 재구축하며 화염을 피했다.

치프는 소총의 탄창을 갈아 끼우며 그녀를 추적했다.

"아무래도 자유의 어둠을 이용한 은신은 너한테 소용이 없나 보네?"

진 플레커의 온몸에서 하얀 치아가 드러나더니 동시에 재잘거렸다.

"뭐, 작년에 마주쳤다면 얘기가 달랐겠지."

치프가 어깨를 으쓱거렸다.

"그렇다면 힘으로 상대해 주지! A—1730!"

치프로부터 멀찌감치 물러난 진 플레커의 육체가 인간의 형태를 잃고 무너져 내렸다.

가디언에 맞서듯, 진은 수십 개의 촉수를 가진 괴물로 변하더니 주변의 정령들을 흡수하며 육체의 크기를 키웠다.

8미터 정도의 크기로 성장한 그 괴물은 촉수에 붉은색의 투기를 주입했다. 그러자 촉수들로부터 붉은색의 광선검이 세차게 뿜어졌다.

그 광선검의 불꽃이 갑자기 증폭되었다.

증폭된 힘이 치프에게 쏠리자, 그의 소총에 든 탄환과 가디언의 팔에 달린 기관총의 탄환이 전부 폭발하여 사방으로 튀었다.

전투복 전체가 폭발로 튀어 나간 탄에 긁혀 버렸음에도 불구하고 치프는 소총을 이용해 진을 계속 겨눴다.

"이제 슬슬 운캄타르의 힘을 사용해 보는 게 어때?"

진 플레커의 몸에서 다시 입들이 열리고는 일제히 소리쳤다.

"유감이군. 내가 너였으면 적어도 여기서 싸우진 않았을 거야."

중얼거린 치프는 뒤로 빠르게 물러나면서 탄이 없는 소총의 방아쇠를 당겼다.

하늘에서 새파란 광선이 내려와 진 플레커의 몸을 뒤덮었다.

치프의 소총과 연동된 위스콘신의 양성자 광선포였다.

"암살자가 힘으로 맞붙겠다고? 이상한 소리를 하는군."

진을 비웃은 치프는 쏟아지는 광선속에서 촉수를 휘두르며 발악하는 상대의 모습을 지켜봤다.

그녀의 촉수가 광선포의 빛줄기로부터 빠져나왔다.

양성자 광선포의 빛줄기가 사라졌다.

치프는 사람 크기의 촉수만 남아버린 진 플레커를 바라보며 가디언의 기계 팔들을 작동시켰다.

탄환이 모조리 날아가 버린 탓에 기관총을 쓸 수는 없었지만 기계 팔에 내장된 광학 병기와 열 병기, 전기 충격 병기, 냉병기는 모두 무사했다.

치프도 소총을 치켜들며 마무리를 준비했다.

주변에서 올라온 금속 입자들이 그의 소총에 달라붙었다.

무장 제조를 통해 만들어진 그 새로운 무기는 겉보기만 누더기일 뿐, 실제 성능은 지구에서 사용하는 고온 플라즈마 분사기와 동일했다.

"마지막으로 물어볼 게 있어, 기자 양반."

"…뭐지?"

싸울 기력을 모두 상실한 진은 촉수 상태로 말했다.

"당신, 실제로 기자 활동을 했었더군."

"……."

"잡지뿐만 아니라 권위가 있는 학술지에도 기사를 올렸더라고. 기사 소재는 대부분 자연 관련이었어. 집요할 정도였지. 당신에 대한 조사를 하면서 기사들도 읽어봤는데, 문장은 그냥 그랬지만 사진만큼은 마음에 들더군. 색감이 특히 좋았어."

"…하. 늦게 배운 도둑이 날 새는 줄 모른다잖아?"

진이 꿈틀거리며 대답했다.

"그렇게 재미 붙인 일이었다면 꾸준히 하지 그랬어?"

안타까워한 치프는 총의 안전장치를 푼 뒤 가디언의 기계 팔들과 함께 그녀를 겨눴다.

그는 그녀를 놓아줄 생각이 전혀 없었다. 하지만 진이 마지막까지 광기를 부린 이유만큼은 듣고 싶었다.

그녀가 작성한 기사와 사진들이 그만큼 마음에 들었고, 읽는 사람마저 즐겁게 만들어줬기 때문이다.

"당신 말대로 정말 재밌었어. 그래서 더더욱 스위트 베르자르를 용서할 수 없었어. 그 계집은 왜 하필 날 골랐을까? 빌어먹을, 빌어먹을……."

자책감에 빠진 사람이 벽이나 땅을 머리로 들이받듯, 촉수가 연거푸 땅을 치며 괴로워했다.

"나도 가끔 그런 생각을 하곤 해. 유감이야."

방아쇠에 걸린 치프의 손가락이 움직이려던 찰나였다.

―알파 리더. 여기는 위스콘신. 상부에서 긴급 지시입니다. 진 플레커를 생포해야 합니다!

갑자기 들어온 통신에 치프가 움찔했다.

"상부? 어느 상부? UN사령부야, 아니면 국방부야?"

―예? 그건…….

위스콘신의 수병이 즉각 대답하지 못하자 치프는 그대로 방아쇠를 당겼다.

그의 플라즈마 분사기와 가디언의 기계 팔들이 일제히 화염과 광선을 뿜으며 진 플레커의 촉수를 자르고 불태웠다.

촉수는 치프의 감각을 벗어날 정도로 빠르게 움직였지만 기계 팔들이 그보다 더 빠르게 작동하여 임무를 지속했다.

잘려 나간 촉수의 일부가 작은 광선검을 만들며 최후의 발악을 했으나 이미 생쥐 크기로 잘린 촉수들이 할 수 있는 것은 아무것도 없었다.

사력을 다해 치프의 머리 쪽으로 뛰어오른 촉수의 파편은 가디언의 기계 팔에서 튀어나온 손톱에 붙잡혔다.

기계 팔들은 기본적으로 착용자의 의사에 맞춰서 움직이지만, 착용자가 미처 반응하지 못하는 상황이 발생할 경우 인공지능으로 전환되어 요격을 담당한다.

붙잡힌 촉수의 파편은 기계 팔에서 뿜어진 플라즈마 화염에 뒤덮였다.

"신께서… 나를 다시 세상에 내보내실 것이다!"

"그때는 단검 말고 카메라를 잡도록 해. 당신, 그쪽에 더 소질이 있는 것 같거든."

치프가 소총을 내리며 말했다.

"하……."

맥 빠진 웃음소리를 낸 촉수의 파편은 더 이상 말없이, 저항 않고 소각되어 사라졌다.

감지 장치를 이용해 진 플레커의 흔적을 찾아본 치프는 가디언에게 임무를 이양한 뒤 헬멧에 손을 댔다.

"여기는 알파 리더. 방금 나한테 통신을 보낸 수병은 관등 성명을 대라. 이건 오픈 채널이니까 크고 당당하게 말하도록."

—수병 제레미 마이클슨입니다!

"좋아, 수병. 다시 묻지. 아까 그 긴급 지시 말인데, UN사령부에서 내려온 거야, 아니면 국방부에서 내려온 거야?"

—말씀드릴 수 없습니다.

"너, 해군 정보부 요원이지?"

—예?

수병의 목소리가 당혹감으로 떨렸다.

"브라보 리더, 들리나?"

─예, 알파 리더.

죠니가 약간 화가 난 목소리로 대답했다.

"저 친구와 직접 얘기하고 싶은데 말이지."

─당장 위스콘신으로 올라가겠습니다.

통신을 마친 치프는 긴 한숨을 쉰 뒤 자신의 소총을 뒤덮은 무장 제조의 흔적을 지웠다.

그는 나란히 자신을 쳐다보고 있는 바라쿠스와 반달리온 쪽으로 고개를 돌렸다.

"하시던 일 계속하세요, 아저씨."

반달리온과 잠깐 마주 본 바라쿠스는 쓴웃음을 지었다.

"김이 샜다네."

"그거 다행이네요."

치프는 왼손을 들어 흔든 뒤 회사 쪽으로 걸어갔다.

그는 위스콘신이 쏜 양성자 광선포의 영향으로 미친 듯이 일렁거리는 공기 속을 한가로이 지나갔다.

＊　　　　＊　　　　＊

본관의 의무실에서 눈을 뜬 포프는 주변을 둘러봤다.

그녀는 마실 것을 찾았지만 침대 옆 의자에서 만화책을 읽고 있는 치프를 보자마자 생각을 바꿨다.

"사장님."

"응, 포프. 일어났네."

치프는 만화책을 덮고 테이블에 올려놓은 뒤 미리 준비해 놓은 생수를 포프에게 내밀었다.

포프는 무리 없이 생수의 뚜껑을 따서 물을 마셨다.

'근육과 신경에는 문제가 없군.'

일부러 뚜껑을 따지 않은 생수를 그녀에게 주었던 치프는 내심 안심했다.

물을 충분히 마신 뒤 잠시 생각을 하던 포프는 불안한 표정으로 치프를 다시 봤다.

"전 이제 해고인가요?"

"해고라니? 왜?"

"힘을… 잃었잖아요?"

포프의 말에 치프는 헛웃음을 터뜨렸다.

"포프. 혹시 자유의 어둠에 미련이 있는 거야?"

"그 힘이 제 개성이었잖아요?"

"개성이라……."

치프는 무엇을 위한 개성이었냐는 비판을 하려다가 생각을 바꿨다.

"진 플레커는 정말 어설펐어. 자유의 어둠도, 그랜드 마스터의 힘도 제대로 사용하지 못했지. 낯선 힘을 멋대로 휘두른 대가는 정말 처참했어."

"……."

"넌 정신이 나갈 정도로 험한 일들을 수없이 겪으면서도 노력을 게을리하지 않았어. 네 나이에, 그리고 그런 상황에서 꾸준히 노력할 수 있는 사람은 많지 않을 거야. 네가 그저 그런 인간이었다면 인생이 뭐 이따위냐며 모든 걸 내던졌겠지. 재미없는 게임을 그만두듯이 말이야."

치프는 포프의 손을 잡아주었다.

"그게 네 진짜 개성이고 소중한 재능이야. 우리는 자유의 어둠이 아니라, 그 힘을 결국 자신의 것으로 만든 너를 자랑스럽게 생각하고 있어."

"하지만 그 힘이 없으면 다른 사람들을 도와줄 수가 없잖아요?"

포프가 상기된 얼굴로 따졌다.

"힘으로 남을 돕고 싶으면 굳이 무기를 들 필요는 없어. 소방관, 응급구조대 모두 명예로운 일이야. 진지하게 해야 하는 일이기도 하고 말이지. 넌 동생들을 위해서라도 멀리 보는 게 좋아."

치프는 포프의 더벅머리를 쓰다듬어 주었다.

"네 어머니가… 스위트 베르자르 씨가 암살자가 아니라 헌터로서의 길을 선택한 까닭도 너희들을 위해서였을 거야."

하지만 스위트 베르자르는 결국 자유의 어둠이라는 저주에서 벗어나지 못한 채 죽고 말았다.

치프는 그 말을 생략했지만 포프는 가만히 생각을 거듭한 끝에 그 결론에 도달했다.

"엄마가 만약 사장님과 아는 사이셨다면, 돌아가시지 않고 자유의 어둠에서 벗어나실 수 있으셨을까요?"

"그건 잘 모르겠네."

치프는 솔직하게 말했다.

만약 그때 당시에 자유의 어둠이라는 힘이 실제로 증명되어 지구에 알려졌다면, 치프 자신과 UNSMC가 그녀를 포획하여 연구소에 집어넣는 임무를 맡았을지도 모르기 때문이다.

"포린과 포티를 데려올게. 여기서 푹 쉬고 있어."

"예, 사장님."

치프는 자신이 보던 만화책을 집어 든 뒤 포프의 단말기를 그 자리에 올려놓고 의무실을 나갔다.

의무실 밖 복도에는 죠니가 혼자서 대기하고 있었다.

"포프는 괜찮습니까?"

죠니가 물었다.

"충격이 가시려면 시간이 더 필요하겠지. 자유의 어둠이 빠져 나간 뒤의 신체 변화도 지켜봐야 하고 말이야."

"그렇군요."

죠니는 걱정이 어린 표정으로 의무실을 봤다.

"그보다, 그 친구는 어딨어?"

"지하에 있습니다."

치프가 말한 '그 친구'는 아까 그에게 상부 지시라는 말을 했던 수병이었다.

"저녁 식사 전에 얘기를 다 들어보자고. 연장은 챙겨놨지?"

"연장들을 보고도 긴장하질 않는 걸 봐서는 정말 정보부 요원일 것 같긴 하더군요."

"골치 아프네. 배고픈데 말이지."

피곤한 목소리로 중얼거리며 복도를 걸어간 치프는 폐쇄 상태였던 의무실 외부 출입구를 열었다.

문이 열리자 출입구 앞 벤치에 앉아 있던 포린과 포티, 요르엘, 오라클, 그리고 젝스가 벌떡 일어났다.

아이들의 간식을 챙겨주던 켐리와 사만다도 치프를 봤다.

"오래 기다렸지? 다들 들어가 봐. 포프가 심심해할 거야."

치프의 입이 떨어지기 무섭게, 포린과 포티가 어른들 틈을 비집고 나와서 복도를 달렸다.

"뛰면 안 돼, 둘 다!"

요르엘이 포린과 포티를 다그치며 따라갔다. 오라클 역시 바쁘게 그들의 뒤를 따라갔다.

"사장은 괜찮아? 아까 보니까 사장의 전투복이 엉망이었어."

젝스가 치프의 곁을 지나가며 물었다.

"탄이 폭발할 줄은 몰랐지만 난 괜찮아. 포프 곁에 있어줘."

치프는 상냥하게 웃었다.

"알았어, 사장."

젝스도 의무실 쪽으로 달려갔다.

"너희들도 따라가 봐. 냄새가 좋네."

치프는 켐리가 가져온 음식 바구니를 보며 말했다.

"아저씨, 정말 괜찮으신가요?"

사만다가 꼼짝도 않고 물었다.

그녀는 방금 전 치프가 출입구를 열며 나올 때 그의 눈에 얼핏 스친 살기를 기억하고 있었다.

"저녁 식사 전엔 끝날 거야. 이따가 보자, 사만다."

"예, 아저씨."

사만다는 죠니와 함께 복도를 걸어가는 치프를 한참 바라봤다.

"가시죠, 팀장님."

캠리가 사만다를 재촉했다.

사만다는 말없이 켐리를 따라 의무실의 출입구를 지나갔다.

치프는 지하로 가는 계단에 남아 있는 메케한 냄새에 눈썹을 찡그렸다.

"냉동 수면 캡슐 말인데, 대체 어떻게 빠져나온 거지? 본관 지하의 콘트리트 벽 두께는 자네도 알잖아?"

"폭발물이 설치된 흔적은 없었습니다만… 뭐, 일종의 초능력이겠죠. 아니면 우리가 본 적이 없던 폭발물일 수도 있고요."

죠니가 자신의 두꺼운 턱을 매만졌다.

"대비해야 할까?"

"그래야죠."

지하 수용시설로 들어간 치프는 감방 앞에 서 있는 데스디아와 탈리케이아를 보고 깜짝 놀랐다.

"너희들 왜 여기에 있어?"

감방 안에 혼자 앉아 있는 수병을 지켜보던 둘은 치프 쪽을 돌아봤다.

"견학 좀 해보려고."

데스디아의 대답에, 치프는 고개를 흔들었다.

"보고 즐길 만한 일은 아니야."

"나도 그렇게 즐거운 마음으로 거세를 거행한 적은 없어."

데스디아가 피식 웃었다.

"그러시군요."

씁쓸한 표정을 지으며 감방 안에 들어간 치프는 수병 앞에 의자를 가져다 놓고 앉았다.

죠니는 수병의 목까지 덮고 있던 검은색 비닐 봉투를 벗겼다.

치프는 땀에 흠뻑 젖은 수병의 얼굴을 보며 빙긋 웃었다.

"이제 얘기 좀 할까?"

"저, 저는 해군 정보부에서 파견된 요원입니다! 요원 번호는 B—03119이며, 캠프 그라니트 임무를 위해 이곳에 파견됐습니다!"

수병이 숨 가쁘게 소리쳤다.

"캠프 그라니트? 그건 또 뭐야?"

치프가 의아해했다.

자신을 해군 정보부 요원이라 밝힌 그 수병은 겁에 질린 얼굴로 치프를 응시했다.

"상부에서는 이 행성에서 분쟁이 지속될 것을 예상하고 있습니다. 그래서 캠프 그라니트라는 이름의 주둔지를 세워서……."

"그러니까 그 상부가 어디냐고? UN사령부야, 아니면 국방
부야?"

치프가 자리에 앉은 채 고함을 쳤다.

그의 눈빛에 질린 요원은 자신의 무릎 쪽으로 시선을 돌려 버
렸다.

"그보다 위입니다."

"……."

답을 들은 치프는 입을 다물었다.

팔짱을 낀 채 상황을 지켜보던 데스디아는 치프가 굉장히 난
감해하고 있음을 감지했다.

'주둔지? 캠프 그라니트? 설마 군사기지를 말하는 건가?'

그녀의 표정이 점점 더 심각해졌다.

치프가 자리에서 일어났다.

"해군 정보부 요원이라는 자가 고장 난 수도꼭지처럼 술술 불
어대? 아무래도 자네는 메신저인 것 같은데?"

"그렇습니다. 원사님께 메시지를 전하는 것도 제 임무입니다."

대답하긴 했지만 요원은 여전히 겁에 질려 있었다.

그는 치프가 지금까지 어떤 성격의 임무를 해결해 왔고, 또
그 과정에서 '적'으로 인식한 자들을 어떻게 취급했는지 잘 알고
있었다.

치프가 오른손을 까딱 움직였다.

그러자 치프의 뒤쪽에서 가만히 대기 중이던 죠니가 요원에게
달려들었다.

두꺼운 근육질의 거한, 죠니는 요원이 앉은 의자의 등받이를
왼손으로 잡아 들어 올렸다.

"주사 맞을 시간이야, 친구."

죠니가 들어 올린 것은 의자만이 아니었다. 의자에 단단히 묶인 요원도 함께 들려서 대롱대롱 흔들렸다.

오른손으로 요원의 복부를 친 죠니는 그가 비명도 지르지 못할 만큼 고통스러워하자 다시 의자를 놓았다.

죠니는 뒤이어 옆쪽 테이블에 놓인 주사들을 들고 요원의 뒷목에 차례차례 주사했다.

복부에 가해진 충격 때문에 호흡도 제대로 못 하던 요원은 2분 정도가 지나자 멍한 표정이 되었다.

단말기를 이용해 탄산음료 품평들을 보며 시간을 죽이던 치프는 이윽고 일어나서 요원의 상태를 확인했다.

"메신저라고 해도 너무 술술 불어대면 좀 불쾌하지. 독한 약을 쓰진 않았으니 걱정하지 마."

"…예, 원사님."

요원이 뭔가에 취한 듯 긴장이 완전히 풀린 표정으로 대답했다.

"그럼 묻겠는데, 캠프 그라니트의 목적은 뭐지?"

"상부에선… 원사님께서 날개 달린 자들을 귀환시킨 이후의 일에 대비하고 있습니다."

"대비라고?"

"지금까지 수집된 정보를 토대로 시뮬레이션을 포함한 각종 분석을 시행한 결과, 날개 달린 자들의 분열은 확정적입니다."

대답을 들은 치프는 웃지도, 화를 내지도 않았다.

그 역시 드래곤들의 분열을 예상하고 있었기 때문이다.

죠니도, 데스디아도, 탈리케아도 침묵을 통해 동의했다.

"결국 빅시티는 안전을 보장할 수 없는 장소가 될 것입니다.

또한 라이트스톤에게 날개 달린 자들에 대한 정보와 기술을 구입한 밀렵꾼들이 그라니트 행성으로 들이닥칠 겁니다. 캠프 그라니트는 그 혼란과 밀렵, 그리고 미지의 침공에 대비해 기획되고 있는 주둔지입니다."

요원의 말에, 치프는 고개를 갸웃거렸다.

"지구에서 꾸미고 있는 일치고는 너무 인간적인데?"

"각국의 높으신 분들 가운데에서 원사님께 빚을 지지 않은 분은 거의 없지요."

"흠……."

"조만간 구체적인 제안이 내려올 겁니다."

"아니, 난 전역할 건데? 다 때려치우고 알타이르로 이민 갈거야."

치프가 가볍게 짜증을 냈다.

데스디아와 탈리케이아는 이민을 갈 거라는 그의 말에 내심 기뻤지만, 그녀들조차도 지구에서 치프를 그리 쉽게 놓아줄 거라고는 생각하지 않았다.

"그건 제가 뭐라고 답변해 드릴 수 있는 이야기가 아니군요."

"흠… 됐어. 내가 상부와 협의해 보지. 수고했어, 친구."

"감사합니다, 원사님."

"대신 오늘 당장 여객선을 타고 지구로 돌아가야 할 거야. 자네 신분이 밝혀진 이상 그냥 둘 수는 없어."

"이해합니다."

요원은 멍한 표정으로 대답했다.

치프는 그의 팔에 수갑을 채우고 머리에 비닐 봉투를 씌운 뒤 죠니와 함께 그를 끌고 나갔다.

데스디아와 탈리케이아는 드래곤들의 정치적 문제에 대해 고민하며 그들의 뒤를 따라갔다.

＊　　　　＊　　　　＊

치프는 죠니, 데스디아, 탈리케이아와 한자리에 모여 저녁식사를 했다.

요원의 뒤처리를 하느라 식사 시간이 늦어졌기에, 식당에는 그 네 명과 알케온만이 남아 있었다.

그래서인지 넷 앞에 쌓인 음식은 평소보다 푸짐했다.

치프와 데스디아, 탈리케이아의 표정이 덤덤한 것과는 반대로, 죠니는 매우 즐거워하고 있었다.

헤이파가 직접 앉으라고 한 사람들만이 사용할 수 있었던 목제 테이블에 처음으로 앉았기 때문이다.

"이 자리에 앉는 기분이 이런 거군요."

죠니는 3인분 분량의 치킨 샐러드 위에 드레싱을 잔뜩 뿌리며 싱글벙글했다.

포크와 나이프로 탄두리 치킨의 살을 발라내던 치프는 문득 테이블을 둘러봤다.

"메이&노드에서 이 탁자를 산 게 어제 같은데 말이지."

"그러게."

힘없이 말한 데스디아는 새우튀김 네 개가 들어간 우동에 김가루를 뿌린 뒤 젓가락으로 우동의 국물과 면을 슬슬 저었다.

맑은 국물 속에서 묵직하게 흔들리는 면발이 놀라울 정도로 탱글탱글했다.

"너무 우울하게들 얘기하는 거 아냐? 내일 당장 회사가 없어지는 것도 아니잖아?"

탈리케이아는 초대형 치즈 돈가스를 나이프로 신나게 썰었다.

"일정상 내일부터는 브리치들을 떨어뜨려야 하는데……"

치프가 이야기 도중에 치킨 조각을 입에 넣고 씹었다. 적절한 매운맛과 바삭하게 구워진 껍질, 그리고 간이 잘 맞춰진 육즙이 섞이면서 치프의 입을 행복하게 만들어주었다.

"음……"

눈을 감고 맛을 음미한 치프는 조리대에서 커피를 마시며 시간을 보내고 있는 알케온을 향해 엄지를 치켜들었다.

"흠."

시크하게 코웃음을 친 알케온은 커피가 든 찻잔을 입에 댔다.

"그래, 브리치를 떨어뜨려야만 하지. 음. 무슨 일이 벌어질지 모르니 걱정이야."

치프가 아까 하던 이야기를 계속했다.

"누군가가 배신만 하지 않으면 괜찮지 않을까? 그럴 사람이 남아 있긴 한지 모르겠지만 말이야."

데스디아가 쓴웃음을 지으며 말한 뒤 큼지막한 우동 그릇을 들고 국물을 마셨다.

"하아……"

새우튀김에서 나온 담백한 기름과, 알케온이 직접 물고기를 훈제하여 만든 국물의 감칠맛이 부드럽게 조화되어 데스디아의 혀를 따끈하게 자극했다.

맛이 준 즐거움이 데스디아의 마음을 풀어주었다.

탈리케이아는 잘라낸 돈가스의 단면에서 진하고 풍부하게 흘러나오는 모차렐라 치즈를 보며 어린아이처럼 환호했다.

그녀의 즐거움은 거기서 끝나지 않았다. 버터에 구운 빵가루를 이용한 튀김옷은 그 특유의 부드러움으로 탈리케이아의 입맛을 사로잡았다.

맛있는 식사로 기분을 푼 그들은 한결 가벼운 표정으로 이야기를 나눴다.

"캠프 그라니트라……. 여기가 군 주둔지로 변하면 우리는 나가야 하나?"

데스디아가 가벼운 걱정을 섞어 치프에게 물었다.

콜라를 마시던 치프는 고개를 저었다.

"그건 아닐걸? 이 회사는 군사기지에 가깝게 꾸며진 장소일 뿐이야. UN사령부에서 규정한 캠프의 기준에는 한참 못 미치지."

"그럼 뭐가 더 필요한데?"

탈리케이아가 물었다.

"일단 대형 항만이 필요해. 위스콘신 크기의 전함을 일곱 척이상 수용할 수 있어야 하고, 항모도 두 척 이상 수용할 수 있어야 하지. 보급 및 정비, 수리를 위한 시설도 포함되어야 하니까, 아마 항만의 크기로 따지자면 빅시티 공항 이상이어야 할 거야."

치프가 콜라를 다시 마시자 그다음의 이야기는 죠니가 이어받았다.

"캠프에 주둔하는 병력의 최소 규모가 2만 명이죠. 이곳은 다른 행성이고, UN사령부 산하 캠프가 될 테니 4만 명에 가까운 병력이 들어찰 겁니다. 군무원까지 포함하면 5만 명 이상이 되겠네요."

죠니가 자신의 단말기를 꺼내어 지구의 유럽 지역에 있는 어떤 캠프의 모습을 홀로그램으로 출력시켰다.

"규모가 보이시죠? 캠프에서 굴러다니는 전차의 숫자만 따져도 주력 전차와 보행 전차, 화력 투사용 무인 전차까지 합쳐서 100대 이상일 겁니다."

호기심이 발동한 탈리케이아는 죠니가 보여주는 홀로그램을 유심히 살폈다.

"부지 면적만 해도 우리 회사의 10배는 한참 넘는 것 같은데?"

"하하, 우리 회사는 항만 시설보다 작겠죠."

죠니는 웃으며 홀로그램을 껐다.

"음… 근데 정말 지구의 군대만 주둔하게 될까나?"

탈리케이아의 말에 치프와 데스디아가 그녀를 봤다.

"무슨 말이지?"

데스디아가 묻자 탈리케이아가 어깨를 으쓱거렸다.

"만약 날개 달린 자들이 이 행성의 원주민으로 인정되면 말이야, 지구의 군대만이 온갖 문제를 떠안는 것도 좀 이상하지 않아? 그림이 그렇잖아? 지구가 이곳을 식민지로 삼기 위해 무력을 동원하고 있다며 시비를 걸지 않을까?"

"우주 연합의 존재 여부와 관계없이 시비가 걸리겠지."

치프는 슬슬 고개를 끄덕였다.

"그래서 말인데, 치프."

탈리케이아가 치프 쪽으로 몸을 확 내밀었다.

죠니는 그 순간 빠르게 데스디아의 눈치를 봤다.

데스디아는 치프의 왼쪽 어깨에 얼굴을 붙이다시피 한 탈리케이아의 모습을 불편하게 바라보고 있었다.

'오우, 느낌이 좋은 질투로군.'

죠니는 단말기로 데스디아와 탈리케이아, 치프의 모습을 몰래 찍었다.

모두가 마실 커피를 가져온 알케온이 죠니의 큼지막한 어깨를 툭 건드렸다. 죠니는 멋쩍게 웃었고 알케온도 슬쩍 웃으며 죠니의 옆에 앉았다.

"우리 여왕 폐하께서 이번 일에 꽤 적극적이시잖아?"

탈리케이아가 말했다.

"그렇지. 대체 여왕께서 나에게 뭘 원하시는지 궁금할 정도야."

"이곳에 전사들을 보내신 것도 그래. 정말 치프에게 진 빚을 갚기 위한 판단이셨을까?"

"…절차상으로는 문제가 없었잖아?"

"그 전까지는 우주 연합의 요청만 받아들이신 분이셔. 그런데 이번에는 치프와, 정확히는 지구와 손을 잡으신 거라고."

"음……"

알타이르의 정치 사정을 정확히 모르는 치프는 잘 모르겠다는 표정을 지었다.

하지만 데스디아는 친구의 생각에 동의하여 고개를 끄덕거렸다.

"맞아. 생각해 보니 그렇군. 알타이르와 지구의 관계는 이번 사건이 있기 전까지 그렇게 좋진 않아. 내 동생의 일도 있었고…… 아무튼 나와 치프가 이 행성에서 시간을 보내면서 차차 나아졌지."

"단말기 보급량도 좋아졌고 말이야."

탈리케이아가 자신의 단말기를 흔들었다. 그녀가 쓰는 민간용 단말기는 분명히 지구의 제품이었다.

"알타이르 왕실의 프로파간다도 한몫했지."

치프가 괴로운 표정으로 고개를 숙였다.

"저번에 엠페라투스와 싸운 이후, 같이 사진을 찍자고 달려드는 알타이르 전사들 때문에 제대로 쉬지도 못했어. 알타이르에서 날 영웅으로 꾸며준 이후 계속 이어지는 일들이지."

"음… 그래서 말인데, 아무래도 캠프 그라니트는 지구만의 것이 아닐지도 몰라."

탈리케이아가 말했다.

"우리 알타이르와 지구의 연합군 주둔지일 수도 있어. 난 여왕 폐하께서 전사들의 파병에 동의하신 건 정식 연합군을 만들기 위한 실험이라고 생각해."

"일리 있군."

데스디아가 끄덕끄덕 고개를 움직였다.

죠니가 사람들 앞에 커피를 놓는 가운데, 알케온이 갑자기 헛기침을 했다.

"흠. 그 캠프 그라니트가 대형 주둔지라는 것까진 알겠는데, 대체 누구를 위한 장소인가? 혹시 우리가 다른 종족의 군인들을 무조건 받아들일 거라고 생각하진 않겠지?"

"물론 날개 달린 자들과 협상을 해야겠지. 그런데 협상을 위한 대표로는 누가 좋을 것 같아?"

치프가 묻자 알케온이 입을 다물었다.

차마 셀레스티아라고 대답을 할 수는 없었기 때문이다.

알케온이 고민하는 가운데, 치프의 단말기가 세차게 진동했다.

치프는 발신자가 레투가인 것을 보고 의아해했다.

'레투가가 이 시간에 무슨 일이지?'

치프는 곧장 전화를 받았다.

"나야, 레투가. 무슨 일 있어?"

―지금 회사인가?

"응. 식사 중이었는데?"

―그렇다면 식당 안의 TV를 켜보게. 이상 현상이 발생했다네.

레투가의 말을 들은 치프는 알케온을 급히 봤다.

커피를 마시던 알케온은 식당 벽에 설치된 대형 TV 중 한 대를 향해 손가락을 뻗었다.

그의 손끝에서 발산된 보이지 않는 힘은 리모콘의 신호를 대신하여 TV를 깨웠다.

지구 쪽 채널에 맞춰진 TV에선 야구 중계가 펼쳐졌다.

게임이 이미 8회 말의 상황임을 확인한 치프는 고개를 갸웃거렸다.

"그래, 레투가. 자네 말대로 확실히 이상하긴 하네. 오리올스가 양키스를 21 대 0으로 이기고 있어."

─그게 문제가 아닐세. 자네라면 한 번에 알아볼 줄 알았는데 말이지.

"흠?"

TV를 가만히 바라보던 치프는 화면에 경기장 전광판이 스쳐 지나가자마자 자신의 손목시계를 봤다.

"잠깐. 시간이 안 맞잖아? 저쪽과 이쪽 사이에 무려 1분의 간격이 있어. 게이트 때문에 그런 일은 없을 텐데?"

─그뿐만이 아닐세, 치프. 각종 증명서의 발급 같은 행정 업무는 물론 금융 업무에도 지연 현상이 일어나고 있다네. 신용카드 등의 사용은 금융회사에서 적절히 대처하고 있네만 소규모 상인들은 불안감을 이기지 못하고 현금 계산을 요구하고 있다네.

"음……."

치프는 테이블에 앉은 모든 이들을 둘러봤다.

그들 모두는 치프에게 시선을 모으고 있었다.

치프는 단말기의 통화 모드를 스피커폰으로 바꿔서 전원이 자신과 레투가의 이야기를 들을 수 있도록 했다.

"레투가. 게이트에 문제가 생긴 걸까?"

―그럴 가능성이 높지. 시간 지연을 제외하고는 큰 문제가 없거든. 하지만 진짜 문제는 지연되는 시간이 점차 길어지고 있다는 사실일세.

"뭐라고?"

―추세대로라면 시간의 지연은 일주일 내로 5분을 넘길 것이네.

"흠."

한숨을 쉰 치프는 약간 신경질적으로 자신의 턱을 만졌다.

"혹시 여객선들의 게이트 통과 시간도 지연되고 있나?"

―그렇다네. 승객들의 신체 상태에 문제가 없었으면 좋겠군.

"그럼 이쪽에서 좀 알아볼게."

―연락을 기다리지. 아, 치프.

치프를 부르는 레투가의 목소리는 굉장히 묵직했다.

"얘기해, 친구."

―자네, 날 의심한 적이 있나?

"응? 하하, 물론이지. 난 뎃디도 의심하는데?"

치프가 웃음소리를 섞어 대답했다.

뜻하지 않게 자신의 이름을 들어버린 데스디아는 놀란 얼굴로 치프를 봤다.

―이보게. 뎃디마저 의심할 필요는 없지 않나?

"아냐. 의심스러운 구석이 많아. 나보다 인간적이고, 용감하고, 핑크색 옷을 좋아한다는 거 말고는 뎃디에 대해 아무것도 모르거든. 뭐든 궁금하지."

치프는 자신과 데스디아 사이에 있었던 수많은 일들을 회상하며 미소를 지었다.

"그래서 그런지 여사님께서 뎃디의 옛날 얘기를 해주실 때는 정말 즐거웠어."

치프의 말에 민망함을 느낀 데스디아는 오른손으로 자신의 얼굴을 가렸다. 탈리케이아는 친구의 그 모습을 보고 킥킥 웃었다.

―후후, 치프. 그건 의심이 아니라…….

"자네도 마찬가지야. 우리는 서로에 대해서 알아볼 시간이 부족했어. 그러니까……."

치프는 다음 이야기를 어떻게 이어나갈지 고민했다.

눈을 감고 잠시 생각해 본 그는 식탁에 올려놓은 자신의 단말기를 다시 봤다.

"용기를 잃지 마. 레투가."

―음… 알겠네. 자네도 힘내게.

뭔가를 느낀 듯 치프를 응원한 레투가는 전화를 끊었다.

치프는 자리에서 일어나 단말기를 주머니에 넣었다.

"나와 죠니는 먼저 나갈게. 더 늦기 전에 UN사령부와 교신을 해봐야겠어."

"그래, 치프. 우린 숙소로 가서……."

데스디아가 일어나자 치프가 고개를 저었다.

"미안. 지구에서 무슨 말을 할지 모르니 일단 여기서 대기해 줘. 여사님과 셸리, 카발리오 아저씨… 아니, 중요 관계자들은 전부 모아놔. 곧 돌아올게."

"알았어. 무리하지 마, 당신."

데스디아는 가볍게 긴장한 표정으로 그의 말을 받아들였다.

"가자고, 죠니."

"옙, 원사님."

남은 커피를 단숨에 마신 죠니는 치프와 함께 식당을 나갔다.

"넷디. 우리도 고향에 연락을 해야 하지 않을까?"

탈리케이아가 진지한 표정으로 말했다.

만약 이상 현상이 게이트와 관련된 것이라면 전 우주의 상식이 뒤틀릴 수 있는 커다란 문제로 번질 수 있기 때문이었다.

"어머님께 말씀드리고 결정하자. 실질적인 책임자는 어머님이시잖아?"

"응. 그럼 난 숙소로 가서 스승님을 모셔올게."

"부탁해, 탈리."

탈리케이아는 황급히 식당 밖으로 뛰어나갔다.

알케온은 찻잔을 흔들었다.

"묘한 압박감이 느껴지는군. 다른 때와는 달라. 그렇지 않나, 부사장?"

"맞아."

대답한 데스디아는 다시 자리에 앉은 뒤 팔짱을 꼈다.

"엠페라투스가 브리치를 하나만 남겨놓으라고 한 이유가 이번 일과 관련이 있을지도 모르겠어. 우리는 그 고리 모양의 물체를 게이트와 브리치라고 분류해서 부르지만 엠페라투스는 끝까지 탈란바토르라고 말했잖아?"

"우리가 브리치라고 부르는 작은 고리들이 진품이지."

알케온은 커피를 홀짝 마셨다.

"하지만 아무리 생각해도 영문을 모르겠어. 브리치들을 다 부수라고 했던 엠페라투스가 왜 최근에 와서는 하나만 남기라고 말을 바꾼 걸까?"

알케온이 묻자 데스디아는 깊은 한숨을 쉬었다.

"치프에게 그에 관한 얘기를 들은 적은 있는데…… 자세히 알았으면 좋겠군."

데스디아는 알케온 쪽으로 돌아 앉았다.

"뒤늦은 얘기지만 미안하군, 알케온. 우린 당신네 종족에게 별 도움이 못 된 것 같아."

"흥. 뜬금없는 사과로군."

알케온은 찻잔에 코를 가까이 한 뒤 커피의 향을 흠뻑 들이마셨다.

"게이트가 우주에 자리를 잡고, 빅시티가 만들어지고, 이방인들이 하나둘씩 건물을 세울 때가 떠오르는군. 우리는 그 작은 생물들이 즐기는 모든 것들을 거부했어. 오로지 왕녀 전하만이 그들을 받아들여야 한다고 말씀하셨지."

그는 찻잔을 내려놓은 뒤 이어서 말했다.

"우리는 이방인들을 받아들여야 할 필요성을 느끼지 못했어. 여기는 말 그대로 우리들의 땅이고, 고민할 거리가 거의 없는 천국이었거든. 장래 희망이라고 해봤자 영주가 되거나 기사단의 단원이 되는 게 고작이었지. 그 이상의 영광은 존재하지도 않았고 말이야."

"……."

"하지만 난 그 과거가 그다지 그립지 않아. 그 죽은 사회로 돌아가기엔 너무 많은 것을 알아버렸거든. 이 땅으로 돌아온 우리 종족은 틀림없이 분열하게 될 거야. 과거의 질서를 지키려는 자들, 그리고 새로움을 추구하는 자들로 말이지."

치프, 그리고 데스디아의 예상을 그대로 이야기한 알케온은 싱긋 웃었다.

"난 중재자가 되고 싶어. 그리고 중재자의 입장에서 종족을 지키는 게 내 꿈이야."

"멋진 꿈이군."

데스디아는 고개를 끄덕이며 마주 웃었다.

"그대들은 둥지에서 영주로서 썩어갔을 나에게 그런 꿈을 품을 기회를 줬지. 그만한 구원이 세상 어디에 있겠나? 후후, 비로소 뭔가가 된 기분이 드는군."

알케온은 두 주먹을 꽉 쥐며 기뻐했다.

"그렇게 생각해 주니 고맙군."

"음. 하아."

알케온이 가볍게 숨을 내쉬었다.

"치프가… 내 친구가 우리를 포기하지 않아서 다행이야."

"…음."

데스디아는 치프에게 흥미를 갖게 된 계기를 떠올려봤다.

그녀가 우주에서 동포들을 잃고 혼자가 된 그날, 그녀는 야생동물에게 뜯겨 죽을 각오를 하고 억지로 잠을 청했다.

공룡의 향을 추출하여 대비를 하긴 했지만 그게 정말 통할 거라는 보장은 어디에도 없었기 때문이다.

하지만 잠에서 깨어 일어났을 때, 치프는 그 어디에도 가지 않고 그녀의 곁을 지키고 있었다.

지쳤으나 포기 따윈 보이지 않는 그의 모습은 지금까지도 데스디아의 뇌리에 선명히 남아 있었다.

"약속해 줘, 부사장."

"응?"

알케온의 말에 데스디아는 과거의 음미에서 깨어났다.

"내 친구를 행복하게 만들어줘."

"후훗."

그가 무슨 말을 할지 살짝 걱정했던 데스디아는 고개를 끄덕거렸다.

"당연히 그럴 거야."

＊　　　　＊　　　　＊

치프는 사장실이 아니라 위스콘신의 함교에서 지구와 통신을 하고 있었다.

화면을 통해 그와 이야기하는 사람은 지구 UN 소속 연합 우주군의 참모총장이었다.

—잘 듣게, 원사. 불확실한 정보긴 하지만 우주 연합 군부장관 녀석의 신변에 문제가 생긴 것 같네.

"아르마다… 파발리오 아르마다에게 말입니까?"

치프는 즉시 물었으나 참모총장의 대답은 약 1분 뒤에 들려왔다.

—그렇다네. 우주 연합 제2함대 자체가 사라졌다는군. 파편조차 발견되지 않는 걸 봐서는 실종 내지는 도주 같네만……. 자네가 보내온 정보에 따르자면 아르마다가 게이트, 아니 탈란바토르의 문지기 역할을 맡은 신이라지?

"그렇습니다. 총장님."

—혹시 감이 잡히는 일이라도 있나? 사건이 아니라 사람이라도 괜찮아.

참모총장이 묻자 치프는 주저 없이 '그'의 이름을 댔다.

"총장님께서는 라이트스톤이라는 자에 대해서 아십니까? 관련 보고서는 상부에 올렸습니다만."

—아……. 이 채널로는 얘기하기 힘들군.

참모총장의 그 답변은 '알고 있다'는 뜻이나 다름없었다.

"총장님. 아르마다가 어떤 존재인지를 아는데도 일을 꾸며서 성공시킬 정도의 인간은 라이트스톤뿐입니다. 즉각 대응해야 합니다."

─즉각 대응하자고? 어디서? 그리고 어떻게? 아무래도 자네는 라이트스톤이 뭘 노리는지 아는 것 같군.

"그렇습니다, 총장님."

동결 지옥을 다녀온 이후 라이트스톤에 대해 오랫동안 생각해 본 치프는 그가 지금껏 사용하지 않은 수단이 하나 있음을 추리해 냈다.

─그럼 얘기하게, 원사.

"예. 아마 라이트스톤은 신들을 노리고 있을 겁니다."

─신들을 노리는 건 우리도 마찬가지지 않나?

화면 속의 참모총장은 무슨 소리를 하느냐는 표정으로 치프를 봤다.

"우리는 우주 연합의 신들을 사살하거나 연구소에 처넣을 계획이지만 그는 다릅니다. 아마 신을 섭취해서 신성함을 얻으려 할 겁니다."

─신성함? 엠페라투스가 섭취했다고 추정되는 그것 말인가?

"그렇습니다, 총장님."

치프가 고개를 끄덕였다.

함교에 있는 모든 수병들이 치프 쪽으로 고개를 돌렸다.

─그건 리스크가 너무 커!

참모총장이 1분 뒤에 소리쳤다.

"우리가 아는 리스크를 라이트스톤이 모를 리가 없습니다. 하지만 지금은 다릅니다. 녀석은 신성함의 섭취를 포함해서 자신이 갖고 있는 모든 수단을 동원할 겁니다. 아르마다의 일은 그 예고일 가능성이 높습니다."

―흐음…….

치프의 말을 들은 참모총장은 한숨을 쉬며 인상을 구겼다.

―자네 예상대로라면 녀석은 우주 연합 수도를 노리겠군. 거기 말고는 신들이 사는 장소가 없으니까.

"그렇습니다. 총장님."

―그럼 자네가 원하는 것을 얘기하게.

"지구 각국의 UNSMC를 모두 모아주십시오. 우주 연합 수도 근처에 잠복하고 있다가 라이트스톤의 움직임이 포착되면 곧장 요격하겠습니다."

―지구 각국의 UNSMC 대원 전부를 말인가? 미안하지만 시간이 좀 걸릴 거야.

"책임은 제가 지겠습니다!"

치프가 목소리를 높였다.

참모총장은 고개를 흔들었다.

―오해하고 있군. 책임 문제가 아닐세.

"그럼 뭐가 문제입니까?"

참모총장은 깔끔하게 면도한 자신의 입가를 만지며 고민하다가 결국 입을 열었다.

―현재 토마스 데이비드 카터 해군청장님과 연락이 두절된 상태라네.

"예?"

치프의 눈이 크게 벌어졌다.

―나흘 전에 장교들이 청장님의 임무 복귀 명령서를 들고 댁에 찾아가 봤네만 계시지 않았네. 벌써 나흘째 자리를 비우셨지. 자주 가시는 휴양지는 물론 야구장까지 샅샅이 살폈는데 뵐 수 없었지.

참모총장이 근심어린 표정으로 말했다.

토마스 카터의 부재를 들은 수병들은 당황한 표정으로 옆에 앉은 동료들을 봤다.

밀랍인형처럼 가만히 앉아 있던 위스콘신의 함장도 깊게 눌러 쓴 모자를 만지작거리더니 참모총장의 얼굴을 봤다.

치프는 바지 주머니에서 단말기를 꺼냈다.

"총장님. 청장님께는 제가 연락해 보겠습니다."

—연락? 우리가 모르는 비상 연락처가 있었나?

"톰 아저씨께서 제 전화를 받지 않으실 리가 없습니다."

치프의 대답에 참모총장은 어이없다는 듯 웃었다.

—그래, 나도 첫 애인과 헤어질 때 자네처럼 중얼거렸었지.

총장이 근엄한 표정으로 비아냥대자, 눈동자를 좌우로 움직이며 화를 참은 치프는 단말기를 급히 조작했다.

신호음이 들리자 스피커폰 모드로 전환한 치프는 손바닥 위에 단말기를 놓은 채 시간을 보냈다.

위스콘신의 함교 전체가 긴장감으로 가득 찼다.

약 1분 뒤, 단말기의 스피커에서 누군가의 신음이 들려왔다.

—으음… 치프. 이 시간에 무슨 일이지?

"아저씨?"

—전화를 했으면 말을 해야지, 뭐 하는 거냐? 설마 뎃디 아가씨랑 헤어지고 우는 거니?

톰은 잠에 취한 목소리로 짜증을 냈다.

치프는 톰이 게이트의 문제에서 비롯된 시간 지연에 대해 아직 모르고 있거나, 모른 척하고 있다고 생각했다.

"아저씨. 현재 게이트에 문제가 생겼고, 그 원인이 아르마다의 신변 문제 같아요. 지금 1분 정도 지연이 발생하고 있죠."

그리고 또다시 1분이 흘렀다.

―음… 음? 지연이라고?

치프의 얘기를 모두 들은 톰이 놀란 목소리로 말했다.

그가 침대에서 급히 일어나다가 뭔가 떨어뜨렸는지 시끄러운 소음이 단말기에서 들려왔다.

"지금 참모총장과 교신 중이었습니다. 임무에 복귀해 주십시오, 아저씨."

―이런, 제길. 총장과 얘기해 보마. 내가 이 바람둥이 친구에게 먼저 전화를 거는 날이 올 줄은 몰랐군. 나중에 얘기하자, 치프.

통화가 끊기고 몇 분 정도 시간이 흘렀다.

화면 속의 참모총장은 차를 마시며 시간을 보내고 있었다.

그러던 그가 톰에게 걸려온 전화 때문에 진동하는 자신의 단말기를 보고는 치프를 돌아봤다.

―혹시 청장님께서 나를 미워하시나?

"어서 받으십시오. 총장님."

―말 한마디 할 때마다 1분씩 기다려야 하니 짜증 나는군. 그럼 조금 기다리게. 통신 종료.

화면에서 참모총장의 모습이 사라진 뒤 통신 중단 메시지가 떠올랐다.

"저 인간은 참으로 변함이 없군. 총장까지 올라가면 좀 얌전해질 거라고 생각했는데 말이지."

위스콘신의 함장이 얼굴의 절반을 뒤덮은 수염을 만지작거리며 말했다.

참모총장과 함장은 해군사관학교 선후배 관계이며, 함장 쪽이 까마득한 선배였다.

"워낙 젊게 사시는 분이니까요."

치프가 흘리듯이 웃었다.

함장의 큼지막한 눈이 모자의 챙 아래에서 움직였다.

"치프. 각국의 UNSMC 대원들이 모두 소집되면 총 몇 명이지?"

"1,300명 정도입니다. 모두 응할지는 모르겠군요."

"수가 많이 줄었군."

"예. 많은 전우들이 그라니트의 하늘에서 산화했죠."

함장은 함교 위쪽 화면을 통해 훤히 보이는 밤하늘을 올려다 봤다.

"자네가 마음먹고 부른다면 전역한 친구들까지 다시 군복을 입겠지. 킹처럼 말일세."

"무서운 말씀을 하시네요."

"무섭긴."

함장은 파이프 담배처럼 생긴 전자 담배에 전원을 넣은 뒤 입에 물었다.

"자네가 태어날 무렵에 난 30세를 갓 넘긴 소령이었다네. 소령으로서 처음 탄 배가 바로 이 녀석이야. 아이오와급 전함 위스콘신. 위대한 그레이 퀸(Gray queen). 올드 레이디(Old lady). 하하."

젊은 시절을 회상하며 웃은 함장은 전자 담배 특유의 냄새 없는 연기를 뿜어냈다.

"난 이 녀석을 타고 태양계 내의 해적들을 소탕했다네. 나와 내 전우들은 영웅이었어. 우리에게 구출된 민간인들은 뜨거운 환호를 보냈지. 그런데 나이가 들어 군복을 벗으니 아무것도 아니게 됐다네. 내가 직접 다룰 수 있는 위험한 도구는 고작 부엌칼 정도더군. 이 배의 건조 비용이 얼마였더라?"

담배를 든 함장의 손이 가볍게 떨렸다.

"수개월 전이었지? 해군청장이 나에게 전화를 하더니 이 배를 잠깐 맡아달라고 했다네. 그때 내가 느꼈던 기쁨을 대체 어떻게 표현하면 좋을까? 그래, 견디기 힘들 만큼 즐거웠지."

그가 묻자, 치프는 함장이 바라보고 있는 밤하늘을 잠깐 본 후 시선을 내렸다.

"지금도 즐거우십니까?"

치프는 거울을 보듯이 함장을 바라보며 물었다.

"아니. 당장 집에 가고 싶어. 마누라의 맛없는 토스트를 씹으면서 백 살이 넘으신 어머니의 주름진 손을 만지고 싶군."

"……."

"전쟁으로 나를 포장하는 건 이제 지쳤어."

함장은 고개를 움직여 치프와 눈을 마주했다.

"자네는 어떤가? 아직도 자네만의 방식으로 누군가를 좋아하나?"

그가 묻자 치프는 고개를 저었다.

"아뇨. 이제는 누군가와 함께할 용기가 생겼어요."

"허허, 계기가 뭔가?"

"영하 200도 이하의 찬바람을 온종일 맞으니 정신이 번쩍 들더군요."

치프는 동결 지옥의 추억을 떠올리며 웃었다.

"후후. 결혼식 때 부르게."

함장은 고개를 끄덕이며 전자 담배의 연기를 즐겼다.

치프의 뒷모습을 바라보던 죠니는 자신의 짧은 머리를 매만졌다.

'용기라……'

씁쓸한 미소가 죠니의 입가를 잠깐 스쳤다.

조금 뒤, 통신 화면에 참모총장의 얼굴이 다시 떠올랐다.

─기다렸지? 원사, 자네 요구대로 지구에 있는 모든 UNSMC 대원들을 긁어모아서 자네 쪽으로 보내겠네. 장비 제한은 없네. 건하운드, 데토네이터, 가디언 옵션, 터미네이터 드론은 물론 화생방 병기까지 지원하지. 하지만 조건이 있네.

"말씀하십시오, 총장님."

치프는 열중쉬어 자세를 잡으며 총장의 말을 기다렸다.

─모든 무장들은 오로지 라이트스톤의 요격에만 사용해야 하네. 또한 작전 개시 이후 72시간 내로 라이트스톤이 나타나지 않으면 작전은 취소야. 그리고 우주 연합 군부장관 아르마다는… 가급적이면 자네들이 찾아내서 안전하게 확보하게.

"예?"

치프의 미간이 단숨에 구겨졌다.

─그 녀석이 죽어버리면 바그타리온 작전도 끝이야. 게이트가 멈추면 세상의 기반이 흔들린다는 걸 자네도 알지 않나?

"…알고 있습니다. 죽이지 않는 선에서 끝내겠습니다, 총장님."

치프는 참모총장의 지시를 냉정하게 받아들였다.

하지만 아르마다를 다시 만났을 때 과연 인내심을 발휘할 수 있을지에 대해서는 자신이 없었다.

─아, 그리고 작전이 개시되면 하이시리스는 검사겸사 처리하게. UNSMC의 화력만으로 부족하다면 이쪽에서 지원하지. 무슨 말인지 알겠나?

"예, 총장님. 확실하게 처리하겠습니다."

1분의 시간 지연을 참아가며 지시를 마친 참모총장은 모자를 벗고 머리카락을 쓸어 넘겼다.

─그런데 자네가 맡은 일치고는 너무 부드럽게 풀리는 것 같

지 않나? 이쯤에서 누군가가 뒤통수를 쳐야 제 맛인데?

"가끔 이럴 때도 있어야죠."

치프는 자세를 풀며 피식 웃었다.

─베를린에서 해결한 임무 말일세. 기억하나? 그때 자네와 UNSMC가 구출했던 스웨덴의 왕녀가 사실은… 아, UN사령부에서 연락이 왔군. 작전의 세부 사항은 나중에 얘기하세, 원사. 통신 종료.

통신은 그대로 마무리되었다.

당황한 함교의 수병들이 일제히 치프를 돌아봤다.

"원사님, 왕녀가 어쨌다는 겁니까?"

"아, 몰라. 비밀."

치프는 손을 흔든 뒤 죠니와 함께 함교를 빠져나갔다.

수병들이 한탄하는 가운데, 함장은 모자를 눌러쓰며 생각에 잠겼다.

'작전대로라면 치프와 UNSMC 없이 브리치들을 격추시켜야 하는데, 과연 괜찮을까?'

함장이 물고 있는 전자 담배에서 흰 연기가 피어올랐다.

120
승리의 주문을 부탁해

함교에서 나온 치프는 아르마게일이 있는 병기창으로 향했다.

위스콘신의 길이가 1킬로미터를 훌쩍 넘는 탓에 치프와 죠니는 함선 내부에 있는 모노레일을 이용해야만 했다.

8인승 고속 모노레일에 탑승한 치프는 단말기를 꺼냈다.

"킹을 복귀시켜야겠군."

킹의 이름을 들은 죠니는 의아한 표정을 지었다.

"원사님. 안드레이는 부르지 않으실 겁니까?"

"응? 안드레이는 여기 있는데?"

"예?"

죠니가 당황하자 치프는 손가락으로 모노레일의 바닥을 가리켰다.

"아……."

탄성을 터뜨린 죠니는 거기서 입을 다물었다.

그는 안드레이가 아르마게일과의 상의 및 그에 대한 뒷조사를 맡았다는 것만 알 뿐, 정확히 어디에서 뭘 하고 있는지에 대해서는 전혀 모르고 있었다.

'아르마게일에 의한 도청 위험이 있으니 여기서 입을 뻥긋할 수는 없지. 설마 안드레이가 위스콘신에 잠입하고 있을 줄은 몰랐군. 그 친구도 고생이야.'

죠니가 헛기침을 했다.

"흠. 일이 안드레이의 추리대로 돌아가는 것 같군요."

"그 친구의 특기잖아? 안드레이의 추리력은 로젤라보다 나아."

"그런데 라이트스톤이 정말로 우주 연합 수도를 공격할까요? 그곳의 군사적 방어 능력은 우리의 월면기지를 능가합니다."

죠니의 걱정에 치프는 어깨를 으쓱했다.

"라이트스톤은 우리 전투복을 해킹해서 동력로를 뽑아내는 실력자야. 내가 경험한 그의 능력은 말 그대로 빙산의 일각일 뿐이겠지. 월면기지 역시 그 아저씨의 입장에선 '따위'에 불과하지 않을까?"

"상상 이상으로 골치 아프겠군요."

죠니는 오른손 엄지와 검지로 자신의 콧대를 짚었다.

모노레일이 멈추고 문이 열렸다.

곧장 밖으로 나온 둘의 앞쪽에서 안드레이가 능동 위장을 풀고 모습을 드러냈다.

"기다렸습니다, 원사님. 포프는 괜찮습니까?"

몇 분 전에 치프의 지시를 받고 모노레일의 플랫폼에서 대기하고 있던 안드레이는 포프의 안부를 먼저 물었다.

"사만다와 켐리가 돌봐주고 있어. 강한 아이니까 믿어봐. 혹시 건진 건 있나?"

치프가 아르마게일에 대한 자료가 있는지를 묻자 안드레이는 손바닥 크기의 관측 장비를 치프에게 건넸다.

"살펴보시면 재밌는 자료가 나올 겁니다."

"흠."

치프는 관측 장비의 메모리칩을 뽑은 뒤 단검의 칼집 안에 숨겼다.

"그럼 둘은 여기서 대기하고 있어. 난 닥터를 만나고 오지."

"알겠습니다."

둘을 뒤로한 치프는 병기창으로 향하는 복도를 이용해 아르마게일의 방으로 갔다.

아르마게일은 소형 창고 하나를 통째로 개조하여 사적인 공간으로 사용하고 있었다.

그가 거기서 뭘 하는지, 그리고 어떠한 장비를 쓰는지 알려지진 않았지만 전력의 과다한 소비 외에 큰 문제가 일어난 경우는 없었다.

굳게 잠긴 방문 앞에 선 치프는 문을 두드리지 말라는 경고문을 흘끔 본 뒤 초인종을 눌렀다.

─오, 치프. 어서 들어오게.

초인종에서 아르마게일의 목소리가 들리더니 문의 잠금장치가 풀리고 좌우로 활짝 열렸다.

방 안으로 들어간 치프는 안마 의자에 앉아 있는 아르마게일을 발견했다.

아르마게일의 눈앞에는 단말기가 붙어 있는 소형 드론들이 고요하게 체공하고 있었다.

"꽤 바쁘셨나 보네요?"

"물론이지."

만족감과 피로감이 섞인 표정으로 대답한 아르마게일은 오른손을 들어 큰 테이블을 가리켰다.

"드디어 완성됐네, 치프. 데토네이터 버전 9.99일세."

"데토네이터 9.99라고요?"

"그렇다네."

치프는 손바닥 절반 크기의 검은색 외장 메모리를 들었다.

"4.8이 최신인 줄 알았는데 9.99라니, 뭔가 미래에서 온 물건 같군요."

"사용된 기술을 되짚어보자면 정말 미래의 물건이지."

끙끙대며 자리에서 일어난 아르마게일은 자신의 단말기를 스크린 쪽으로 향한 뒤 단말기의 화면을 조작했다.

방 한쪽 면을 차지한 대형 스크린에 떠오른 것은 보행 전차와 고릴라를 합친 것처럼 생긴 전투 기계였다.

"흠. 꽤 공격적인 디자인이군요."

"장갑과 관절, 골격에 사용된 소재는 정말 튼튼하고 질기지. 지구인들 스스로가 개발에 나선다고 했을 때, 못해도 100년 동안은 저것과 똑같은 물건을 만들 수도 없을 것이네."

아르마게일은 이어서 데토네이터 9.99의 어깨와 가슴, 다리에 붉은색 동그라미를 띄웠다.

"게다가 저 녀석에게는 자네 능력을 이용한 군용 3D 프린터도 몇 개 장비되어 있지."

"군용 3D 프린터는 또 뭐죠?"

"미사일 공장이라고 생각하면 된다네."

"오……."

치프는 아르마게일의 말에 흥미를 느꼈다.

아르마게일도 자랑스레 웃으며 설명했다.

"이 기계들은 동력로의 수명이 다 될 때까지 각종 미사일들을 만들어서 자네에게 공급할 것이네. 탄두 중량 10㎏짜리 대전차 미사일들은 물론이고, 500㎏이 넘는 순항미사일도 제작하여 발사하는 게 가능하다네. 탄두 중량 1,000㎏짜리 대함 미사일, 혹은 500킬로톤급 파괴력의 반응탄도 곧바로 제작하여 쏠 수 있지. 모든 것은 자네의 상상력에 달렸다네."

"제대로 작동하기만 하면 죽이겠군요."

"그래, 자네 말대로 죽여주는 괴물이지. 프린터 외에도 각종 장비들이 많이 달려 있으니 설명서를 꼭 읽어보게."

치프의 단말기로 전자메일을 보낸 아르마게일은 데토네이터 9.99의 데이터가 들어 있는 외장 메모리를 치프의 손에 맡겼다.

"자아. 작별 선물일세, 치프. 행운이 있기를 빌지."

"작별 선물이라니요?"

치프는 아르마게일이 안드레이의 정보 수집 및 미행을 알아차리고 그러는 게 아닐까 생각했다.

"난 라이트스톤이 무슨 생각을 하는지 알고 있다네. 그는 나의 분신이나 마찬가지거든. 그래서 이 행성의 기온이 서서히 올라가는 이유도 잘 알지."

"이유가 뭡니까?"

"으음. 자네는 UN사령부에서 작성한 바그타리온 작전의 선봉이 누구인지 아는가?"

"능동 위장으로 모습을 감춘 대형 폭격기들이죠."

치프는 기밀 사항인 만큼 거기까지만 얘기했다.

하지만 말하기만 멈췄을 뿐, 그는 바그라티온 작전 개시와 함께 폭격기들이 할 일들을 떠올려 봤다.

'폭격기에 탑재된 비밀 무기를 이용해서 우주 연합 수도의 방위 함대와 군사시설을 무력화하는 게 첫 번째 단계지. 그 무기가

뭔지는 나도 모르는데……. 설마?'

다른 곳에 시선을 둔 채 생각에 잠겨 있던 치프는 곧장 아르마게일을 돌아봤다.

"혹시 행성 냉각 장치를 이용해서 만들어지는 그 무기가 '비밀 무기'입니까?"

"그렇다네. 대규모의 동결 현상이 대형 태풍처럼 발생하여 모든 걸 집어삼키겠지. 그 냉기는 우주 연합 수도에도 미칠 거고, 전기와 물이 끊긴 우주 연합 수도는 2차세계대전 때의 스탈린그라드처럼 지옥이 될 거야."

"……."

"라이트스톤도 그곳에 나타날 것이네. 대체 어떤 신을 섭취하여 신성함을 취득할 생각인지는 잘 모르겠어. 어쨌거나 그는 반드시 목적을 달성해서 엠페라투스를 쓰러뜨리기 위한 힘을 가지려 할 것이네."

"예상은 했는데, 정말 큰일이겠군요."

"음… 그는 실패할 거야."

아르마게일이 고개를 저었다.

"실패할 거라고 확정적으로 말씀하시는 이유는요?"

"수영을 잘하고 싶다는 생각에 미쳐서 물고기의 혈액을 자신에게 주사하는 꼴이거든. 분명 이상한 괴물이 탄생하겠지. 그것이 집념의 말로일세."

"…그렇군요."

"그러니 자네가 그의 마지막을 지켜봐 주게. 그가 쓸쓸해하지 않게 말일세."

아르마게일은 두 팔을 벌렸다. 치프는 그를 가만히 보다가 상대에게 팔을 뻗어 마주 안았다.

아르마게일은 치프의 등을 토닥거렸다.

"하아. 내 수명을 생각하면 우리가 살아서 다시 만날 일은 없겠지."

"그러시지 말고 외로우시면 전화하세요."

"하하."

뒤로 물러난 아르마게일은 자신의 흰 수염을 만지며 껄껄 웃었다.

"운캄타르 님과 나, 그리고 엠페라투스의 이야기는 여기서 끝이라네. 이기적인 시간이 6,000만 년 넘게 흘러가 버렸어. 난 쉬고 싶다네, 치프."

"……."

치프는 아르마게일의 말을 곧이곧대로 믿진 않았다.

아르마게일이 자신 대신 소임을 다한 라이트스톤을 폐기하려 한다는 느낌을 받았기 때문이다.

"아, 이걸 잊었군! 감상에 너무 취해 버렸나 봐."

그는 붉은색 십자가가 찍힌 의료용 박스를 꺼내서 테이블 위에 놓았다.

"알타이르 아가씨들에게는 이걸 주사하게."

"그건 뭐죠?"

"일종의 예방주사랄까? 이걸 맞은 알타이르 전사들은 라이트스톤의 꼭두각시가 될 일이 없을 거야. 그가 알타이르 행성인들을 노리고 만든 약에도 면역이 된다네."

박스에서 1회용 주사액을 꺼내든 아르마게일은 활짝 웃었다.

"난 이곳에 온 이후로 시험 삼아서 알타이르 전사들의 마음을 사려고 애를 썼다네. 조사를 한 끝에 특정 파장이 그녀들의 정신에 영향을 끼친다는 사실을 알아냈지. 실험을 해보니 헤이파 브라토레 여사도 날 믿게 되더라고?"

"호오……."

"난 그것이 라이트스톤의 짓임을 알아냈지. 그는 만약에 대비해서 그녀들을 자신의 군대로서 징발할 수 있는 요소를 심어놓은 거야. 그래서 그 파장을 상쇄시킬 약을 개발했지. 이것이 그 결과물일세."

아르마게일은 주사액을 손끝으로 톡톡 두드렸다.

"부작용은요?"

"실험을 해보진 않아서 모르지. 하지만 약효는 보장하겠네."

"흠……."

치프는 고개를 끄덕인 뒤 의료용 박스를 챙겼다.

"도움을 주셔서 감사합니다, 닥터."

"뭘. 내 역할은 여기까지일세. 싸움이 끝나면 부디 행복하게 살게나."

"그럴게요."

치프는 다시 자리에 앉아서 눈을 감는 아르마게일을 뒤로한 채 그의 선물들을 들고 밖으로 나갔다.

*   *   *

다시 식당으로 돌아온 치프는 셀레스티아와 루할트, 파울라, 헤이파와 카발리오가 자리에 모인 것을 확인했다.

데스디아와 탈리케이아는 전자식 칠판과 각종 서류를 든 채 작전 변경을 준비하고 있었다.

"여어, 카발리오 아저씨. 밤늦게 불러서 미안해요."

치프는 우선 카발리오를 향해 손을 흔들었다.

따뜻한 커피를 마시고 있던 카발리오는 찻잔을 놓고 의자에서 내려와 그에게 다가갔다.

"게이트에 이상이 생겼다고 들었소. 큰일인 거요?"

"확답을 드릴 수는 없지만 우습게 볼 일은 아니에요. 일단 자리에 앉으세요."

치프는 함교에서 나눈 모든 이야기들을 사람들에게 전해주었다.

게이트와 아르마다, 그리고 라이트스톤과 관련된 이야기가 치프의 입에서 술술 나왔다.

바그라티온 작전의 일부도 소개되었지만 작전명까지 소개되진 않았다.

예전에 읽어낸 치프의 기억에서 바그라티온 작전을 찾아내 살핀 셀레스티아는 행성 냉각 장치의 설치 이유와 그 사용 방법에 대해 납득한 듯 고개를 끄덕거렸다.

사람들 대부분은 치프를 포함한 UNSMC 대원 전원이 우주 연합 수도로 이동하여 라이트스톤과 싸울 것이라는 말에 불안한 표정을 지었다.

"브리치는 우리가 맡아야 한다는 소리구려."

카발리오가 말했다.

"맞아요, 아저씨. 죄송하지만 일이 이렇게 됐네요."

"음, 아니오. 사과할 것 없소. 첫 번째 브리치 원정과 비교해서는 훨씬 좋은 환경이 갖춰졌지 않소? 무엇보다 바라쿠스라는 분의 합류가 든든하구려."

"그런가요?"

"그렇소. 공동대표님… 아니, 왕녀 전하께 바라쿠스 님에 대한 이야기를 들었소. 그분은 신과 환상종을 상대로 수없이 싸워 이겨온 투사라고 하시더이다. 그런 분이 전체를 지휘한다면 경험과 화력 문제는 걱정하지 않아도 될 거요."

카발리오는 꽤 자세하고 냉철하게 상황을 판단하고 있었다.

"알타이르 전사들도 있고, 또 이번에 모은 헌터들도 어중이떠중이들은 아니니 걱정 말고 일하러 가시오, 사장."

"고마워요, 아저씨."

치프가 빙긋 웃었다.

"후후. 살아서 봅시다."

치프와 카발리오가 서로를 껴안고 등을 두드려주었다.

생각에 잠겨 있던 헤이파는 턱에 대고 있던 손을 내리고 치프를 봤다.

"치프. 첫째도 데려가게."

"예?"

치프가 놀랐다. 데스디아 역시 눈을 둥그렇게 떴다.

"첫째는 UNSMC와 호흡을 맞출 수 있다네. 그리고 스트라투스를 다룰 수 있지. 자네들이 할 수 없는 일을 해결할 수 있을 거야."

"하지만 여사님. 우주 연합 수도에는 정령들의 숫자가 부족하잖아요? 거긴 기계로 된 주거지예요. 뎃디가 그라니트 행성에 있을 때만큼의 힘을 발휘하는 건 불가능할 거라고요."

"그건 걱정하지 말게."

"예?"

당황한 치프의 눈에 슬그머니 손을 드는 셀레스티아의 모습이 들어왔다.

"셀리?"

"나도 같이 갈 거야, 치프. 내가 뎃디와 함께하면, 뎃디는 이곳에 있을 때와 동일한 수준의 정령 교감이 가능해. 그리고 하이 시리스가 본격적으로 힘을 발휘한다면 UNSMC 대원들만으로는 힘들 수도 있어."

"……"

"그리고… 치프도 알잖아? 내가 없으면 치프는 아빠가 우리들에게 남겨준 마지막 힘을 발휘할 수가 없어."

"하아."

치프는 고민했다.

"셀리. 난 가급적이면 네가 이 땅에서 활약해서 영웅이 되는 모습을 보고 싶었어. 그래야만 이곳으로 돌아온 네 동족들이 너를 왕으로 인정하게 될 테니까."

그의 말에 셀레스티아는 결심을 굳힌 표정으로 고개를 저었다.

"이건 내가 왕을 꿈꾸는 자로서 결정한 일이야, 치프."

"응?"

"이번 일로 인해 상처받은 동족들은 분명 자신들을 보호해 줄 수 있는 지도자를 원할 거야. 난 동족들이 누구를 왕으로 선택할지 안심하고 고민할 수 있는 환경을 만들어주고 싶어. 그러기 위해선 이 싸움에서 확실히 이겨야 해."

"……"

"아빠가 나에게 힘을 물려준 이유는 오늘 이 순간을 위해서일지도 몰라. 신의 잔재와 싸워서 이기고, 종족의 미래를 위한 밑거름이 될 수 있다면 난 뭐든 할 수 있어."

"알았어, 셀리."

치프는 팔짱을 끼며 고개를 끄덕거렸다.

"이기고 돌아오자."

"응!"

어떤 왕이 될지에 대한 고민과 미련을 완전히 버린 왕녀는 그 어느 때보다 맑은 눈으로 자신감 있게 대답했다.

루할트와 알케온은 비로소 셀레스티아에게서 왕의 기운을 느꼈다.

그녀가 운캄타르의 후손이라는 선입견보다 셀레스티아라는 자를 지도자로 삼고 싶다는 느낌이 앞선 것은 그들에게 있어서 이번이 처음이었다.

'왕좌에서 내려온 뒤에야 욕심이 생기셨군요. 왕녀 전하.'

커피를 입에 담은 알케온의 입술이 부드러운 곡선을 그렸다.

'이 알케온. 이제야 빛나기 시작한 당신의 모습에 새로이 빠져들겠습니다.'

치프는 자신의 단말기를 들어서 시간과 날짜를 확인했다.

"카발리오 아저씨. UNSMC의 소집과 준비, 그리고 순양함 알래스카와 전함 위스콘신의 역할 분담 문제가 있으니 브리치 원정은 하루 늦추죠."

"알겠소."

카발리오가 손을 들어 치프의 제안을 받아들였다.

"그렇게 됐으니… 뎃디. 내일은 바쁜 일 없지?"

"일단은."

치프가 묻자 데스디아는 팔짱을 낀 채 어깨를 으쓱했다.

"그럼 나랑 데이트하자."

치프의 갑작스러운 제안에, 식당에 있는 모든 이들이 데스디아를 돌아봤다.

모두의 기대와 달리 데스디아는 무덤덤하게 치프를 응시했다.

평상시의 그녀라면 얼굴을 붉히며 당황했을지도 모르지만 지금은 달랐다.

치프가 자신에게 왜 그런 말을 했는지 알고 있기 때문이었다.

"그래, 해보자고. 데이트."

그녀는 데이트가 아니라 마치 결투를 받아들이듯 비장하게 대답했다.

직감적으로, 내일 있을 데이트가 자신들에게 있어서 마지막이 될지도 모른다는 사실을 느낀 것이다.

그것은 불길함이라기보다는 걱정에 가까웠다.

그녀는 치프와 헤어지는 것까진 받아들일 수 있었다.

아까 치프가 말했듯, 자신과 치프는 아직 서로에 대해 모르는 구석이 많았다.

즐겨 입는 옷의 브랜드는 무엇인지, 좋아하는 속옷과 양말의 감촉은 어떤 수준인지, 집에서는 무엇을 먹는지, 그리고 정말 기대하는 물건과 마주했을 때는 어떤 표정을 짓는지 등등.

내일 하루 동안 그 모든 것을 알아내는 건 불가능했다.

용납할 수 없는 차이를 발견하고 헤어질 수도 있었다.

그래도 그녀는 이 세상 어디에도 치프가 없는 상황만큼은 상상조차 할 수 없었다.

셀레스티아와 탈리케이아, 헤이파는 데스디아의 마음을 알고 걱정했다.

*　　　　*　　　　*

다음 날 아침.

자신의 군용 차량을 몰고 메이&노드 백화점의 지하 주차장에 도착한 치프는 자동차의 백미러만을 이용하여 안전하게 주차를 마쳤다.

주차장 관리 로봇들은 완전 수동 조작으로 주차를 하는 치프의 모습을 가만히 지켜봤다.

"로봇들이 우릴 보는데?"

조수석에 앉은 데스디아가 로봇들을 신경 쓰며 말했다.

"요즘 세상에 수동으로 기어를 조작해야 하는 차는 드물잖아? 즐기라고, 뎃디. 우린 항상 수백 년 전의 방식으로 주차를 한 거라고."

"미안, 치프. 난 골동품에 흥미 없어. 그런데도 내가 이 차를 좋아하는 이유는 그냥 지붕이 높기 때문이야."

데스디아는 지구의 민간용 차량을 싫어하는 편인데, 이유는 큰 신장 때문에 의자의 등받이를 뒤로 젖힌 채 탑승해야 하기 때문이다.

민간 차량과 달리 군용 차량들은 탑승자가 전투복과 헬멧을 착용한 채로도 문제없이 활동할 수 있도록 만들어진다. 그때문에 군용 차량들은 데스디아도 문제없이 탈 수 있었다.

"아, 그랬군. 참고할게."

치프는 눈썹을 으쓱 움직인 후 차에서 내렸다.

그와 함께 차에서 내린 데스디아는 알타이르의 전투복과 가문의 문장이 수놓아진 망토를 걸치고 있었다.

"음, 역시 넌 그 모습이 제일 어울려."

치프가 구식 디자인의 선글라스를 끼며 말했다.

그것은 데스디아가 그에게 선물해 줬던 것인데, 총알이 오고 가는 험한 상황에서도 여태껏 흠집하나 나지 않아서 행운의 부적으로 취급받는 물건이었다.

데스디아는 치프의 선글라스를 보며 그에게 다가갔다.

"그 선글라스를 당신에게 선물해 준 게 어제 같은데 말이지."

"다들 그만큼 바빴잖아?"

"후후, 맞아. 정말 많은 일들이 있었지."

데스디아는 치프의 옷을 두 손으로 다듬어주었다.

셔츠의 주름진 부분이 데스디아의 손에서 일어나는 열기와 습기, 진동에 의해 팽팽하게 펴졌다.

정령 교감을 이용한 기술인데, 치프는 자신과 자신의 옷에 집중하고 있는 데스디아의 표정을 기분 좋게 올려다봤다.

치프의 옷 손질을 끝낸 데스디아는 엘리베이터 쪽으로 걸어갔다.

"아침부터 먹자고, 치프."

"그래."

치프는 자신의 오른손을 내밀어 데스디아의 왼손을 잡았다. 데스디아 역시 치프의 손이 부서지지 않을 만큼 힘 있게 잡았다.

"진작 이렇게 잡아볼 걸 그랬네."

치프가 멋쩍은 표정으로 말했다.

"몇 번 잡았었어. 당신이 기억하지 못할 뿐이야."

데스디아는 싱글싱글 웃으며 치프와 맞잡은 손을 앞뒤로 흔들었다.

"음. 그냥 이렇게 체온만 나눌 뿐인데도 행복한 것 같아."

그녀가 만족감이 넘치는 표정으로 말했다.

"손만 잡아도 이런데, 서로 껴안으면 얼마나 좋을까?"

치프가 묻자 데스디아의 미소가 미묘하게 변했다.

"아, 당장 당신을 껴안는 건 사양하겠어."

데스디아가 오른손을 저었다.

"응? 왜?"

"작년에 당신이 엠페라투스와 싸운 뒤에 어떻게 됐는지 기억

안 나? 팔다리가 소진된 채로 폭풍 속을 날아다녔다고. 난 그런 당신을 품에 안고 탈출했지. 그땐 정말 끔찍했어."

"그렇구나."

치프는 왼손으로 자신의 뒷머리를 만졌다.

데스디아의 표정이 다시 온화해졌다.

"뭐, 그땐 그때고……. 난 당신과 함께했던 모든 일들을 잊지 못할 거야."

"나도 그래. 하지만 앞으로 더 많은 일들이 있을 테니 기대하라고."

"그 모든 일들이 행복했으면 좋겠어."

"그럴 거야."

치프는 자신 있게 대답했다.

둘은 서로의 감정을 확인하는 말을 굳이 입에 담지 않았다.

데스디아는 1년 전, 치프를 '당신'이라 부른 시점부터 그를 자신의 운명으로 받아들였다.

치프는 최근까지 조금 망설였지만 그건 데스디아를 너무 걱정해서 그런 것일 뿐, 그녀를 다른 여성과 비교한 경우는 단 한 번도 없었다.

"그런데 당신, 둘째 부인은 누구로 삼을 거야? 설마 우리 어머님? 저번에 운캄타르의 안식처에서 어머님을 붙잡고는 온갖 말을 막 쏟아내던데?"

데스디아가 묻자 치프가 매우 난처해했다.

"그땐 여사님께서 일방적으로 희생하시려는 것 같아서 그랬을 뿐이야."

"이봐, 당신. 어머니를 너무 그렇게 거부할 필요는 없어. 부인의 숫자는 일도 아니야."

"응?"

"우리 알타이르 왕족들은 아버지와 남편에 대한 개념이 희박하다 못해 없다시피 하잖아? 나와 탈리케이아는 같은 남성의 정자를 촉매로 하여 태어났을 수도 있어. 우리는 비슷한 시기에 잉태됐거든. 지구로 치자면 배다른 자매쯤 되겠지."

"아… 하하."

치프는 그 관습의 차이에 또다시 당황했다.

"아이는 그렇다 쳐도, 남편은 좀 다르지 않아?"

"글쎄? 당신, 혹시 내가 말하는 혼사를 지구의 일부다처제쯤으로 오해하는 거 아냐?"

"응?"

정말 그렇게 생각했던 치프는 눈을 번쩍 떴다.

"후후, 그랬나 보군."

데스디아가 코웃음을 쳤다.

"치프. 이건 일부다처제가 아니라 운명 공동체야."

"운명 공동체?"

"그래. 모두가 당신의 아픔을 들어주고, 같이 슬퍼하고, 같이 웃으면서 시간을 보낼 거야. 물론 질투하는 부인도 있겠지만… 하하, 아무튼 명절에는 정말 떠들썩하겠군."

그녀가 씩씩하게 웃었다.

"음……."

치프는 식민지 청소 작전에서 자신이 죽인 3,000여 명의 아이들을 떠올려 봤다.

그는 자신이 그 당시 느낀 절망감과 죄책감을 정말 다른 이와 나눌 수 있을지 자신이 없었다.

데스디아가 말한 운명 공동체라는 것은 너무 긍정적인 이상에 지나지 않을지도 모른다.

그러나 이상조차 품은 적이 없었던 치프에겐 따뜻한 희망이 되었다.

데스디아는 치프의 손을 조금 강하게 잡았다.

"당신, 아이는 몇이나 보고 싶어?"

"…3,000명 정도?"

치프가 말한 그 터무니없는 숫자의 의미를 알고 있는 데스디아는 천천히 고개를 끄덕거렸다.

"건강해야 해, 당신."

"하하."

치프는 얼굴을 붉히며 웃었다.

둘은 아침 식사를 하고, 영화를 보고, 쇼핑을 하면서 시간을 보냈다. 점심 이후에는 빅시티 곳곳의 유명 음식점들을 돌며 간식들을 즐겼다.

치프에 대해 막연한 공포심을 품고 있던 빅시티의 전투경찰들은 데스디아와 손을 잡은 채 거리를 걷는 그의 모습을 보고는 자신들도 모르게 미소를 지었다.

치프의 주변에 으스스함 대신 빛이 함께하는 느낌을 받았기 때문이다.

그날 하루, 서로의 운명을 확인하고 그 모든 것들을 완전히 받아들인 치프와 데스디아는 싸움에 대비하기 위해 회사로 돌아갔다.

*　　　　*　　　　*

이틀 뒤. 아침.

경장갑 전투복으로 완전 무장한 치프는 지상으로 내려온 순양함 알래스카가 기다리는 가운데, 지금까지 자신과 함께 고생해 온 회사의 모든 이들과 마주했다.

"이기고 돌아오게, 친구여. 우리도 이기겠네."

인간의 모습을 한 루할트가 치프와 악수를 나누기 위해 오른손을 내밀었다.

치프는 그와 악수한 뒤 곧장 반대편 팔을 들어 루할트와 포옹했다.

"하아. 우리들의 첫 만남은 정말 뭐 같았는데 말이지. 안 그래, 루할트?"

"그랬지. 만약 누군가가 시간을 되돌린다고 해도 나는 똑같이 행동할 것이네. 그래야만 자네와 친구가 될 수 있을 테니까."

루할트는 치프의 등판을 손으로 두드리며 웃었다.

알케온은 치프와 뭔가 말을 나누기도 전에 그와 포옹했다.

"무사히 돌아오게, 친구여. 지금과는 비교할 수 없을 만큼 맛있는 음식을 만들어주지."

"더 맛있는 음식이라니, 상상이 안 가네."

"내가 자네에게 제대로 해준 일이라고는 그것밖에 없지 않나?"

"오해야, 친구. 넌 그보다 더 많은 일을 해줬어."

"음."

치프로부터 아쉽게 물러난 알케온은 손바닥으로 눈가를 훔쳤다.

"꼭 돌아올 테니까 걱정하지 마. 건투를 빌게."

알케온은 대답 없이 고개를 끄덕거렸다.

치프는 이어서 포프와 포린, 포티 자매 앞에 몸을 숙이고 앉았다.

"무리해서 싸울 필요는 없어, 포프. 회사에서 동생들을 돌보는 것도 일이야."

"예, 사장님. 동생들과 함께 사장님을 기다릴게요."

대답한 포프는 치프의 목을 두 팔로 껴안았다. 포린과 포티도 치프의 양팔에 각각 매달렸다.

뒤이어 치프는 요르엘과 오라클 앞에 섰다.

치프는 포프 자매에게 그랬듯이 몸을 숙이고 그 소녀들을 대했다.

"이건 내 개인적인 느낌인데, 너희들을 왜 이렇게 오랜만에 보는 것 같지?"

"우리들의 존재감이 딱 그 정도거든."

요르엘이 빙긋 웃었다. 오라클도 어설프게 미소를 지었다.

"사장. 하이시리스 님과 싸우는 거지?"

요르엘이 묻자 치프는 고개를 옆으로 기울였다.

"모르겠네. 이번 일에는 워낙 변수가 많아서 말이지."

"조심해, 사장. 그분의 곁에는 진정한 '오라클'이 되어버린 아이들이 수없이 많아. 그 아이들이 직렬로 서로의 의식을 연결하면 가상의 탈란바토르를 구축하여 공간의 문을 열 수도 있어. 하이시리스는 그 통로를 이용해서 탈출할 거야."

"…지금 엄청나게 중요한 얘기를 들어버린 것 같은데?"

치프가 당황하자 요르엘은 정말 미안해하는 표정을 지었다.

"그러니까… 사장의 입장에선 정말 거북한 일이겠지만 하이시리스 님보다는 그 아이들을 먼저 편안하게 해줘."

"……."

"약속해 주면 내가 책임지고 이 행성의 모든 사람들을 지켜줄게."

요르엘이 각오를 다진 채 말하자 치프는 자신의 이마로 그녀의 이마를 톡 건드렸다.

"네가 말한 애들의 문제는 내가 알아서 할 테니 엉뚱한 생각은 하지 마. 여기서 오라클이나 잘 돌봐줘."

"으, 응."

요르엘은 치프에게 들이받힌 이마를 만지며 대답했다.

오라클은 대화 대신 포옹으로 치프의 건투를 빌어줬다. 험한 일을 겪으며 자라왔던 그 소녀는 이제 요르엘보다 더 밝은 표정을 짓고 있었다.

치프는 이어서 켐리와 악수를 나눴다.

"남자다운 얼굴이 됐네? 하하, 마음만 먹으면 할 수 있잖아?"

"그러게 말이죠. 꼭 돌아오셔야 해요, 사장님."

"당연하지. 모두를 부탁해, 켐리."

정직원 얘기를 꺼낼까 하다가 입을 다문 악어 머리 켐리는 치프를 따라하듯 지긋이 웃었다.

가만히 서 있던 롸켓이 더 이상 기다리지 못하고 치프에게 다가왔다.

"분위기 참 이상하구려, 사장. 두 번 다시 못 볼 것도 아닌데 말이오."

"이번 싸움이 진짜 승부처라는 걸 다들 느꼈으니까 그렇겠지. 아저씨는 어때?"

"마누라와 애들에게 모두 인사했소. 내 친구들과 함께 위험수당을 듬뿍 뜯어갈 테니 각오하시오."

롸켓과 주먹을 부딪쳐 서로를 격려한 치프는 그걸로 인사를 끝내기엔 조금 아쉬웠는지 결국 그와 포옹을 나눴다.

"아저씨의 실력을 보여줘."

"라이트스톤 사장에게 내 안부나 전해주시오."

"그럴게."

치프와 떨어진 롸켓은 찡해진 코끝을 손바닥으로 눌러 감정을 억제했다.

치프는 옆으로 이동하여 탈리케이아와 헤이파 앞에 섰다.

탈리케이아는 그가 말도 꺼내기 전에 달려들어 그를 껴안았다.

새치기를 당한 헤이파는 황당하다는 표정으로 탈리케이아의 뒷모습을 쏘아봤다.

"무사히 돌아올 거지? 그렇지?"

탈리케이아가 간절한 목소리로 물었다.

"죽으러 가는 건 절대 아니니 걱정하지 마."

치프는 자신보다 30센티미터 이상 신장이 큰 탈리케이아의 등판을 두 손으로 어렵게 두드려 주었다.

탈리케이아는 그래도 불안했는지 치프를 쉽사리 놓지 못했다.

"탈리도 참……."

사만다 옆에서 치프와 다른 사람들의 인사를 지켜보던 데스디아가 빙긋 웃었다.

그녀는 아르마게일이 자신을 위해 직접 만들어준 경장갑 전투복을 입고 있었다.

전투복은 짙은 녹색과 황색이 섞인 디지털 패턴으로 꾸며져 있었으나 능동 위장 기능 때문에 색 같은 것은 사실 의미가 없었다.

알타이르 전사들은 맨몸으로도 화생방, 즉 화학 병기와 생물 병기, 그리고 치명적인 방사능을 버틸 수 있었다.

평소에 그녀들이 입는 전투복도 식물로 만들었다고는 믿어지지 않을 만큼 화생방에 대한 대비가 훌륭한 편이었다.

하지만 이번 싸움은 장기전이 될 수도 있기 때문에 데스디아는 지구의 기술을 기반으로 한 전투복을 입기로 했다.

동결 지옥에서 입어본 전투복의 성능에 대단히 만족한 것이 그 결심의 이유였다.

전투복의 설계는 위스콘신에서 떠날 준비를 마친 아르마게일이 맡았다.

데스디아는 화생방 피해를 완벽하게 막아내면서도 정령 교감에 지장이 없어야 한다는 모순된 요구를 했으나, 아르마게일은 불평 없이 짐을 풀고 작업에 임했다.

딱 1시간의 작업 끝에 완성된 아르마게일의 경장갑 전투복 설계도는 병기창에서 일하는 모든 사람들을 놀래게끔 만들었다.

그 전투복은 데스디아의 초인적인 움직임을 완전히 소화할 수 있었다.

사실 그것만으로도 전투복의 성능은 보장된 것이나 다름없는데, 아르마게일은 전투복 자체에 아주 간단한 건하운드 기능까지 첨부시켰다.

전투복에 들어간 건하운드의 성능은 고작 화살과 레일건 전용 탄체를 만드는 것이 한계였지만 데스디아에게는 그것만으로도 충분했다.

3D프린터에 설계도를 입력하고 전투복을 직접 제작해 본 위스콘신의 기술직 군무원들과 장교들은 튜닝이나 다름없는 설계 변경만으로 압도적인 물건이 제작됐다는 사실에 어이없어했다.

그 전투복의 성능은 현재 지구에서 제작되어 시험 중인 차세대 전투복보다 무려 2세대나 앞서고 있었다.

데스디아 본인은 자신의 전투복이 어떤 물건인지 전혀 알지 못했다. 그냥 알타이르의 전투복보다 좀 더 오래 버틸 수 있는 철갑 정도로만 여기고 있었다.

탈리케이아와 인사를 마친 치프는 헤이파 앞에 섰다.

"첫째와 셀리를 잘 부탁하네, 치프."

그녀가 담담한 표정으로 당부하며 오른손을 내밀었다.

"다들 무사히 돌아올 거예요. 여사님의 건투를 빌겠습니다."

"음."

둘은 굳게 악수를 나눈 뒤 손을 뗐다.

둘의 인사가 그렇게 간단히 끝나자 많은 이들이 의아해했다.

헤이파가 탈리케이아처럼 치프를 껴안고 걱정할 거라 생각했던 켐리는 고개를 갸웃거렸다.

장벽 위로 고개를 내밀어 치프의 모습을 지켜보던 바라쿠스 역시 마찬가지였다.

'뭐, 엠페라투스 님께서 보물이라고까지 칭한 영웅쯤 되면 저 정도의 자제력은 아무것도 아니겠지.'

이어서 치프는 가만히 자신을 기다리고 있던 사만다의 오른손을 두 손으로 꼭 잡았다.

"정말 위험해지면 날 불러야 해, 사만다."

"뭔가 초자연적인 말씀을 하시는군요."

"그만큼 걱정하는 거야. 난 네가 부르면 지옥에서도 돌아올 수 있어."

"하하, 알겠습니다. 위험한 일은 가급적 피하겠습니다."

"그래."

치프는 그래도 사만다가 걱정됐는지 1분 정도가 지나서야 그녀의 손을 놓아주었다.

일반 전투복 차림의 셀레스티아가 사만다에게 다가오더니 치프와 마찬가지로 그녀의 손을 꼭 잡았다.

"사만다라면 할 수 있어."

"예?"

사만다는 자신이 뭘 할 수 있느냐는 표정으로 셀레스티아를 응시했다.

그녀와 셀레스티아의 손에서 백금색의 빛이 은은하게 빛났다.

"의심하지 말고 치프를 불러야 해, 사만다. 만약 네가 의심을 하게 되면 치프는 네 곁에 올 수가 없어."

"아… 예. 알겠습니다. 명심하겠습니다."

"응."

사만다의 손을 놓은 셀레스티아는 자신보다 훨씬 크고 덩치도 좋은 사만다를 두 팔로 껴안았다.

"넌 치프의 영원한 공주님이야. 난 그게 너무 부러웠어. 가끔씩 질투해서 정말 미안해."

그녀가 사과하자 사만다는 셀레스티아의 늘씬한 등판을 두 손으로 토닥거렸다.

"함께 맛있는 걸 먹으면서 얘기하면 더 좋을 것 같습니다."

"하하."

셀레스티아가 활짝 웃으며 뒤로 물러났다.

"꼭 돌아올게, 사만다."

"잘 다녀오십시오, 공동대표님."

본관 앞에 모인 사람들과 인사를 마친 치프는 이곳저곳을 돌아봤다.

"어라? 키드가 안 보이네?"

"키드는 자기 방에서 정신 수련을 하고 있어요, 사장님."

포프가 말했다.

"그러시군."

"혹시 키드에게 전하실 말씀이 있으면 제가 전달해 드릴게요."

"응. 아침에 형광색 타이즈를 입고 운동하는 건 제발 그만해 달라고 전해줘. 아니면 속옷을 입고 타이즈를 착용하던가."

"아, 하하……"

키드의 혐오스러운 운동복 센스를 잘 아는 포프는 쓴웃음을 지었다.

치프는 천천히 장벽 위로 올라갔다.

UNSMC 대원들 대신 회사의 경비를 맡은 해병대원들은 치프가 앞을 지나가자 즉각 거수경례하여 무운을 빌었다.

치프는 그들의 어깨를 두드리는 것으로 답례를 대신했다.

바라쿠스의 머리와 가까운 장벽 위엔 젝스와 파울라가 서 있었다.

"사장."

젝스는 치프 쪽으로 저벅저벅 걸어가더니 그를 꽉 껴안았다.

"다른 때와 다르게 인사를 나누는 이유가 뭐야? 사장이 그러니까 불안해."

그녀는 어리광을 부리듯 말했다.

"나와 이곳 사람들 모두가 힘내야 하는 일이거든. 브리치들을 부탁해, 젝스. 다치지 말고. 알았지?"

"응, 사장."

젝스는 치프의 등에 매달린 채 심호흡을 했다. 치프의 머리와 목에서 나는 비누 냄새를 기억하기 위해서였다.

젝스를 뒤에 매단 채 파울라와 가볍게 포옹하여 인사를 나눈 치프는 바라쿠스와 마주봤다.

"부탁드렸던 전략 전술 습득은 다 마무리하셨나요?"

"지구인들이 만든 디지털 데이터는 의외로 편리하더군. 그야

말로 머릿속에 쏙 들어오는 느낌이야. 마치 우리를 위해서 만들어진 것처럼 느껴지더라고."

"그럴지도 모르겠네요."

치프는 빙긋 웃었다.

항상 무뚝뚝하게 세상을 바라보던 바라쿠스도 표정을 풀고 부드러운 미소를 지었다.

"알다시피 난 엠페라투스 님에 의해 되살아난 존재라네. 그래서 언제 갑자기 세상에서 사라져도 이상하지 않아."

"……."

"내 스스로는 이 목숨에 미련이 없지만 다른 자들을 생각하니 좀 걱정이군. 그러니 조금이라도 빨리 자네의 임무를 마치고 돌아와 주게."

"알겠습니다."

바라쿠스가 자신의 옆을 봤다.

"반달리온이여. 할 말 없나?"

반달리온은 돔구장처럼 몸을 날개로 감싼 채 가만히 있었다.

"흠. 부끄러워하는군. 그럼 잘 갔다 오게, 치프. 왕녀 전하를 부탁하네."

"예, 아저씨."

치프는 바라쿠스를 향해 손을 들고 경례를 했다.

인사를 마친 치프는 데스디아와 셀레스티아를 차에 태운 뒤 시동을 걸었다.

눈을 감은 채 시가를 피우던 헤이파는 어둠을 밝히는 새벽녘처럼 천천히 눈을 떴다.

엄청난 숫자의 정령들이 치프의 차를 가운데에 둔 채 군무를 추고 있었다.

'나, 보석보다 아름다운 나의 인연이 가는 길을 이렇게 바라보노라. 나 그가 돌아올 때까지 수없이 뒤척이겠지만, 정작 다시 만나면 모두와 함께 기뻐할 것이니. 하여 바라건대, 부디 탈 없이 돌아오시기를. 나의 인연이여.'

정령들을 보기 위해 황금색으로 빛을 내던 헤이파의 눈동자가 다시 은색으로 식어갔다.

치프가 모는 차량이 회사 밖으로 빠져나갔다.

밖에서 대기 중인 알타이르 기병들이 그의 옆에 따라붙어 각 가문의 깃발을 높이 들어 올렸다.

상대의 무사 귀환을 바라는 알타이르 전통의 배웅 의식이었다.

＊　　　　＊　　　　＊

치프와 UNSMC 대원 전원을 태운 순양함, 알래스카가 게이트 근처로 이동했다.

게이트 근방에는 전함 한 척, 순양함 한 척, 구축함 네 척으로 구성된 제7임무부대가 대기 중이었다.

순양함과 구축함들은 전함과 완전히 결합한 상태였다.

알래스카는 전함과 신호를 주고받은 뒤 결합을 위해 보통 속도로 접근했다.

함교에서 전함을 살피던 데스디아가 고개를 갸웃거렸다.

"저 전함 말인데, 어디서 많이 본 느낌이군."

데스디아가 중얼거리자 치프가 웃음소리를 냈다.

"저건 아이오와급 1번함 아이오와야. 회사에 있는 위스콘신의 다음 세대 전함이자 현역 군함이지. 내가 자주 불러냈으니 너한

테도 익숙할 수밖에 없을 거야."

"오호."

데스디아가 자신의 턱을 쓰다듬었다.

"저 전함에 세계 각국의 UNSMC 대원들이 타고 있다 이거지?"

"맞아. 식민지 청소 작전 이후로 각 지부의 대원이 전부 소집되는 건 이번이 처음이야. 오랜만에 그 나쁜 놈들을 만나게 되겠군."

치프가 쓴웃음을 지은 채 말했다.

곁에 있던 셀레스티아가 의아해했다.

"정말 나쁜 사람들이야?"

"하하. 아냐."

치프는 고개를 저었다.

다른 지부의 UNSMC 대원들과 재회할 기대감 때문인지 그의 얼굴에서는 오래전부터 미소가 가득했다.

조금 뒤, 알래스카와 전함 아이오와가 결합했다.

아이오와 쪽으로 옮겨 탄 치프는 출입구 앞에 대기하고 있는 다섯 명의 군인들과 마주쳤다.

데스디아는 그 군인들의 계급이 전부 원사인 것을 보고 살짝 놀랐다.

"어서 오십시오, 원사님. 오랜만입니다."

검은 피부의 군인이 먼저 거수경례를 했다.

뒤에 대기하고 있던 다른 원사 계급의 대원들도 뒤따라 거수경례로 치프를 환영했다.

"모두들 오랜만이야."

치프도 거수경례로 그들과 인사를 한 뒤 차례차례 포옹을 나눴다.

"아프리카 대륙 쪽은 어때?"

치프의 질문에, 가장 먼저 경례를 한 남자가 고개를 짧게 흔들었다.

"군벌들을 살피고 있습니다만 분위기가 별로입니다. 언제든지 내전을 일으킬 태세죠."

"그곳은 수백 년 전과 다를 바가 없군."

"금년에 커피 농사를 제대로 망해서 더 그렇더군요."

"하."

웃음을 터뜨린 치프는 방금 깎은 자연석처럼 단단한 얼굴형태의 동양인과 악수했다.

"아시아 쪽은?"

"해적들이 생각보다 많이 늘었습니다. 그래도 유럽보다는 낫죠."

"유럽? 유럽은 왜?"

치프가 궁금한 표정을 짓자 연한 금발을 짧게 깎은 남자가 어깨를 으쓱했다.

"누군가가 네오 나치들을 지원하고 있거든요. 러시아 서부와 스칸디나비아 반도 전체, 독일 북부까지 놈들의 세력이 확대되어 있습니다. 본보기로 몇 군데를 쓸었는데 효과가 없네요."

"우리 중동 지부에서 지원을 하고 있을 정도입니다."

부리부리한 눈의 검은머리 남자가 피곤한 얼굴로 말했다.

"큰일이군. 남미 쪽은?"

치프가 물었다.

"월드컵이 얼마 안 남아서 무지막지하게 바쁩니다."

치렁치렁한 금발의 남자가 자신의 코 밑을 만지며 웃었다.

"아무튼 전 대원이 원사님을 기다리고 있습니다. 병기창으로 가시죠."

"그렇군. 오늘 내가 할 연설을 들으면 모두 기운이 날 거야. 기대하라고."

치프가 껄껄 웃으며 지나가자 각 지부의 원사들이 인상을 썼다.

불안감을 느낀 것이다.

UNSMC 아프리카 지부의 원사가 치프와 함께 아이오와 쪽으로 옮겨 탄 죠니와 킹, 안드레이에게 눈을 돌렸다.

그는 눈짓을 통하여 '대체 무슨 말이 나올지 아느냐'는 질문을 했으나 죠니는 모르겠다는 듯 장난스럽게 웃으며 그의 앞을 지나갔다.

이윽고, 1,000명이 넘는 UNSMC 대원들이 한자리에 모인 가운데 치프가 무선 마이크를 손에 들고 연단 위에 섰다.

"A—1730이다. 다들 오랜만이야, 형제들."

"예, 원사님."

대원들은 각 지부의 임무를 서둘러 마치고 온 터라 피곤한 기색이 역력했다.

"하하, 다들 떡이 됐군. 임무 내용은 알고 있지?"

"……."

"일단 믿기 힘든 소식을 들려주지. 이걸 들으면 모두 기운이 솟아서 주체하지 못할 거야."

치프는 연단 쪽으로 데스디아를 불렀다.

데스디아는 당당한 표정으로 연단에 올라 치프 옆에 섰다.

"이쪽은 알타이르의 워치프인 데스디아 브라토레나. 이번에 우리와 함께 싸우게 될 거야."

"와."

그녀에 대한 정보는 대원들 대부분이 알고 있었기에 기계적인 함성으로 그녀를 환영해 주었다.

"그리고 이번 작전이 끝나면 나랑 결혼할 예정이지."

병기창이 순식간에 조용해졌다.

전차 위에 앉아서 치프의 얘기를 듣던 아시아 지부 원사가 허겁지겁 바닥으로 내려왔다.

"정말 쉴 틈을 안 주는 분이군! 다 들었지? 정신 차리고 임무 다시 확인해! 결혼한다잖아, 제길!"

남미 지부 원사는 뒤로 돌려서 썼던 군모를 똑바로 착용했다.

"이럴 줄 알았어! 이럴 줄 알았다고, 빌어먹을! 전원, 장비 점검 다시 해! 영혼결혼식 따위를 보러 갈 순 없잖아?"

"몸에 이상 있는 녀석들은 어서 나와서 의무실로 가! 최상의 컨디션으로 임무에 임한다!"

유럽과 아프리카, 중동 지부의 원사들도 헐레벌떡 움직였다.

"모두 살아서 저 망할 인간의 결혼식에 참석한다! UNSMC, 알아들었나?"

"예, 알겠습니다!"

느슨해져 있던 UNSMC 대원들이 미친 듯이 병기창을 뛰어다녔다.

치프는 기분 좋게 그 모습을 감상했으나 데스디아는 뻘게진 얼굴을 두 손으로 가린 채 꼼짝도 못 했다.

연단 밑에서 이야기를 듣고 있던 셀레스티아가 철제 계단을 올라 데스디아에게 다가갔다.

"너무 부끄러워하지 마, 뎃디. 행복한 일이잖아?"

"하아."

얼굴을 가리고 있던 데스디아가 한숨을 쉬며 손을 내렸다.

"설마 이런 상황에서 그 얘기가 나올 줄은 몰랐거든. 그리고 청혼은 내가 먼저 하려고 했는데……."

데스디아는 자존심이 상한 표정으로 치프를 흘겨봤다.

치프는 다른 곳으로 시선을 돌리며 왼쪽으로 고개를 살짝 갸웃거렸다.

정신적으로 지쳐 있던 대원들을 자극하기 위해서 결혼 얘기를 꺼낸 것이 미안해서였다.

그는 용기를 내서 다시 데스디아를 봤다.

"회의하러 가자, 뎃디. 마지막으로 넘어야 할 산이 꽤 험해."

그의 말에 데스디아가 표정을 풀고 웃었다.

"하, 뭐가 마지막이지? 당신에게 있어선 그저 새로운 임무일 뿐이잖아?"

"음……. 그건 그렇지."

치프는 자신이 '마지막' 이라는 말을 언제 꺼냈는지 떠올려 봤다.

다른 건 몰라도 예루살렘에서 핵탄두를 해체하지 못했을 때, 그리고 식민지 청소 작전을 수행할 때만큼은 뚜렷하게 기억났다.

'아냐, 생각해 보니 그때는 마지막이 아니라 끝장이라고 했던 것 같네.'

치프는 쓴웃음을 지었다.

셀레스티아가 손을 뻗어 그의 어깨를 툭툭 두드려 줬다.

"잘될 거야, 치프."

"그래야지."

고개를 끄덕인 치프는 밑에서 대기 중인 죠니와 킹, 안드레이에게 손짓했다.

"뎃디와 셀리를 브리핑 룸으로 안내해 주겠나? 아이오와는 위스콘신보다 복잡한 아가씨라서 틀림없이 길을 잃을 거야."

"맡겨주십시오, 원사님. 두 분을 브리핑 룸 옆의 휴게실로 모시겠습니다."

죠니가 대표로 대답했다.

"부탁해. 난 레투가와 얘기 좀 하다가 갈게."

"알겠습니다, 원사님."

죠니가 먼저 걸어가고 데스디아와 셀레스티아가 뒤를 따라갔다.

"우리 안부도 전해줘."

셀레스티아가 손을 흔들며 당부했다.

킹과 안드레이가 그들과 함께 가는 모습을 지켜본 치프는 한숨을 쉬었다.

어디 앉을 곳이 없는지 살피던 그는 연단 구석에 놓여 있는 작은 간이 의자를 발견했다.

병기창은 대형 축구장 몇 개를 합친 것만큼 거대한 장소였다.

즐비하게 늘어선 주력 전차와 보행 전차, 각종 장갑차량, 그리고 데토네이터들은 서늘한 색의 조명 아래에서 군용병기 특유의 냉기를 흘리고 있었다.

그 병기들 사이로 UNSMC 대원들과 수많은 정비병들, 그리고 정비병들을 돕는 드론들이 바삐 움직였다.

치프는 고향으로 돌아온 기분이 들었다. 하지만 썩 좋은 기분은 아니었다.

쓸쓸히 의자에 앉은 치프는 단말기를 들고 레투가에게 전화를 걸었다.

회의가 끝난 뒤 게이트를 지나면 다시 돌아올 때까지 통화도, 통신도 불가능하기 때문에 그와 얘기를 나눌 기회는 지금

뿐이었다.

　─오, 치프. 무슨 일인가?

　레투가가 반갑게 전화를 받았다.

　"식사 전에 시간이 좀 남아서 말이지."

　─아, 그렇군. 하하.

　치프가 중요한 임무를 앞두고 있다는 사실을 직감한 레투가
는 어색한 웃음소리를 냈다.

　─그럼 나중에 저녁 식사나 함께하세. 우리 집으로 초대하지.

　"뎃디랑 셸리를 데리고 가도 될까?"

　그것은 그 두 명도 자신과 함께 그라니트 행성을 떠난 상태라
는 의미였다.

　─물론이지. 꼭 보세. 약속일세.

　레투가는 암호나 마찬가지인 치프의 말을 즉각 알아듣고 약
속을 강조했다.

　"그래. 다시 연락할게."

　─기다리겠네.

　혹시 모를 도청에 대비해서 일부러 짧고 건조하게 대답한 레
투가는 먼저 전화를 끊었다.

　치프는 아무 소리도 들리지 않는 단말기로 자신의 이마를 톡
톡 두드린 뒤 의자에서 일어났다.

121
궤도 강하 타격

브리핑 룸에는 UNSMC 지부의 원사들과 치프의 팀원들, 데스디아, 셀레스티아, 그리고 대령 계급의 아이오와의 함장이 모두 모였다.

소장급 예우를 받는 입장인 치프는 브리핑 주제자로서 함장 옆에 서 있었다.

"함장님, 시작해도 되겠습니까?"

50대 중반의 여성 함장이 고개를 끄덕였다.

"맡기겠네, 원사."

"알겠습니다. AI 갤러해드. 들리나?"

―말씀하십시오, 원사님.

브리핑 룸의 스피커에서 남성 인공지능의 목소리가 흘러나왔다.

"지금부터 시작될 회의의 기록을 금지한다. 회의 참석자에 대한 로그 기록도 말소하도록."

—그 지시를 이행하기 위해서는 함장님의 동의가 필요합니다.

"동의하네, 갤러해드."

함장이 말했다.

—원사님의 지시대로 이번 회의는 완전한 비공개로 전환합니다. 회의 도중에 수병이 들어와도 이해해 주십시오.

"그냥 문을 잠가, 갤러해드."

—알겠습니다, 원사님.

회의실 문의 잠금장치 작동을 확인한 치프는 자신의 단말기를 테이블 위에 놓았다.

"소개부터 하죠. 우선 저기 계신 분은 날개 달린 자들의 왕녀인 셀레스티아 왕녀 전하입니다."

치프가 셀레스티아 쪽으로 손을 내밀며 그녀를 소개했다.

"잘 부탁드립니다, 여러분."

셀레스티아는 긴장한 기색 없이 자연스럽게 웃으며 인사했다.

그 모습을 본 데스디아는 셀레스티아가 정말 단단히 각오하고 있음을 감지했다.

"그리고 저기 계신 분이 알타이르의 워치프 중 한 명인 데스디아리아 헤이파 알타이르 브라토레 님입니다. 지구로 치자면 군단장 계급이죠."

"아, 데스디아 브라토레입니다. 같이 싸우게 되어 영광입니다."

셀레스티아에게 신경을 쓰느라 뒤늦게 반응한 데스디아는 정중히 인사했다.

"여기 계신 분은 아이오와의 함장이시자 제7임무부대의 전대장이신 '아디 가그와' 대령님이셔. 무려 재작년에 넷째 아이를 출산하시고 나에게 꽃다발을 받으셨지."

"내가 죽을 때까지 그 얘기를 할 기세로군. 내 나이에 넷째를 본 게 그렇게 큰일인가?"

대령이 자신의 모자를 매만졌다.

"아무튼 모시게 되어 영광입니다, 왕녀 전하. 그리고 반갑습니다, 브라토레 워치프. 두 분의 명성은 잘 들었습니다."

아디 가그와 함장은 푸근한 미소를 지으며 그녀들을 환영했다.

"명성이라니, 과찬이십니다. 잘 부탁드리겠습니다."

데스디아가 밝은 표정으로 답례했다.

치프는 이어서 각 지부의 원사들을 차례차례 소개한 뒤 회의를 시작했다.

"그럼 목표의 방어 시설을 먼저 안내해 드리죠."

치프의 단말기로부터 테이블에 설치된 콘솔 쪽으로 우주 연합 수도의 세부 입체 지도가 전송되었다.

전송된 입체 지도는 한 번 더 암호화된 뒤 참석자들의 단말기로 배포됐다.

조금 뒤 테이블 위쪽에 수도의 초고해상도 홀로그램이 출력되었다.

"우리가 우주 연합 수도에 대한 세부 정보를 갖고 있다는 말은 못 들었는데?"

함장이 묻자 치프가 어깨를 으쓱했다.

"제가 작년에 저곳에서 시간을 보냈다는 건 아시잖아요?"

"아, 그랬지. 정보 보안 차원에서 상부에 보고하지 않았다는 핑계 따윈 집어치우게. 봐주는 건 이번뿐이야."

"옙."

함장의 엄중한 경고를 들은 치프는 단말기를 세밀하게 조작했다.

도시 곳곳에 배치된 방어 시설들을 붉은색으로 표시했다.

"그럼 시작하죠. 자, 이게 공개적으로 설치된 방어 시설들이고요……"

치프가 단말기를 다시 조작하자 수도 전체는 물론 그 주변에 떠 있는 자원 채취용 소행성들의 일부도 주황색으로 물들었다.

"숨겨진 방어 시설의 규모는 이 정도입니다."

"무슨 당근 주스가 담긴 그릇을 보는 느낌이군. 우산이라도 쓰고 저길 가야 하나?"

함장은 방어 시설의 밀도를 보고 고개를 저었다.

"뭐, 우리가 신경 쓸 부분은 아닐지도 몰라요."

치프의 말에 함장이 의아해했다.

"무슨 말인가?"

"우리의 임무는 우주 연합 수도로 돌격해서 거길 제압하는 게 아니라 라이트스톤을 막는 거죠. 만약 라이트스톤이 침공하면 저 방어 시설들은 순식간에 무력화될 거예요."

"자신 있게 말하는군."

"제 전투복이 라이트스톤에 의해 무선으로 해킹되지 않았다면 저도 그와 같은 일은 상상조차 못 했겠죠."

치프가 어깨를 으쓱거렸다.

"나도 자네가 작성해서 올린 보고서에서 그 항목을 봤지. 정말 믿을 수 없더군."

"예. 바그타리온 작전에서 사용하기로 예정된 비밀 무기의 제작자도 라이트스톤이었으니 저 방어 시설들이 쓸모없어지는 건 시간문제일 거예요. 물론 그보다 더 골 때리는 상황이 벌어질 수도 있지만요."

치프의 말에 함장은 물론 다른 지부의 원사들까지 그에게 시선을 돌렸다.

"더 골 때리는 상황이라니?"

"라이트스톤이 아예 오지 않는 경우죠. 그 아저씨는 우리가 게이트를 통과하자마자 그라니트 행성을 갈아 엎을지도 몰라요."

"음……."

함장은 신음에 가까운 한숨 소리를 냈다.

치프는 다시 단말기를 조작하여 우주 연합 수도의 취약지점을 파란색으로 표시했다.

"아무튼 지금은 라이트스톤이 반드시 온다는 걸 전제로 하고 작전을 짜도록 하죠."

그러자 유럽 지부 원사가 손을 들었다.

"원사님. 작전이 의미가 있을까요?"

"응? 왜?"

"전투복도 무선으로 해킹할 정도의 능력자라면 우리가 사용하는 모든 병기들이 무용지물일 겁니다. 아이오와의 공조 장치만 건드려도 우린 전부 죽을걸요? 대책은 있습니까?"

"없어."

치프가 단호하게 고개를 젓자 셀레스티아를 제외한 모든 이들의 표정이 파랗게 질렸다.

"상대가 우리에게 그런 수단을 사용하지 않길 기도해야지."

"원사, 장난하나?"

함장이 무서운 눈으로 치프를 노려보며 지적했다.

"우리가 무슨 경연 대회를 하려고 모인 줄 아는 것 같은데, 기도 따위에 장병들의 목숨을 걸 수는 없네. 대책이 없다면 이 작전은 내 직권으로 취소하겠네."

"대책은 있습니다, 함장님."

손을 들고 발언한 사람은 셀레스티아였다.

"왕녀 전하?"

"예. 라이트스톤의 해킹은 제가 막을 수 있습니다. 제 능력이라면 지구의 대형 군사기지 몇 개쯤은 동시에 뒤엎을 수 있어요."

치프의 보고서에서 셀레스티아의 그 능력에 대한 설명을 본 적이 있는 함장은 깊은 고뇌에 빠졌다.

오른손으로 입가를 누른 채 가만히 있던 함장은 이윽고 손을 내리고 셀레스티아 쪽으로 돌아앉았다.

"그렇다면 지금 이곳에서 당신의 능력을 증명해 주십시오, 왕녀 전하. 막연한 기대감을 갖고 뛰어들기에는 너무 위험한 임무이니 이해해 주시길 바랍니다."

함장은 매우 진지하게 자신의 의심을 털어놓았다.

셀레스티아가 UNSMC 남미 지부 원사를 돌아봤다.

그냥 바라봤을 뿐인데 남미 지부 원사의 의자 밑으로 뭔가가 떨어졌다.

그것은 그가 입고 있는 경장갑 전투복의 동력로였다.

"오우."

그 자리에 있던 모든 이들이 바닥에 굴러다니는 동력로를 보고 경악했다.

강제로 분리된 동력로는 잠깐이나마 강력한 방사능을 방출할 위험성이 있었지만 셀리스티아는 그 방사능마저도 자신의 능력으로 억제하고 있었다.

"다른 것도 보여 드릴까요? 우리가 타고 온 알래스카를 강제로 그라니트 행성에 돌려보낼 수도 있어요."

"아니… 아닙니다. 왕녀 전하. 그 정도면 충분할 것 같습니다. 무례를 용서하십시오."

함장이 정중하게 사과했다.

"셀리, 대체 어떻게 한 거야?"

데스디아가 놀란 얼굴로 물었다.

"엠페라투스와 할아버지께 이것저것 많이 배웠어."

엠페라투스에게 배웠다는 셀레스티아의 대답에 데스디아는 물론 치프도 의아해했다.

"엠페라투스에게?"

"응. 그가 이 정도는 할 줄 알아야 치프를 제대로 도울 수 있을 거라고 말했거든. 그래서… 무서웠지만 용기를 내봤어."

"그렇구나."

셀레스티아의 결심에 감격한 데스디아는 손을 뻗어 셀레스티아를 끌어안은 뒤 그녀의 등을 어루만져줬다.

"이제 날… 용서해 줄 거지?"

셀레스티아가 조심스럽게 물었다.

"바보."

데스디아는 셀레스티아의 이마에 키스를 한 뒤 연신 그녀를 쓰다듬어 주었다.

둘이 왜 그러는지 영문을 모르는 사람들은 그냥 가만히 있었으나 치프와 죠니, 킹, 안드레이는 훈훈한 표정으로 그녀들을 지켜봤다.

치프는 조금 꺼림칙했다.

셀레스티아가 용기를 낸 사실만은 정말 좋았지만, 단지 부탁을 받았다고 해서 그러한 고급 능력의 사용법을 가르쳐 준 엠페라투스의 저의를 읽을 수 없었기 때문이다.

"셀리. 엠페라투스가 아무 조건 없이 그런 것들을 가르쳐 줬어?"

치프가 물었다.

"응."

셀레스티아는 깔끔하게 대답했다.

그 단순함이 치프를 당황하게 만들었다.

당황한 사람은 치프만이 아니었다.

아이오와의 함장은 자신의 단말기를 이용하여 치프가 상부에 올린 그라니트 행성 관련 보고서들을 검색해 봤다.

"치프. 엠페라투스는 적대적 존재가 아니었던가? 자네는 그가 모든 것을 적대하는 존재라고 보고서를 올린 적이 있다네. 혹시 그의 교활함에 넘어간 건 아니겠지?"

보고서 내용과 자신의 기억이 일치함을 확인한 함장은 나이 든 아들을 걱정하는 어머니의 표정으로 질문했다.

"녀석은 적이라기보다는 자기 자신을 위해 움직이는 존재라고 보시면 될 거예요."

치프는 지금까지 자신이 경험한 엠페라투스의 행동들을 토대 로 대답했다.

"적이 아니라 이건가?"

"이번 일의 진실을 가장 빨리 꿰뚫어 본 존재일지도 모르죠. 처음 만났을 때는 그냥 미친놈 같았지만 그 이후에는 무익한 살 육을 저지른 적이 없어요. 뿐만 아니라 계획적으로 움직였죠. 적 절한 시기에 홀쩍 나타나서는 제가 움직일 방향까지 알려주기도 했거든요."

"음……"

함장은 다시금 보고서를 살펴봤다.

치프만이 아니라 해군 정보부에서 올린 보고서에서도 엠페라 투스가 치프를 방해했다는 기록은 존재하지 않았다.

"만약 엠페라투스가 저를 도와주지 않았다면 알타이르 행성은 오크들의 새로운 고향이 됐을 거예요. 그리고 저와 뎃디도 동결 지옥에서 살아 돌아오지 못했겠죠."

치프의 말에 함장은 실소를 지었다.

"내 동생이 사이비 종교에 빠진 적이 있었는데, 마치 자네처럼 말하면서 교주를 변호하더군."

"하하."

치프는 힘없이 웃었다.

"농담일세, 치프. 아무래도 엠페라투스는 자신의 목적을 위해서 자네를 적절히 이용하는 것 같군. 그의 입장에선 자네를 지켜보는 것만큼 재밌는 일이 없었을 것 같아."

'재밌는 일'이라는 함장의 말에 치프와 데스디아, 셀레스티아 모두 등골이 오싹했다.

"함장님. 왜 그렇게 생각하셨죠?"

"자네가 일을 처리하는 모습은 정말 멋지거든. 영리하고, 빈틈 없고, 철저하지. 상부에서 불가능하다고 판단한 작전마저도 미친 듯이 물고 늘어져서 해결하는 게 바로 자네라는 군인일세. 그래서 모두가 자네를 가까이 보려 하고, 또 자네의 곁에 머물려고 하지."

함장은 왼손 검지로 자신의 단말기 뒷부분을 두드리며 기분 좋게 웃었다.

"사실 자네는 식민지 청소 작전을 수행하기 전까지만 해도 인간미가 좀 떨어졌는데, 사만다를 데려온 뒤에는 꼭 칭직물에 나오는 영웅처럼 변했지. 대신 명령 위반 횟수가 늘었지만 말이야."

"……."

"난 자네가 월면기지 사건을 해결하고 우리들에게 보낸 통신을 아직도 기억한다네. 자네는 인류 전체에 평화와 따스함이 있기를 바란다는 말로 작전 성공을 알렸지. 우린 크리스마스 아침에 선물을 받은 아이들처럼 환호했어. 그때 모든 이들과 어울려 피운 시가의 맛을 잊을 수가 없군."

그때를 즐겁게 회상한 함장은 다시 치프를 봤다.

"엠페라투스도… 우리들과 마찬가지로 자신이 해결할 수 없는 일을 자네에게 맡긴 것이 아닐까? 자네라면 해결해 줄 수 있다는 희망을 품고 말일세. 후후, 내가 대체 무슨 소리를 하는 거지?"

함장이 멋쩍게 웃었다.

"아닙니다, 함장님. 좋은 말씀이었습니다."

치프는 고개를 끄덕이며 말했다.

데스디아와 셀레스티아는 치프와 마찬가지로 엠페라투스의 행동을 완전히 이해한 듯 진지한 표정을 지었다.

"그럼 다시 본론으로 돌아가죠."

치프가 우주 연합 수도의 홀로그램을 가리켰다.

"셸리가 라이트스톤의 전자전 능력을 완벽하게 무력화시킨다는 가정하에, UNSMC가 수도에 진입해서 작전을 전개하는 것에는 아무 문제가 없을 겁니다."

"그럼 UNSMC가 상대할 적은 어떤 놈들이지?"

함장이 물었다.

"하이시리스는 분명하고요, 다수의 오크들과 라이트스톤이 만든 병기들일 것으로 예상합니다. 하지만 걱정이 좀 있네요."

"무엇인가?"

"우리가 게이트를 통과하는 즉시 우주 연합 측에서 알아차릴 텐데, 괜찮겠습니까?"

치프가 묻자 함장은 여유롭게 고개를 끄덕거렸다.

"바그타리온 작전을 위한 비밀 무기 중에 하나가 바로 함선의 잠항 능력일세. UNSMC가 전투를 벌일 때 지원을 올 우리 함선들은 모두 잠항 능력을 갖고 있지."

"잠항 능력이라니, 처음 듣는군요."

치프가 고개를 갸웃거렸다.

"그것도 자네 덕분에 습득한 것일세."

함장이 설명했다.

"자네가 나포해서 가져온 해적들의 함선을 수리하고 분석할 때 재밌는 것들을 발견했지. 게이트에 진출입 기록을 남기지 않는 특수 코드인데, 군에서는 화물선에 그 코드를 적용해서 시험해 봤지. 지구의 모든 공항들이 화물선을 뒤늦게 레이더로 발견하고는 놀라 자빠지더군."

"아……."

치프는 그 코드라는 것을 만든 자가 라이트스톤일 거라고 확신했다.

라이트스톤이 지금까지 우주 연합을 비롯한 그 어떤 세력에게도 추적당하지 않은 이유가 바로 그 코드 덕분임을 직감한 것이다.

'우주 연합은 몰라도 라이트스톤은 잠항을 감지할 가능성이 높겠네.'

치프는 그 점이 마음에 걸렸으나, 오히려 라이트스톤이 우주 연합 수도에 오는 것을 앞당길 가능성이 높다고 판단하여 함장에게 말하지 않았다.

"그럼 남은 문제는 하이시리스의 졸개들이겠네요."

"졸개?"

함장이 눈을 동그랗게 뜨며 궁금해했다.

"예. 저와 회사 사람들을 가장 골치 아프게 만든 놈들은 신과 엮인 자들이었죠. 진 플레커와 실버로드는 신에 의해 변질됐고, 그들은 한 번 이상 부활하여 우리들 앞에 다시 나타났거든요. 실버로드와 진 플레커가 떼로 나타나서 우릴 위협할지도 몰라요."

치프의 설명에 함장이 인상을 구겼다.

"그렇군. 진 플레커라……. 그녀는 지구 영역에서 브라토레 워치프에게 죽은 줄 알았는데 말일세."

"제대로 써먹을 인력이 그만큼 부족한가 보죠. 아니면 남을 잘 믿지 못하는 성격일 수도 있고요."

치프가 농담처럼 던진 그 말은 진실에 가까웠다.

하이시리스는 자신의 창조물, 운캄타르와 엠페라투스의 저항으로 인해 남편이나 마찬가지인 신, 제루스트라를 비롯해 거의 모든 것을 잃고 말았다.

그녀는 지금까지도 자신의 창조물들을 믿지 못했고, 그 대신 감염과 변질, 세뇌를 이용하여 배신할 여지를 제거한 자들만을 수하로서 부려왔다.

하이시리스와 딱 한 번 대화를 나눴을 뿐인 치프는 당시 그 문제에 대해서 생각을 해볼 여유가 없었다.

하지만 데스디아는 달랐다.

치프가 우주 연합 수도에 잡혀 있는 동안 변질자들과 꾸준히 싸워온 그녀는 방금 치프가 던진 말을 그냥 넘기지 않았다.

'생각해 보니 하이시리스의 부하들 가운데 이성을 제대로 갖춘 자는 거의 없었지. 내가 여태껏 만난 변질자들과 진 플레커는 광신도 그 자체였고, 감염으로 인해 만들어진 드래곤 좀비는

공격성만 갖추고 있었어. 실버로드는… 잘 모르겠군.'

고민을 해본 데스디아는 치프가 자신을 볼 수 있게끔 손을 들었다.

"뎃디?"

치프가 자신을 보자 데스디아가 말했다.

"당신, 하이시리스를 어떻게 처리할 생각이지?"

"만나서 얘기를 나눌 일이 없으니 정밀 포격을 이용해서 가장 먼저 처리할 거야. 아이오와의 함포는 끝내주거든."

"신중하게 생각해 줘. 하이시리스도 당신이 그렇게 나올 거라고 생각하지 않을까? 그 신은 아마 생존을 위해서 무슨 짓이든 할 거야."

"…흠."

치프는 뒷머리를 긁었다.

"그럼 그 부분은 내가 어떻게든 해볼게."

"그래? 엠페라투스에게 전화를 할 거면 여기서 해. 이 판국에 이것저것 가릴 필요는 없잖아?"

데스디아가 손가락으로 브리핑 룸의 바닥을 가리키며 강한 어조로 말했다.

"음. 하긴."

치프는 단말기를 들기 전에 함장을 봤다.

"괜찮겠습니까, 함장님?"

"당연하지. 자네, 결혼 상대를 잘 고른 것 같군."

"흐."

치프는 실없이 웃었다. 반대로 데스디아는 자신의 콧등에 괜히 손을 대며 부끄러워했다.

잠시 후, 엠페라투스의 목소리가 치프의 단말기에서 흘러나왔다.

─아직도 떠나지 않은 건가? 여유가 넘치는군.

"마지막으로 궁금한 게 있어서 말이야. 하이시리스를 우주 연합 수도에서 처리하려면 어떻게 해야 하지?"

─하, 나중에 가면 양말이 어디 있냐고 물어볼 판이군.

엠페라투스가 대놓고 투덜거렸다.

─하이시리스를 그 수도라는 곳에서 처리할 생각은 마라.

"어째서?"

─네놈뿐만 아니라 지구의 모든 전력을 투입해도 하이시리스를 죽이는 것은 불가능하다. 섣불리 건드렸다가는 네놈들끼리 살육전을 벌이게 될 것이야. 그곳에서 신을 죽이고 싶다면 아르마다를 처리해라.

엠페라투스의 경고는 엄중했다.

"잠깐. 아르마다를 죽이면 게이트들이 멈추잖아?"

─그렇겠지. 탈란바토르가 가져다줄 이권에 눈이 뒤집힌 네놈의 상부는 그걸 허락지 않겠지만, 신들의 옥좌를 직접 본 네놈은 무엇이 옳은 일인지 금방 깨닫게 될 거다.

치프는 함장을 비롯한 모든 이들을 한 번씩 쳐다봤다.

─하이시리스에 대해서 물었지? 넌 그 어머니 신이 탈란바토르로 도망치도록 내버려 둬라. 아르마다가 소멸되어 탈란바토르들이 멈춘 상황이라 하더라도 하이시리스는 자신의 권능을 이용하여 탈란바토르들을 강제로 활성화시킬 것이다.

"권능? 강제 활성화? 무슨 소리지?"

─아르마다 따위의 저급한 신은 다시 창조하면 되거든. 진 플레커가 너희들 앞에 다시 나타난 것처럼 말이다.

"뭐……?"

치프는 자신도 모르게 떨떠름한 목소리를 낼 만큼 당황했다. 브리핑 룸에 모인 다른 이들도 마찬가지였다.

─들어라, 치프. 우리가 하이시리스를 어머니 신이라고 부르는 이유는 그녀가 날개 달린 자들의 창조주라서 그런 게 아니다. '모든 것을 낳는 어머니'라는 개념 자체가 그 신의 권능이기 때문이다. 절대로 우습게 보지 마라.

"그래? 그럼 그 신이 탈란바토르로 도망친 이후에는 어떻게 되는 거지? 전부 아저씨의 계획대로 돌아가게 될 테니 안심하라는 소리처럼 들리는데?"

치프의 지적에 엠페라투스는 웃음소리를 냈다.

─재밌게 될 거다. 기대해라. 설명은 끝이다.

통화는 거기서 끊기고 말았다.

단말기를 내린 치프는 함장 쪽으로 돌아섰다.

"어쩌죠?"

"…일단 출발하고 보세. 뭔가 오싹하고 꺼림칙하군. 감기약을 미리 먹어둬야겠어."

함장이 자리에서 일어났다.

회의가 끝난 후 30분 뒤, 능동 위장으로 모습을 감춘 아이오와가 그라니트 행성 근처에 떠 있는 게이트를 향해 고요히 움직였다.

치프는 함교 아래에 위치한 전망대에서 그라니트 행성을 지켜봤다.

셀레스티아와 함께 그의 곁에 서 있던 데스니아가 치프의 손을 잡았다.

"당신, 싸울 준비는 다 된 건가?"

"도착하자마자 난리가 나진 않겠지."

"포프가 이곳에 없다고 너무 여유를 부리는군. 가는 길목마다 사고가 터지는 빈도는 당신의 경우도 만만치 않아. 내가 보기엔 포프 현상이 아니라 치프 현상이라고."

"하, 설마?"

치프는 어깨를 으쓱하며 웃었다.

이윽고 아이오와가 게이트로 들어갔다.

시간 지연을 거친 끝에 우주 연합 수도 영역의 게이트를 빠져 나온 전함 아이오와는 생각지 못한 상황과 마주하고 말았다.

우주 연합 수도 소속의 구축함과 충돌할 뻔한 것이다.

불과 100미터 차이로 사고를 면한 아이오와는 비어 있는 장소를 향해 천천히 이동했다.

우주 연합 구축함 때문에 식은땀을 흘린 치프는 한숨을 푹 쉬더니 활짝 웃었다.

"거봐. 별일 없잖아?"

그의 얼굴에 전망대의 창문 밖에서 쏟아진 청백색의 빛이 스쳐 지나갔다.

갑작스러운 발광 현상에 움찔한 치프는 전망대의 창문에 달라붙다시피 한 채 그 빛의 근원을 눈으로 추적했다.

빛의 정체는 마치 혜성처럼 생긴, 막대한 규모의 냉기였다.

머리의 지름만 달의 4분의 1에 해당할 만큼 큰 그 현상은 자원 채취용 소행성과 각종 우주선, 인공위성들을 밀어버린 뒤 우주 연합 수도의 보호막과 충돌했다.

폭발한 냉기가 우주 연합 수도의 영역 전체로 퍼져 나갔다.

냉기의 폭풍이 전함 아이오와마저 덮치고 말았다.

폭풍에 휘말린 아이오와는 전장 2킬로미터에 가까운 거체를 유지하지 못하고 게이트 쪽으로 밀려 나갔다.

그 모습이 꼭 급류에 휩쓸린 나뭇가지처럼 처량했다.

모든 전자 기기들이 미쳐 돌아가는 가운데, 아이오와의 조타수는 필사적으로 방향타를 움직이고 각 추진 기관의 출력을 조절했다.

"능동 위장 해제! 척력장을 최대 출력으로 전개! 엔진의 출력 제한도 해제해 버려!"

함장도 정신을 집중하고 고함을 질러댔다.

이대로 가다가는 전함과 게이트가 충돌하여 큰 피해를 입을 게 뻔했기 때문이다.

아이오와는 밀착 상태의 포격전은 물론 상대방 함선을 들이받는 충각 공격까지 감안하여 튼튼하게 설계된 전함이었다.

그래서 게이트와 충돌하더라도, 게이트가 부서지면 부서졌지 아이오와가 박살 날 일은 없었다.

그러나 선체 내부에 잔뜩 쌓인 장비들과 의자에 착석하지 못한 사람들의 안전까지는 보장할 수 없었다.

전함의 운동에너지 완충장치 덕분에 충돌 순간 벽으로 날아가 피떡이 되는 사람은 없겠지만, 중요한 임무를 앞둔 상태에서 부상 등으로 전투력이 소모된다면 모든 것이 물거품으로 변할 수도 있었다.

함장뿐만 아니라 함교에 있는 모든 수병들은 그 위기에서 벗어나기 위해 사력을 다했다.

"갤러해드! 충돌 가능성을 계산해!"

함장이 소리쳤다.

─충돌 가능성은 현재 98%입니다. 하지만 3초 뒤에 0%가 됩니다.

아이오와의 인공지능, 갤러해드가 대답했다.

"3초 뒤?"

당황한 함장과 수병들의 눈에 거대한 물체가 들어왔다.

우주 연합 수도 방위 함대 소속의 순양함이 폭풍에 밀려서 아이오와를 향해 날아오고 있었다.

"충격에 대비해!"

함장이 의자의 팔걸이를 꽉 잡았다.

아이오와의 척력장과 충돌한 우주 연합 순양함은 망치에 맞은 김밥처럼 내부 부품과 장갑판, 각종 무기는 물론 안에 태우고 있던 사람들까지 우주로 뿌리면서 튕겨져 나갔다.

그 충돌 덕분에 아이오와의 방향이 급격히 꺾였다.

게이트와의 충돌 루트에서 확실히 벗어난 아이오와는 안전하게 게이트 뒤쪽으로 이동했다.

"배를 게이트 뒤쪽에 완전히 숨겨! 안테나 하나라도 노출되지 않도록 해!"

함장의 목소리가 더 높아졌다.

우주 연합 수도 쪽에서 날아오는 각종 물체들이 게이트와 충돌했다.

아이오와는 함장의 지시대로 게이트를 방벽 삼아 버텼다. 그 안의 함장과 수병들은 냉동된 채로 날아온 수많은 사람들이 게이트와 충돌하여 분해되는 모습을 보고 인상을 구겼다.

냉기의 폭풍은 군함은 물론 민간용 우주선과 대형 여객선들까지 가리지 않고 날려 버렸다.

갤러해드는 실시간으로 사망자의 숫자를 파악했는데, 그 수는 금방 10만 단위에 진입하고 말았다.

그것이 바로 그라니트 행성의 평균기온을 낮출 만큼 막대하게 쌓인 냉기의 힘이었다.

라이트스톤에 의해 특별히 응축된 냉기가 우주 연합 수도의 각종 시설에 닿으면서 자연 상태에서는 일어날 수 없는 규모의 체적팽창을 일으키고, 그 팽창은 폭풍으로 변해 모든 것을 날려 버린 것이다.

전망대에서 모든 상황을 지켜보던 치프는 무의미하게 희생되는 사람들의 모습을 보고 치를 떨었다.

'우리가 저런 짓을 할 뻔했단 말이군.'

치프는 지구의 우주 연합 제압 작전, 즉 바그타리온 작전의 첫 번째 단계에서 사용될 비밀 무기가 저것이었음을 아르마게일에게 확인받았을 때는 솔직히 감이 오지 않았다.

하지만 그 위력을 체감한 지금은 달랐다.

'저걸 그라니트 행성이나 지구로 직접 떨어뜨리면 어떻게 되는 거지?'

치프는 오른손으로 자신의 얼굴을 덮었다.

'냉기에 의한 직접적인 피해 범위가 가공할 만한 수준이야. 우주에서 이 정도인데, 지상에서 저런 걸 터뜨렸다가는 정말 지옥이 되겠지. 기상 이변으로 인한 멸망까지 감안해야 할 거야.'

그는 자신이 경험했던 동결 지옥의 무미건조한 모습이 떠올랐다.

고개를 흔들어 그곳의 기억을 떨쳐낸 치프는 넋을 놓고 밖을 보는 데스디아와 셀레스티아의 등을 두드렸다.

"브리핑 룸으로 다시 가자. 여기서 구경만 할 수는 없어."

"응. 그래. 그래야지, 치프."

우주를 덮치는 냉기 폭풍의 절망적인 모습으로 인해 긴장해 버렸던 데스디아는 연신 고개를 끄덕이며 마음을 진정시켰다.

하지만 셀레스티아는 우주 연합 수도로부터 눈을 떼지 못했다.

"사람들이 보내는 신호가 들려와, 치프. 사방에서 구조를 요청하고 있어!"

셀레스티아는 공황감에 빠져 있었다.

치프는 그녀가 감지한 신호가 수동적인 것이 아님을 알고 있었다.

주인의 건강에 문제가 생길 경우 단말기들은 자동으로 응급구조 신호를 발신하는데, 그 문제의 범주 내에는 '사망'도 들어 있었다.

"그러니까 빨리 움직여야 해."

치프가 셀레스티아의 손을 잡아당겼다.

"하지만……."

그녀는 주저했다.

1년 전, 브리치 안으로 빨려 들어가 사라지는 동족들의 모습이 지금 이 우주에 울려 퍼지는 구조 신호와 비슷하게 느껴졌기 때문이다.

치프는 한숨을 쉬었다.

"셀리. 우리가 할 수 있는 일은 피해를 줄이는 거야. 알겠지?"

"…응."

치프는 이미 죽은 사람들을 어떻게 할 방법이 없음을 간접적으로 강조했다.

그의 말을 이해한 셀레스티아는 마음을 독하게 먹고 눈에 힘을 줬다.

치프와 데스디아, 셀레스티아가 전망대를 빠져나와 복도를 뛰었다.

한참을 뛰던 그때, 치프의 단말기가 강하게 울렸다.

단말기를 급히 꺼낸 치프는 UN사령부의 통신 요청임을 확인하자마자 화면을 눌러 통신을 받았다.

"여기는 A—1730."

—역시 왔구려, 사장. 반갑소.

치프는 라이트스톤의 목소리가 들려오자 잠깐 흠칫하더니 이내 씩 웃었다.

"군용 통신 보안 정도는 아무것도 아니라 이거군. 일을 화려하게 저질렀던데?"

—안심하시오. 신들은 저런 것 따위로는 죽지 않소.

"그래, 민간인 얘기는 나중에 만나서 하자고."

치프는 셀레스티아에게 수신호를 보냈다.

라이트스톤이 저지를지도 모를 원격 해킹에 대비해 달라는 뜻이었다.

고개를 끄덕인 셀레스티아의 머리카락이 백금색으로 빛났다. 하얗게 퍼진 그녀의 힘이 전함 전체로 스며들었다.

—후후, 민간인? 우주 연합 수도의 내부는 아직 안전하오. 기온 변화에 아주 취약한 종족들은 누워버렸을지 몰라도, 대부분의 종족들은 버틸 수 있을 것이오.

"그들을 인질로 삼을 생각인가?"

—난 그들에게 관심이 없지만 암컷을 원하는 협력자가 대단히 굶주린 상태라오.

"오크들 말인가?"

—그렇소. 암컷이라면 개와 고양이도 가리지 않고 덮치게끔 조정해 놨소. 과연 당신과 당신의 친구들이 그 꼴을 어떻게 지나칠지 궁금하구려.

오크들에 대한 이야기를 들은 치프는 미간을 구겼다.

"그럼 수도에 상륙조차 못 하도록 만들어야겠군."

─우린 이미 수도 중심부에 들어와 있다오. 경주에서 이길 생각은 하지 마시오.

"너무 지저분하게 가는 거 아냐? 아무리 시간 끌기라고 해도 정도가 있잖아?"

─그렇구려. 동감이오. 그러니 나와 함께 절망감을 만끽해 봅시다.

통신은 거기서 끝났다.

치프는 자신의 단말기를 잠시 바라보다가 다시 브리핑 룸을 향해 뛰었다.

*　　　*　　　*

치프와 UNSMC 각 지부의 원사들 및 스쿼드 리더들이 브리핑 룸을 꽉 채웠다.

저격과 정찰, 전자전 임무를 맡은 자들을 제외하면 대원들 대부분이 근육덩어리 거한들이었다.

치프는 함장이 지켜보는 가운데 우주 연합 수도의 지도가 떠올라 있는 스크린에 손을 냈다.

"정찰용 드론들로 파악한 결과 오크들은 총 아홉 곳에 진을 치고 난동을 부리고 있어. 놈들의 숫자는 약 2만 8천이야."

"그만한 대군인데도 전개 속도가 빠르군요."

아프리카 지부의 원사가 말했다.

"놈들이 문제가 아니야. 우주 연합에서 방어를 위해 뽑아낸 인스턴트 병사들의 수가 5천 명에 달하고 기갑부대의 숫자도 엄청난데, 그들의 식별 신호가 어느 순간 갱신됐어."

치프가 말한 '갱신'의 의미를 얼른 받아들이지 못한 대원들은 서로를 돌아보며 의아해했다.

"무슨 말씀이십니까, 원사님?"

"전부 라이트스톤의 수중에 떨어졌다는 뜻이야."

상대해야 할 숫자가 더 늘어났지만 UNSMC 대원들의 표정에는 변화가 없었다.

인간이 만들어낼 수 있는 온갖 지옥을 경험한 것은 물론 코앞에서 핵탄두가 터지는 것도 목격한 자들이기에 취할 수 있는 태도였다.

"이제야 우리에게 어울리는 일이 됐군요."

대원 중 한 명이 말했다.

"원사님. 혹시 지원은 있습니까?"

다른 대원이 물었다.

"미안한데 우리가 지원 부대야."

"하하."

치프의 대답에 대원들이 폭소를 터뜨렸다.

"뭐, 우리와 대화가 통할 놈들이 현장에 있긴 해."

"그 정도로 정신 나간 놈들이 있을까요?"

"수도 경비대와 각 기업이 고용한 용병들은 지푸라기라도 잡듯 우리말을 듣겠지. 우리 드론을 발견한 용병들은 이미 살려달라고 난리야. 아이오와의 함교가 고객 지원실처럼 변해 버렸어."

치프는 오크들의 밀도가 가장 높은 장소를 손으로 가리켰다.

"우선 내가 이끄는 북미 지부가 이곳으로 먼저 강하한다. 현장을 파악하면서 전술 데이터를 계속 갱신해 줄 테니 단말기에서 눈을 떼지 마."

"예? 원사님께서 먼저 내려가시면 누가 총 지휘를 맡습니까?"

아프리카 지부의 원사가 물었다.

"당연히 이분이지."

치프는 자신의 단말기를 위로 치켜들었다.

─UNSMC 전원, 내 말 들리나?

익숙한 여성의 목소리가 단말기에서 들려오자 대원들 전원의 얼굴이 일그러졌다.

데스디아도 덩달아 눈살을 찌푸렸다.

"로젤라잖아?"

─그 목소리, 데스디아 뼈× 브라토레군. 그래, A─1729 로젤라다. 서로 간의 감정은 나중에 풀도록 하지. UNSMC 주임원사로서 현장 상황을 전한다. 전원, 내 목소리를 듣는 게 × 같겠지만 여기서 지켜보는 내 기분도 × 같으니 귓구멍 열고 잘 듣도록.

치프의 단말기에서 떠오른 광자 정보가 브리핑용 스크린으로 들어갔다.

─도시 곳곳에 인스턴트 병사들이 숨어 있다. 이동속도가 정말 빨라. 놈들이 숨은 지점을 내가 찍어줄 수는 있지만 차라리 폭격으로 날리고 들어오는 편이 나을 거야.

"잠깐. 폭격으로 밀고 들어가면 민간인 피해가 엄청날 텐데?"

치프가 묻자 그의 단말기에서 로젤라의 코웃음 소리가 들렸다.

─하, 수도에 탄저균을 뿌렸던 인간이 별걱정을 다 하는군. 걱정 마. 북미 지부의 강하 예정 지점에 민간인은 없어. 시체는 많지만 말이야. 민간인들이 지금 얼마나 빨리 죽어가고 있는지 모르지?

"흠⋯⋯."

치프가 불편한 표정으로 한숨을 쉬었다.

─치프. 전자전 대비책은 있겠지? 그러니까 드론을 날린 것 같

은데?

"글쎄? 왜?"

치프는 자신과 로젤라의 통신이 감청당하고 있다고 가정하고 대충 대답했다.

─내가 날린 드론들이 갑자기 나한테 총질을 하더라고. 지금 제대로 작동하는 건 총이랑 통신 장비밖에 없어. 전투복의 동력로도 이상 반응을 보여서 아예 꺼버렸지. 전투복을 벗고 있으니 정말 춥군.

"로젤라. 전자전은 이쪽에서 대비할 테니 넌 당장 통신 끊고 위치를 옮겨."

다음 순간 치프의 단말기에서 십여 발의 총성이 터졌다.

"로젤라? 로젤라!"

─시끄러워, 치프. 인스턴트 병사들이 들이닥쳤을 뿐이야. 전자식 부비 트랩조차 작동하지 않는군. 이 통신도 분명 감청되고 있겠지. 수송기가 진입하면 패턴 다섯으로 신호탄을 쏘도록 해. 통신 종료.

로젤라는 패턴 다섯이라는 암호를 남기고 통신을 마무리했다.

"패턴 다섯이 뭡니까, 원사님?"

처음 듣는 암호였기에 아시아 지부 원사가 물었다.

"감청 때문에 아무렇게나 말한 거야. 신호탄 다섯 발을 쏴주면 되겠지."

아시아 지부 원사의 표정이 실망감으로 살짝 구겨졌다.

치프가 박수를 천천히 치며 모두의 시선을 자신에게 집중시켰다.

"대원 전원은 중장갑 전투복을 위에 입고 보행 전차에 탑승한다. 한 사람당 한 대야. 해킹 문제가 있으니 무인 전차를 옵션으로 가져가는 건 가급적 참아줘. 그 외에 가져가고 싶은 장비는 마음껏 가져가도록 해. 스쿼드 리더 이상의 대원들은 열핵 탄두도 허용한다. 머릿수의 차이를 감안하면 어쩔 수 없지."

"자네, 민간인 걱정을 하긴 하는 건가?"

열핵 탄두 얘기를 들은 함장이 사색이 되어 물었다.

"순양함들은 물론 아이오와의 정밀 폭격도 필요해요, 함장님. 그럼 북미 지부가 먼저 가서 자리를 만들겠다. 로젤라가 올라올 때까지는 자네가 지휘를 하도록 해."

치프가 자신 다음으로 기수가 높은 아프리카 지부 원사를 손으로 가리키며 말했다.

"맡겨주십시오, 원사님."

"좋아. 북미 지부는 병기창으로 집합한다. 뎃디, 셀리, 가자고."

치프와 데스디아, 셀레스티아, 죠니, 킹, 안드레이가 브리핑 룸을 빠져나갔다.

모두가 모노레일을 향해 걷는 한편, 데스디아는 그라니트 행성의 일을 걱정했다.

'이쪽 일이 일말의 여유도 없이 진행되고 있는데, 혹시 그쪽도 그런 건 아닌지 모르겠군. 전화가 불가능하다는 사실이 이렇게 답답할 줄이야.'

데스디아는 그라니트 행성의 일이라도 여유롭게 진행되기를 기원했다.

하지만 지옥으로 변해가는 것은 그쪽 역시 마찬가지였다.

치프 일행이 우주 연합 수도로 강하할 준비를 서두를 무렵, 그라니트 행성에서는 이상 현상이 벌어지고 있었다.

일반적인 경우 브리치들은 그라니트 행성의 하늘을 마치 구름처럼 떠돌아다닌다.

그런데 그것들 가운데 몇 개가 일순간 지성이라도 얻은 듯 고속으로 움직이기 시작했다.

치프가 전함 위스콘신을 이용하여 주기적으로 쏴 올렸던 위성들이 그 움직임을 감지하고 경고 신호를 보냈다.

위성에 잡힌 브리치들의 움직임을 살피던 함장은 불길함을 감지하자마자 자신의 단말기를 들어 헤이파의 번호를 찾았다.

"이거 예상치 못한 방향으로 일이 흘러가겠군."

중얼거린 위스콘신의 함장은 즉시 헤이파의 번호를 눌렀다.

헤이파는 사장실에서 알타이르 전사들과 헌터들의 지휘관들을 모아놓고 회의를 하고 있었다.

치프와 자신의 첫째 딸, 그리고 셀레스티아에 대한 걱정을 뒤로 미룬 채 브리치 제거 작전을 수립하는데 집중하고 있던 그녀는 갑자기 울려대는 자신의 단말기를 손에 들었다.

'함장……?'

그녀는 손을 들어 사람들의 대화를 막은 뒤 화면에 손을 댔다.

"접니다, 함장님. 무슨 일입니까?"

―브리치 세 개가 편대 비행을 시작했습니다, 여사님.

"편대 비행이라고 하셨습니까? 그것들이 어디로 가고 있는지 알려주십시오."

―이쪽을 향해 일직선으로 날아오고 있습니다.

"이쪽이라면… 회사 말입니까? 아니면 빅시티입니까?"

―회사 쪽입니다. 속도를 봐서는 앞으로 20분 내에 위스콘신의 미사일 사정거리 안으로 들어올 것 같습니다.

"흠……."

한숨을 쉰 헤이파는 탈리케이아가 수립한 작전이 빼곡히 적힌

스크린 쪽으로 눈을 돌렸다.

"함장님. 위스콘신의 미사일로 브리치들을 격추시킬 수 있는 확률은 어느 정도입니까?"

─대형 전함용 대함 미사일이니 만큼 제대로 맞기만 하면 문제는 없을 겁니다.

"그렇다면 지금 움직이고 있는 것들은 위스콘신 쪽에서 처리해 주십시오. 이쪽에서는 처음부터 다시 작전을 수립하고 준비하겠습니다."

─여사님. 얼마나 걸릴 것 같습니까?

항상 근엄했던 함장의 목소리가 지금은 다소 칼칼했다.

긴장한 것이다.

함장은 태양계 내에서 해적들을 상대로 연전연승을 거둔 용장이었다. 하지만 지금은 다른 이들과 마찬가지로 미지의 싸움에 대비해야 하는 사람들 가운데 한 명일 뿐이었다.

'치프의 빈자리가 좀 크군.'

헤이파는 치프의 비상식적인 임기응변 능력이 벌써부터 그리웠다.

'하지만 이쪽도 인재가 없는 건 아니지.'

그녀는 심호흡으로 자신의 마음부터 안정시켰다.

"역할 분담만 마치면 됩니다. 그러니 안심하십시오, 함장님."

─알겠습니다. 마무리되면 알려주십시오. 여사님.

"예, 함장님."

통화를 마친 헤이파는 단말기를 치프의 책상에 내려놓았다.

"모두 듣도록. 지금까지 수립한 작전들을 모두 취소하겠네."

"예?"

탈리케이아를 비롯한 모든 이들이 헤이파의 말을 듣고 움찔했다.

일이 뭔가 잘못 돌아가고 있음을 느낀 그들의 얼굴에 불안감이 감돌았다.

헤이파는 그들을 천천히 둘러본 후 지그시 웃었다.

"사진으로 남겨두고 싶은 표정들이군. 자, 다들 듣게."

그녀는 박수를 툭툭 치며 모두를 응원했다.

"브리치들을 움직이는 게 정확히 누군지는 모르겠는데, 아무튼 우리에게서 공격권을 빼앗아 버린 것 같군. 이제 우리가 할 일은 토벌이 아니라 방어일세."

"방어라면… 브리치들이 이쪽으로 움직이고 있다는 말씀이십니까?"

탈리케이아가 묻자 헤이파는 고개를 갸웃거렸다.

"글쎄? 갑자기 방향을 틀어서 빅시티 쪽으로 갈 가능성도 있겠지."

헤이파가 고개를 돌려 카발리오를 봤다.

"카발리오. 자네는 어느 쪽에 걸겠나?"

"제가 도박에 일가견이 있다는 걸 아시는군요."

자신의 불그스름한 수염을 만지작거리던 헌터, 카발리오가 씩 웃었다.

"후후, 자네의 의견을 듣고 싶군."

"예, 여사님."

카발리오가 짧고 두툼한 팔로 팔짱을 끼며 말했다.

"브리치들은 무조건 빅시티로 갈 겁니다."

"그렇게 생각하는 근거는?"

"여사님의 의견대로 브리치들을 조종하는 자가 있다면 전략적인 선택을 할 겁니다. 알타이르 전사들은 조직화된 군대라서 전쟁을 치를 수 있지만 우리 헌터들은 그렇지 않습니다. 시가지 방어전에 헌터들이 투입될 경우 무슨 난리가 일어나는지는 저번에 보셨지 않습니까?"

"빅시티에서 신을 잡을 때 말이지?"

"그렇습니다. 그때는 벙커의 입구를 지키기만 하면 되는 일이었는데도 전혀 통제가 안 됐죠. 적들이 그걸 모를 리가… 아니, 잊을 리가 없습니다."

꽤 설득력 있는 의견이었기에 헤이파는 고개를 끄덕거렸다.

"자, 카발리오의 말에 반론할 사람이 있다면 어서 얘기하게."

헤이파가 모두를 재촉했다.

그러자 검은색 단발머리의 알타이르 전사, 카렐리 조마 올라루스가 손을 들었다.

"아주머님. 제가 말씀을 올리겠습니다."

"…카렐리. 이 자리에선 브라토레 당주라고 불러주렴."

"아, 예. 브라토레 당주. 죄송합니다."

잠깐 부끄러워한 카렐리는 얼른 정색하고 자신의 의견을 말했다.

"헌터 카발리오 님의 말씀에 대한 반론은 아닙니다."

"그러면?"

"날개 달린 자들로만 구성된 유격대의 편성을 건의합니다. 민간인을 보호하면서 싸워야 하는 상황이라면 유격대를 이용해서 불의의 기습을 막아야 합니다."

"그렇다면 그 임무는 내가 맡겠소."

인간의 모습으로 사장실 안에 들어와 있던 반달리온이 손을 들었다.

"그대 혼자 말이오?"

헤이파가 묻자 반달리온은 고개를 저은 뒤 루할트 쪽을 봤다.

"물론 병사는 필요하오. 젊은 영주여. 그대의 기사단을 빌려주게. 빠르고 지구력이 좋은 자들 여섯이면 충분하네."

"음……."

루할트는 대답을 망설였다.

그가 이끄는 기사단은 목숨을 걸고 싸울 각오가 된 용사들이었다.

하지만 우주 연합 수도와 그라니트 행성의 모든 작전이 실패할 경우, 그들은 지구나 알타이르 등으로 탈출하여 종의 보존을 꾀해야 했다.

반달리온은 조용히 루할트의 대답을 기다렸다.

"여섯이라 했소?"

"그렇다네, 젊은 영주여. 그들의 목숨은 내가 보장하겠네."

"알겠소. 나와 함께 기사단이 대기하고 있는 곳으로 갑시다."

바로 수락한 루할트가 자리에서 일어났다.

"브라토레 당주. 허락을 해주십시오."

"너무 급하게 움직이는구려, 영주여. 반달리온으로부터 왜 하필 여섯 명을 원하는지 설명을 듣고 결정해도 늦지 않을 것이오."

헤이파의 시선이 반달리온 쪽으로 움직였다.

"반달리온이여. 날개 달린 자 여섯으로 브리치들을 떨어뜨릴 수 있소?"

"달란바토르… 아니, 브리치들은 완전히 절단되지 않으면 재생 기능을 발휘하여 본래의 기능을 되찾게 된다오."

반달리온이 설명했다.

"하지만 재생을 실행하는 상황에서는 이동속도가 대단히 느려지고 다른 곳에서 환상종들을 불러오는 것도 불가능해진다오. 내가 노리는 것은 그 허점을 이용한 견제요. 물론 본대에서 다른 브리치들을 빠르고 확실히 정리해 준다는 보장이 필요하오."

"만약 브리치들이 환상종들을 이용하여 그대들을 요격하려 한다면 어쩔 것이오?"

헤이파가 다시 물었다.

"아까 말했지 않소? 나에게 맡기시오."

"흠⋯⋯. 좋소. 허락하겠소."

헤이파가 고개를 끄덕여 반달리온의 의견을 수락했다.

"어서 갑시다, 반달리온이여."

루할트가 먼저 사장실을 나갔다. 반달리온은 천천히 그의 뒤를 따라갔다.

탈리케이아가 염려스러운 표정으로 헤이파에게 다가갔다.

"스승님. 반달리온을 믿으십니까?"

"환상종과의 싸움 경험이 있는 자이니 일을 맡겨도 큰 손해는 아닐 것이야. 행여 서툰 짓을 하려 하면 바라쿠스 님께서 견제하시겠지."

헤이파가 자신의 단말기를 다시 손에 쥐었다.

"탈리. 너에겐 시가지 방어전을 위한 인력 배치를 맡기마. 카렐리의 의견을 최대한 경청하렴."

"카렐리와⋯ 함께 말씀이십니까?"

"카렐리는 기병대를 맡고 있지만 방어전에 대한 감각은 훌륭하단다. 카렐리의 어머니가 괜히 근위대 사령관을 맡고 있는 게 아니야. 그리고 카렐리는 그 피를 확실하게 이어받았단다."

만약 헤이파가 지구인이나 다른 행성인을 대상으로 그렇게 말했다면 이상한 사람으로 취급받았을 것이다.

그러나 어머니와 첫째 딸이 복제 인간 수준으로 닮아버리는 알타이르 왕족의 특징은 유명했다.

덕분에 헤이파의 말에 이의를 제기하는 사람은 없었다.

"알겠습니다. 카렐리. 날 도와줘."

탈리케이아가 카렐리를 보며 말했다.

"응, 탈리. 대신 너도 나를 카렐이라고 불러줘."

"두 글자로 부르기가 유행이 되네? 하하. 그래, 카렐. 잘 부탁해."

그 젊은 알타이르 간부들은 악수를 나눈 뒤 알타이르 전사들과 헌터들의 특기가 적힌 대형 단말기를 다시 살폈다.

사만다는 대형 단말기 사용에 익숙하지 않은 카렐리를 도와주었다.

사장실 밖으로 나간 헤이파는 복도에 있는 벤치에 앉아 레투가에게 연락했다.

─브라토레 여사님.

"예, 레투가 브라브리오 보안 국장님. 좋은 소식을 전해 드리지 못해서 죄송합니다."

─아닙니다, 여사님. 현재 보안국에서는 시민들의 대피를 준비하고 있습니다.

"네? 빠르군요."

헤이파가 정말 예상치 못한 듯 높은 목소리로 감탄했다.

─치프에게 연락을 받았습니다. 그라니트 행성 전체가 전쟁터가 될 수 있으니 대비해야겠지요. 그런데 무슨 일인지 여쭤도 괜찮겠습니까?

"브리치들이 빅시티로 몰려갈 확률이 높아졌습니다."

─하아……

전화기 너머의 레투가는 긴 한숨을 흘렸다.

—아, 여사님. 실례했습니다. 시간이 얼마나 남은 겁니까?

"브리치들의 첫 번째 움직임은 위스콘신에서 처리할 수 있을 겁니다. 위성을 통해서 브리치들의 움직임을 주시하고 있으니, 국장님께서는 시민들에게 문제가 없도록 대피를 서둘러 주십시오. 싸움은 대피가 끝난 이후에 시작될 겁니다."

—알겠습니다. 저는 민간인 대피와 물자 수송에 집중하겠습니다. 상황이 바뀌면 연락해 주십시오.

"아, 혹시 치프가 국장님 쪽에 선물을 보내지 않았나요?"

선물이라는 말에 레투가는 한참동안 대답을 못했다. 대신 뭔가를 찾는 듯 부스럭거리는 소음만이 시끄럽게 들려왔다.

—아, 여기 있군요. 급한 일이 터지기 전까지는 절대 열어보지 말라고 해서 서류 뭉치 밑에 끼워놨습니다. 내용은… 대형 척력장 발생기가 도시에……? 하하, 이럴 수가.

긴장이 가득했던 레투가의 목소리에 희망이 피어올랐다.

"국장님 무슨 말씀이십니까?"

—치프가 빅시티 곳곳에 척력장 발생기를 설치해 놨습니다. 이정도 규모라면 도시의 발전소에 이상이 생기지 않는 한 도시 전체를 척력장으로 보호할 수 있겠군요.

"그래도 무슨 일이 발생할지 모르니 우선은 민간인 대피에 집중해 주십시오, 국장님."

—예, 여사님. 알겠습니다.

"그럼 다시 연락드리겠습니다, 국장님."

통화를 마친 헤이파는 기도하듯 두 손을 감쌌다.

'첫째야. 잘되고 있니? 엄마는 벌써 네가 보고 싶구나.'

　　　　　*　　　　　*　　　　　*

　데스디아, 셀레스티아와 함께 보행 전차에 올라탄 치프는 함교에서 들려오는 각종 경고를 중얼중얼 복창했다.

　그가 노래라도 틀 줄 알았던 데스디아는 자신의 무기들을 손으로 쓰다듬었다.

　최근 사용한 적이 없는 건하운드, 파프니르가 그녀의 손에 닿자마자 파란색의 빛을 냈다.

　파르니르의 인공지능이 그녀를 반기는 것이었다.

　그녀는 뒤이어 스트라투스와 환도의 날을 확인했다. 스트라투스의 칼날은 살펴볼 필요도 없었으나, 지구에서 만든 환도는 그렇지 않았다.

　'처음 받았을 때보다는 칼날의 상태가 나빠졌군. 하지만 못 쓸 정도는 아니야.'

　—강하 5분 전. UNSMC 북미 지부는 준비를 마무리해 주십시오.

　병기창 내의 스피커에서 수병의 안내 방송이 들려왔다.

　헬멧을 쓴 치프는 보행 전차에 시동을 걸고 무장들을 살폈다.

　헬멧 바이저에 반사되는 각종 불빛들에 긴장감이 넘쳤다.

　"A—1730. 강하 준비 완료."

　—A—1730의 강하 준비가 완료되었음을 확인했습니다. 행운을 빕니다, 원사님.

　전함 아이오와의 인공지능, 갤러해드가 응답했다.

　치프가 전술 데이터를 살피는 한편, 데스디아와 함께 보조석에 앉아 있던 셀레스티아가 몸을 꼼지락거렸다.

　"치프. 나도 이 전차에 타서 내려가야 해?"

"응? 왜?"

치프가 셀레스티아 쪽으로 고개를 돌렸다.

"난 전자전 대응을 위해서라도 본래 모습으로 내려가는 게 좋을 것 같아."

"흠……."

치프는 잠시 고민한 뒤 셀레스티아에게 자신이 단말기를 들어 보였다.

"셀리. 네 진짜 모습에 이것과 똑같은 크기의 단말기를 보관할 장소가 있을까?"

"입안에 넣고 있으면 되지 않을까나?"

셀레스티아의 대답에 치프는 한숨을 쉬었다.

"미안하지만 입에 넣었다가는 이런저런 상황에 대비하기 힘들 거야."

"응……. 근데 단말기는 왜?"

셀레스티아가 물었다.

"셀리. 본모습의 너는 아주 크고 화려한 표적이 될 거야. 우주 연합 수도에 있는 모든 놈들이 너에게 총질을 하겠지. 네가 쉽게 다칠 일은 거의 없겠지만, 대신 널 공격하는 놈들의 위치를 우리가 역추적해서 함포 지원 사격으로 놈들을 날려 버릴 수 있을 거야. 단말기는 그것 때문에 필요해."

치프의 대답을 들은 셀레스티아의 표정이 활짝 밝아졌다.

"아, 그건 걱정하지 마. 그 정도의 디지털 데이터는 내가 만들어서 전송해 줄 수 있어."

"오, 그래? 그럼 시험해 볼까?"

그가 묻자 셀레스티아가 방긋 웃으며 고개를 끄덕거렸다.

치프가 헬멧의 옆을 눌렀다.

"여기는 A-1703. 함교, 들리나? 문제가 생겼으니 10분 정도의 여유를 주기 바란다."

—함장일세. 설마 이제 와서 배가 아프다는 소리를 하진 않겠지?

"더 중요한 일이에요. 병기창을 좀 쓰겠습니다. 함장님."

—으음. 안타깝군. 자네가 무슨 변명을 할지 기대했는데 말이지. 허락하네. 10분일세.

"예, 함장님."

치프는 보행 전차의 안전장치를 해제한 뒤 셀레스티아의 손을 잡았다.

"가자, 셀리."

"응, 치프."

"뎃디, 너도 나와야 해."

"나도?"

생수로 입안을 가볍게 적시던 데스디아가 움찔했다.

"가장 붙잡기 힘든 표적이 필요하거든. 준비운동 삼아서 한번 뛰어봐."

"후후. 그러지."

그가 무엇을 원하는지 알아차린 데스디아는 치프와 마찬가지로 안전장치를 해제하고 일어났다.

그녀는 셀레스티아와 마찬가지로 치프의 손을 잡고 보행 전차 밖으로 나왔다.

병기창의 수병들은 치프의 지시에 따라 전차들과 장갑차, 무기들을 모두 치웠다.

백금색의 빛과 함께 본래의 모습으로 돌아온 셀레스티아는 수병들이 만들어준 공간에 천천히 착지했다.

"여긴 정말 넓어, 치프. 좀 쌀쌀한 거 말고는 기분 좋아."

셀레스티아가 눈웃음을 지으며 날개를 활짝 폈다.

다른 지부의 UNSMC 대원들과 수병들은 그 압도적으로 거대한 생물이 행복한 미소를 지은 채 몸을 펴는 모습을 믿을 수 없다는 듯 쳐다봤다.

"다행이네. 그럼 시작해 볼까?"

치프는 자신의 단말기를 조작했다.

"네가 찾아서 내 단말기에 전송해 줘야 할 표적은 뎃디야. 알겠지?"

"응, 치프."

"그리고 뎃디는 셀리의 추적을 최대한 피해봐. 1분 이상 들키지 않으면 셀리의 승리로 판단할 거야."

"그러지."

가벼운 체조로 자신의 몸과 전투복의 강화 관절을 풀어본 데스디아는 스트라투스를 등에 거치한 채 몸을 숙였다.

단말기의 스톱워치 기능을 켠 치프는 오른손을 들었다.

"준비… 시작!"

스톱워치의 숫자들이 바삐 움직이는 가운데, 모든 이들의 시선을 한 몸에 받고 있던 데스디아의 모습이 그 자리에서 사라졌다.

셀레스티아는 깜짝 놀랐다. 데스디아의 기척은 물론 심장이 뛰는 소리, 그리고 숨을 쉬는 소리마저 들려오지 않았기 때문이다.

재미 삼아 개인용 및 차량에 설치된 감지 장치를 이용해 데스디아를 추적해 보려 했던 UNSMC 대원들도 경악했다.

'현역 알타이르 워치프의 능력이 이 정도였나?'

'여긴 우주 공간이라서 정령 교감이라는 것도 사용하기 힘들 텐데?'

다른 지부의 UNSMC 대원들은 데스디아의 능력에 혀를 내둘렀다.

셀레스티아는 데스디아를 찾기 위해 집중력을 높였다.

치프가 정한 시간이 30여 초 남았을 무렵, 셀레스티아의 눈에서 빛이 나더니 그녀의 시선이 병기창의 천장 쪽으로 향했다.

치프의 단말기 화면에 데스디아를 뜻하는 표적이 표시됐다.

데스디아는 셀레스티아의 추적을 피하기 위해 이리저리 이동했는데, 그 이동속도에 치프가 당황했다.

아이오와의 병기창은 30층 규모의 대형 빌딩 몇 채가 들어가고도 남을 만큼 높고 넓었다.

데스디아는 병기창 위에 설치된 기계들 사이를 마치 날개 달린 곤충처럼 이동하며 몸을 숨겼다.

그녀는 저격용 소총에 달린 조준 보조 장치로도 따라가기 힘들 만큼 빨랐다. 아니, 그 이전에 인간의 눈에 보이지 않았다.

더불어, 그것은 정령 교감과는 관계없는 데스디아의 순수 신체 능력이었다.

다행히 셀레스티아는 데스디아의 위치를 끝까지 놓치지 않았다.

"휴. 대단해, 셀리."

데스디아가 결국 감탄하며 모습을 드러냈다.

치프는 데스디아가 셀레스티아의 뒷덜미에 나타난 것을 보고 움찔했다.

스트라투스를 이용해서 셀레스티아의 목을 벨 수 있는 장소였기 때문이다.

"오오."

UNSMC 대원들이 데스디아와 셀레스티아 모두를 향해 박수를 쳤다.

"정말 잘했어."

데스디아는 셀레스티아의 목을 쓰다듬으며 그녀를 칭찬해 주었다.

상대에게서 어떠한 악의도 느끼지 못한 셀레스티아는 부끄러운 미소를 지었다.

치프는 셀레스티아가 단말기에 전송해 준 표적 데이터를 꼼꼼히 살폈다.

'뎃디를 상대로 이 정도라면 괜찮겠어.'

치프는 휘파람을 불었다.

치프가 지휘하는 UNSMC 북미 지부 대원들과 다른 지부 대원들이 모두 치프 쪽으로 몰려왔다.

"들어봐. 강하와 동시에 포격 지원을 받을 수 있는 수단이 생겼어."

"왕녀 전하의 축복을 받는 거군요."

"맞아. 아이오와의 메인 서버를 거치지 않고 현장에서 바로 전송될 거야. 대신 조심해. 암호화가 안 된 데이터라서 적들도 수신이 가능하거든. 그러니 적들이 대응하기 전에 찍어 누른다. 알았지?"

중동 지부의 원사가 손을 들었다.

"민간인 피해가 발생할 것 같은 지역은 어떻게 합니까?"

"민간인 존재 여부를 무시하고 포격 지원을 받을지, 아니면 강하 후에 자네들이 하나씩 제거할지는 알아서 결정하도록 해."

"……"

"하지만 조금만 분주하게 머리를 굴리면 민간인 피해를 최소화할 수 있을 것 같은데, 혹시 자신 없나?"

치프가 도발적인 말투로 물었다.

"하, 선택의 여지가 없군요."

치프와 중동 지부의 원사가 서로에게 주먹을 내밀고 가볍게 부딪쳤다.

"함장님께는 내가 전달하지. 모두 각자 위치로."

"예, 원사님!"

치프는 곧장 함교로 달려갔다.

그는 함장에게 셀레스티아의 능력을 이용하여 표적 표시가 가능하다는 사실을 설명했다.

"피아 식별을 왕녀 전하께 모두 맡겨야 한단 말인가?"

"셀리라면 가능할 겁니다. 우리가 가지고 있는 그 어떤 감지 장치보다도 더 정확하게 적과 아군을 구별해 낼 수 있습니다."

하지만 함장의 표정은 쉽게 풀리지 않았다.

"민간인 피해가 우려되는군. 겁을 먹고 총을 쏘는 사람조차 적으로 분류하면 어쩌란 말인가?"

"어떻게 들리실지 모르겠지만, 민간인의 완전한 보호는 이 상황에서 대단한 사치일지도 모릅니다."

치프는 철저하게 군인의 입장에서 말했다.

함장은 쓴웃음을 지으며 고개를 끄덕였다.

"일이 잘못되면 내가 책임지겠네. 하지만 가급적이면 민간인들을 보호해 주게."

"알겠습니다, 함장님."

"흠… 이제 가는 건가?"

"예."

함장은 자리에서 일어난 뒤 치프의 오른손을 두 손으로 감싸 쥐었다.

"무사히 돌아오게. 자네는 아직 할 일이 많아."

"이번 일 끝나면 전역하고 싶은데요?"

"그건 그거고."

"하하."

함장과 농담을 주고받은 치프는 그녀를 두 팔로 껴안아주 었다.

"다녀오겠습니다, 함장님."

"행운을 빌지. 용기를 잃지 말게, 치프."

함장은 자식을 배웅하는 어머니처럼 치프의 등을 두 손으로 토닥거렸다.

병기창으로 돌아온 치프는 자신의 보행 전차 쪽으로 뛰어 갔다.

대기하고 있던 수많은 수병들과 UNSMC 대원들이 그와 손바 닥을 마주치며 행운을 빌어줬다.

이윽고, 살짝 얼어붙어 있던 전함 아이오와가 게이트의 그늘 에서 벗어났다.

순양함 두 척과 구축함 두 척을 분리시킨 아이오와는 우주 연합 수도를 향해 적당히 빠른 속도로 전진했다.

아이오와는 우주 연합 수도 영역에 진입하면서 자신들의 소 속과 임무를 공개 채널에 알렸다. 그렇게 하지 않으면 불법 침입, 아니 침략 행위가 되기 때문에 어쩔 수가 없었다.

아이오와가 공개한 임무는 문제의 여지가 있었다.

공개한 임무는 구조 신호에 따른 인명 구조 활동인데, 정말 구 조를 위해서 내려갈 생각을 하는 사람은 사실 거의 없었다.

생존자가 있으면 다행인 것이 현재 상황이었다.

들려오는 응답은 우주 연합 수도 방위군과 기업에서 고용한 용병들의 것뿐이었다.

그들에 비해 통신 장비가 부실한 민간인들은 아이오와의 통신을 듣지도 못했고, 행여 듣는다 하더라도 대답할 수 없었다.

섣불리 대답했다가는 수도에 쏟아져 들어온 오크들과 인스턴트 병사들의 추적을 받기 때문이었다.

강하 준비를 마친 치프는 헬멧에 손을 댔다.

"여기는 A—1730. 북미 지부, 준비됐나?"

—전원 준비 완료!

대원들의 대답이 그의 헬멧 속에서 쩌렁쩌렁 울렸다.

데스디아는 헬멧을 잠시 벗고는 얼굴을 찡그린 채 자신의 귀를 만졌다.

"저기가 지옥인지, 천국인지 우리가 가서 알아본다! 강하까지 앞으로 30초!"

—예, 원사님!

치프는 보행 전차의 조종간을 꽉 잡았다.

"셸리! 먼저 부탁해!"

—응, 치프!

아이오와의 병기창으로부터 백금색의 빛이 솟아나와 수도를 향해 날아갔다.

드래곤의 모습을 한 셸레스티아가 수도를 덮은 보호막을 통과하는 순간, 지상에서 온갖 종류의 총탄과 포탄이 솟아올라 셸레스티아를 노렸다.

포스필드와 절연 파괴를 이용하여 모든 공격을 막아낸 셸레스티아는 정신을 집중하여 적들의 위치를 살폈다.

치프와 UNSMC 대원들의 헬멧, 그리고 아이오와의 주 화면에 셀레스티아가 보내주는 표적 정보가 빠르게 전송되었다.

함장이 손을 뻗었다.

"함포 사격 개시! 북미 지부, 강하!"

—북미 지부, 강하!

단거리 비행 장치를 부착한 보행 전차 200여 대가 아이오와의 병기창에서 쏟아져 나왔다.

그와 동시에 아이오와와 두 대의 순양함들이 지상용 함포를 이용하여 지원 사격에 나섰다.

122
삶의 목표

보행 전차들 사이로 포탄이 날아가는 가운데, 치프가 탄 보행 전차가 가장 먼저 수도의 보호막을 통과했다.

지상은 함선들의 포격에 의한 충격파와 건물의 파편으로 인해 이미 엉망이 되어 있었다.

착지하자마자 비행 장치를 분리한 치프는 보행 전차의 팔에 달린 대형 개틀링 기관포 네 정을 앞으로 겨눴다.

개막 포격에서 살아남은 오크들이 괴성을 지르며 거리를 달려왔다.

그들 가운데에는 수도에서 잡은 여자들의 머리통을 크리스마스 선물처럼 손에 쥔 자도 여럿 있었다.

"아, 그래! 네놈들이 빈손으로 돌아다닐 리가 없지!"

이를 악문 치프가 방아쇠를 당겼다.

그때, 대전차 미사일 두 발이 치프의 보행 전차 뒤쪽에서 날아왔다.

전차의 포탑 뒷부분에 해당하는 곳에서 과거의 보온병과 비슷한 물체가 솟아올랐다.

그 물체의 상부가 파랗게 빛나더니 치프를 노리고 날아오던 미사일들이 도중에 터지고 말았다.

그 보온병의 정체는 광학식 미사일 방어 장치였다.

그 장치는 과열에 의해 작동이 정지할 때까지 최대 일곱 발의 저속 미사일들을 한꺼번에 막아낼 수 있었다.

그러나 만능은 아니어서, 내열 필름을 덮은 신형 대전차 미사일이나 물리력 덩어리인 레일건 포탄, 혹은 여덟 발 이상의 미사일들을 동시에 상대할 수는 없었다.

어쨌거나 실전에서는 미사일뿐만 아니라 작은 장애물, 그리고 인간까지도 정확하게 처리할 수 있는 다용도 장비로 각광받고 있었다.

치프가 오크들을 기관포로 갈아버리는 한편, 데스디아는 보조 화면에 표시되는 메시지들에 주목했다.

"치프. 연료 게이지 같은 게 쭉 솟아올랐는데?"

"방금 사용한 미사일 방어 장치가 그만큼 열을 받은 거야. 과열되면 방법이 없어."

치프는 왼손으로 붙잡은 조종간을 놓고 헬멧의 옆쪽에 손을 댔다.

"순양함 미시시피, 알래스카, 뭐 하나? 지원 포격을 하라고! 오크들이 미친 듯이 몰려오고 있단 말이야!"

─여기는 알래스카. 죄송합니다, 원사님. 다른 대원들이 아직 착지하지 못한 상황이라서 지금 함포를 쐈다가는 착지 시에 불균형이 일어나……

"다들 알아서 할 테니 걱정 말고 쏴! 우리가 햇병아리로 보이나? 이것보다 더 웃기는 상황에서도 강하를 해댄 게 UNSMC야!"

─알겠습니다, 원사님! 충격에 대비하십시오!

조금 뒤 도시를 향하여 포탄들이 쏟아져 내려왔다.

포탄이 땅에 박히자 하얀색의 충격파가 퍼졌다. 일반 승용차는 충격파 속에서 마른 흙덩이처럼 부서졌고 건물들 역시 완파되어 무너졌다.

치프의 보행 전차는 척력장을 방출하여 충격을 버텼다.

알래스카의 수병이 예상한 대로, 착지를 방금 마쳤거나 착지하기 직전이었던 UNSMC 보행 전차들은 충격에 밀려 건물에 부딪치거나 뒤뚱거린 끝에 넘어지기 일쑤였다.

하지만 보행 전차는 건물 따위와 충돌했다고 해서 고장 날 물건이 아니었다.

앞뒤로 넘어진 전차들은 탑승자들의 능숙한 조종에 의해 체조 선수처럼 팔다리를 벌리고 유연하게 일어나서 전투준비를 마쳤다.

─여기는 브라보 리더. 먼저 재미를 보신 기분이 어떠십니까?

죠니가 농담을 섞어 물었다.

"최악이야. 대전차 미사일을 보유한 적들이 주변에 있어. 아마도 인스턴트들이겠지. 브라보 스쿼드는 놈들을 처리해. 찰리와 델타 스쿼드는 오크들의 후방으로 이동해서 알파와 에코 스쿼드 쪽으로 몰고 온다."

─알겠습니다, 원사님!

하늘에서 배회하던 찰리 스쿼드와 델타 스쿼드의 보행 전차들이 하늘에서 내리꽂히는 함포 포격을 뚫고 지정 위치로 이동했다.

뒤이어 착지한 알파 스쿼드와 에코 스쿼드의 보행 전차들이 치프의 보행 전차를 중심으로 진을 치고는 오크들을 향해 기관포를 쐈다.

엉터리 갑옷을 걸친 오크 하급 전사들은 그냥 핏물로 변했으나 중갑옷을 제대로 입은 자들은 달랐다.

버티는 자들 모두가 검은색 아지랑이를 몸에 휘감고 있었다.

'정령 교감이 가능한 오크들이군. 간부급 이하의 병사들도 개조된 게 분명해.'

치프의 예상은 정확했다.

데스디아와 셀레스티아는 오크들을 보호하는 힘의 정체가 정령임을 일찌감치 감지하고 있었다.

치프는 보행 전차의 기관포를 아래로 내린 뒤 포탑을 움직였다.

보행 전차의 어깨 부근으로 이동된 전차의 주포에서 굉음이 터졌다.

포탄에 맞은 중갑옷의 오크들은 뒤로 날아가기만 할 뿐, 다시 일어나서 치프와 UNSMC들을 향해 달려갔다.

'제길. 함포 사격까지 버티진 못하겠지!'

그가 지원 사격을 요청하기 위해 간단한 계산을 하는 한편, 데스디아가 보행 전차의 출입구를 열고 밖으로 나갔다.

"어, 뎃디? 어디 가?"

"시험해 보고 싶은 게 있어!"

보행 전차의 뚜껑을 닫은 데스디아는 전투복 등판에서 대형 도검, 스트라투스를 뽑아 들고 크게 휘둘렀다.

스크라투스의 붉은 칼집이 산산이 분해되어 장미의 꽃잎처럼 휘날렸다.

"좋아. 알파와 에코 스쿼드는 들어라. 내가 신호하면 놈들에게 총알을 선물해!"

―뭔가 믿는 구석이 있으신가 보군요. 알겠습니다.

알파 스쿼드의 더스틴이 대표로 대답했다.

주변 건물을 향해 도약한 데스디아가 건물 벽을 밟고 한층 더 높이 뛰어올랐다.

공중에서 오크들의 위치를 파악한 데스디아는 두 손으로 스트라투스를 쥐었다.

"셸리!"

그녀가 외치자 수도의 하늘을 비행하던 셀레스티아가 그녀를 향해 백금색의 빛을 쐈다.

데스디아의 몸에 흡수된 그 빛은 그라니트 행성의 정령보다 순도가 더 높은 힘이었다.

그 빛과 교감하여 자신의 힘으로 삼은 데스디아는 오랫동안 헤이파에게 배워온 기술을 유감없이 발휘했다.

'정령 포화, 공허 개방!'

그녀가 정신을 집중하고 칼을 휘두르는 순간, 마치 누군가가 기름이라도 퍼부은 듯 심하게 왜곡된 공간이 오크들을 뒤덮었다.

정령의 진공상태에 빠진 오크들의 몸에서 검은색의 아지랑이가 모두 사라졌다.

데스디아가 하늘에서 자세를 바꾸며 헬멧에 손을 댔다.

"지금이야! 쏴!"

신호에 맞춰 알파 스쿼드와 에코 스쿼드의 보행 전차들이 일제히 사격했다. 치프의 작전대로 오크들의 뒤쪽에 자리를 잡은 찰리 스쿼드와 델타 스쿼드도 무자비하게 탄을 날렸다.

데스디아가 만든 정령의 진공상태로 인해 정령 교감을 하지 못한 오크들은 일시에 가루가 되어 바닥을 더럽혔다.

우주 연합 수도 밖에서 전투를 지켜보던 수병들은 UNSMC 대원들의 장비 조종 능력을 믿을 수 없었다.

찰리 스쿼드와 델타 스쿼드의 보행 전차에 달려 있는 단거리 비행 장치는 낙하산이나 다를 바 없는 1회용 도구였다.

착지 시의 안전만을 보장하는 물건이라서 조준을 돕는 기능 따위는 없었는데, 찰리와 델타의 대원들은 비행 장치를 단 채로 기관포를 이용한 정밀 사격을 말끔하게 수행하고 있었다.

어떤 이는 보행 전차로 건물의 담장을 줄타기하듯 뛰며 주포를 쏘기도 했다.

"함장님. 질문 있습니다."

얼굴에 젖살이 남아 있는 젊은 수병이 손을 들었다.

"짧게 해주게."

"예. 각 대원들의 조종 실력이 저 정도라면 처음부터 데토네이터를 써도 되지 않습니까?"

수병이 묻자 함장이 빙긋 웃었다.

"미안. 이번 작전에서 보행 전차는 소모품에 불과해. 그리고 오크 따위는 진짜 적이 아니야."

"예?"

질문을 한 수병뿐만 아니라 다른 수병들까지 전부 놀랐다.

단거리 비행 장치를 분리한 찰리와 델타 스쿼드는 보행 전차의 팔에 설치된 기관포를 접고 대물 파괴용 너클을 돌출시켰다.

그들은 셀레스티아가 전송해 주는 표적을 향해 거리를 달려갔다.

부상만 입고 살아남은 오크들이나, 기적적으로 골목에 뛰어들어 무사한 오크들이 보행 전차들의 표적이었다.

오크들은 도끼와 검, 둔기를 들고 저항하려 했지만 군용 트럭이나 경장갑 차량도 일격에 부수는 보행 전차의 너클 앞에선 무의미했다.

거기까진 괜찮았으나, 인스턴트 병사들을 맡은 브라보 스쿼드는 제법 고전하고 있었다.

인스턴트 병사들은 주력 전차를 비롯한 기갑 병기는 물론 값비싼 대전차 화기까지 갖췄고, 건물을 이용한 전술 능력마저도 훌륭했다.

전차부터 시작해서 입고 있는 장비 전체를 붉은색으로 도색한 그 인스턴트 병사들은 브라보 스쿼드를 순식간에 포위하더니 집중포화를 날려 그들을 꼼짝도 못 하게 만들었다.

그 근접 포위 전술 때문에 함선들도 포격으로 그들을 지원하지 못했다.

─상사님. 슬슬 원사님께 지원 요청을 해야 하는 거 아닙니까? 각 차량의 척력장 발생기는 이미 과부하 상태고, 장갑 손상도 큽니다!

─내가 돌파구를 연다! 알래스카, 들리나? 적색 연막이다! 20초 뒤에 때려!

죠니의 보행 전차가 후방에 위치한 인스턴트 부대 병력을 향해 적색 연막탄을 쐈다.

중장갑 전투복을 두껍게 입은 인스턴트 부대들에게 있어서 연막탄은 위협조차 되지 않았다.

죠니가 앞쪽에 위치한 주력 전차 부대를 향해 연막탄을 쏠 줄 알았던 대원들은 쓴웃음을 지었다.

'또 원사님 흉내를 내려고 하시는군.'

대원들은 그를 비웃지 않았다.

그들은 죠니가 자기 자신을 버리고 치프를 흉내 내면 어떤 일이 벌어지는지 잘 알고 있었다.

보행 전차의 팔에서 기관포를 떼어낸 죠니는 자신의 전차에 붙이고 온 대전차 공격용 드론들까지 모조리 떼운 뒤 왼쪽 어깨의 주포를 작동시켰다.

조준 보정 장치를 끄고 구식 조준 장치에 눈을 가까이 한 죠니는 숨을 참은 후 방아쇠를 당겼다.

보행 전차의 주포로부터 탄피 여덟 개가 거의 동시에 하늘로 튀었다.

주포의 포신이 벌겋게 과열될 정도로 무리한 속사였지만 결과는 놀라웠다.

주력 전차 아홉 대 중에 여덟 대의 포대가 죠니의 사기적인 정밀 사격에 의해 연결 링에서 튕겨 나가거나 비틀어지고 만 것이다.

나머지 한 대는 죠니가 미리 떼운 드론들에게 대전차 미사일 세례를 받고 넝마가 되었다.

인스턴트들이 쓰는 전차 역시 미사일 방어 장치를 보유하고 있었으나 다수의 미사일이 집중되는 바람에 의미를 잃고 말았다.

다른 전차들이 망가진 뒤에 미사일들이 발사된 터라 도움을 받을 수도 없었다.

─뚫렸다! 브라보 전원 전진! 여기서 이탈한다!

소리를 지른 죠니는 가속 장치를 힘껏 움직였다.

브라보 스쿼드의 보행 전차들이 망가진 전차들을 지나치면서 그 지역을 이탈했다.

곧이어 함선의 포탄들이 붉은색 연막을 피운 장소를 중심으로 소나기처럼 떨어졌다.

인스턴트 병사들은 중장갑 전투복에 설치된 부스터를 이용해 이탈하려 했지만 폭격에서 완전히 벗어나는 것은 불가능했다.

건물 안으로 숨은 자들도 있었으나 그들 모두 셀레스티아의 감각에서 벗어나지 못하고 표적으로 지정되어 건물과 함께 폭사하고 말았다.

위험에서 벗어난 브라보 스쿼드는 건물 사이로 숨어들었다.

—전원, 경계 태세.

—알겠습니다, 상사님.

통신을 보낸 죠니는 헬멧을 벗었다.

"후우. 죽겠군."

그의 코 밑으로 진한 코피가 흘러내렸다.

왼쪽 눈도 심하게 충혈되어 흰자가 보이지 않을 정도였다.

"원사님 흉내를 낼 때마다 수명이 깎이는 느낌이야. 시작부터 이러면 안 되는데 말이지."

죠니는 전투복 장갑으로 코 밑을 대충 닦은 뒤 다시 헬멧을 썼다.

전투복에 내장된 지혈제가 이미 그의 몸에 투여된 상황이고, 휴지 같은 것으로 얼굴을 닦을 틈도 없었다.

"여기는 브라보 리더. 알파 리더, 들립니까?"

—잘 들린다, 브라보 리더. 주변에 적이 감지되지 않는다. 이곳을 베이스캠프로 삼자고. 다른 지부의 강하를… 어라? 저게 뭐지?

치프가 지시 도중에 의문을 드러내자 죠니가 급히 주변을 살폈다.

"알파 리더? 무슨 일입니까?"

―제길, 하늘을 봐! 좌표 24, 03!

죠니는 재빨리 조종간을 움직였다.

그가 탄 보행 전차를 건물을 기어올라 옥상에 위치했다.

그곳에서 치프가 말한 좌표 쪽의 하늘을 본 죠니는 깊은 한숨을 쉬었다.

"제기랄."

죠니의 헬멧 밖으로 힘 빠진 목소리가 흘러나왔다.

수도 사방에서 올라온 푸른색의 금속 입자가 뭉치면서 뭔가를 만들고 있었다.

그 물체는 명백히 고리 모양이었다.

"알파 리더. 저거… 아무리 봐도 브리치 같군요."

―완성되기 전에 떨어뜨려야 돼! 아이오와, 미시시피, 알래스카는 당장 포격해! 각 스쿼드 리더는 만약에 대비해서 열핵 탄두를 준비한다!

치프의 지시에 따라 세 척의 군함들이 미완성된 브리치를 향해 일제히 포격을 퍼부었다.

그러나 포탄들은 브리치 위에 펼쳐진 포스필드에 막혀 깨지거나 다른 곳으로 튕겨 나갔다.

그 모든 광경을 수도의 중앙에 위치한 초고층 빌딩, 우주 연합 회의장에서 지켜보는 자가 있었다.

검은색의 매끈한 헬멧과 갑옷처럼 육중한 코트로 온몸을 감싼 남자, 라이트스톤이 오른손에 든 아르마다의 머리통을 흔들며 콧노래를 흥얼거렸다.

"신의 힘이라……. 실제로 경험해 보니 의외로 시시하구려."

그가 뒤로 돌아섰다.

"어떻게 생각하시오? 우리의 어머니 신이시여."

흰색 바탕에 붉은색 실선이 들어간 드레스 차림의 여성, 하이시리스가 우주 연합 의장석에 앉은 채 거만한 미소를 짓고 있었다.

"시시한 것은 네 그릇이란다. 열화된 피조물아."

열화된 피조물이라는 말에 라이트스톤의 헬멧이 움찔했다.

"어머니 신이시여. 내 오리지널에 대해서 알고 계시오?"

"응, 알다마다."

대답한 하이시리스가 눈웃음을 지었다. 그녀의 새하얗고 윤기가 흐르는 속눈썹에서 으스스한 기운이 흘러나왔다.

"아르마게일. 그는 대단히 영리하고 교활한 피조물이란다. 하지만 비위가 약하고 배짱도 부족해서 생물을 대상으로 한 연구만큼은 과감하게 실행하지 못했지."

하이시리스의 흰 머리카락에서 솟아오른 빛이 한곳에 뭉치더니 파란색의 드래곤을 만들었다.

그것은 아르마게일의 본체 모형이었다.

크기는 천장에 붙은 샹들리에보다 작았지만 당장에라도 살아서 움직일 것처럼 정교했다.

라이트스톤은 그 정교함을 통해 하이시리스가 아르마게일을 꽤 오랫동안 주목하고 있었음을 짐작할 수 있었다.

그 모형이 서서히 흩어졌다.

"아르마게일은 자신에게 무엇이 부족한지 잘 알고 있었고, 결국 그 부족한 부분을 보충한 존재를 만들어냈지. 그게 바로 너란다, 열화된 피조물아."

하이시리스가 조롱하듯 말했다.

"…그는 그고, 나는 나라오."

라이트스톤은 손에 든 아르마다의 머리통을 바닥에 던졌다.

조개껍질처럼 생긴 아르마다의 수염들이 생기를 잃고 하나하나 피부에서 떨어져 나갔다.

이윽고 그의 머리 전체가 달궈진 프라이팬 위에 놓인 버터 조각처럼 녹아 사라졌다.

하이시리스는 검지 끝으로 자신의 아랫입술을 톡톡 두드리며 아르마다의 증발을 지켜봤다.

그녀의 시선이 라이트스톤 쪽으로 향했다.

"그래, 그 불굴의 의지. 넌 정말 오랜 시간동안 모든 것들과 싸워왔지. 동결 지옥에서도, 극염의 지옥에서도 넌 포기하지 않고 자신의 토대를 마련했단다."

"……"

"너의 그 모습은 내가 보기에도 실로 눈부셔서, 운캄타르와 엠페라투스에 의해 망가진 옥좌의 재건까지 맡기고 싶을 정도였단다. 아쉽게도 넌 저열한 피조물이기에 옥좌에 도달하는 순간 붕괴되어 버리겠지."

"알고 있소."

라이트스톤이 말했다.

"옥좌의 형태, 그리고 공기를 대신하여 옥좌를 가득 채우고 있는 정보의 입자들……. 학습과 적응 능력을 갖춘 모든 생명체들은 옥좌로부터 자신에게 쏟아지는 정보의 압력을 견디지 못하고 붕괴된다오. 시간과 호환성이라는 개념까지 초월하여 강제로 주입되는 옥좌의 힘은 실로 치명적인 무기라오. 일반 생물들은 멀리서 옥좌의 모습을 보기만 해도 정신이 나갈 것이오."

"그렇단다. 하지만 대다수의 어리석은 생물들은 탈란바토르와 옥좌의 그 위대한 힘을 성능 좋은 중계 안테나쯤으로 여기고 있지."

"후후……."

라이트스톤은 세상에 대한 하이시리스의 조롱에 동감하여 짧은 웃음소리를 냈다.

"탈란바토르에 대해서 과학적으로 의심을 품은 자들은 수없이 많았지만 해석과 증명을 해낸 자는 오직 너였어. 우리의 도움 없이 유사 탈란바토르를 제작한 자도 너뿐이었고 말이야."

라이트스톤을 거듭 칭찬한 하이시리스는 뿌루퉁한 표정을 지었다.

"하지만 이해가 안 되는구나. 넌 이 하이시리스에게 인정받을 만큼 뛰어난 자인데, 어째서 엠페라투스에게 집착하는 것이냐?"

"흠. 어머니 신이시여. 우리가 그처럼 깊은 얘기를 나눌 정도로 친한 사이일 줄은 몰랐소."

라이트스톤이 고개를 살짝 기울였다.

"어리석구나. 이 만남이 두 번 다시 경험 못 할 기회라는 것은 잘 알 텐데?"

"하긴, 그렇구려."

고개를 끄덕인 라이트스톤이 이윽고 말했다.

"나의 수천 만 년이 불과 수년 만에 상실됐소. 난 운캄타르 님의 동반자가 아니었고, 심지어는 아르마게일 본인조차 아니었다오. 이제 내게 남은 것은 단 하나, 엠페라투스를 쓰러뜨리는 것이오."

"쓰러뜨려서 인정받고 싶은 것이냐? 그렇다면 내가 널 먼저 인정하고 도와주마. 열화된 피조물이여."

그 말을 통해, 라이트스톤은 자신과 하이시리스 사이에 공감대가 형성될 수 없음을 분명하게 확인했다.

"…백화점에서 핸드백을 고르듯이 지껄이는구려, 어머니 신이시여."

라이트스톤이 충고하듯 말했다.

"삶에는 말이오, 자기 자신이 납득해야만 비로소 완성되는 목표라는 게 있소. 당신의 손에 들어가 봤자 가치가 없는 일이니 포기하시오."

그의 말에 하이시리스의 얼굴에서 미소가 사라졌다.

"참으로 값싸게 포장된 자기만족이로다. 하지만 그 목표가 엠페라투스인 만큼 웃을 수는 없군."

"……"

"꿈을 살아가는 그 모습. 그리고 오랫동안 역경을 극복해 온 불굴의 의지. 진심으로 칭찬하겠노라. 열화된 피조물이여."

라이트스톤은 그녀의 말에 감사를 표할까 생각했다.

그러나 다음 순간, 그의 몸이 뱀 앞의 개구리처럼 굳어지고 말았다.

하이시리스가 자신의 왼쪽에 눈을 돌렸다.

"너도 칭찬 한마디 정도는 해주렴."

"그렇군요."

능동 위장, 아니 그 이상의 무언가로 모습을 숨기고 있던 자가 나타났다.

하얗게 샌 곱슬머리에 마르고 잘생긴 얼굴, 그리고 수염을 풍성하게 기른 외모의 노인이었다.

그 노인, 아르마게일은 부드러운 눈빛으로 라이트스톤을 바라봤다.

"이렇게 대면하는 것은 처음이구나. 수고했다, 라이트스톤."

"네놈… 오리지널!"

"오리지널? 으음. 네가 복제품이라는 것을 깔끔하게 인정하는구나. 그건 좀 아쉽군."

아르마게일은 폭격과 오크들의 난동으로 엉망이 되어가는 우주 연합 수도를 돌아봤다.

뒷짐을 진 그의 모습은 평온한 광기에 물들어 있었다.

"넌 정말 대단해. A—1730이라는 괴물을 네가 대체 어떻게 만들어낸 건지 나도 모르겠구나. 네가 보고 듣는 모든 것들은 나에게 실시간으로 전해지는데 말이지. 알타이르 왕족들은 번식력을 제외하면 완성도가 높은 결과물들이지만 A—1730만큼은 분석이 안 돼."

"……."

"돌연변이라고 하면 말이 되려나? 아무튼… 네가 새로 만들어낸 그 몸 말인데, 6천 600만 년이라는 시간을 기다린 보람이 있구나. 결국 신의 섭취가 가능한 생물이 만들어졌어."

아르마게일이 두 팔을 벌리며 하이시리즈 쪽으로 돌아섰다.

"기뻐해 주십시오, 어머니 신이시여. 약속대로 당신의 부군, 제루스트라께서 사용하실 그릇을 완성하여 당신의 앞에 대령했습니다."

라이트스톤은 무기를 들기는커녕 입도 뻥긋하지 못한 채 아르마게일의 행동을 지켜봤다.

"수고했다. 아르마게일. 내가 너에게 신들의 지식을 전하겠다는 말을 꺼냈을 때는 내 주변의 신들 모두가 반대를 했지. 하지만 내 생각이 옳았어."

의자에서 일어난 하이시리스는 아르마게일의 턱에 손을 댄 뒤 그의 볼에 키스를 했다.

"원하는 것을 말해보렴. 나의 피조물아."

"잊으셨습니까? 다시 말씀드리지요, 어머니 신이시여. 바로 운캄타르의 목숨입니다."

운캄타르의 목숨이라는 말이 아르마게일의 입에서 나오자 라이트스톤이 움찔했다.

"무슨… 말을……!"

그가 아르마게일이 주는 압박감을 무릅쓰고 분노가 어린 목소리를 터뜨렸다.

"무슨 말이냐고? 당황스럽구나, 애야. 삶의 목표가 너에게만 있는 줄 알았니?"

"……"

엄청난 박탈감이 라이트스톤의 육체를 짓눌렀다.

아르마게일은 뒷짐을 진 채 라이트스톤을 향해 걸어갔다.

"내가 깔아놓은 레일을 따라서 잘 달려왔구나. 이제 속도 조절을 좀 하자꾸나. 쉴 시간이란다, 애야."

아르마게일이 그를 향해 오른손을 뻗었다.

라이트스톤은 강하게 저항해 봤으나 그의 새로운 육체는 조금도 움직여 주지 않았다.

그때, 아르마게일의 시신경을 파괴시킬 정도로 강렬한 빛이 수도의 하늘에서 터졌다.

지상에 있는 UNSMC에서 라이트스톤이 만들고 있던 탈란바토르에 열핵 탄두를 쏴버린 것이다.

"으윽!"

아르마게일이 두 손으로 눈을 감싸며 뒤로 비틀거렸다.

그의 속박에서 벗어난 라이트스톤은 회의장의 대형 유리창을 향해 돌진했다.

라이트스톤은 아르마게일을 죽인다는 생각조차 할 수 없을 만큼 정신이 혼란했다. 아르마게일이 그에게 건 속박은 그만큼 강력했다.

성공 확률이 낮은 보복 대신 탈출을 택한 라이트스톤은 호신용 권총을 대강 잡고 유리창을 쐈다.

하이시리스는 다리를 꼬고 앉은 채 라이트스톤을 지켜봤다. 그녀는 아르마게일과 달리 핵폭발의 섬광에도 눈을 다치지 않았다.

회의장의 유리창은 십여 발의 특수 탄환을 맞고 나서야 겨우 금이 갔다.

라이트스톤은 금이 간 유리를 향해 돌진했고, 결국 유리를 부수며 밖으로 떨어졌다.

그의 몸이 600미터 아래로 떨어졌다. 핵폭발 때문에 수도 상공에 발생한 난기류가 그의 몸을 유린했다.

"하아. 도움이 안 되는 것들 같으니."

하이시리스의 왼손이 붉은색으로 빛났다.

바닥에 녹아 퍼져 있던 아르마다의 머리가 점점 형태를 갖추더니 목 아래와 의복까지 재생되었다.

누운 상태로 되살아난 아르마다는 재빨리 일어나 하이시리스에게 고개를 숙였다.

"감사합니다. 어머니 신이시여."

"인사는 됐으니 수도에 들어온 해충들을 어서 정리하세요."

하이시리스의 손이 다시 빛났다.

"너도 일어나렴."

눈을 감싼 채 바닥을 구르던 아르마게일이 움찔하고는 나시 일어났다.

손상된 눈이 회복되었음을 확인한 아르마게일은 서둘러 하이시리스 앞에 엎드렸다.

"송구합니다, 어머니 신이시여."

"아르마다를 도와서 UNSMC를 처리하렴. 열화된 피조물의 소유물들 말인데, 그에 대한 권한은 모두 빼앗았겠지?"

"하하. 빼앗다니요? 원래부터 제 것이었습니다."

아르마게일이 웃으며 대답했다.

"그렇구나. 어서 움직이렴."

"알겠습니다, 어머니 신이시여."

엎드려 있던 아르마게일이 다시 일어났다.

그는 열핵 탄두 때문에 부서져 낙하하는 탈란바토르의 잔해를 돌아봤다.

'뭐, 상관없겠지. 내가 준 주사가 알타이르 전사들에게 잘 먹혀야 할 텐데? 테토네이터 9.99도 어서 보고 싶군.'

아르마게일이 즐겁게 웃었다.

＊　　　　　＊　　　　　＊

"찰리 리더! 방사선 수준과 방사성 물질의 농도를 보고해!"

치프가 헬멧에 손을 댄 채 고함을 질렀다.

─여기는 찰리 리더! 모두 수준 이하입니다! 전투복 없이도 야외 활동이 가능합니다!

킹이 큰 소리로 대답했다.

"다행이군. 요즘 핵탄두는 깨끗해서 좋아."

중얼거린 치프는 이상할 정도로 천천히 낙하하는 탈란바토르의 잔해들을 지켜봤다.

'저거, 아직 살아 있나?'

그는 탈란바토르가 혹시라도 부활할까 걱정이 됐지만 지금은 고민할 여유가 없었다.

수도 전역에 깔린 오크와 인스턴트 병사들의 숫자는 여전히 압도적이었다.

"모든 스쿼드는 알파 쪽으로 집합한다! 아이오와, 들리나? 내가 지정한 위치에 야전 사령부를 투하하라! 이곳을 베이스캠프로 삼겠다!"

—아이오와가 알파 리더에게. 지시대로 야전 사령부를 투하하겠다. 또 부탁할 건 없나?

"아이오와. 혹시 그라니트 행성과 연락이 되나?"

—지금 게이트가 완전히 정지된 상태다. 뒤통수를 맞을 일은 없지만 지원군을 바랄 수는 없을 것 같다.

전함의 응답에 치프가 깜짝 놀랐다.

"아이오와. 지금 게이트가 정지됐다고 했나?"

—그렇다, 알파 리더. 하지만 상정한 상황이 아닌가?

헬멧을 만지며 고민해 본 치프는 보행 전차의 콘솔을 조작하여 수도의 지도를 띄웠다.

"아이오와는 잠시 대기 바람."

—대기하겠다.

"A—1729, 들리나? 로젤라, 살아 있어?"

—다음에 열핵 탄두를 쓸 때는 미리 얘기 좀 하길 바란다, 알파 리더. 그보다 빌어먹을 수송기는 왜 안 오는 거지?

"물어볼 게 있다, A—1729. 근처에 우주 연합 함대가 잔존하고 있을 가능성이 있나?"

—우주 연합 함대의 잔존 가능성? 수도 방위를 맡은 제1함대는 90% 이상 손실된 상황이지만… 아니, 놈들의 제2함대는 행방불명 상황이니 또 모르겠군. 가능성이 있다, 알파 리더.

"그럼 넌 시에라 알파 디비전과 함께 아이오와를 맡아줘."

치프가 말한 시에라 알파 디비전은 UNSMC 남미 지부(South America)를 뜻하는 코드였다.

—수송기부터 보내!

"제길, 알았다니까? 대기하라, A—1729."

—대기하겠다, 알파 리더.

치프는 헬멧을 만져서 아이오와 쪽으로 통신을 보냈다.

"여기는 알파 리더. 아이오와, 들리나?"

—잘 들린다, 알파 리더.

"시에라 알파 디비전의 강하는 취소한다. 반복한다, 시에라 알파의 강하는 취소다."

—뭐라고? 알파 리더, 무슨 소린가?

"느낌이 안 좋다, 아이오와. 시에라 알파 디비전과 함께 함대 방어에 신경 쓰길 바란다. 지상은 어떻게든 해보겠다."

—알았다, 알파 리더. 수송기는 지금 출발했다. 야전 사령부는 1분 뒤에 분리한다. 카운트다운 개시. 밑에 깔리는 사람이 없기를 바란다.

"알았다, 아이오와. 알파 리더, 통신 종료."

—아이오와, 통신 종료.

헬멧에서 손을 뗀 치프는 한숨을 푹 쉬었다.

"하아, 힘드네. 넌 어때, 뎃디?"

열핵 탄두 발사 직전에 치프의 보행 전차 안으로 들어온 데스디아는 헬멧을 벗은 채 물을 마시고 있었다.

"그라니트 행성 쪽이 걱정이야. 게이트가 누군가의 조작에 따라 정지된 거라면… 십중팔구 그라니트 행성의 브리치들도 조작되고 있겠지. 브리치들이 역으로 회사 쪽으로 날아와서 공격할 수도 있을 거야."

"음……."

치프는 그녀의 걱정을 부정하지 못했다.

—알파 리더. 여기는 델타 리더. 야전 사령부가 강하합니다.

안드레이의 목소리가 치프를 집중시켰다.

"전 대원, 연막탄과 플레어, 채프를 비롯한 모든 기만체를 발사하여 야전 사령부를 지킨다. 알파와 찰리, 델타, 에코 스쿼드 순으로 발사 개시. 브라보 스쿼드는 비상 상황에 대비하라."

—알겠습니다, 알파 리더.

지상에 있는 보행 전차들이 치프가 정한 순서에 따라 발사를 시작했다.

연막과 각종 금속 입자, 고온으로 불타는 기만체들의 구름이 수도의 하늘을 덮었다.

대형 육상 경기장의 두 배 정도 부피를 가진 야전 사령부가 그 구름 속에 몸을 숨긴 채 천천히 지상으로 내려왔다.

—좌표 17, 32에서 레이더 조준 신호 포착! 대함 미사일로 추정!

죠니의 우렁찬 목소리가 치프의 고막을 때렸다.

죠니가 말한 지점에서 십여 발의 대함 미사일들이 솟아올랐다.

그곳만이 아니라 다른 장소에서도 야전 사령부를 노린 미사일들이 발사됐다.

미사일의 숫사는 총 50여 발이 넘었다.

야전 사령부에서 방어를 위한 드론들이 살포됐지만 드론에 의한 미사일 격추 확률은 낮은 편이었다.

각 미사일들이 가속하여 초음속을 돌파하는 순간 야전 사령부 위쪽에 셀레스티아가 위치했다.

그녀가 광범위하게 펼친 포스필드가 황색으로 빛을 냈다. 대함 미사일들은 그녀가 만들어낸 포스필드에 충돌하여 깔끔하게 사라졌다.

미사일들은 재차 발사되었으나 아이오와를 비롯한 함선들은 보복 포격을 하지 않았다.

치프는 셀레스티아 혼자서 미사일들을 막아내고 있는 모습에 분개하여 아이오와에 통신을 보냈다.

"여기는 알파 리더! 함대는 대체 뭐 하는 건가? 미사일이 발사되고 있는 장소에 포격을 하라고!"

—여기는 아이오와. 그건 무리다, 알파 리더. 왕녀가 보내준 표적 데이터 안에 민간인들의 데이터도 섞여 있다. 그쪽에서 민간인 피해를 감수하겠다면 지금 지원 포격을 하겠다.

"제길! 알았다, 아이오와! 예정대로 진행한다!"

—예정대로? 알파 리더, 괜찮겠나? 다른 지부 대원들을 긴급 강하시켜 적들을 타격하는 방법도 있다.

"미안하지만 그건 자살행위다! 놈들이 가지고 나온 미사일이 무한하진 않을 거다! 왕녀를 믿고 버티겠다!"

—알겠다, 알파 리더. 행운을 빌겠다.

"고맙다, 아이오와. 통신 종료."

통신을 마무리한 치프는 수송기에서 보내오는 통신을 즉각 수신했다.

"여기는 알파 리더. 수송기, 들리나?"

—여기는 에코 아홉 하나 넷. 알파 리더, 지시를 내려주십시오.

"조명탄 다섯 발 발사. 줄루 리더가 응답할 거다."

—지시대로 하겠습니다. 에코 아홉 하나 넷, 통신 종료.

통신을 끊은 치프는 점점 뜸해지는 대함 미사일들의 공격을 지켜보며 주변을 경계했다.

"줄루 리더가 누구지?"

데스디아가 물었다.

"로젤라의 호출 부호야. 주임원사가 현장 지휘를 할 때는 줄루로 분류되지."

"흠, 그렇군."

로젤라에 대해 안 좋은 감정이 있는 데스디아는 씁쓸하게 반응했다.

수송기가 치프의 지시대로 다섯 발의 조명탄을 발사했다. 대공 미사일 몇 발이 수송기를 노리긴 했으나 수송기에 설치된 미사일 방어 장치를 뚫진 못했다.

조금 뒤 반쯤 무너진 건물의 옥상에서 파란색의 조명탄이 솟아올랐다.

셀레스티아의 해킹 방어 덕분에 전투복과 장비들을 다시 쓸 수 있게 된 로젤라는 로켓 부스터를 이용하여 수송기 쪽으로 올라갔다.

후방 출입문을 통해 수송기에 올라탄 로젤라는 기내에 설치된 통화 장치를 눌렀다.

"여기는 줄루 리더. 현장에서 긴급 이탈. 아이오와로 간다."

—알겠습니다, 줄루 리더. 참고로 간식은 2번 캐비닛에 있습니다.

"흥."

씁쓸한 표정으로 코웃음을 친 로젤라는 2번 캐비닛을 열었다.

군용 통조림 케이크가 캐비닛 안에 잔뜩 쌓여 있었다.

"아, 난 이거 싫은데."

투덜대긴 했지만 로젤라는 통조림 하나를 꺼내 뚜껑을 열었다.

흑갈색의 초콜릿 케이크가 나름 먹음직스러운 윤기를 흘리며 모습을 드러냈다.

"이젠 이 색깔만 봐도 데스디아 뼈X 브라토레가 생각나는군."

그녀는 통조림에 첨부된 일회용 포크를 이용하여 케이크를 천천히 먹었다.

수도에 잠입한 이후 오늘 아침까지 물과 칼로리 스틱만 씹어 댄 탓에 그녀의 배 속은 제대로 된 음식에 대한 갈망으로 요동치고 있었다.

그로부터 30분 뒤.

UNSMC 북미 지부 전원은 지상에 안착하여 완전히 전개된 야전 사령부 쪽으로 모여들었다.

알파 스쿼드와 브라보 스쿼드, 델타 스쿼드는 야전 사령부와 함께 온 데토네이터로 갈아탔고 찰리와 에코 스쿼드는 장거리 포격 및 저격용 장비를 보행 전차에 추가시켰다.

야전 사령부 내에서 1,000대가 넘는 터미네이터 드론들이 몰려나왔다.

늑대들처럼 아스팔트 도로 위를 달려 각 차량을 향해 뛰어오른 터미네이터 드론들은 건하운드 형태로 모습을 바꿔 기체 외장에 주렁주렁 매달렸다.

치프는 지휘관용으로 특별히 개조된 복좌식 데토네이터를 탔다.

데스디아가 아무리 전투복을 입은 상태라고 해도 적의 포화에 노출시킨 채 데리고 다닐 수는 없는 노릇이었다.

"이거, 당신이 즐겨 만드는 데토네이터보다 못한 물건이잖아?
구석구석에 사용감이 넘치는군."

데스디아가 뒷좌석에서 안전벨트를 매며 물었다.

"그래도 방금 전까지 탑승했던 보행 전차보다 다섯 배는 비싼
물건이야. 성능은 그보다 한참 더 좋고 말이야. 게다가 우리 둘
이 함께 탈 수 있으니 더더욱 훌륭하지."

"후후."

치프의 대답에 데스디아는 행복한 웃음소리를 냈다.

치프는 자신의 단말기를 팔뚝 보호대에서 뽑은 뒤 데토네이터
의 계기판에 꽂았다.

"인공지능, 들리나?"

─말씀하십시오, 원사님.

데스디아는 인공지능의 목소리를 듣고 움찔했다. 억양을 제외
하고는 사만다의 목소리 그 자체였기 때문이다.

'취향 참……'

그녀는 고개를 절레절레 저었다.

"기체 및 무기 상태 점검."

치프의 지시에 데토네이터의 모든 계기판들이 반짝반짝 빛을
냈다. 기체 외부에 설치된 각종 무기들도 온갖 소리를 내며 기동
했다.

─점검 완료. 열핵 탄두를 비롯한 모든 무장에서 이상이 발견
되지 않았습니다.

"좋아. 수고했어."

치프는 단말기를 손끝으로 톡톡 두드렸다.

곧이어 아이오와로부터 통신이 들어왔다.

─여기는 줄루 리더. 이제부터 아이오와의 함교에서 현장 지휘를 하겠다. 너희들의 욕설이 내 귀에 들려오는 것 같군.

"여기는 알파 리더. 착란 증세가 느껴진다면 곧장 의무실로 가라. 약을 줄 거다."

치프가 시비를 걸자 통신 채널 안에서 다른 대원들의 웃음소리가 울렸다.

─컨디션이 아주 좋은가 보군. 알파 리더. 노벰버 알파 디비전은 초기 작전대로 우주 연합 회의장으로 가라. 엄청난 숫자의 오크들과 인스턴트 병사들이 너희들을 기다리고 있다. 왕녀의 표적 지정이 옳다면 말이지.

로젤라가 말한 노벰버 알파 디비전은 치프가 지휘하는 북미 지부를 뜻하는 말이었다.

"알겠다, 줄루 리더. 노벰버 알파 디비전은 작전대로 움직이겠다."

─시에라 알파 디비전을 제외한 다른 디비전은 노벰버 알파 쪽으로 적들이 몰려가는 것을 막는다. 회의장 근처에 미처 대피하지 못한 민간인들이 대단히 많지만 평소처럼 집착하지 말고 움직이도록. 내 지휘만 잘 따르면 적들을 손쉽게 몰살시킬 수 있을 거다.

로젤라는 잠시 말을 쉬었다.

─그게 최선의 구출 방법이라는 건 다들 알겠지? 운이 좋으면 게이트에서 아군이 지원하러 올 수도 있겠지. 그러나 너무 기대하진 마라. 그러니 모든 디비전은 자신의 능력을 믿도록 하라. 행운을 빈다.

"고맙다, 줄루 리더. 그쪽도 조심하길 바란다."

─알겠다, 알파 리더. 통신 종료.

치프는 즉각 통신 채널을 바꿨다.

"전원, 준비된 대형으로 이동한다. 우리가 라이트스톤을 빨리 처리해야만 이 난리가 끝날 거다."

—여기는 브라보 리더. 질문 있습니다, 알파 리더. 이번 임무가 끝나면 어떻게 되는 겁니까?

"글쎄? 아마도 다음 임무를 수행하러 가야겠지."

—하하.

"형제들, 잘 들어라. 우리는 장기전을 상정하고 온 게 아니야. 시간을 끌면 이쪽이 압도적으로 불리해. 각자가 가진 모든 것들을 발휘하도록."

—알겠습니다, 알파 리더.

치프는 레이더에 아군을 뜻하는 녹색 점들이 무수히 떠오르는 것을 봤다.

각 지부의 대원들이 데토네이터와 보행 전차 등에 탑승한 채 각자의 작전 지역으로 강하하고 있었다.

"야전 사령부를 방어 상태로 전환한다. 이제 라이트스톤을 만나러 가자고. 녀석만 잡으면 조금은……."

—유감이구려, A—1730.

치프는 통신 채널에 라이트스톤의 목소리가 들려오자 인상을 찌푸렸다.

"아, 또 뭐야? 내가 죽으러 갈 때까지 가만히 좀 기다려 주면 안 되나?"

그의 입에서 폭발한 짜증이 채널 안에 울려 퍼졌다.

—상황이… 달라졌소. 잠깐만이라도 게이트를 작동시켜 줄 테니 친구들과 함께 탈출하시오.

치프가 움찔했다. 뒷좌석에 앉은 데스디아도 혼란스러워했다.

"무슨 소리야? 문제라도 생겼나?"

―자존심상 자세히 얘기해 줄 수는 없구려. 우주 연합 수도는 잊으시오. 이곳은 나 혼자서 정리하도록 하겠소.

치프는 미처 예상치 못한 이야기가 그의 입에서 나오자 모든 행동을 멈추고 생각에 잠겼다.

그는 방금 라이트스톤의 이야기에서 유추할 수 있는 모든 가능성들을 검토해 봤다.

그가 왜 이 타이밍에 통신에 끼어들었는지, 게이트를 어째서 '잠깐' 작동시켜 준다고 했는지, 또 '친구들'이라는 정겨운 단어를 왜 사용했는지 등등에 대한 심리 분석도 진행했다.

이곳이 바로 승부처라는 느낌을 받았기 때문이다.

"이봐, 아저씨. 우리 협상하지 않을래?"

치프는 도박에 가까운 수를 던졌다.

―협상이라고 하셨소?

"아저씨의 희망 사항은 엠페라투스를 잡는 거잖아? 아저씨한테 무슨 일이 있었는지 모르겠지만 여기서 그 목표를 포기하느니 좀 미루는 게 어때? 그래준다면 나도 아저씨의 처치 날짜를 미뤄줄 수 있어."

―정신이 나갔구려. 이 수도에서 시간을 끌수록 불리해지는 건 그대들이오. 소모전을 감당할 수 있겠소?

치프는 그의 마음이 움직였음을 직감했다.

"하, 소모전? 미안하지만 아저씨는 과학자야. 군인이 아니라고. 좀 전에 봉변을 당하고 기분이 × 같은 상황이라는 알 것 같은데, 전문가와 상담 중이니 만큼 마음 좀 가라앉히면 어때?"

―전문가? 허어…….

틀린 말은 아니었기에 말문이 막혔는지 라이트스톤은 탄식을 터뜨렸다.

"마침 잘됐군. 우린 분명 단기전을 노렸어. 아저씨 같은 아마추어도 그렇게 예상했으니 아저씨한테 엿을 먹인 놈들도 그렇게 생각할 거야. 그렇다면 거기서 기회가 생기는 법이지."

―흠······.

"아저씨. 이쪽으로 올 수 있겠나?"

아이오와에서 통신을 듣던 수병들은 치프의 그 제안에 모두 당황했다.

함장도 겉으로는 어이없어했지만 속으로는 감탄을 아끼지 않았다.

'역시······. 저 상식을 벗어난 임기응변이야말로 저 친구의 최대 무기지.'

함장 옆에 서 있는 로젤라는 함교 내에 있는 브리핑용 테이블에 우주 연합 수도의 입체 지도를 띄운 뒤 생각에 잠겼다.

치프가 만든 전환점을 이용하여 새로운 작전을 짜기 위함이었다.

조금 뒤 라이트스톤이 대답했다.

―알겠소. 꿈을 미루는 건 나름 익숙한 일이니 나쁘지 않구려. 다만 이동이 가능한 수준까지 회복하려면 시간이 조금 필요하오.

"좋아. 이쪽 위치는 알고 있나?"

―야전 사령부가 낙하하는 걸 목격했소. 그쪽으로 가겠소.

"아저씨가 이쪽으로 온다는 티를 확실히 내면서 오라고. 피아 식별용 코드도 전송해 줄까?"

―필요 없소. 흠. 난 나와 그대가 맞상대하는 것으로 일이 끝날 줄 알았는데 말이오.

"살면서 자기 뜻대로 되는 일이 얼마나 되겠어?"

치프는 웃음소리를 섞어 말했다.

—삶이라……. 오늘은 그 말이 새롭게 들리는구려. 조금 뒤에 봅시다, A—1730.

"그러지. 상담할 것도 있으니 머리 좀 비우고 와. UNSMC 전원, 들리나? 차선책으로 간다. 지금 강하 중인 대원들은 모두 야전 사령부로 방향을 틀어라."

—차선책이요? 그런 게 있었습니까?

아직 강하 중인 아프리카 지부의 원사가 다급히 물었다.

"줄루 리더가 좀 있다가 말해줄 거야."

—맙소사! 그럼 수도의 민간인들은 어떻게 합니까?

"방법이 있으니 어서 이쪽으로 와. 도시에서 UNSMC와 싸운다는 게 어떤 건지 놈들에게 가르쳐 주자고. 알파 리더, 통신 종료."

헬멧에서 손을 뗀 치프는 뒤에 앉은 데스디아를 돌아봤다.

"좀 쉴까?"

"…그래, 당신은 원래 그런 사람이지. 좋은 작전이 나오면 좋겠군."

데스디아는 헬멧을 벗고 한숨을 쉬었다.

그 뒤에 이어진 잠깐의 정적이 데스디아의 집중력을 흐트러뜨렸다.

그녀는 그라니트 행성에 있는 모든 이들의 일이 걱정되었다. 결국 자신도 모르게 두 손을 모으고 눈을 감은 뒤 그들의 무사를 기원했다.

＊　　　＊　　　＊

알타이르의 무관 가문 대부분은 헤이파에게 호의적이고, 또한 정치적인 지지마저 아끼지 않는다.

그 이유는 그녀가 알타이르 행성인, 그것도 왕족이라는 '종족' 치고는 특이할 정도로 사람의 가능성을 존중하기 때문이다.

인재는 하늘이 아니라 시대와 사건이 만든다. 그것이 재능에 대한 헤이파의 지론이었다.

혈통을 중시하고, 혈통에 따른 개인 능력의 한계가 뚜렷한 알타이르 왕족들 사이에서 가능성을 거론하는 것은 위선으로 오해받을 수 있는 일이었다.

그러나 헤이파는 실제로 수많은 재주꾼들을 발견해 냈고, 덕분에 무명의 무관 가문 출신, 혹은 둘째나 셋째라며 괄시 당하던 인재들이 출세를 이뤄냈다.

가뜩이나 인구가 적은 행성에서 인재가 늘어나 자리 경쟁이 치열해지는 것은 사회적으로 문제가 될 수도 있는 일이었다.

하지만 대부분의 무관 가문들은 인재가 늘어나는 것을 환영했다.

훌륭한 사람이 많아야만 전쟁에서 성공할 확률이 높아지는 것은 기초 상식이었다.

문관들의 실패는 사회적 문제가 되고 무관들의 실패는 목숨의 문제가 된다.

그 근본적인 차이 때문에 무관 가문들이 헤이파를 지지하는 것은 당연했다.

그리고 그녀는 이번에도 특별한 재능을 가진 자가 이 사건 속에서 나타나 주기를 바라고 있었다.

'하지만 이건… 과일 나무 아래에서 입을 벌린 채 기다리는 격

이군.'

그녀는 각 가문의 대표들과 그들이 특별히 아끼는 종사들까지 모두 모아놓은 채 가벼운 절망감을 느꼈다.

신체 조건에 맞는 무기를 쥐어주는 것과 전황을 바꿀만한 재주꾼이 오늘 이 자리에 나타나는 것은 비교 대상이 아니었다.

거의 기적에 가까운 일이었다.

'그래도 기대해 보는 수밖에. 부탁한다, 젊은 전사들이여.'

헤이파는 데스디아와 비슷한 연배거나 그보다 더 어린 전사들 앞에 섰다.

알타이르 전사들은 자신들의 살아 있는 전설을 존경 어린 눈빛으로 바라봤다.

헤이파는 침착한 표정으로 입을 열었다.

"모두 들도록. 브리치들의 움직임이 지나치게 활발해졌다. 이미 몇 개의 브리치들이 무리를 지어 이쪽으로 이동하고 있지. 계획상으로는 우리와 헌터들이 나서서 놈들을 떨어뜨릴 예정이었지만… 그 계획은 과거형이 되어버렸지."

상황이 바뀌었음을 알게 된 알타이르 전사들이 서로의 얼굴을 보며 당혹감을 드러냈다.

"브리치들이 이곳에 올지, 아니면 빅시티로 갈지 분명치 않다. 난 모든 이들을 빅시티로 이끌고 가서 민간인들을 보호하며 싸울 생각인데, 혹시 이의가 있는 사람은 지금 당장 손을 들고 얘기하도록 하라."

방어전을 위한 인력 배치 지시를 받은 탈리케이아와 카렐리는 헤이파가 왜 지금 와서 의견을 또 묻는지 이해하기 힘들었다.

헤이파는 가만히 기다렸다.

그녀 앞에 모인 전사들 대부분은 민간인을 보호하는 게 당연하다 생각하고 꼼짝도 하지 않았다.

그런데 누군가가 손을 들었다.

"이의 있습니다! 브리치들은 틀림없이 이곳을 노릴 겁니다, 브라토레 당주님!"

깡마른 몸매의 전사가 온몸을 덜덜 떨면서 말했다.

무명 가문의 전사가, 그것도 종사의 자격으로 온 자가 헤이파의 위세에 맞서는 것은 그만큼 힘든 일이었다.

"호오."

짧고 위엄 있게 탄성을 흘린 헤이파는 팔짱을 끼며 그녀를 돌아봤다.

"더없이 많은 사람들의 목숨이 걸린 일이다. 알고 있겠지?"

헤이파의 눈동자 색이 은색에서 황금색으로 바뀌었다. 동시에 그녀가 뿌리는 강력한 패기가 마치 폭풍처럼 젊은 전사들에게 닥쳐왔다.

"한 번 더 생각할 기회를 주마, 젊은 전사여. 허언이었다면 당장 사죄하라. 그럼 용서하지. 살다 보면 그럴 수도 있으니까."

손을 들었던 깡마른 전사는 그녀의 패기를 이기지 못하고 뒤로 쓰러질 뻔했다. 그러나 그녀를 이곳으로 데려온 가문의 대표가 자신의 몸으로 그녀를 받쳐주었다.

비록 신분의 차이는 있었지만 비슷한 연배의 두 전사는 서로를 굳게 믿는 친구였다.

헤이파가 천천히 그녀들에게 다가갔다.

"하지만 말이나, 자신의 뜻을 관철하고 싶다면 크고 또렷하게 말하라! 나와 우리, 그리고 천하가 알아들을 수 있도록 말이다!"

헤이파가 '천하' 라는 단어를 입에 담자 탈리케이아는 시선을 위로 올리고 생각에 잠겼다.

'그러고 보니 최근에 스승님께서 삼국지라는 이름의 드라마를 보셨지. 우리 고향에선 저 단어를 잘 안 쓰는데 말이야.'

알타이르에서는 천하, 즉 하늘 아래 온 세상을 외치며 자신의 이야기를 강조하는 경우가 거의 없다.

알타이르 행성인들에게 있어서 하늘 아래의 모든 장소는 소유의 대상이 아니라 정령과 함께 노니는 뜰이기 때문이다.

어쨌거나 그 생소한 단어가 가진 박력 덕분에 분위기 자체는 헤이파가 원하는 것 이상으로 무르익었다.

좋은 공부가 되었다고 생각한 탈리케이아는 이의를 던진 전사에게 주목했다.

헤이파의 패기, 그리고 전사들의 시선에 완벽히 위압당한 깡마른 전사는 심호흡을 하며 마음을 추슬렀다.

"마, 말하겠습니다! 브라토레 당주님!"

그녀가 외쳤다.

"브리치들은 정교하게 수립된 작전에 따라 움직이는 게 아닙니다! 지금은 우리의 반응을 떠보기 위해서 위력 정찰을 하는 것뿐입니다!"

"그렇게 생각하는 근거는?"

헤이파가 황금색의 눈동자를 유지한 채 물었다.

"전쟁에서, 상대가 전력을 완전히 갖출 때까지 기다려 주는 자가 세상 어디에 있습니까?"

깡마른 전사는 기본적인 사항을 지적하는 것으로 얘기를 시작했다.

"알타이르 전사들이 이곳에 모이고, 헌터들이 탈 함선들이 꾸며지고, 바라쿠스 님을 비롯한 날개 달린 자들의 기사단이 제대로 모이기까지 엄청난 시간이 걸렸습니다! 하지만 브리치들은 어

제까지만 해도 우리가 찾아 나서서 사냥해야 하는 야생 동물에
지나지 않았습니다!"

깡마른 전사의 목소리가 점점 더 커졌다.

"계속 얘기하라. 젊은 전사여."

헤이파가 그녀를 응원하듯 말했다.

"예, 당주님!"

깡마른 전사는 헤이파가 자신의 이야기에 응해준다는 사실만
으로도 큰 용기를 얻었다.

"브리치들은, 아니 우리의 적들은 뒤늦게 움직이고 있습니다!
위력 정찰에 휘말리면 안 됩니다! 위스콘신이 가진 미사일들의
사정거리를 계산했을 때, 지금 정찰에 나선 브리치들이 빅시티
쪽으로 움직인다 해도 확실히 격추시킬 수 있습니다! 여기서 사
람들을 움직여선 안 됩니다!"

그녀가 더욱 큰 목소리로 말했다.

"확인해 보지."

전사에게 손을 내밀어 이야기를 멈추게 한 헤이파는 단말기
를 들었다.

"함장님. 브라토레 당주입니다. 급히 확인하고 싶은 것이 있습
니다."

—말씀하십시오.

"위스콘신에 있는 장거리 미사일이 브리치에 명중할 확률은
어느 정도입니까?"

—1년 전이었다면 10퍼센트도 안 됐을 겁니다. 하지만 지금은
브리치가 가진 전자전 능력에 대한 대책이 확실히 마련되어 있습
니다. 이 모두가 치프와 브라토레 부사장이 전술 데이터를 열심
히 모으고 브리치의 파편을 지구로 보내준 덕분입니다. 그러니

명중에 있어서는 걱정하지 마십시오.

"알겠습니다. 다시 연락드리지요."

단말기를 내린 헤이파는 다시 그 깡마른 전사를 봤다.

"위스콘신의 미사일을 이용해서 브리치들을 요격하는 것에는 문제가 없을 것 같군."

깡마른 전사는 물론 다른 전사들 모두가 안도의 목소리를 냈다.

하지만 헤이파의 표정은 여전히 엄중했다.

"하지만 젊은 전사여. 그럼에도 불구하고 브리치들이 빅시티를 집중적으로 노린다면 어찌할 텐가? 놈들이 이곳을 노릴 거라는 자네의 주장은 아직 설득력이 부족해."

"치프 님… 아, 아니 A—1730 원사님은 분명 빅시티의 보호를 위한 수단을 강구해 놓으셨을 겁니다."

헤이파는 그녀가 자신 있게 말하자 조금 놀랐다.

치프가 빅시티에 척력장 발생기들을 설치한 사실을 아는 사람은 이 자리에서 오직 헤이파뿐이었다.

그녀에게 그 사실을 전한 레투가조차도 치프가 마련해 둔 메시지를 보기 전까지는 그 척력장 발생기의 존재를 알지 못했다.

그런데 그 깡마른 전사는 그것을 예측하고 있었다.

"원사님과 몇 차례 싸워본 자들이라면 그 정도는 예상하고 있을 겁니다. 원사님은 민간인 보호에 집착하시는 경향이 강한 분입니다. 우리 고향을 구해주신 것도 그 때문이었지요."

"흠……."

"적들은 빅시티에 대한 공격을 감행했다가 예상치 못한 방어 수단, 혹은 함정에 빠지느니 이곳에 공격을 집중하여 위험 요소를 완전히 제거하려 할 겁니다."

"그렇군. 그렇다면 젊은 전사여, 괜찮다면 적들이 먼저 움직인 이유를 이야기해 줄 수 있겠나?"

"그들은 우리가 무엇을 잘하고 무엇을 못하는지 이미 파악하고 있을 겁니다. 고향을 침공한 오크들에 의해 이미 증명된 사실이 있지 않습니까?"

"음……"

잠시 생각해 본 헤이파는 손을 뻗어 그 깡마른 전사의 어깨에 손을 올렸다.

"수고했다, 젊은 전사여. 이름을 말하라."

"카라브 가문의 첫째, 모라 샤프티 알타이르 카라브입니다!"

그녀는 자신의 이름을 확실히 말했다.

"카라브 가문의……? 그렇군. 자네의 의견과 용기는 분명히 가치가 있었네. 앞으로도 의견을 물을 테니 잘 준비하게."

"감사합니다, 브라토레 당주님!"

헤이파의 인정을 받은 깡마른 전사는 감격에 겨운 나머지 거듭 고개를 숙였다. 다른 전사들은 그녀를 향해 부러움이 담긴 시선을 보냈다.

"자, 주목."

헤이파가 박수를 크게 치며 알타이르 전사들을 집중시켰다.

"작전을 바꾼다. 모두 무장하고 대기하도록 하라. 카렐리는 네 종사를 통하여 헌터들에게 승선 명령을 내리고 사장실로 올라와라. 탈리는 날 따라오렴."

"예, 알겠습니다!"

큰 소리로 응답한 알타이르 전사들은 준비를 위해 우르르 흩어졌다.

탈리케이아는 본관을 향해 걷는 헤이파를 조용히 따라갔다.

탈리케이아는 그녀와 함께 엘리베이터에 탄 뒤에야 입을 열었다.

"스승님. 그… 카라브 가문의 전사 말입니다."

"음. 괜찮은 의견이었단다. 배짱도 괜찮았지."

"그렇습니까?"

탈리케이아는 헤이파의 대답을 듣고 의아해했다.

그 깡마른 전사가 내놓은 의견은 사실 탈리케이아 자신과 카렐리, 그리고 헤이파가 격론을 벌일 때 나열했던 경우들 가운데 하나였을 뿐이었다.

헤이파는 개운치 않은 탈리케이아의 표정을 보고 씩 웃었다.

"카라브 가문의 첫째가 한 말은, 굳이 얘기하자면 재능이 아니라 재치의 산물이란다. 설득력은 그럭저럭? 미래가 창창한 군략가의 말이라고 평하기엔 너무 이르지."

"그걸 아시면서 왜 칭찬하신 겁니까?"

"응? 혹시 질투하는 것이냐?"

"아닙니다!"

탈리케이아는 얼굴을 붉히며 강하게 부정했다.

아까 사장실에 도착한 엘리베이터는 사장실을 향해 문을 연 채 경고음을 내고 있었다.

헤이파는 조용히 웃으며 엘리베이터에서 내렸다.

"칭찬한 이유라……. 그래, 그 전사가 적절한 상황에서 빛을 냈기 때문이란다."

"예?"

"난 이의를 가진 자에 손을 들라 말했지. 그런데 너와 카렐리 모두 가만히 있지 않았느냐? 나와 사적인 친분이 있다고 해서 예외가 허락되는 자리는 아니었단다."

"……."

입을 다문 탈리케이아는 얌전히 헤이파를 따라서 엘리베이터 밖으로 나왔다.

"그 얘긴 됐다. 내가 그 전사의 이야기를 믿기로 한 까닭이 있단다, 탈리. 우리 알타이르 전사들이 겪어보지 못한 전투가 뭐지?"

헤이파가 낮은 목소리로 질문을 하며 사장실의 문을 열었다.

젝스와 함께 군것질을 하던 포프가 헤이파와 탈리케이아를 보고 움찔했다.

그 아이들이 과자를 급히 챙겨서 밖으로 나가려 하자 헤이파가 손을 들었다.

그냥 있어도 괜찮다는 뜻이었다.

탈리케이아는 헤이파가 던진 질문에 뭐라고 답해야 할지 고민했다.

그녀는 그 깡마른 전사, 카라브 가문의 첫째가 헤이파에게 했던 말들을 처음부터 끝까지 곱씹어봤다.

'우리가 잘하고, 못하는 것……?'

탈리케이아가 눈을 크게 떴다.

"예, 방어전입니다. 우리는 제대로 된 방어전을 해본 적이 없습니다."

"그렇단다."

헤이파는 치프의 의자에 편히 앉았다.

"우리가 갈고닦아 온 모든 무술과 전술은 동족끼리의 총놀이 아니라 수렵에서 비롯된 것이란다. 농성전은 우리의 전공이 아니야. 우리가 짓는 성이나 요새는 대형 야수들의 습격으로부터 왕궁과 도시를 지키기 위한 시설일 뿐, 동족끼리의 전쟁과는 아무

상관이 없지."

"……"

탈리케이아는 회사 앞에 집결한 브리치들이 환상종들을 뿌리는 모습을 상상했다.

브리치 하나가 뿌려대는 환상종의 수도 어마어마한데, 다수의 브리치들이 크기를 가리지 않고 환상종을 뿌려댄다면 그것은 진정 지옥의 한 장면에 가까울 것이다.

그녀는 환상종의 대군으로부터 이 회사를 어떻게 지켜내야 할지 감이 잡히지 않았다.

"브리치에서 머리가 나쁜 환상종만 나오면 모르겠지만 그건 아니거든. 헤라클레스와 케이론이었나? 그 곤충 같은 놈들의 전투 능력은 정말 인상적이었지. 뭐, 실제로는 고블린들과 오우거들만 잔뜩 쏟아져도 피곤할 거야. 후후."

헤이파가 헛웃음을 터뜨렸다.

그녀는 사장실의 유리벽을 통해 회사 밖을 봤다.

루할트가 이끄는 모래 폭풍의 날개 기사단이 엠페라투스와 치프의 싸움으로 인해 폐허가 된 들판 위에 모여 있었다.

머릿수가 100이 넘는 드래곤들이 그 거체를 꿈틀거리며 모여 있는 모습은 상당한 장관이었다.

그들의 머리와 날개, 꼬리 등이 만들어낸 거대한 굴곡들은 마치 수억 년 동안 침식되어 만들어진 계곡처럼 웅장했다.

그 드래곤들 앞에는 바라쿠스와 루할트, 파울라가 나란히 앉아 있었다.

일종의 인사였는데, 기사단의 드래곤들은 전설로만 들어왔던 투사, 바라쿠스의 실제 모습에 압도되어 그의 모습을 구경하느라 정신이 없었다.

그들의 머리 위로 헌터들이 탑승할 함선들의 그림자가 지나
갔다.

함선들 사이로 롸켓과 그의 친구들이 조종하는 듀베리아의
전투기들이 묘기를 부리며 지나갔다.

그것이 롸켓이 이끄는 '녹색 중대'였다.

진한 녹색으로 도색된 그 전투기들은 지구의 전투 헬리콥터와
비슷한 크기였는데, 생긴 것은 마치 감자처럼 둔했지만 기동력이
훌륭하고 장갑도 두꺼웠다.

듀베리아의 기계에 흥미가 없는 헤이파는 다시 드래곤들에게
눈을 돌렸다.

"어떤 싸움이 펼쳐질지 궁금하구나. 난 얼마나 많은 젊은이들
을 사지로 몰아넣게 될까?"

시를 읊는 듯 한탄한 헤이파가 시가를 입에 물었다.

사장실은 오래전부터 금연 구역이었으나 치프도 없고 분위기
도 분위기인지라 그녀에게 뭐라고 하는 사람은 아무도 없었다.

123
안드레이의 다섯 걸음

알타이르 전사들과 헌터들, 그리고 드래곤들이 준비를 마친 후 세 시간이 흘렀다.

노을이 질 무렵, 동쪽 하늘 저편에서 대량의 브리치들이 모습을 드러냈다.

일제히 모인 브리치들이 비행을 멈추고는 미사일 방어를 위한 포스필드를 벌집 모양으로 단단히 두른 채 꼼짝도 하지 않았다.

이미 20개가 넘는 브리치들이 위스콘신에서 쏜 미사일에 격추되어 박살 난 상황이었다.

브리치들이 포스필드를 쓴 이후부터는 격추수가 급감했다. 대신 브리치들의 움직임도 소극적으로 변해서 헤이파는 그것을 좋은 징조로 여겼다.

"아무리 신들이 만든 물건이라고 해도 공격과 방어를 동시에 할 수는 없는 모양이군. 동력에도 한계가 있겠지."

회사의 본관 옥상에서 커피를 마시던 헤이파는 귀에 낀 헤드셋을 점검했다.

"함장님. 들리십니까?"

─말씀하십시오, 엄마 위치프.

함장은 콜사인으로 헤이파를 불렀다.

"특이 사항이 있다면 말씀해 주십시오."

─인간형의 환상종들이 회사 동쪽으로부터 무수히 몰려오고 있습니다. 고블린, 오우거 등등… 수가 엄청나군요. 벌을 내려야 할 것 같습니다.

"그렇다면 전술핵을……"

헤이파가 대답하려는 순간이었다.

동쪽에서 갑자기 날아온 거대한 물체가 위스콘신의 척력장에 충돌하더니 회사로 떨어졌다.

회사 위에도 척력장이 펼쳐진 상황이었는데, 척력장 위를 미끄러지던 그 액체 모양의 환상종은 두 개의 팔과 여섯 개의 손가락을 이용하여 중심을 잡고 일어났다.

액체의 중심부에서 핏빛의 커다란 눈이 나타났다.

그 눈과 마주한 헤이파는 쓴웃음을 지으며 환도를 뽑았다.

"만찬의 밤……. 오랜만이구나, 발푸르기스 나하트. 우리 고향에 나타났던 그놈, 맞지?"

헤이파의 질문에 응답하듯 그 거대 환상종, 발푸르기스 나하트로가 굵직한 웃음소리를 냈다.

팔을 제외한 너비가 500미터에 달하는 그 환상종은 회사의 척력장을 뚫기 위해 손가락 끝을 드릴처럼 날카롭게 세웠다.

그 괴물을 향하여 녹색 중대의 전투기들이 급강하했다.

전의로 물들어 있던 헤이파의 표정이 녹색 중대를 보자마자 파랗게 질렸다.

"멈춰, 롸켓! 당장 벗어나!"

헤이파의 경고를 들은 녹색 중대가 황급히 방향을 틀었다.

발푸르기스 나하트의 등판에서 검은색의 가시들이 고속으로 자라났다.

하늘을 뚫을 기세로 돋아난 가시들이 녹색 중대를 향해 꺾이면서 성장을 계속했다. 그 성장 속도는 전투기를 간단히 따라잡을 만큼 빨랐다.

가장 후열에 위치한 듀베리아 전투기가 가시에 관통당하는 찰나, 붉은색의 거대 생물이 전투기들과 가시들 사이에 몸을 들이밀었다.

날개로 가시들을 끊어 치며 난입한 바라쿠스는 두꺼운 외골격으로 보호된 자신의 몸을 이용하여 환상종의 가시들을 모조리 막아냈다.

바라쿠스의 눈이 하얀색의 빛을 냈다.

"옛날 네 조상들에게 꽤 신세를 졌지. 하나같이 맛은 없었지만 포만감만은 최고였거든."

중얼거리며 발푸르기스 나하트를 덮친 바라쿠스는 자신보다 세 배 가까이 큰 그 괴물을 하늘로 끌어당겼다.

발푸르기스 나하트는 두 팔로 바라쿠스를 쑤셔서 떨쳐내려 했으나 전투 상태에 돌입한 바라쿠스의 외피는 지구 전함의 장갑판만큼이나 단단했다.

회사로부터 발푸르기스 나하트를 떨쳐낸 바라쿠스는 고블린과 오우거 등이 달려오는 평원을 향해 그 거대 환상종을 던져버렸다.

노을 진 평원 위에 환상종이 추락하는 모습을 지켜본 바라쿠스는 날개를 활짝 펼치고 힘을 모았다.

한계까지 펼쳐진 날개 사이로 붉은색의 전류가 대량으로 발생했다. 전류의 강렬한 빛이 회사 안쪽을 환히 비췄다.

이윽고 바라쿠스의 입에서 엄청난 두께의 브레스가 뿜어졌다.

브레스 방출의 반동이 회사와 위스콘신의 척력장을 흔들었다. 브레스의 빛은 본관 옥상에서 상황을 살피던 헤이파의 시야마저 방해할 만큼 강렬했다.

브레스에 직격당한 발푸르기스 나하트는 그 자리에서 증발했고, 진격을 하다가 멈칫한 고블린과 오우거들도 브레스 폭발의 열기와 후폭풍에 휘말려 대량으로 사라졌다.

브레스 방출을 끝낸 바라쿠스의 날개로부터 전류가 사라졌다.

헤이파는 급히 바라쿠스를 호출했다.

"바라쿠스 님. 괜찮으십니까?"

─배가 좀 고프구려. 이쪽 방향은 나와 기사단이 맡겠소. 다른 방향에서 적들이 올 수도 있으니 회사 쪽에서 대처해 주시오.

"알겠습니다."

바라쿠스와의 통신을 끝마친 헤이파는 이어서 위스콘신과 통신을 시도했다.

"함장님. 위스콘신의 상태는 어떻습니까?"

─위스콘신은 멀쩡합니다. 척력장의 밀도가 조금 감소했을 뿐입니다. 다만 특이 사항이 두 가지 있습니다.

"무엇입니까?"

─첫째는 아까 그 대형 괴물을 내뱉은 브리치의 상태입니다. 다른 브리치 쪽으로 남은 동력을 전달한 후 지상으로 추락하고 있습니다. 추락하면서 질량까지 줄어들고 있습니다.

"역시 동력에 한계가 있군요."

—확실하진 않습니다. 그리고 두 번째 특이 사항은 회사의 서쪽과 북쪽, 남쪽으로 브리치들의 일부가 이동했습니다. 놈들이 쏟아내는 소형 환상종들이 회사 쪽으로 몰려올 겁니다. 적들의 규모는 단말기로 전송해 드리겠습니다.

　헤이파는 함장의 말이 떨어지기 무섭게 자신의 단말기로 들어온 전술 데이터를 확인했다.

　"전송해 주신 정보를 확인했습니다. 위스콘신에서는 서쪽을 맡아주십시오. 북쪽과 남쪽은 이쪽에서 맡겠습니다."

　—알겠습니다, 엄마 워치프. 화력 지원이 필요하시면 언제든 말씀해 주십시오.

　"감사합니다."

　통신을 마무리한 헤이파는 손가락을 입에 댄 뒤 휘파람을 불었다.

　지상에 있던 탈리케이아가 그 소리를 듣고는 회사 옥상으로 뛰어 올라왔다.

　"부르셨습니까, 스승님?"

　"회사 북쪽으로 헌터들을 태운 함선 세 척을 보내라. 남쪽으로는 두 척. 너무 공격적으로 행동하지 말도록 지시하렴. 남은 세 척은 예비 전력으로 남겨놓고 상태를 봐가면서 교대시켜라."

　"알겠습니다."

　지시를 받은 탈리케이아가 옥상에서 뛰어내렸다.

　헤이파는 남은 커피를 벌컥 마셨다.

　"이상한 환상종들이 나타나지 않았으면 좋겠군."

　그녀는 동쪽 하늘에서 번쩍이는 드래곤들의 브레스들을 보며 중얼거렸다.

　사만다가 옥상의 문을 열고 나와서 헤이파 곁으로 달려갔다.

"여사님. 사장실에서 지휘해 주십시오. 이곳에서는 전장을 파악하기 힘듭니다."

"아, 싸움에 정신이 팔려서 전쟁을 잊고 말았군. 사장실로 가자꾸나."

"예, 여사님."

헤이파는 커피가 든 보온병과 간이 테이블을 챙긴 뒤 사만다와 함께 옥상을 떠났다.

＊　　　　＊　　　　＊

"후우."

추락으로 인한 부상에서 회복된 라이트스톤이 한숨을 쉬며 일어났다.

"후후, 이렇게 되다니."

상황이 이렇게 될 거라고 생각조차 못 했던 그는 헛웃음을 터뜨리며 건물의 폐허 밖으로 나갔다.

그를 향해서 황색의 두꺼운 갑옷을 입은 오크들의 왕, 매드록스와 그가 이끄는 오크들의 대군이 다가왔다.

"매드록스여. 내 말이 들리시오?"

"잘 들리오, 창조주여."

매드록스가 껄껄 웃으며 대답했다.

라이트스톤은 매드록스의 그 대답을 통해 오크들이 자신의 정신 제어에서 벗어나 버렸음을 확인했다.

"이젠 다른 사람이 우리를 조종하는 것 같구려, 창조주여. 기분이 어떠시오?"

매드록스가 묻자 라이트스톤은 고개를 옆으로 기울였다.

"난 뭔가를 잃거나 빼앗기는 것에 매우 익숙하다오, 왕이여. 적당히 타협할 줄 알아야 편히 살 수 있는데, 포기라는 걸 모르는 성격이라서 항상 이 꼴이오."

"그렇구려."

매드록스가 끄덕거렸다.

매드록스 휘하의 오크 전사들이 검과 도끼, 총을 일제히 빼들었다.

"3분의 여유를 주겠소. 도망치시오, 창조주여. 이것이 내가 그대에게 줄 수 있는 선물이라오."

매드록스가 손가락 세 개를 펴며 말했다.

"우리가 선물을 주고받을 정도로 친했었소?"

라이트스톤이 물었다.

매드록스는 두 팔을 벌린 채 주변을 둘러봤다.

"내 꿈은 이곳, 우주 연합 수도를 거니는 것이었소. 이곳에 사는 모든 것들을 죽이고, 약탈하고, 범하고, 마지막에는 잘 요리해서 배 속에 넣고 싶었다오. 이건 나뿐만 아니라 모든 오크들의 꿈이었소."

"저번에도 들은 것 같소. 언제 들어도 인상적이고 힘이 넘치며 허무한 꿈이구려."

"후후, 아무튼 그대, 창조주 덕분에 그 꿈이 이뤄졌소. 사실 선물이 아니라 그 이상을 주고 싶지만 이제는 무리라오. 새로운 주인의 명령 때문에 머리가 터질 것 같구려."

그들의 머리 위로 UNSMC의 정찰용 드론이 번개처럼 지나갔다.

라이트스톤은 그 드론을 감지했지만 오크들은 그러지 못했다.

라이트스톤은 때가 됐음을 직감했다.

매드록스가 다시 손가락을 폈다.

"3분이 지난 뒤, 우리는 새로운 주인의 명령에 따라 그대를 전력으로 추적할 것이오. 어서 가시오, 창조주여. 내가 완전히 이성을 잃기 전에 말이오."

"알겠소. 감사하오, 오크들의 왕이여."

"건강하시오, 창조주여. 혹시라도 그대가 붙잡힌다면 그대의 팔다리를 자른 뒤 내 개인용 소변기로 써주겠소."

"후후."

웃음소리를 낸 라이트스톤은 건물 옥상을 향해 뛰어오른 후 UNSMC의 야전 사령부 방향으로 뛰었다.

그가 몸 주변에 펼친 척력장이 탄환 한 발에 깨지고 말았다.

오크들은 정령 교감을 사용하며 추적에 필요한 힘을 모으고 있을 뿐, 아직 움직이지 않았다.

라이트스톤을 노린 것은 인스턴트 병사들이었다.

능동 위장 장치와 저격용 소총으로 무장한 저격수들이 그를 사방에서 추적하고 있었다.

'A—1730과의 싸움에 대비해서 준비한 무장들을 여기서 사용하게 될 줄이야.'

그의 코트에 붙어 있던 육중한 장갑판들이 탁탁 떨어져 나갔다.

라이트스톤은 원래 특별한 장식이 없는 코트를 착용하고 다녔지만 오늘은 달랐다.

코트 안쪽에는 경장갑 전투복과 비슷한 형태의 갑옷을 입고 있었고 코트 바깥쪽에도 장갑판들이 단단히 붙어 있었다.

코트 외부의 장갑판들은 그저 방어를 위한 물건이 아니었다.

떨어져 나간 장갑판들 중에 절반이 제비의 모양으로 모습을 바꾸더니 곳곳에 숨은 인스턴트 병사들을 향해 날아갔다.

부리와 날개가 칼날처럼 다듬어진 그 킬러 드론은 능동 위장 장치의 효과를 무시하고 인스턴트 병사들을 도륙했다.

다른 병사들이 쏜 탄환은 라이트스톤의 주변을 떠도는 장갑 판에 막혀 튕겨 나갔다.

'야전 사령부 쪽으로 간다는 티를 확실히 내라고 했지?'

그는 품에서 작은 권총을 꺼냈다.

그것은 일반 권총이 아니라 라이트스톤이 자신만을 위해 만든 소형 건하운드였다.

라이트스톤이 방아쇠를 누르자 지상에서 대량의 금속 입자가 솟아올랐다.

그 입자들은 4인승 차량 크기의 대형 드론으로 변했다.

드론이 완성될 무렵, 지상에서 대기하던 오크들이 라이트스톤을 추적하기 위해 전력으로 질주했다.

약속했던 3분이 지난 것이다.

정령 교감을 통해 힘을 비축한 오크들은 마치 곤충들처럼 건물 사이를 펄쩍펄쩍 뛰며 라이트스톤을 추적했다.

마침내 완성된 라이트스톤의 대형 드론으로부터 크고 작은 광선포 포대들이 튀어나왔다.

그에 맞춰 우주 연합 수도의 하늘을 밝히던 인공조명들 가운데 80%가 빛을 잃었다.

'UNSMC의 공직이고. 해킹이 아니라 물리직으로 전선을 끊은 것 같은데?'

라이트스톤은 치프가 자신을 미끼로 쓰려 한다는 것을 직감했다.

'정말 교활한 피조물이군.'

어두워진 하늘을 밝히는 것은 대형 드론에서 뿜어지는 오색의 광선들이었다.

드론은 라이트스톤의 뒤를 따르며 주변의 오크들과 인스턴트 병사들을 남김없이 불태웠다. 그 모습은 구시대의 레이저 쇼를 방불케 할 만큼 화려했다.

화려한 장식이 붙은 커다란 도끼 한 자루가 드론의 한가운데에 적중했다.

매드록스가 온 힘을 다하여 투척한 것인데, 그 위력은 대공 미사일에도 어느 정도 견딜 수 있도록 설계된 드론의 장갑판을 완전히 망가뜨렸다.

드론이 폭발하자 라이트스톤은 건하운드의 방아쇠를 세 번 더 눌렀다.

방금 폭발한 드론과 똑같은 물건 세 개가 새로 만들어지더니 아까보다 더 화려하게 광선을 쏴댔다.

우주 연합 회의장에서 그 모습을 지켜보던 하이시리스가 주먹으로 팔걸이를 내려쳤다.

"아르마게일이여, 뭐 하는 건가? 부하들을 더 동원하라! 어서 저 열화된 자를 붙잡으란 말이다!"

유리벽에 붙다시피 한 채 수도의 어두운 하늘을 지켜보던 아르마게일은 다소 긴장한 표정으로 하이시리스를 돌아봤다.

"어, 어머니 신이시여. 이 어둠 속에서 병력을 움직이는 건 위험한 일입니다."

"무슨 말이지?"

"도시와 어둠은 UNSMC가 가장 좋아하는 환경입니다. 야간 시가전에서 놈들을 이길 수 있는 군대는 이 세상에 존재하지 않는다고 보셔도 됩니다."

"……."

"어머니 신이시여, 부디 라이트스톤을 포기하시고 회의장 쪽으로 병력을 집중시키십시오. 외부에서 대기 중인 지원군도 서둘러 부르셔야 합니다. 놈들은 분명히 이곳을 기습할 겁니다."

아르마게일이 애원하듯 말했다.

하지만 하이시리스의 차가운 표정은 조금도 변하지 않았다.

"그래봤자 인간들이 아닌가?"

"하지만……."

아르마게일이 뭐라고 말을 하려는 순간이었다.

하이시리스가 자리에서 일어나더니 도시를 뚫어지게 쳐다봤다.

라이트스톤을 추격하던 오크들과 인스턴트 병사들의 생명 반응이 갑자기 사라졌기 때문이다.

치프와 로젤라가 미리 선정하여 배치해 둔 UNSMC 저격수들과 수색대, 터미네이터 드론, 그리고 부비 트랩들이 죽음의 공간을 만들고 있었다.

"적들이 라이트스톤을 미끼로 우리 군대를 유인한 것 같습니다."

아르마게일이 자신감을 잃은 목소리로 말했다.

그의 태도가 하이시리스를 분노케 했다.

"그럼 오크들을 더 보내! 그 몇 만이나 되는 소모품들에게 명령하는 거다! 민간인 사냥 따위는 집어치우고 전부 돌진하라고 말이다!"

"아, 알겠습니다. 어머니 신이시여. 분부대로 하겠습니다."

아르마게일은 그녀에게 등을 돌린 채 허겁지겁 단말기를 조작했다.

수염에 뒤덮인 아르마게일의 입술이 잠깐 곡선을 그렸다.

라이트스톤을 쫓아 야전 사령부를 향해 돌진하는 군대는 매드록스가 지휘하는 오크 근위대뿐이었다.

그 외의 오크 부대들은 공격 부대에 제대로 합류하지 못했다. 민간인 사냥을 위해 수도 사방에 흩어져 있었기 때문이다.

민간인 사냥이라는 것은 그럴싸한 허울일 뿐, 실제로는 라이트스톤이 UNSMC들의 전력을 분산시키기 위한 술책이었다.

오크들은 거리에 나온 사람들만 적극적으로 사냥했고 건물 안까지 쳐들어가진 않았다.

잠깐의 학살과 약탈 등으로 기분을 푼 오크들은 차량이나 가로등, 사람들의 시체 등을 이용하여 울타리를 쌓은 뒤 원시적인 구조의 대공포까지 동원하여 UNSMC의 공격에 대비했다.

그런데 그 학살로 인해 죽은 사람들의 숫자가 너무 많았다.

오크들의 습격 시기는 우주 연합 수도 시간으로 따졌을 때 정오 무렵이었다.

당시 수도는 점심 식사를 위해 나온 사람들과 하교하는 어린이들로 북적거렸는데, 그들 대부분이 오크들의 흉기에 의해 목숨을 잃거나 그보다 더한 일을 당하고 말았다.

당시 치프 일행을 태운 아이오와는 수도 밖에서 터진 냉기 폭풍 때문에 꼼짝도 하지 못했다.

수도로 접근하여 그 학살의 흔적을 본 치프와 UNSMC는 이번에도 늦었다며 격분했지만 겉으로 감정을 드러내진 않았다.

학살에 익숙해서가 아니었다.

상황이 지저분할수록 냉정하게 싸워야만 한 사람이라도 더 빨리 구할 수 있음을 그들 모두가 잘 알고 있었기 때문이다.

사망자는 우주 연합 수도 내부에서만 수만 명이고 외부에서는 십만 단위가 넘어갔다.

치프와 UNSMC에게 있어서 그 학살의 주체인 라이트스톤과 손을 잡는 것은 초월적인 인내심이 필요한 일이었다.

하지만 야전 사령부에서 치프와 마주한 라이트스톤은 자신에게 집중된 UNSMC 대원들의 살기를 거들떠보지도 않았다.

"일이 끝나면 집단으로 내 뒤통수를 쏠 분위기로구려."

"하, 다 끝나고 아저씨에게 쏠 총알이 남아 있으면 다행이겠지. 머릿수의 차이가 무려 20배가 넘는다고."

치프는 메모리 스틱을 꺼냈다.

"이 안에 신형 데토네이터의 설계도와 특별한 약품의 자료가 있어. 우선 이것부터 분석해 주면 좋겠는데?"

"신형 데토네이터라고 했소?"

이 상황에서도 흥미를 가진 라이트스톤이 고개를 까딱 움직였다.

"시간 없으니 어서 살펴봐 줘."

메모리 스틱을 라이트스톤에게 건네준 치프는 헬멧에 손을 대고 아이오와와의 통신을 시도했다.

"아이오와, 들리나? 여기는 알파 리더. 줄루 리더와의 교신을 원한다."

―여기는 줄루 리더. 말해라, 알파 리더.

로젤라가 피곤한 목소리로 응답했다.

"나쁜 놈과 합류했다. 주변 상황을 알고 싶다."

―주력으로 보이는 오크 수천 마리가 야전 사령부를 향해 움직이고 있다. 무장 상태가 좋군.

"수천?"

치프가 그 숫자에 놀랐다.

환도를 뽑아 든 채 라이트스톤의 뒤에 서 있던 데스디아도 칼을 고쳐 쥐며 긴장감을 드러냈다.

―전부 두 발로 뛰어서 오고 있으니 걱정하지 마라, 알파 리더. 놈들이 야전 사령부에 도착하려면 빨라야 두 시간은 걸릴 거다. 놈들의 체력이 얼마나 좋을지 궁금하군.

"이동 수단을 가진 놈들은 없나? 오크 기병이 있을 텐데?"

―글쎄? 그런 건 안 보이는군. 그보다 다른 방향에서도 오크들과 인스턴트 병사들이 접근해 오고 있다. 야전 사령부를 포위하고 지구전으로 갈 생각인가 보군.

"근데 저쪽은 비축한 식량이 있나? 병사 수가 수만 명이면 한 끼 식사에 들어가는 음식만 해도 엄청날 텐데?"

―잊었나 본데, 인스턴트들은 식량 보급이 필요 없어. 그리고 오크들은 시민들을 잡아먹겠지.

"흠."

―일단 작전대로 보급품과 탄약, 자주포들을 투하하겠다. 이후 지정된 시간까지 아이오와를 비롯한 각 함선들로부터 포격 지원을 받지 못할 거야. 알아서 잘 버텨보도록. 행운을 빈다, 알파 리더.

"알았다, 줄루 리더. 통신 종료."

헬멧에서 손을 뗀 치프는 자신이 준 자료를 검토해 보고 있는 라이트스톤을 돌아봤다.

"대충 좀 봤나? 어때?"

"데토네이터 버전 9.99라⋯⋯. 실로 훌륭한 설계라오. 나와 오리지널 사이에 놓인 기술 간격이 이 정도일 줄은 몰랐소."

그가 오리지널, 즉 아르마게일을 또 거론하자 치프가 코웃음을 쳤다.

"아저씨, 또 그 소리인가? 아저씨 정말 가짜였어?"

"…시치미 떼지 마시오. 아르마게일과는 이미 만났소."

그러자 라이트스톤의 뒷목에 데스디아가 쥔 칼날이 닿았다.

"무슨 소리지?"

그녀가 묻자 라이트스톤은 한숨을 쉬고는 자신의 단말기를 통해 치프가 준 자료를 계속 살폈다.

"우주 연합 회의장에서 하이시리스는 물론 아르마게일과도 접촉했소. 둘은 꽤 오래전부터 알고 지냈던 사이로 보이더이다."

"흐음. 그랬군."

치프는 싱거운 반응을 보였다.

라이트스톤과 아르마게일이 만났다는 말에 경악했던 데스디아는 치프의 그 태도를 보고 당황했다.

"'그랬군'이라니? 당신, 혹시 뭔가 알고 있나?"

"나도 궁금하구려."

라이트스톤도 데스디아만큼이나 당황하고 있었다.

치프는 어깨를 으쓱했다.

"계산에 넣고 있었던 일이긴 했어. 단지 아르마게일의 행동이 부정적인 결과로 이어질지, 아니면 긍정적인 방향으로 이어질지 지켜보고 싶을 뿐이야."

"이 상황에서도 남의 이야기를 하듯이 여유를 부리는구려."

"내가 뒤통수를 한두 번 맞았어야지? 아저씨도 내 뒤통수를 때린 사람들 가운데 한 명이야. 잠자코 내가 준 자료나 계속 검토해 봐."

"이미 끝났소."

라이트스톤이 자신의 단말기를 좌우로 흔들었다.

"자료에 특별한 부분은 없소. 내가 떠올리는 것조차 불가능했던 아이디어의 집합체뿐이라서 기분이 나쁘구려."

"아저씨가 떠올리지도 못한 아이디어라고?"

"그렇소."

라이트스톤은 설명에 앞서 치프에게 메모리 스틱을 돌려줬다.

"신형 데토네이터는 적의 각종 공격에 소립자 단위로 대응할 수 있는 합금으로 만들어져 있소. 허풍을 좀 섞자면, 데토네이터 위에서 5메가톤 규모의 핵폭탄이 터져도 기체는 멀쩡할 것이오. 대신 조종사는 열에 증발되겠지만 말이오."

"괜찮게 들리면서도 찜찜한데?"

치프의 평에 라이트스톤은 코웃음 소리를 냈다.

"그럴 수밖에 없소. 무장 제조는 원래 무기를 만드는 능력이지 탈것을 만드는 능력이 아니오. 항모까지 만들어서 다뤄온 그대에겐 웃기지도 않는 이야기일 뿐이겠지만 말이오."

"……."

"아무튼 이 데토네이터 9.99는 그대의 성향과 신체 능력까지 감안하고 설계된 물건이라오. 알타이르 행성에서 그대와 실버로드의 싸움에서 얻은 데이터를 기초로 했겠지. 그래서 대단한 것이오. 현지에는 블랙박스 같은 것도 없었을 텐데 오로지 취재만으로 이러한 결과물을 만들어내다니, 기가 막히구려."

라이트스톤의 목소리에는 학자로서의 질투가 섞여 있었다.

"무장 제조가 왜 무기를 만드는 것에 특화된 능력인지 설명해 주리다."

"웅?"

치프는 그의 설명이 길어지려 하자 당황했다. 지금은 설명을 듣고 이해할 상황이 아니었기 때문이다.

"지겹겠지만 들으시오. 지금까지 그대가 만들어낸 무기들 가운데 가장 강력한 것은 데토네이터나 항모가 아니라 나에게 사용했던 마이크로 블랙홀 사출 장치라오. 이 데토네이터 9.99조차도 그 무기에 직격당하면 망가질 수밖에 없소."

"……."

"사장. 그대가 무슨 생각을 하는지 모르겠지만 참고해 주시오."

"뭐, 좋아. 그럼 약품 쪽은?"

치프가 묻자 라이트스톤은 손에 든 단말기의 화면을 전환시켰다.

"잘 보시오. 이건 단순한 약품이 아니라 백신이라오."

"백신? 목적이 뭐지?"

"내 해석이 옳다면 이 백신은 신의 부산물을 통한 감염과 의식 간섭을 방지하기 위해 만들어졌소. 내 오리지널이 면역 세포의 샘플을 어디서 구했는지 모르겠소만, 아무튼 이 백신을 맞으면 신들의 각종 장난을 이겨낼 수 있소."

"이것도 좋은 거네?"

"뭐, 그렇소. 하지만 영구적인 것은 아니라오. 나흘 뒤에는 백신의 효과가 사라질 것이오. 그리고 이 백신에는 특이한 물질이 포함되어 있소."

"특이한 물질?"

치프의 목소리가 날카롭게 올라갔다.

그는 데토네이터 버전 9.99보다 약품 쪽에 신경을 쓰고 있었다.

데토네이터는 사용하지 않으면 그만이었지만 약품의 경우에는 알타이르 전사들의 목숨이 걸려 있는 문제였기 때문이다.

이윽고 라이트스톤이 말했다.

"비타민과 소량의 카페인… 벤조산나트륨카페인이 함유되어 있구려. 카페인의 가벼운 각성 효과를 이용하기 위함인 것 같소. 알타이르 행성에는 카페인 성분을 가진 식물이 자라지 않으니 소량이라도 효과를 발휘할 것이오."

"……"

허무한 대답이 나오자 치프와 데스디아가 서로를 쳐다봤다.

"아저씨, 혹시 거짓말하는 건 아니겠지?"

"그렇게 보이오? 그렇다면 사장, 당신은 내 거짓말을 듣기 위해서 나를 이곳에 들인 것이구려. 시간 낭비가 그대의 취미일 줄은 몰랐소."

그가 비아냥거리자 치프가 그의 멱살을 쥐었다. 동시에 데스디아도 라이트스톤의 심장 쪽으로 칼끝을 옮겼다.

라이트스톤은 두 손을 들며 저항 의사가 없음을 표시했다.

치프가 라이트스톤을 끌어당겼다. 둘의 헬멧이 거의 밀착하다시피 했다.

"…이번 일이 어떻게 끝날지 모르겠지만 우리의 다음 목표는 아저씨야. 당신 때문에 죽어간 모든 사람들의 목숨값을 정산할 테니 명심하라고."

"후후, 그대가 내 앞에 다시 나타날 날을 맞이하기 위해서라도 최선을 다해서 도우리다."

"좋아."

치프가 그의 멱살을 놓았다.

"아저씨. 게이트를 작동시킬 수 있나?"

그가 진지한 목소리로 물었다.

"내가 가지고 있던 모든 권한은 오리지널에게 강탈당했소, 아니, 그 이전에 문지기 아르마다가 다시 살아났소. 그라니트 행성의 브리치들도 지금쯤 바쁘게 움직이고 있을 것이오."

"아르마다가 언제 죽었었나?"

치프가 고개를 갸웃했다.

"내가 일찌감치 죽여서 섭취했소. 하지만 깔끔하게 망했다오. 지금 내 몸에는 아르마다의 잔재만이 남아 있소."

"하, 비관적이군."

헛웃음을 터뜨린 치프는 팔짱을 꼈다.

"하지만 아저씨라면 비장의 수단 정도는 갖고 있을 텐데?"

"30초 정도는 그 누구의 추적도 받지 않고 게이트를… 아니, 탈란바토르 전체를 제어할 수 있소."

"시간 지연은?"

"강조해서 말하리다. 30초 내라면 하이시리스의 ××가 ×××× 해도 문제없소."

"오우, 좋아."

치프가 크게 끄덕였다.

"앞으로 다섯 시간 내로 승부를 보자고. 그럼 아저씨, 교신 준비."

"지원군이라도 부를 생각이오?"

"물론이지. 지구에 말 한마디만 보내면 돼."

그의 말에 라이트스톤은 한숨 소리를 냈다.

"지구와 관련된 암호 정도는 오리지널이 모두 꿰고 있을 것이오. 나도 가능한 일이니 말이오."

"그래? 내기할까?"

"……."

치프가 그렇게 나오자 라이트스톤은 그에게 무슨 꿍꿍이가 있는지 궁금해졌다.

그로부터 1분 뒤, 치프가 게이트를 통해 지구로 보낸 메시지가 아르마게일의 단말기에 떠올랐다.

"UN우주군 참모총장은 스타킹보다 양말이 어울리는 여자를 좋아한다? 무슨 소리지?"

당황한 아르마게일은 자신이 알고 있는 모든 암호 코드와 신상 정보를 검색해 봤다.

하지만 일치하는 암호는 존재하지 않았고, 참모총장의 개인적 취향에 대한 정보도 없었다.

아르마게일이 당황하는 한편, 치프는 마지막 다섯 시간을 위한 준비에 들어갔다.

야전 사령부 위에 떠서 해킹을 포함한 각종 기습에 대비하고 있던 셀레스티아는 아이오와로부터 낙하하는 물체를 봤다.

그것은 탄약과 자주포 등이 잔뜩 들어 있는 보급용 컨테이너였다.

말이 컨테이너지, 실제 크기는 10층짜리 빌딩에 가까울 만큼 부피가 컸다.

컨테이너를 투하한 아이오와와 두 대의 순양함, 그리고 구축함들은 우주 연합 수도로부터 일제히 벗어나더니 능동 위장을 이용해 모습을 감췄다.

'어딜 가는 거지?'

위스콘신에게 맡겨진 임무를 모르는 셀레스티아는 걱정이 되어 지상을 봤다.

마침 치프는 킹에게 가방을 건네받고 있었다.

그것은 '유골함'이라는 별명을 갖고 있는 치프의 개인 금속 케이스였다.

치프는 사제 폭발물의 폭발 흔적이 선명한 그 케이스를 열었다.

금속 케이스 안에 잔뜩 든 것은 전투복과 권총이 아니라 대량의 칩셋이었다.

'저건 UNSMC 대원들의 머릿속에 들어가는 임플란트 칩셋이잖아?'

셀레스티아는 치프가 그것으로 무엇을 할 생각인지 궁금했다.

하지만 인스턴트 병사들과 오크들이 몰려와서 포위망을 구축하고 있는 상황이기에 더 이상 치프에게 신경을 쓸 수가 없었다.

케이스를 닫은 치프는 킹과 악수를 나눴다.

"수고했어, 킹. 몰래 빼내 오기 힘들었을 텐데 말이야."

"일은 쉬웠지만 기분이 영 그랬죠. 유가족들의 동의도 없이 국립묘지에서 꺼내 왔으니까요."

"그럼 미안하다고 해야겠군."

"괜찮습니다."

킹은 저격 보조용 장비가 잔뜩 달린 자신의 헬멧 뒤쪽을 만졌다.

"그보다, 정말 혼자 가실 겁니까?"

"뎃디와 이 친구들이 날 도와줄 거야."

치프는 손에 든 금속 케이스를 두드렸다.

"자네는 아프리카 지부 원사를 도와서 야전 사령부를 지켜줘. 내 작전이 성공하면 적들은 제어에서 벗어날 거고, 인스턴트들은 몰라도 오크들은 그야말로 미친 듯이 날뛸 거야. 자네들은 그걸 막아야 해."

"알겠습니다. 그런데……."

킹이 라이트스톤을 돌아봤다.

"저 녀석, 믿어도 되겠습니까?"

"아무데서나 소변을 보려고 하면 나한테 묻지도 말고 쏴버려."

치프의 대답에 라이트스톤의 헬멧 밖으로 코웃음 소리가
났다.

킹은 아무리 생각해도 찜찜한 듯 헬멧을 쓴 머리를 흔들었다.

"음…… 아무튼 행운을 빕니다, 원사님. 부사장님도 잘 다녀
오십시오."

"그러지."

데스디아는 킹과 악수를 나눴다.

죠니와 안드레이를 비롯한 UNSMC 각 지부 지휘관들은 아이
오와에서 내려온 컨테이너와 야전 사령부의 결합을 지켜봤다.

건설용으로 만들어진 초대형 드론 네 대가 낙하 중인 컨테이
너를 사방에서 붙잡아 안정시킨 뒤 야전 사령부 옆으로 조심조
심 옮겨 결합시켰다.

컨테이너와 야전 사령부에서 큰 소음이 울려 퍼졌다.

활짝 열려 있는 야전 사령부의 출입문으로부터 컨테이너 안쪽
에 들어 있던 자주포들이 천천히 달려 나왔다.

아프리카 지부 원사가 자신의 헬멧에 손을 댔다.

"대원들. 여기는 양키 리더다. 지금 나오고 있는 자주포들은
전부 1회용이다. 적재된 포탄이 떨어지거나 상황이 골 때리게 돌
아가면 장비를 자폭 폐기한 후 이곳으로 돌아와라. 자주포 담당
대원들은 아무 차량이나 골라잡고 점검한 뒤 지정된 위치로 이
동하도록."

—알겠습니다.

대원들의 대답을 들은 아프리카 지부 원사는 자신의 단말기
를 봤다.

오크들과 인스턴트 병사들이 포위진을 구축하기 위해 새까맣
게 몰려오고 있었다.

아프리카 지부 원사는 단말기 화면에 표시되는 그들의 모습을 가만히 지켜봤다.

'놈들의 움직임이 이상할 정도로 원시적이군. 단지 수가 많은 걸 제외하고는 별거 아니야. 대체 뭐지? 누군가가 의도적으로 이 놈들을 멍청하게 만든 건가?'

오크들은 붉은색 삼각형으로, 인스턴트 병사들은 보라색 삼각형으로 표시되어 단말기 화면 속에서 반짝거렸다.

원사는 붉은색 삼각형 중에 하나를 확대해 봤다. 신장과 체중, 갑옷의 두께, 들고 있는 무기의 종류가 자세히 표시되었다.

심지어 왼손잡이인지, 오른손잡이인지까지도 표시되었다.

'정말 대단하군. 지구 궤도에 있는 군사 위성들도 몇 대 이상이 모여서 작업을 해야만 이 정도 분류가 가능한데, 저 왕녀님은 단독으로 처리하고 있어.'

아프리카 지부 원사는 고개를 들어 셀레스티아를 봤다.

그는 작년까지 자신들 사이에서 농담처럼 나돌았던 드래곤들의 군용 병기화 이야기를 떠올렸다.

'지구에서 정말 저들을 무사히 내버려 둘지 궁금하군. 문화적인 의존도를 높여서 말을 잘 듣게 만드는 것으로 그치면 그나마 다행인데, 만약 사고 조작이나 수술 등을 통해 노예로 만들어 버리면……'

그는 수백 년 전 자신의 조상들이 백인 정복자들에게 당했던 일들을 떠올리며 셀레스티아와 그녀의 종족들을 걱정했다.

"양키 리더. 에웨바 원사. …어이!"

그의 곁으로 온 치프가 그를 계속 불렀다.

셀레스티아에게 정신이 팔려 있던 아프리카 지부 원사는 움찔하여 치프를 봤다.

"아, 원사님. 무슨 일이십니까?"

"이제 뎃디랑 출발하려고. 자네, 괜찮나?"

"괜찮습니다. 걱정 때문에 집중력을 잃었습니다."

"걱정? 뭐, 적들의 수가 많긴 하지."

치프가 어깨를 으쓱했다.

"아, 그게 아닙니다. 드래곤들… 날개 달린 자들에 대한 걱정입니다."

"음……."

"지구의 각국 정부에서 저들을 이상한 방향으로 이용하지 말았으면 좋겠군요."

"건드리려는 놈들은 있을 거야. 저렴하면서도 치명적인 전투 병기 후보로 떠오르겠지. 하지만 어떻게든 될 테니 걱정하지 마."

치프는 손등으로 아프리카 지부 원사의 전투복을 두드렸다.

"베이스캠프를 맡길게."

"알겠습니다, 원사님. 나중에 맥주나 한잔하죠."

"좋지."

둘은 주먹을 맞대는 것으로 서로에게 행운이 있기를 기원했다.

치프는 모든 대원들의 인사를 받으며 베이스캠프 밖으로 나갔다.

"미안, 뎃디. 기다렸지?"

"아냐."

먼저 밖으로 나와 치프를 기다리고 있던 데스디아는 그에게 은색의 권총 형태를 한 기계를 건넸다.

"라이트스톤이 당신에게 이걸 전해주라고 하더군."

"이건… 어?"

기계를 받은 치프는 고개를 갸웃거렸다.

"라이트스톤의 건하운드잖아?"

"기술적 한계를 넘어선 무기들을 잔뜩 만들어낼 수 있을 거라고 자랑하더군."

"아, 그래? 죠니가 자기 숙소에서 쓸 전기 오븐을 살 때도 그와 비슷한 말을 했지. 전자레인지를 대신해서 자신의 식생활을 고급지게 만들어줄 거라면서 말이야."

치프는 라이트스톤의 건하운드를 허벅지에 거치했다.

"오븐 구입 이후엔?"

데스디아가 물었다.

"일주일 뒤였지? 죠니는 자기 손으로 그 거대한 오븐을 청소해야 한다는 사실을 깨닫고는 가정용 로봇을 구입하는 조건으로 반품에 성공했어."

"가엽군. 죠니다운 기승전결이야."

"하하."

잡담을 끝낸 둘은 나란히 도심을 향해 걸어갔다.

가로등도 들어오지 않는 거리의 모습은 달빛 아래의 무덤처럼 조용하고 으스스했다.

"그때도 어두워질 때까지 걸었었지?"

치프가 데스디아에게 물었다.

"우리가 처음 만난 날 말인가?"

"응."

"그래, 생각나는군. 그라니트 행성에서의 첫날 밤은 정말 추웠어. 일교차가 예상보다 컸지."

데스디아의 헬멧 밖으로 웃음소리가 새어나왔다.

"추웠다고? 그날 밤에 잘 자던데?"

"잤다기보다는 기절했다고 봐야지. 그날은 모든 게 두렵고 혼란스러워서 생존에 대한 걱정마저 잊고 말았거든. 우리 군단의 생존자가 오직 나뿐이라는 사실을 납득하기 힘들었지."

"그래? 그럼 네가 그때 표정 관리를 잘한 거네. 난 전혀 몰랐어."

치프는 그때 당시의 데스디아를 떠올리며 웃었다.

"나야 그랬지만 당신은 참 한결같군. 그래서일까? 이렇게 웃기는 곳을 걷는데도 두렵지가 않아."

"그건 네가 전투복을 입어서 그럴 거야. 경장갑 전투복의 착용감은 훌륭하거든."

"……"

"농담이야."

치프는 그녀 쪽으로 왼손을 내밀었다. 데스디아도 오른손을 뻗어 그의 손을 잡았다.

그때 통신이 들어왔다. 치프는 급히 헬멧 옆에 손을 댔다.

"여기는 알파 리더."

─거기, 둘만 있을 거라고 생각하지 마!

헬멧에서 셀레스티아의 목소리가 들리자 치프는 한숨을 내쉬었다.

"하아. 미안, 셀리. 거긴 어때?"

─적들이 무지막지하게 몰려오는 것 말고는 문제없어. 라이트스톤도 얌전해. 하지만 치프 쪽은 그렇지 않아.

"왜? 뭔가 있어?"

─인스턴트 병사들이 저격용 소총을 들고 이동 중이야. 앞으로 20분 뒤면 접촉하게 될 거야.

치프는 팔뚝의 단말기 화면을 봤다.

셀레스티아가 말한 인스턴트 병사들의 움직임이 화면에 떠올랐다.

"놈들을 피해 갈 수 있을까?"

─미안, 도와주긴 힘들 거 같아. 베이스캠프를 노린 해킹 시도가 엄청나. 도시 사방에서 들어오고 있어. 내 눈에는 해일처럼 보일 지경이야.

사방에서 해킹을 시도한다는 셀레스티아의 말에 치프는 걸음을 멈추고 골목으로 들어가 몸을 숨겼다.

데스디아는 미리 준비해 온 저격용 소총을 손에 쥐고 주변을 살피며 치프가 들어간 골목을 향해 뒷걸음질을 했다.

"셀리, 잘 들어. 그건 분산형 서비스 거부(DDos) 공격법이야. 지금도 질리게 잘 먹히는 사이버 공격이지."

─아, 그거 알아. 상대가 나한테 과도한 부담을 주려고 하는 거지?

"맞아. 이곳에서는 내가 도와줄 수 없으니 라이트스톤을 불러서 도움을 받도록 해."

─라이트스톤? 괜찮을까?

"괜찮아. 넌 그가 옳은 말을 하는지, 그른 말을 하는지 분별할 수 있을 만큼 성장했어. 혹시라도 분위기가 이상하면 바로 나한테 얘기하도록 해."

─알았어, 치프. 뎃디를 부탁할게.

"그래. 꼭 같이 돌아가자, 셀리. 통신 종료."

치프는 헬멧에서 손을 뗐다.

"셀리가 정말 어른스러워졌군."

데스디아가 사방을 살피며 말했다.

"하하. 앞으로 더 좋아질 거야."

"음. 기대되네."

"이동하자, 뎃디."

치프와 데스디아가 다시 거리를 걸었다.

야전 사령부가 있는 베이스캠프에서 멀어질수록 둘을 억누르는 공기도 무거워졌다.

무너진 건물 사이에서 도움을 청하는 목소리도 들려왔으나 치프는 그들을 당장 도울 수가 없었다.

인스턴트 병사들이 설치한 것으로 보이는 폭발물들이 생존자들 근처에 깔려 있었기 때문이다.

둘은 민간인들의 시체가 널린 장소를 지날 때부터 나란히 걷는 것을 그만뒀다.

손과 발로 벽을 타고 건물 옥상으로 올라간 데스디아는 정글속의 표범처럼 빌딩들 사이를 뛰어다니며 인스턴트 병사들을 찾아다녔다.

가로수에 미약하게 붙어 있는 정령들이 적들의 위치를 그녀에게 알려줬다.

미끼 역할을 자청한 치프는 노이즈 캔슬러 등이 장비된 자동소총을 든 채 거리를 달렸다.

이윽고 어두운 도심 사이로 탄환이 날아다녔다.

어디선가 날아온 탄환에 파트너의 머리를 잃은 인스턴트 병사는 치프에게서 눈을 떼고 전자식 망원경을 이용해 상대 저격수를 찾아 나섰다.

마침 건물 사이에서 공중제비를 도는 데스디아의 모습이 망원경에 잡혔다.

한 손에 저격 소총을 든 그녀와 인스턴트 병사의 눈이 마주치는 찰나, 병사의 머리가 헬멧과 함께 관통되어 건물 안으로 흩어졌다.

벽에 손가락을 박아 넣고 매달린 데스디아는 곧장 반대편 건물을 향해 도약했다.

그녀의 체온이 스쳤던 자리에 인스턴트 병사들의 총알이 날아와 박혔다.

"무슨 고양잇과 동물인가?"

데스디아를 놓친 것에 분개한 인스턴트 병사의 목이 갑자기 뒤로 돌아갔다.

바로 옆에 있던 다른 병사가 움찔하는 순간 그의 헬멧 아래에 단검이 박혔다.

그대로 즉사한 병사의 턱에서 단검을 뽑은 치프는 쓰러지는 상대를 붙잡아 조용히 눕혔다.

─치프. 인스턴트 병사들이 이 지역을 포위하고 있어. 다 처리하고 갈까?

데스디아가 통신을 이용하여 물었다.

"아냐. 내 형제들이 도와줄 거야."

─형제들? 베이스캠프에 지원 포격을 요청할 건가?

"이런 상황을 측히 즐기는 전문가들이 있어."

치프는 통신을 유지하기 위해 헬멧에 손을 댄 채 뒤로 돌아섰다.

"조셉, 딕슨. 자네들 차례야."

중장갑 전투복 차림의 UNSMC 대원 두 명이 건물의 어둠 속에서 빛이 깔린 장소로 걸어 나왔다.

─잠깐, 누구라고?

데스디아가 당황한 목소리로 물었다.

"조셉과 딕슨. 인사할래?"

치프가 그들의 이름을 확인해 줬다.

중형 기관포를 손에 든 채 우두커니 서 있던 두 대원이 왼손을 각자의 헬멧에 댔다.

"건강하셨습니까, 부사장님? A—9988 조셉입니다."

"A—9987 딕슨입니다. 오랜만이네요."

그들의 목소리를 들은 데스디아는 감정이 북받쳐 한참 동안 말을 하지 못했다.

—진짜 조셉과 딕슨인가? 정말로? 여태까지 어디 있었지?

"집중하세요, 부사장님. 적들과의 거리가 꽤 가까워졌습니다."

조셉이 그녀에게 주의를 주었다.

"제대로 인사를 드릴 시간은 없을 것 같군요. 저와 조셉 모두 두 분의 행운을 빌겠습니다."

—이봐, 조셉! 딕슨!

"죄송합니다. 통신 종료."

헬멧에서 손을 뗀 두 남자는 치프를 돌아봤다.

"이거 신기하네요, 원사님. 저희는 수개월 전에 죽었는데 말이죠."

"엠페라투스가 힌트를 줬지. 무장 제조 능력을 이용해서 죽었던 자를 되살리는 거야."

치프가 어깨를 으쓱했다.

"전함 같은 것만 만들어내실 줄 알았는데, 이젠 별걸 다 하시는군요."

딕슨이 웃음소리를 섞어 말했다. 조셉도 낮게 소리 내어 웃고 있었다.

그들은 자신들을 되살린 치프를 원망하지도, 현재 상황에 좌절하지도 않았다.

그와 데스디아를 도울 수 있다는 사실을 순수하게 기뻐하고 있었다.

치프는 그들에게 솔직히 말하기로 결심했다.

"미안하지만 난 엠페라투스처럼 완벽하게 기술을 구사할 수가 없어. 영혼이라는 걸 섭취해서 보관했다가 사용하는 건 애초에 불가능하지. 영혼 대신 우리들의 머릿속에 심어져 있는 칩셋을 활용하는 것뿐이야. 삶을 줄 수 있는 시간도 길지 않고 말이지."

조셉과 딕슨은 치프의 등에 거치된 금속 케이스를 봤다.

"그 케이스는… 설마 그 안에 죽은 전우들의 칩셋이 들어 있는 겁니까?"

"맞아."

치프는 등에 업은 아이의 엉덩이를 두드리듯 팔을 뒤로 하여 금속 케이스의 아래쪽을 두드렸다.

"국립묘지에 묻힌 전우들은 물론 그라니트 행성 주변을 떠돌던 전우들의 칩셋들까지 모두 여기 들어 있지."

"그렇습니까? 여태껏 원사님께서 짊어지신 짐 중에서 가장 부담되는 물건처럼 보이는군요."

딕슨은 치프가 걱정되어 말했다.

"저희는 원사님 덕분에 새로운 삶의 기회를 얻었고, 죽을 때도 UNSMC 대원으로서 후회 없이 죽었기에 아무래도 상관없습니다. 하지만 다른 전우들은 원사님을 원망할지도 모릅니다."

"다시 살아났는데 시한부 삶이 주어지다니, 좀 너무하지 않습니까? 원사님께서 그들의 원망을 감낭하실 수 있겠습니까?"

조셉도 걱정을 감추지 않았다.

"나도 부담돼. 이런 짓을 제정신으로 감행할 수 있는 인간이 세상에 몇이나 있겠어? 이건 변명 따위 필요 없는 미친 작전이야. 되살아난 전우들이 날 쏴서 화풀이를 하려고 하면 그냥 맞아주는 수밖에 없다고."

치프는 자신의 심장 위쪽을 오른손 검지로 쿡쿡 찌르며 말했다.

"흠……."

"각오하고 저지르는 짓이니 자네들도 여기서 결정해 줘. 나와 함께 싸워주겠나? 아니면 이 자리에서 날 쏘겠나?"

그가 묻자 조셉과 딕슨은 그냥 들고만 있던 기관포들을 제대로 고쳐 잡았다.

"그럼 제 질문에 답해주십시오."

딕슨이 물었다.

"얘기해, 딕슨."

치프는 두 손을 무방비하게 내린 채 말했다.

"포프는 건강합니까?"

"아, 그래. 마침 좋은 소식이 있어. 며칠 전에 포프가 드디어 자유의 어둠으로부터 벗어났어. 포프가 더 이상 그 문제로 피곤해할 일은 없을 거야. 지구의 연구소로 잡혀갈 일도 없겠지."

"그렇습니까? 하, 잠깐이나마 다시 살아난 보람이 있군요."

딕슨이 웃음소리를 내며 고개를 끄덕거렸다. 조셉 역시 안도의 한숨을 내쉬며 기뻐했다.

"임무를 내려주십시오, 원사님."

"따르겠습니다."

둘이 차분한 목소리로 말했다.

"인스턴트 병사들을 처리하고 우리를 따라오면 돼. 자네들이라면 가능하겠지?"

"포위된 상태에서 싸우는 건 저희 전문이죠. 천천히 가십시오."

"그래. 고마워. 통신 채널을 맞추도록."

치프는 자신의 단말기 화면을 보여줬다.

조셉과 딕슨은 화면에 뜬 채널의 암호 코드를 헬멧의 카메라를 이용하여 헬멧 속 통신기에 입력했다.

둘의 어깨를 두드려 준 치프는 계단을 통해 건물 아래로 내려갔다.

조셉과 딕슨은 서로를 향해 고개를 끄덕인 뒤 창문 밖으로 뛰어내렸다.

등을 맞댄 채 도로 한가운데에 착지한 둘은 정신을 집중하고 서로의 의식을 연결했다.

의식 연결에 의한 시야의 공유. 그것은 특수한 복제 인간으로서 태어난 그들만의 능력이었다.

이윽고 사방에서 인스턴트 병사들이 쏜 탄환이 쏟아졌다.

중장갑 전투복의 전자 보호막과 두꺼운 장갑이 탄환의 대부분을 튕겨내는 한편, 셀레스티아가 보내준 목표 정보가 그들의 헬멧과 기관포에 제대로 입력되었다.

"목표 정보 확인! 조준 완료!"

"가자, 딕슨!"

그들은 중장갑 전투복의 로켓 모터를 이용하여 고속으로 움직이며 기관포의 방아쇠를 당겼다.

둘은 기관포를 난사하지 않고 저격 소총처럼 단발로 끊어서 쐈다.

대구경 기관포 탄에 머리와 목, 가슴을 직격당한 인스턴트 병사들은 경장갑 전투복의 내구성을 넘어선 파괴력으로 인해 형체도 남기지 못하고 사라졌다.

둘의 뒤쪽으로 병사들이 이동하며 로켓 등을 쏘자 딕슨과 조섭이 다시 등을 마주했다.

인스턴트 병사들은 조셉과 딕슨이 로켓 탄두 요격용 드론들조차 사용하지 않고 시야 밖에서 날아오는 모든 공격을 피하자 매우 당황했다.

상대가 특별한 방어 수단을 사용한다고 판단한 인스턴트 병사들은 금속 입자가 들어 있는 기만체들을 대량으로 살포하고 일제히 돌격했다.

조셉과 딕슨은 시야의 사각을 노리고 사격하며 들어오는 적들의 움직임에 기계적으로 대응했다.

인스턴트 병사들이 좌우로 물러나고 그 사이로 보행 전차 세 대가 질주해 들어왔다.

반격을 위해 기관포를 든 조셉과 딕슨의 머리 위로 두꺼운 광선이 지나갔다.

그 광선들은 보행 전차의 탑승석을 정확히 꿰뚫었고, 조종사를 잃은 보행 전차들은 좌우로 비틀거리더니 건물에 충돌하며 주저앉았다.

딕슨의 뒤편에 선 조셉은 고층 건물의 옥상에 서 있는 데스디아를 발견했다.

"부사장님!"

건하운드 파프니르를 이용해 그들을 지원한 데스디아는 두 발의 광선을 추가로 발사하여 건물 뒤편에 숨어 있던 보행 전차들까지 파괴했다.

―재회 선물이다. 전사들이여.

"아주 좋군요!"

딕슨은 조셉의 시야를 통해 확인한 데스디아의 모습에서 반가움과 놀라움을 함께 느꼈다.

"오, 부사장님. 드디어 경장갑 전투복을 입으셨네요?"

—결혼식 직전에 피부가 상하는 건 싫어서 말이지.

"예? 결혼이요? 누구랑 결혼하시는데요?"

조셉이 물었다.

—치프.

데스디아는 부끄러움이 섞인 목소리로 짧게 대답했다.

"오, 제길! 빌어먹을!"

조셉과 딕슨은 다시 나란히 선 뒤 인스턴트 병사들을 향해 무서운 속도로 기관포탄을 날렸다.

의식의 공유, 그리고 동체 시력의 강화로 인해 둘의 뇌에는 과부하가 걸렸다.

구시대의 치과용 드릴로 두개골을 긁는 듯한 통증이 조셉과 딕슨을 괴롭혔는데, 그들은 그 고문에 가까운 통증에도 아랑곳 않고 사격을 계속했다.

"제일 중요한 얘기를 이제 하시는군요! 다시 살아날 전우들에게도 그 결혼 얘기를 꼭 하십시오!"

—아… 우리 혼사가 그렇게 자극적인 얘기인가?

데스디아가 약간 어이없다는 투로 물었다.

"당연합니다! 제 기억이 옳다면, 치명상 때문에 죽은 전우들은 하나같이 원사님을 걱정하면서 눈을 감았으니까요!"

—음…….

데스디아는 조셉의 그 말을 어떻게 받아들여야 할지 몰라서 가만히 있었다.

"다들 원사님의 결혼식만큼은 절대 놓치려 하지 않을 겁니다! 전부 눕혀 버리자, 딕슨! 탄약을 아끼지 마!"

"아아, 그래! 우린 이날을 위해 다시 태어난 거라고! 하하하!"

골목길을 이동하여 조셉의 뒤를 공격하려던 인스턴트 병사들이 갑자기 돌아선 딕슨의 사격에 맞아 갈려 나갔다.

건물 안에서 딕슨의 머리를 노리려던 저격수도 조셉의 집중사격에 당해 고깃덩이가 되고 말았다.

인스턴트 병사들은 전자전 기만체로 꽉 채워진 장소에서조차 뒤통수에 눈이 달린 자들처럼 반응하는 둘의 기세에 압도되었다.

―여기는 알파 리더. 뒤를 부탁한다. 부디 조심조심 놀고 합류하도록.

"알겠습니다, 원사님!"

치프의 당부에 둘이 큰 소리로 대답했다.

조셉과 딕슨을 뒤에 남긴 치프와 데스디아는 아주 멀리 보이는 회의장을 향해 계속 이동했다.

*　　　　*　　　　*

치프가 베이스캠프를 떠나고 약 두 시간이 흘렀다.

단말기를 통해 상황을 지켜보던 아르마게일이 지루한 표정으로 자리에 앉아 있는 하이시리스를 돌아봤다.

"어머니 신이시여. 승리가 눈앞에 있습니다."

"음. 그런 것 같군. 오크와 인스턴트들의 군세가 놈들의 그 저열한 임시 기지를 초토화시키고 있어."

하이시리스는 초감각을 이용해서 도시의 상황을 지켜보고 있었다.

베이스캠프의 방어선을 돌파당한 UNSMC 대원들은 속절없이 유린당했다.

제대로 저항하는 자들은 개인화기를 든 보병들뿐이었고, 보행전차와 데토네이터에 탑승한 자들은 해킹에 의해 기계가 정지되어 아무것도 못 하고 죽어갔다.

하이시리스는 초감각 중에 하나인 천리안을 통해 오크들의 도끼와 둔기 등에 맞아 사망하는 UNSMC 대원들의 처참한 모습을 즐겁게 관람했다.

"아르마게일이여. 어두운 도시에서 UNSMC를 상대할 수 있는 군대가 얼마 없다고 했지? 아무래도 자네의 그 말은 세월에 부식된 전설인 것 같군."

"하하하. 그런 것 같습니다, 어머니 신이시여."

웃으며 머리를 숙인 아르마게일은 다시 밖을 봤다.

우주 연합 수도는 여전히 어두웠다. 여기저기에서 자주포의 불꽃이 터졌지만 아주 잠깐의 반짝임에 불과했다.

하이시리스는 자리에서 일어나 두 팔을 벌렸다.

"어떠한가, 아르마게일이여? 불바다가 된 수도의 모습이 아주 화려하고 아름답군!"

그녀는 자신의 눈에만 보이는 그 거짓된 광경을 진심으로 즐기고 있었다.

"당신께서 그리 말씀하신다면 그런 것입니다. 우리의 위대하신 어머니 신이시여."

아르마게일은 밝은 미소를 지으며 그녀를 치켜세웠다.

다시 단말기에 눈을 돌린 아르마게일은 그 어디에도 잡히지 않는 치프의 위치를 확인하기 위해 단말기 이곳저곳을 열심히 두드렸다.

'이 친구는 대체 어디로 사라진 거지? 왕녀 전하도 이젠 한계일 텐데?'

그는 언짢은 표정을 지었다.

＊　　　＊　　　＊

커다란 날이 달린 토마호크가 누군가의 목을 호쾌하게 잘랐다.

머리를 잃은 오크는 앞뒤로 비틀거리다가 뒤로 누웠다.

오크의 갑옷과 아스팔트 사이에서 불꽃이 튀고 요란한 소음이 터졌다.

잘린 오크의 머리통을 옆으로 걷어찬 델타 리더, 안드레이는 과열된 자신의 육체를 강제로 냉각시키며 베이스캠프의 입구를 봤다.

입구 쪽에는 오크들이 투석기를 이용해 날려 보내는 소형 수송선 다섯 척이 떨어져 있었다.

그 밤송이 같은 물체에서 괴성을 지르며 뛰어나오던 오크 잔당들은 미리 배치된 데토네이터에서 쏟아진 탄환 세례를 받고 육편이 되어 사라졌다.

"여기는 델타 리더. 적의 유격 부대를 처리했다. 자주포 부대는 수송선을 날린 투석기들을 처리하라."

—여기는 양키 리더. 알겠다, 델타 리더. 우리가 놈들을 왜 놓쳤지? 영문을 모르겠군.

"내가 알아보겠다. 델타 리더, 통신 종료."

—가급적 빨리 알아봐 주길 바란다. 양키 리더, 통신 종료.

헬멧에서 손을 뗀 안드레이는 자신의 스쿼드 대원들에게 경계 지시를 내린 뒤 베이스캠프 안쪽으로 뛰었다.

'오크들의 기습 빈도가 점점 늘고 있어. 설마 왕녀 전하께 무

슨 일이라도 생긴 건가?'

셀레스티아를 걱정하며 뛰던 안드레이는 야전 사령부 옆에서 단말기를 만지고 있는 라이트스톤을 발견했다.

그는 라이트스톤과 마주하고 대화하기 싫었지만 지금은 어쩔 수 없는 상황이었다.

"라이트스톤 사장."

"흠, 델타 리더로군. 무슨 일이오?"

라이트스톤의 헬멧이 안드레이 쪽으로 흘끔 움직였다.

"왕녀 전하께선 괜찮으시오? 적의 위치 정보 정확도가 떨어지고 있소."

"별것 아니오."

라이트스톤이 어깨를 움직였다.

"지친 것뿐이라오. 왕녀가 아무리 대단한 능력을 가지고 있다 하더라도 생물인 이상 체력에 한계가 존재하는 것은 당연하지 않소?"

그의 대답을 듣고 움찔한 안드레이는 하늘에 떠 있는 셀레스티아를 올려다봤다.

그녀는 게슴츠레한 눈을 한 채 가쁜 숨을 몰아쉬며 버티고 있었다.

'적어도 원사님께서 회의장에 도착하실 때까지는 견뎌내셔야 하는데……'

안드레이는 그녀의 전자전 대응 능력이 완전히 소모되는 순간 자신들도 위기에 빠진다는 사실을 알고 있었다.

"우리가 왕녀 전하를 도와드릴 방법은 없소?"

안드레이가 라이트스톤에게 물었다.

라이트스톤은 자신에게 질문한 안드레이를 돌아보더니 딱하다는 듯 한숨을 내쉬었다.

"돕겠다고 말했소? 적들의 공격이 점점 더 날카로워지는 이 상황에 말이오? 그대들이 아무리 정예라는 개념을 넘어선 괴물들이라 해도 이 상황에서는……."

라이트스톤의 말이 뚝 멈췄다.

주변에 있던 UNSMC 대원들이 각자의 무기를 그에게 겨눈 채 살기를 풍기고 있었다.

안드레이 역시 등판에 거치하고 있는 대형 토마호크에 손을 가까이 하고 있었다.

"알았으니 협조 좀 해주시오."

"그대들은 참으로 무례하고 호전적이구려. 진정하시오."

라이트스톤은 저항할 뜻이 없음을 알리기 위해 두 손을 어깨 높이로 들어올렸다.

"왕녀를 도울 방법이라……. 대량의 칼로리, 특히 당분이 필요하오. 하지만 저 거대한 몸을 만족시켜 줄 만큼 대량의 당분이 어디에 있을지 모르겠구려. 건하운드로 당분을 만들 수는 없고… 후후."

"당분이라면 문제없소."

안드레이는 야전 사령부를 가리켰다.

"왕녀 전하께 드릴 간식은 충분히 가져왔소."

"…굉장한 준비성이구려. A—1730이 명령한 것이오?"

잠깐 할 말을 잃을 만큼 놀란 라이트스톤은 질렸다는 투로 물었다.

"그렇지 않소. 바라쿠스 님께서 꼭 챙겨 가야 한다고 당부하셨소."

"바라쿠스라……."

라이트스톤은 그의 이름을 읊고는 고개를 끄덕이며 납득했다.

"역시 경험 많은 투사답구려. 그를 비롯한 2세대들은 신과 환상종을 상대로 배고픔을 달래며 싸운 적이 많소. 3세대들은 경험하지 못한 일이지. 다음에 그대들과 싸울 때는 그 부분을 참고해야겠소."

"뭘 참고하겠다는 건지 궁금하구려."

안드레이가 물었다.

"그대들의 시간으로 약 130년 전, 지구에서 대히트한 다이어트 안마 의자의 특허를 출원한 자가 바로 나라오. 당시 거둬들인 수입이 무기를 팔 때보다 좋았지. 그보다 더 발전된 수단을 이용하여 왕녀의 칼로리를 소진시키면 되지 않겠소?"

"그걸 지금 만들어서 오크들에게 쓸 수는 없소?"

"…오."

안드레이의 의견을 듣고 나직이 감탄한 라이트스톤은 일리 있다는 듯 고개를 끄덕거렸다.

"과연, 그럴싸하구려. 상대가 생물인 이상 칼로리가 떨어지면 어쩔 수 없을 것이오. 엠페라투스에게도 적용이 되면 좋겠소만… 아무튼, 난 그대들이 좀 더 멋지고 정정당당한 싸움을 즐길 줄 알았소."

"우리는 오크들과 조기 축구를 즐기러 온 게 아니오."

"흠. 그럼 그대의 의견대로 해봅시다. 어찌 됐건 시간이 필요하오."

라이트스톤은 들고 있던 손을 내렸다.

"그대는 왕녀가 식사와 전자전 방어를 동시에 할 수 있다고 생각하시오? 왕녀가 식사를 위해 몸을 쉬는 순간 그대들의 장비는 모조리 마비되거나 그대들을 역으로 노릴 것이오."

"필요한 게 시간이라면 내가 얼마든지 벌어주겠소. 놈들을 굶길 방법이나 생각해 보시오."

안드레이는 라이트스톤을 뒤로한 채 걸어가며 귀에 낀 헤드셋에 손을 댔다.

"왕녀 전하. 들리십니까?"

—예, 안드레이 중사님. 아, 델타 리더라고 불러 드려야 할까요?

"괜찮습니다. 그보다 식사를 하셔야 할 것 같습니다, 왕녀 전하."

—식사요?

"야전 사령부 안에 왕녀 전하 전용의 특별 간식이 있습니다. 잠시 모든 힘을 거두시고 식사에 전념해 주십시오."

—아뇨, 중사님! 제가 조금만 더 버텨볼 테니……!

"버틴다고 되는 일은 따로 있습니다. 이것은 왕녀 전하만을 위한 일이 아니니 받아들여 주십시오."

—중사님…….

"왕녀 전하께서 식사를 하시는 동안 베이스캠프 내의 기계 중단 하나만 남기고 강제로 전부 정지시키겠습니다. 그동안 베이스캠프와 왕녀 전하는 제가 지키겠습니다. 5분 정도에 불과할 것 같지만… 그래도 안심하십시오."

—알겠습니다, 중사님. 건투를 빌겠습니다.

"감사합니다, 왕녀 전하."

안드레이는 헤드셋에 댄 손을 움직여서 통신 채널을 바꿨다.

"여기는 델타 리더. 양키 리더, 들리는가?"

—여기는 양키 리더. 무슨 일인가, 델타 리더?

"상황 코드 3에 7이다. 긴급을 요한다."

안드레이가 말한 3에 7상황이란, 셀레스티아의 건강에 이상이 생겼을 경우를 뜻하는 3과 건강 이상의 종류가 체력 저하, 혹은 굶주림을 뜻하는 7의 조합이었다.

—3에 7? 적들의 움직임이 활발해져서 이상하다 싶었는데 역시 이유가 있었군. 그럼 계획대로 베이스캠프 내의 모든 기계들을 물리적으로 정지시키겠다. 전투복도 거야겠지. 우리를 도와줄 기계가 하나도 없으면 1차 방어선 밖에서 대기 중인 오크들이 밀려들어 올 텐데, 어쩌지?

양키 리더, 아프리카 지부 원사가 물었다.

"멀쩡히 움직일 수 있는 기계가 하나 있다, 양키 리더."

—그 기계가 자네라는 말은 듣고 싶지 않다, 델타 리더. …하아, 말려도 소용없겠지. 난 3에 7 상황을 해결하기 위한 준비에 들어가겠다. 델타 리더도 대비하도록.

"알겠다, 양키 리더. 통신 종료."

헤드셋에서 손을 뗀 안드레이는 야전 사령부를 향해 뚜벅뚜벅 걸어갔다.

그가 사령부에 도착했을 때, 사령부의 천장이 열리면서 대형 저장 탱크 세 개가 올라왔다.

'그라니트 행성에서만 나는 벌꿀을 저만큼 구할 수 있을 줄은 몰랐지. 라이트스톤 때문에 행성의 평균 기온이 떨어지면서 그라니트의 대형 벌들이 모두 죽을 뻔했는데, 양봉 업자들이 포기하지 않고 필사적으로 벌들을 보호한 덕분이야.'

안드레이는 사령부의 무기고에서 토마호크들을 하나씩 꺼내챙겼다.

자신을 위해 만들어진 토마호크 거치대와 예비용 동력로는 물론이고 로켓 모터도 몸에 장착했다.

등판에 십여 자루의 토마호크들을 챙긴 안드레이는 그중에서 특별한 소재로 만들어진 토마호크를 손에 쥐었다.

날이 검은색을 띤 그 토마호크는 데스디아와 헤이파가 사용하는 환도와 마찬가지로 브리치의 파편에서 추출한 희귀 금속을 이용해 제작된 물건이었다.

그는 토마호크를 슬슬 휘둘러 보며 옛 일을 떠올렸다.

'원사님께 도끼 사용법을 배울 때는 정말 즐거웠지. 기계화 수술을 받은 이후 재활을 할 때 내 몸의 감각을 되살려 준 것도 이 도끼들이었어. 도끼질을 배울 때도, 재활할 때도 포기하지 않길 잘했군.'

그는 도끼를 들지 않은 왼손을 뻗었다. 그가 전투복 대신 입은 코트의 소매에서 손도끼가 튀어나와 왼손에 쥐어졌다.

'내가 저 많은 오크들을 상대로 5분을 버틸 수 있을까? 아니, 5분을 버틴다고 해서 상황이 변하긴 할까? 왕녀 전하께서 그 시간 내로 식사를 마치고 체력을 회복한다는 보장은 없어.'

손도끼를 다시 소매 안에 집어넣은 안드레이는 단말기를 꺼냈다.

단말기 내의 앨범에는 지구에 있는 안드레이의 부인과 아이들의 사진이 있었는데, 그들의 얼굴은 유령처럼 하얗게 처리되어 있었다.

그것은 누군가의 악독한 장난이 아니라 안드레이의 단말기가 적대 세력의 손에 넘어갔을 경우, 그의 가족을 보호하기 위한 조치였다.

'여기 오기 전에 전화라도 할 걸 그랬군.'

단말기의 전원을 완전히 끈 안드레이는 헤드셋에 손을 댔다.

"양키 리더. 여기는 델타 리더. 준비는 끝났다."

―알겠다, 델타 리더. 이제 저장 탱크의 뚜껑을 열겠다.

아프리카 지부 원사의 지시에 따라 저장 탱크의 뚜껑이 좌우로 활짝 열렸다. 꽃향기가 섞인 벌꿀의 냄새가 독할 정도로 퍼져 나갔다.

─저장 탱크 전개 완료. 이제 베이스캠프의 전원을 내리겠다. 행운을 빈다, 델타 리더.

베이스캠프를 비추던 모든 불빛들이 한 순간에 사라졌다.

셀레스티아는 미리 약속한 대로 전자전 방어를 거두고 벌꿀이 든 저장 탱크를 향해 내려갔다.

그와 동시에 베이스캠프의 어둠 속에서 푸른색의 로켓 불꽃이 하늘을 향해 솟구쳤다.

안드레이는 오크들의 왕, 매드록스가 있는 본진을 향해 똑바로 날아가고 있었다.

어둠이 깔린 베이스캠프에 착지한 셀레스티아는 저장 탱크를 향해 조심조심 이동한 뒤 벌꿀을 입자로 바꿔 고속으로 흡입했다.

그녀가 벌꿀을 섭취하는 한편, 매드록스가 있는 본진에 불꽃을 터뜨리며 착지한 안드레이는 거치대에서 분리한 대형 도끼를 양손에 쥐며 똑바로 섰다.

'항법 장비를 꺼버려서 그런지 착지 위치에 오차가 발생했군. 흠, 오차라고? 목표 지점에서 400미터나 벗어나 버렸는데 이걸 오차라고 할 수 있나?'

그는 내심 스스로를 비웃으며 입을 벌렸다.

"UNSMC 중사, 델타 리더, 안드레이 오티스! 오크 왕의 목을 치러 이곳에 왔다! 내 목숨이 필요한 자들은 주저 말고 덤벼라!"

목에 설치된 확성 장치 덕분에 안드레이의 목소리는 오크 본진 전체를 뒤흔들었다. 그 소리는 근처 건물들의 유리창이 터질 정도로 강력했다.

그의 고함에 반응한 근위대들이 정령 교감을 사용하며 안드레이에게 달려들었다.

안드레이의 인공 근육들이 과부하로 인해 뜨겁게 달아올랐다.

'부사장님과 대련을 할 때는 180%의 과부하를 걸어야 했고, 여사님과 대련을 할 때는 250%의 과부하를 걸어야 했지. 그렇다면 160%로 상대해 주마!'

안드레이의 몸이 근위대의 시야에서 사라졌다. 그와 동시에 근위대 몇 명의 상체가 갑옷과 함께 산산이 분해됐다.

가공할 만한 힘과 속도가 걸린 그의 토마호크는 광적으로 달려드는 근위대들을 일제히 멈추게 만들 만큼 압도적이었다.

대신 토마호크가 그 힘을 버티지 못하고 날이 깨져 무용지물이 되었다.

새로운 토마호크를 거치대에서 분리해 손에 쥔 안드레이가 근위대들을 향해 도끼를 까딱까딱 움직였다.

그것은 노골적인 도발이었다.

근위대들이 다시 돌격하는 한편, 왕의 위험을 알리는 붉은색 봉화들이 거세게 피어오르고 경고의 나팔 소리가 본진 곳곳에서 터졌다.

봉화와 나팔 소리는 베이스캠프를 공격하기 위해 이동하던 오크 선봉대들의 발길을 멈추게 만들었다.

그들이 본진 쪽으로 움직이려 하자, UNSMC 측의 전자전 방어 능력이 상실된 것을 알아차리고 오크들을 유도하던 인스턴트 병사들이 당황했다.

"네놈들, 뭐 하는 거야? UNSMC 놈들은 전투복의 전원까지 내렸다고! 지금 쳐들어가면 손쉽게 이길 수 있다고 했잖아!"

인스턴트 병사의 지휘관이 건물 안에서 고래고래 소리쳤다.

"시끄럽다! 왕께서 계신 곳에 위기가 닥쳤다! 왕께서 살아계시고, 그분께 건강한 암컷들이 공급된다면 우리는 얼마든지 다시 태어날 수 있다!"

선봉을 맡은 오크 워로드가 거대 도끼를 들어 올리며 폭풍처럼 외쳤다.

"이런, 멍청한 놈들!"

흥분한 인스턴트 병사의 지휘관이 건물 밖으로 머리를 내밀었다.

그 순간 UNSMC 베이스캠프에서 날아온 탄환이 그의 머리를 헬멧 째로 터뜨렸다.

움찔한 오크 워로드는 급히 정령 교감을 사용하여 자신의 몸을 보호했다.

'뭐지? 놈들은 전자식 조준기라는 걸 사용한다고 들었는데?'

오크 워로드가 부족한 무기 지식을 쥐어짜며 고민했다.

"우, 우리는 이대로 우리 본진을 향해 진격한다! 전사들이여, 나를 따라라!"

1차 방어선 근처로 접근했던 오크들이 워로드와 함께 조심조심 뒤로 물러갔다.

UNSMC의 1차 방어선에는 전자식 조준기, 즉 목표를 태그하고 총만 움직이면 사격까지 알아서 해주는 사격 통제장치를 사용하지 않는 남자가 있었다.

가늠자와 가늠쇠만으로 인스턴트 병사의 지휘관을 저격한 자는 찰리 스쿼드 리더, 킹이었다.

킹은 굶주린 부엉이처럼 사나운 눈으로 적들을 지켜보면서 총의 장전 손잡이를 움직였다.

'죽지 마, 안드레이. 원사님의 결혼식을 봐야지? 그 망할 인간이, 먼저 결혼해 버린 우리들처럼 행복에 질식해 가는 꼴을 지켜봐야 하잖아?'

그로부터 6분 뒤.

식사를 마치고 기운을 차린 셀레스티아가 다시 수도의 하늘로 날아올라 백금색의 빛을 발산했다.

아프리카 지부 원사는 셀레스티아에 의한 전자전 대응이 재개되자 즉시 자신의 전투복과 야전 사령부에 전원을 켰다.

베이스캠프가 빛을 되찾고, 1차 방어선에 배치된 UNSMC 저격수들도 전투복을 다시 켠 뒤 일부러 떼어냈던 전자식 조준기를 총에 설치했다.

"델타 리더, 들리나? 여기는 양키 리더. 응답하라! 상황 코드 3에 7은 해결됐다! 이제 돌아와도 돼!"

그러나 안드레이는 응답하지 않았다.

오크들의 왕, 매드록스는 자신의 발 앞에 흩어진 토마호크들의 잔해들과, 지난 6분 동안 죽어서 담벼락처럼 쌓인 근위병들의 시체들을 보며 진득한 미소를 지었다.

"다섯 걸음이 부족했구나, 델타 리더."

오크들의 시체들 사이에는 안드레이의 머리가 굴러다니고 있었다.

124
A-1730의 특기

셀레스티아의 전자전 방어가 잠깐 끊긴 사이, 치프와 데스디아는 전투와 이동을 포기하고 건물 안에 숨어 있었다.

전투복과 단말기, 무기의 전원을 완전히 끈 그는 완구 가게에서 훔친 장난감 드론을 관찰했다.

위치 정보 확인 장치가 뽑힌 그 드론은 굶주린 쥐처럼 치프의 다리를 신나게 들이받았으나 경장갑 전투복의 장갑판이 드론의 돌진 따위에 손상될 일은 없었다.

"당신이 장난감 가게를 왜 털었나 했는데, 꽤 괜찮은 대비책이었군."

건물 벽에 등을 댄 채 앉은 데스디아가 드론의 난폭한 움직임을 보며 말했다.

"드론의 송수신 체계에 군용 코드를 심어놓으면 지금처럼 무차별적인 전자전 상황에 대비할 수 있지."

"그런가?"

"아동용 장난감들은 전자전 방어 수단이 시원치 않거든. 전자전 상황이 발생하면 가장 먼저 망가지기 때문에 전투복과 무기, 군용 드론을 보호할 시간을 벌 수 있어."

치프는 자신을 공격하는 드론을 손에 쥐고 들어올렸다.

"여담인데, 20리터 이상의 부피를 가진 물건을 취급할 수 있는 대형 드론들은 엄중히 관리되지. 행성마다 비슷하지만 지구에선 아예 무기 취급을 당할 정도야."

"무기?"

"과거 지구에서는 독가스를 탑재한 택배용 드론을 축구장이나 테니스장 관중석에 충돌시키는 방법이 여러 차례 사용됐어. 그 테러 때문에 많은 사람들이 죽었고, 결국 지구의 모든 스포츠 경기장은 돔 형태가 되어버렸지. 아, 골프장은 아니군."

치프가 어깨를 슬쩍 움직였다.

"당신 얘기를 듣다 보면 지구에서 살기가 싫어진다니까?"

데스디아가 질렸다는 투로 말했다.

"그래도 나한테는 고향이니까 어쩔 수 없지."

치프의 헬멧 밖으로 쓴웃음소리가 났다.

"고향이라……. 당신, 결혼하면 어디에서 살 거야?"

데스디아가 묻자 치프는 일단 한숨부터 쉬었다.

"희망 사항은 알타이르 행성인데, 아무래도 그라니트 행성에서 계속 지내게 될 것 같아. 그것도 군인 신분으로 말이야."

"캠프 그라니트 때문이겠지?"

"맞아. 상부에서는 그 군사기지에 나를 처박겠지. 일단 전역 신청을 하긴 할 건데, 아마 불허할 거야. 식민지 청소 작전 이후에도 그랬으니까."

"홍, 혹시 전역하지 못한다고 해도 걱정하지 마. 나도 군인이니까."

데스디아가 웃음소리를 섞어 말했다.

"하하."

치프는 나직이 웃었다.

이윽고 그의 손에서 날뛰던 드론이 얌전해졌다.

"셸리가 전선에 복귀했나 본데?"

중얼거린 치프는 먼저 단말기를 켰다.

그가 가지고 있는 군용 물건 가운데에서 가장 위험성이 덜한 물건이기 때문이었다.

—기동 확인. 소유자의 신분 조회를 요청합니다.

단말기에서 잭팟의 목소리가 들려왔다.

"귀찮군."

투덜거린 치프는 헬멧을 벗고 단말기를 봤다.

—신분 조회 확인. 도움이 필요하십니까, 원사님?

"전자전 상황을 점검해 줘."

—셸레스티아 왕녀에 의한 전자전 방어가 완벽하게 이뤄지고 있습니다.

"좋아."

다시 헬멧을 쓴 치프는 전투복과 무기들의 전원을 켰다.

데스디아도 전투복의 전원을 켰다.

"치프. 셸리가 왜 전선에서 이탈했을까?"

그녀가 물었다.

현재 치프와 그녀는 은밀한 이동을 위해 무선 침묵 상태를 유지하고 있었다.

그들이 베이스캠프의 상황을 알기 위해서는 적들에게 발각되는 것을 각오하고 무선 침묵을 깬 뒤 통신을 해야만 했다.

라이트스톤이 준 건하운드를 다시 켜기 위해 낑낑거리던 치프가 그녀를 봤다.

"바라쿠스 아저씨가 이곳에서 셸리의 체력이 떨어질 테니 대비하라고 했잖아? 결국 그 아저씨의 말대로 지친 거지. 벌꿀을 가져온 보람이 있네."

"하지만 왜 6분 정도가 걸렸는지 궁금하군."

그녀가 조심스럽게 말했다.

"셸리가 무사히 복귀한 걸 봐서는 누군가가 시간을 끌어준 것 같은데, 전자전 방어가 불가능한 상태에서 인스턴트 병사들과 오크들을 상대로 싸우면 UNSMC라고 해도 분명히 전사자가 발생했을 거야. 정령 교감을 사용하는 오크들이 얼마나 강한지 당신도 알잖아?"

"음. 그렇지."

치프는 담담하게 말했다.

"이 상황에 대비하지 않은 건 아니니까 너무 걱정하지 마. 안드레이가 잘해줬을 거야."

"안드레이 중사가?"

데스디아는 안드레이가 오크들과 힘겨루기를 할 수 있는 존재임을 알고 있었다.

그라니트 행성에서 오크들과 첫 번째 전투를 치른 뒤, 안드레이는 정령 교감 사용자를 상대로 어느 정도의 힘을 발휘해야 하는지 시험해 본 일이 있었다.

그 방법은 대련이었는데, 안드레이는 데스디아와 헤이파를 상대로 진지하게 실력을 발휘했다.

당시 그는 전력을 다한 헤이파를 상대로 무려 1분을 넘게 버티는 놀라운 능력을 보여줬다.

'안드레이라면 가능할지도 몰라. 하지만 오크들의 진군을 혼자서 막으려면 혼자 길목을 버티는 행동 정도로는 안 될 텐데? 오크 왕이 있는 본진으로 쳐들어가지 않으면⋯ 설마?'

그녀는 안드레이의 생사가 걱정됐다.

라이트스톤의 건하운드를 켠 치프는 각종 무기들을 등에 거치한 뒤 자리에서 일어났다.

지금은 얌전히 있는 장난감 드론을 챙기는 것도 잊지 않았다.

그가 너무 태연하게 행동한 탓에 데스디아는 안드레이가 어떻게든 무사할 거라고 생각하며 걱정을 거뒀다.

하지만 치프는 안드레이가 분명 오크 군대의 중심지로 혼자 갔을 것이며, 거기서 자신의 임무를 다했을 거라 예상하고 있었다.

"일단 1층으로 가보자. 여기서 회의장까지 이제 얼마 안 남았어."

"음."

데스디아는 전투복과 무기들을 점검한 뒤 치프를 따라 건물 계단을 내려갔다.

거리로 나오기 전, 치프는 데스디아에게 단거리 통신을 보냈다.

"거리 저편의 건물⋯ 저기 녹색 간판의 카페 보이지? 그 안에 누군가가 있어. 두 명이야."

―조셉과 딕슨인가?

"단말기에 표시된 장비로만 봐선 그런 것 같아. 하지만 셸리가 그들을 적인지 아군인지 구별하지 못하고 있어. 혹시 확인할 방법이 있을까?"

―당연히 있지.

데스디아는 헬멧을 벗은 뒤 휘파람을 불었다.

그녀가 분 휘파람은 그라니트에 사는 새들 가운데 한 종의 소리를 흉내 낸 것인데, 인적이 없는 거리에서 울린 탓에 소리가 제법 먼 곳까지 퍼져 나갔다.

치프는 이 소리 때문에 인스턴트 병사들이 몰려오는 게 아닐까 했지만 적들은 전혀 반응하지 않았다.

대신 카페에서 다른 새의 소리가 났다. 데스디아가 낸 휘파람보다는 확실히 부자연스러웠지만 노력하는 티가 났기에 치프는 가만히 있었다.

"조셉과 딕슨이 맞아. 카페에서 나오는군."

씩 웃은 데스디아는 다시 헬멧을 썼다.

"어떻게 된 거야?"

—당신이 회사에 없을 때 휘파람을 이용한 대화를 가르쳐 줬어. 숲에서 사용하기엔 딱 좋거든. 죽기 직전까지의 기억이 저들에게 남아 있다면 이걸 알아들을 거라고 생각했지.

딕슨과 조셉이 총탄 자국으로 엉망이 된 중장갑 전투복을 질질 끌다시피 하며 치프와 데스디아 쪽으로 다가왔다.

치프는 레이저를 이용한 단거리 통신을 사용하라는 수신호를 보냈고, 둘은 접수했다는 수신호로 응답한 뒤 헬멧에 손을 댔다.

—원사님. 전부 다 눕히고 오긴 했는데 더 이상 두 분을 따라갈 수는 없을 것 같습니다. 전투복은 걷고 뛰는 것만 가능할 정도로 파손됐고 무기는 모두 부서졌습니다.

조셉이 먼저 말했다.

—마지막 몇 명은 기관포 포신을 몽둥이 삼아 때려잡았죠. 안드레이 중사님께 근접 전투 훈련을 받길 잘했네요.

딕슨이 이어서 말했다.

치프는 고개를 끄덕거렸다.

"잘했어. 하지만 앞에 버티고 있는 적들이 더 많아."

치프는 약 2킬로미터 앞에 있는 우주 연합 회의장을 손을 가리켰다.

─하, 이제 폭탄을 껴안고 저기로 돌격하면 되는 겁니까?

딕슨이 독한 농담을 던졌다.

"웃기지 말고 둘 다 가까이 와. 내가 해결해 주지."

둘은 소리가 나지 않도록 최대한 조용히 뛰어 치프 앞으로 갔다.

치프의 손에서 백금색의 빛이 났다.

그 빛은 주변의 금속들을 입자로 바꿨고, 그 입자들은 둘의 중장갑 전투복을 말끔하게 수리해 줬다.

─이쪽 능력이 정말 훌륭해지셨네요.

─이젠 아예 마법사라고 불리셔도 될 것 같습니다, 원사님.

치프의 능력에 감탄한 둘은 자신들의 전투복 상태를 점검해 봤다.

─그런데 무기는 어디 있죠?

"건물 내에서 그 큰 기관포를 쏠 수는 없잖아? 로젤라가 회의장의 지하 주차 시설에 물건들을 숨겨놨어. 그걸 가지러 갈 거야."

치프는 등에 거치하고 있던 자신의 자동소총과 지정 사수용 소총, 그리고 탄약을 둘에게 나눠 줬다.

─원사님은 어쩌시려고요?

조셉이 묻자 치프는 허벅지에 거치한 권총과 군용 단검을 손으로 두드렸다.

"난 이거면 돼. 움직이자."

─알겠습니다, 원사님.

치프는 지하철 입구로 데스디아와 조셉, 딕슨을 이끌었다.

지하철 내 상가에는 경장갑 전투복과 중장갑 전투복으로 무장한 인스턴트 병사들이 세 명씩 짝을 이룬 채 경비를 서고 있었다.

─아무래도 우리가 여기로 올 걸 알고 있었나 본데?

데스디아가 짜증 섞인 목소리로 말했다.

"VIP용 비밀 대피 시설이 여기로 이어지거든. 아마 인스턴트 병사들이 그 모든 구간을 개미들처럼 꽉 채우고 있을 거야. 실제로도 그렇고."

치프가 자신의 단말기를 두드리며 말하자 데스디아와 조셉, 딕슨이 일제히 고개를 돌려 그를 노려봤다.

"진정해. 저기 화장실 앞을 지키는 놈들까지만 정리하면 될 거야."

─화장실?

데스디아가가 확인을 위해 물었다.

"응. 무슨 일이든 차선책이 없으면 아쉽잖아? 수도에 갇혀 있을 때 살펴보니까 아주 낡은 통로가 하나 있더군. 우리 목표지인 지하 주차장으로 연결되지. 통로 내에는 CCTV는 물론 움직임 감지 장치까지 설치되어 있었는데, 그때 다 무력화시켜 놨으니 걱정하지 마."

─당신이 여기 갇혀 있을 때 별걸 다 했다는 얘기는 들었지만 여기까지 쑤시고 다녔을 줄은 몰랐군.

"아, 사실 우연이었어."

─우연이었다고?

"원래는 저곳에서 파는 햄버거를 먹으려고 나왔거든. 엄청 맛 있었어. 케첩 맛이 좀 독특했지."

치프는 손으로 수제 햄버거 가게를 가리켰다.

"그런데 햄버거 가게 주인이, 자기 가게에서만 벌레가 나온다 면서 고통스러워하더라고."

─당신 대체 저 가게를 얼마나 자주 간 거야? 처음 온 손님한 테 폐업을 각오한 하소연을 할 업자는 없을 텐데?

데스디아가 기가 막혀 말했다.

"1년 동안 저 가게의 햄버거를 질리게 먹었지. 아무튼 우주 공 간에 떠 있는 시설에서 벌레가 나온다는 게 좀 이상하잖아? 벌 레의 알이나 시체, 그리고 각종 분비물들은 우주에서 치명적인 사고를 부를 수 있기 때문에 박멸 대상이야. 그래서 좀 알아보니 까 그 낡은 통로가 발견됐어. 통로 안에서는 벌레들이 옹기종기 살더군."

─흠…….

데스디아는 그 수제 햄버거 가게를 자세히 봤다.

─이상하군. 가게의 간판이나 실내 장식이 새것인데?

"당연하지. 내가 주인을 다른 곳으로 보냈거든. 혹시라도 그 아줌마가 발설하면 곤란하잖아?"

─이봐, 설마……?

그녀가 노골적으로 놀란 목소리를 냈다.

"저세상으로 보내진 않았으니 걱정하지 마."

─아니, 내 입장에선 단골 가게 주인이 여자였다는 게 더 문 제야.

"……."

치프는 어이가 없었고, 조셉과 딕슨은 터지는 웃음을 참기 위해 헬멧 속에서 입술을 깨물었다.

"진정하고 가자, 뎃디. 조셉, 딕슨은 노이즈 캔슬러 점검."

—노이즈 캔슬러 상태, 약실 상태, 장전 상태까지 점검 완료.

"내가 목표를 지정하겠다. 그들을 우선적으로 처리하도록."

네 명의 시야에 치프가 정해준 목표가 표시되었다.

"가자."

치프의 신호에 맞춰, 네 명이 동시에 능동 위장으로 모습을 가리며 인스턴트 병사들을 향해 달려들었다.

지하상가 각 구간을 이동하며 병사들을 살피던 인스턴트 지휘관은 치프 일행이 노렸던 자들과 마주쳤다.

그들은 별 이상 없이 주변을 살피며 경계상태를 유지하고 있는 자신의 부하들을 살핀 뒤 뒤로 돌아 자기 갈 길을 갔다.

프라이팬 등 금속 조리 기구를 파는 가게에 몸을 숨기고 있던 치프와 조셉, 딕슨 일행은 지휘관이 멀어지자마자 밖으로 조용히 나왔다.

데스디아는 상가의 천장에서 스르륵 내려왔다.

인스턴트 병사들은 자신들 사이에서 돌아다니는 치프 일행을 아예 쳐다보지도 않았다.

그들은 뭔가를 인식하고 볼 수 있는 상황이 아니었다.

이미 사망한 상태인 그들을 움직이게 만드는 것은 치프에 의해 해킹된 전투복들이었다.

"인스턴트들의 전투복 해킹 유지까지 앞으로 10분. 움직이자고."

경고를 한 치프는 상가의 공용 화장실 쪽으로 일행을 이끌었다.

여자 화장실로 들어간 치프는 숨겨진 벽으로 가는 도중에 데스디아 쪽을 봤다.

묵묵히 그를 따라가던 데스디아가 움찔했다.

─왜?

"아니, 남자들이 여자 화장실에 우르르 들어가면 창작물 속의 여주인공들은 보통 거부감을 드러내지 않나?"

─나한테 어떤 반응을 기대했는지 모르겠지만 진지하게 하자고.

"미안."

치프는 숨겨진 벽을 열어젖힌 후 붉은색 녹이 잔뜩 낀 문을 연 뒤 일행들을 먼저 들어가도록 했다.

"통로의 냄새가 엄청나니까 조심해."

문과 통로는 중장갑 전투복을 입은 조셉과 딕슨도 무리 없이 들어갈 수 있을 만큼 넓었다.

벽을 먼저 제 위치에 놓고 문을 닫은 치프는 조셉과 딕슨 사이를 지나 데스디아 앞에 섰다.

"여긴 재밌게도 미로로 되어 있어."

치프가 일행들의 긴장감을 풀 겸 가볍게 말했다.

─아, 그래? 그런 재미는 나중에 즐기면 좋겠군. 어서 안내해 줘.

"흠."

어깨를 으쓱한 치프는 자신이 미리 파악해 둔 길로 일행을 인도했다.

조셉과 딕슨은 데스디아의 말에 별다른 대꾸를 못 하는 치프의 모습을 보고 고개를 설레설레 저었다.

'결혼하시면 꽤 부지런히 살아가시겠군.'

둘은 치프가 소위 '잡혀서' 살아갈 거라고 예상했다.

몇 분 정도 걷던 치프는 갈림길을 앞에 두고 데스디아 쪽을 봤다.

"뎃디. 바깥의 모든 상황이 걱정스럽겠지만 지금은 여유를 가져야 해. 잘될 테니 너무 불안해하지 마."

—…아, 내가 이 정도로 참을성이 부족할 줄은 몰랐어.

데스디아가 자신의 헬멧 위에 손을 얹으며 한탄했다.

—정신머리가 이 꼴이니 어머니를 능가할 수가 없는 거야. 괜히 재촉해서 미안해, 당신.

"괜찮아. 지금은 너 자신에게만 신경 써도 충분해. 힘내자."

치프는 자신의 단말기를 봤다.

"우리는 이미 우주 연합 회의장 안쪽으로 들어와 있어. 조금만 더 가면 1차 목적지인 지하 주차 시설이 나올 거야. 천천히 가자고."

치프 일행이 다시 통로를 걸었다.

데스디아가 초감각을 이용해 통로의 위험 요소를 살피는 한편, 조셉과 딕슨은 통로의 벽과 구조 등을 자세히 살폈다.

—이곳엔 벌레가 정말 많네요, 원사님.

조셉이 말했다.

"그래, 걷기 불편할 정도지."

실제로 그들은 바닥을 기어 다니는 벌레들을 사정없이 밟으며 전진하고 있었다.

스트레스를 해소할 겸 그러는 게 아니라, 바닥은 물론 벽과 천장까지 벌레로 꽉 차 있었기 때문이었다.

—이정도 수준이면 벌레들이 먹을 식량이 충분하다는 뜻입니다만, 정말 이 친구들이 수제 햄버거 가게만 털면서 배를 채웠을까요?

"이 통로는 하수 처리용 대형 배관과 정확히 겹쳐 있어. 밖에서 각종 장비로 투시해 봤자 배관밖에 안 나오지."

─배관과 겹쳐 있다고 투시 장비를 피할 수는 없을 텐데 말입니다.

딕슨이 지적하자 치프가 고개를 끄덕였다.

"그만큼 신비한 통로야. 아무튼 하수 처리 배관에는 미세한 구멍이 뚫려 있지. 이 벌레들은 배관 구멍에서 나오는 오물들을 이용해서 배를 채우고 있어. 그뿐만이 아냐."

치프는 허리에 거치해 둔 장난감 드론을 들어 보였다.

"이곳에는 셸리의 전자전 방어 파장이 닿지 않아. 하지만 이 드론은 멀쩡하지."

─아주 특별한 통로란 뜻이네?

데스디아가 물었다.

"특별한 정도가 아냐. 지구 월면 기지 수준의 전자파 차단 처리가 되어 있어. 위에서 구식 핵폭탄이 터져도 우리가 방사능 때문에 죽을 일은 없지."

─흠.

"통로의 연대 측정을 해보니까 우주 연합 회의장의 건축 연도와 동일해. 분명 같은 시기에 만들어졌지만 회의장의 청사진에는 이 통로가 없지. 더 재밌는 얘기를 해줄까?"

데스디아와 조셉, 딕슨은 치프에게 시선을 집중했다.

"우주 연합에서 작년에 날 잡으러 왔잖아? 그것도 엠페라투스와의 싸움이 끝난 직후에 말이야. 그때 난 다른 사람들에게 일이 번지는 꼴을 보기 싫어서 순순히 잡혀줬는데, 사실 해부당하는 걸 각오하고 있었지. 하지만 해부는커녕 나를 취조하러 온 놈들끼리 내 앞에서 싸우더군."

치프의 수도 감금 생활을 거의 듣지 못했던 데스디아와 조셉, 딕슨은 걸음을 멈출 정도로 놀랐다.

―싸우다니?

"행정부와 군부에서 날 취조하기 위해 요원들을 파견했는데, 처음에는 그 요원들끼리 누가 나를 이곳에 잡아오라고 명령했냐며 서로를 추궁하더라고. 나중에는 내가 놈들의 싸움을 말리기까지 했다니까?"

―그럼 그들과는 다른 명령 체계를 가진 누군가가 당신을 이곳에 잡아 왔다는 건가?

"처음에는 장담할 수 없었는데, 나중에 이 통로를 발견했을 때 확신했지. 나 이상으로 우주 연합에 엿을 먹이고 싶어서 안달이 난 자가 있음을 말이야."

―당신, 그 누군가가 어떤 인물인지 알면서 여길 지나가는 거 맞지?

데스디아가 그의 어깨를 잡아 흔들며 물었다.

"오랫동안 몰랐는데 안드레이 덕분에 알게 됐지."

―누군데? 당신, 설마 이 판국에 비밀을 유지할 생각은 아니겠지?

"바로 아르마게일이야."

―뭐라고?

"그 할아버지 말인데, 최근까지 우주 연합 수도와 연락을 주고받았더라고. 군부는 물론이고 행정부와도 통신을 주고받았지. 그냥 심심해서 전화질을 한 게 아니라 우리가 그동안 해왔던 모든 일들을 양측에 보고했어. 대량의 데이터까지 첨부해서 말이야."

―그건 스파이 행위가 아닙니까?

조셉이 화가 난 목소리로 말했다.

"뒤통수를 거하게 맞고 죽어본 자네들 입장에선 열받는 얘기 겠지만, 아르마게일이 안드레이가 감시한다는 사실을 모른 채로 통신을 주고받았을 리는 없어. 그는 능력적인 면에서 라이트스톤보다 더 뛰어나면 뛰어났지 떨어지진 않아."

치프는 잠깐 말을 멈춘 뒤 이동하자는 수신호를 보냈다.

일행은 그를 따라 다시 통로를 걸어갔다.

"라이트스톤이 아까 베이스캠프로 왔을 때 말인데, 아르마게일과 하이시리스는 꽤 오랫동안 알고 지낸 것 같다고 얘기했잖아?"

─그랬지.

치프의 말에 데스디아가 반응했다.

"만약 이 통로를 만든 자가 아르마게일이라면 모든 게 이어지지. 하이시리스를 설득해서 나를 우주 연합 수도로 급히 잡아가도록 만든 것도, 그리고 잡힌 척하며 정보를 수집하던 나로 하여금 이 길을 발견하게끔 만든 것도 그일 거야. 심지어는……."

치프는 다음 이야기를 하기 전에 데스디아를 돌아봤다.

─치프?

"응. 너와 내가 하필 그때 그라니트 행성 위에서 맞닥뜨린 것도 아르마게일 때문일지도 몰라."

─뭐……?

"우리 모두 우주 연합의 의뢰를 받고 그라니트 행성으로 갔다가 말싸움을 벌이게 된 거잖아? 서로가 우주 연합을 들먹였고 결국 감정이 격해져서 결투를 하게 됐지. 서로가 함선에서 이탈하자마자 숨어서 대기하고 있던 우주 연합 함대가 우리 친구들을 쳤어. 기가 막힌 타이밍이지?"

─당신, 그건 좀 지나친 생각 같은데?

데스디아가 침착하게 말했다.

─나와 당신이 거기서 반드시 말싸움을 벌이고, 승부를 보겠다며 그라니트 행성으로 내려간다는 보장이 없잖아? 아무리 아르마게일의 과학 기술이 뛰어나다고 해도 그건 불가능해.

"과연 그럴까?"

치프는 전투복에 툭툭 떨어지는 벌레들을 손으로 쳐 떨어뜨리며 말했다.

"당장 나만 해도 간단하게나마 확률을 조작할 수 있는데?"

─아……

쇼크를 받은 데스디아가 좌우로 비틀거렸다.

치프는 팔을 들어 그녀의 어깨를 잡아주었다.

"진정해, 뎃디. 여기까지 온 이상 하이시리스를 박살 낼 수밖에 없어. 전부 아르마게일이 꾸민 짓이라고 우주 곳곳에 떠들어 봤자 '그렇습니까?' 하고 이해해 줄 사람은 어디에도 없다고."

─알아, 제길!

데스디아가 목소리를 높였다.

─그냥 기분이 더러울 뿐이야. 토하고 싶은데 헬멧 때문에 그럴 수가 없군.

그녀는 자신을 붙들어주고 있는 치프의 어깨를 툭 쳐줬다.

─어서 가자, 당신. 하이시리스와 아르마게일, 두 연놈들의 골통을 우리 손으로 부숴 버리자고.

데스디아는 잡념 없이 말했다.

치프는 고민에 빠지지 않고 앞일에 집중하는 그녀가 너무도 고마웠다.

"그래, 뎃디. 가자."

치프 일행은 걸음을 재촉했다.

통로를 지나 지하 주차 시설에 들어선 일행은 그곳을 지키는 인스턴트 병사들을 간단히 처리한 뒤 시설 구석으로 향했다.

그곳에는 아주 커다란 아이스크림 운반 트럭이 주차되어 있었는데, 한숨을 쉰 치프는 자신의 단말기 화면을 트럭 쪽으로 향했다.

"우주 연합 수도에는 저 아이스크림 브랜드의 프랜차이즈가 없다고, 로젤라."

그의 단말기 화면 위쪽에서 암호 해제용 코드가 담긴 레이저 신호가 빛을 발했다.

그러자 트럭의 능동 위장이 해제됐다. 트럭의 형태를 하고 있던 물체는 UNSMC에서 사용하는 대형 군용 장갑차였다.

─저건 그 빌어먹을 로젤라가 들고 튄 그 장갑차잖아?

데스디아가 투덜거렸다.

"지금은 우리를 위한 황금 마차야. 잠깐 물러서, 뎃디."

치프가 장갑차 뒤쪽에 단말기를 대자 뒤쪽 문이 열리면서 대량의 총기와 탄약, 건하운드, 전술용 드론, 그리고 가디언 옵션들이 꽉 들어찬 거치대가 서서히 튀어나왔다.

무기의 분량은 약 200명 정도의 보병들이 쓰고도 남을 정도였다.

─설마 우리 넷이서 저걸 다 쓰는 건 아니겠죠?

조셉이 묻자 치프는 등에 거치해 둔 금속 케이스를 떼어서 손에 들었다.

"당연히 아니지."

그는 바닥에 내려놓은 케이스를 열어젖혔다. 안에 들어 있는 검정색 칩셋들이 주차 시설의 어두운 조명 속에서 세상의 공기를 들이마셨다.

치프는 그 케이스를 향해 오른손을 뻗었다.

"잠깐 깨어나 줘, 형제들. 자네들이 없으면 난 아무것도 못 하거든."

그의 오른손에서 백금색 빛이 찬란하게 빛났다.

주변에 있던 각종 차량들이 입자로 변해 치프의 앞으로 모여들었다.

입자들은 케이스 밖으로 튀어나온 칩셋들을 중심으로 뭉쳤고, 곧이어 전투복을 입은 인간의 형태를 서서히 갖췄다.

*　　　　*　　　　*

단말기와 우주 연합 수도를 동시에 훑어보던 아르마게일은 자신의 뒤쪽에서 갑자기 살기가 밀려오자 쓴웃음을 지었다.

"무슨 일이십니까, 어머니 신이시여? 불편하신 부분이라도?"

"어떻게 된 일입니까? 아니, 어찌된 일이냐, 피조물이여!"

그녀는 살벌한 기운을 뿌리며 아르마게일에게 다가갔다.

"내 앞에 놓여 있던 승리는 어디로 간 것이냐? 놈들의 임시 기지가 초토화되는 걸 분명히 봤는데, 오크들의 시체만이 주변에 깔려 있지 않는가? 그 소모품들의 왕은 왜 목이 베여 죽어 있는 건가!"

"그, 그러게 말입니다! 저도 분명히 그렇게 봤습니다만······!"

아르마게일은 잔뜩 위축된 자세로 하이시리스를 응시했다.

'왕녀 전하께서 잠깐 쉬시는 바람에 시각 정보 교란이 풀려 버렸군. 어쩔 수 없지. 내 역할은 여기까지인 것 같아.'

그 노인은 내심 쓴맛을 다셨다.

그때, 얼굴에 역삼각형 모양의 대형 고글을 덮은 여자 아이들이 하이시리스의 곁으로 뛰어왔다.

오라클, 아니 오라클로서 개조된 요르엘의 동포들이었다.

"하이시리스 님. 다수의 적들이 지하에서 기어 올라왔습니다. 인스턴트 병사들을 급히 생산하여 그들을 막아보려 하고 있지만 역부족입니다. 적들의 지휘관은 A—1730으로 확인됐습니다."

"뭣이……?"

하이시리스는 급히 초감각을 이용하여 건물 아래쪽을 살폈다.

치프와 데스디아, 그리고 그들이 이끄는 UNSMC 대원 200여 명이 인스턴트 병사들을 농락하며 급속으로 계단을 오르고 있었다.

"저 변종이!"

하이시리스는 여태껏 앉아 있던 의자를 쿠킹 호일처럼 구겨 버리며 격노했다.

"하아……."

아르마게일이 한숨을 쉬며 자신의 머리를 쓸어 넘겼다.

하이시리스의 표정이 서늘함이 느껴지는 그의 미소 앞에 굳었다.

"변종이라고 깔보지 마십시오, 어머니 신이시여."

아르마게일은 뒷짐을 지며 허리를 곧게 폈다.

"어머니 신의 부군, 제루스트라는 운캄타르와 엠페라투스에 의해 둘로 찢겨 섭취됐습니다. 아, 표현을 바꿔보죠. 둘이 그를 나눠 먹었다고 하면 이해가 쉽겠군요."

"무슨 말을 하려는 것이냐?"

"당신은 A—1730을 보자마자 감지하셨을 겁니다. 그에게 운캄타르와 엠페라투스의 요소가 적절히 섞였다는 사실을 말이지요. 공항에서 처음 만나셨을 때 확인하셨죠?"

"……."

"하지만 신성함이 결여되었으니 같잖게 보셨겠죠. 후우, 신들이란……. 후후후."

아르마게일의 미소가 더욱 밝아졌다.

"아버지 신, 제루스트라의 최고 능력은 모든 여성을 잉태시키는 것 따위가 아닙니다. 바로 대규모 확률 조작이죠. 자신에게 유리한 상황을 이끌어내는 그 능력 때문에 전성기의 운캄타르와 엠페라투스 모두 그를 상대로 엄청나게 고전했습니다."

"……."

"그런데 마침 A—1730의 특기도 확률 조작입니다."

분노로 일그러졌던 하이시리스의 표정이 한순간에 확 펴졌다.

"그럴 리가? 아냐, 말이 안 돼! 녀석에겐 신성함이 없어!"

"하하. 신성함은 일종의 요소입니다."

웃음소리를 낸 아르마게일은 오른손 검지를 편 뒤 좌우로 흔들었다.

"아시다시피 엠페라투스는 눈치가 정말 빠른 존재입니다. 제루스트라가 직접 만들고 휘두르던 무기, 제루스트라투스를 A—1730이 유일하게 믿는 존재에게 맡겨놨으니 말이죠."

"으……!"

"설마 데스디아 브라토레가 그 칼을 스트라투스라고 부르고 다녀서 인식하지 못하신 건 아니겠죠? 하하, 그것으로 당신께서 그토록 귀히 여기시는 신성함이라는 요소까지 조건부로 충족된 겁니다."

"……."

아르마게일은 침묵에 잠긴 하이시리스를 바라보며 검지를 접고 주먹을 꽉 쥐었다.

"신들의 이야기를 완전히 끝낼 때가 됐습니다. 어머니 신이시여. 저승이 외롭진 않으실 겁니다. 운캄타르와 엠페라투스도 조만간 그곳으로 갈 테니 말입니다."

순간 하이시리스의 두 눈에서 섬광이 터졌다.

"너나 저승에 처박혀라, 아르마게일!"

아르마게일이 등지고 서 있던 유리벽에 핏물과 살점이 뿌려졌다.

머리와 상체 일부만 남은 채 바닥에 떨어진 아르마게일은 삐걱삐걱 목을 돌려 하이시리스를 봤다.

"…제루스트라의 이름을 굳이 해석하자면 바로 '하늘'입니다. 어머니 신이시여, 당신과 함께 옥좌에서 군림한 아버지 신에게 어울리는 이름이지요."

"그 상태로 잘도 주절거리는구나. 오만방자한 피조물아."

분노로 인해 몸 전체가 검게 물든 하이시리스는 아르마게일을 향해 다가가더니 그의 머리를 발로 밟았다.

아르마게일은 머리가 서서히 찌부러지는 상황에도 아랑곳하지 않고 미소를 지었다.

"A-1730은 신들의 이야기를 끝내기 위해서 만들어진 돌연변이입니다. 완성품은 아니지요. 운캄타르와 엠페라투스, 그리고 그들의 몸에 섞인 제루스트라의 힘을 모두 받아들이고도 문제가 없는 생물이 쉽게 만들어질 리가 없으니까요."

"그 돌연변이가 제루스트라 님의 환생이라면 나로선 더없이 좋은 선물이지."

하이시리스는 붉은빛이 이글거리는 눈으로 아르마게일을 쏘아보며 말했다.

그러자 아르마게일이 소리 내어 웃었다.

"환생이라고요? 후후. 엠페라투스 역시 잠깐이나마 당신과 동일하게 판단했습니다. 그래서 그는 A—1730과 함께 옥좌를 방문했지요."

"뭐라고? 언제 말인가?"

"실버로드가 오크들을 데리고 알타이르 행성을 공격했을 때의 일입니다."

아르마게일은 자신이 파악한 사실들을 솔직하게 대답했다.

"그때였단 말인가……?"

하이시리스는 그 시기를 확실히 기억하고 있었다.

절호의 기회였기 때문이다.

그녀는 엠페라투스가 그라니트 행성을 떠났다는 사실을 파악하자마자 기회라고 생각하고 셀레스티아의 의식을 강력하게 자극했다.

그 결과, 회사는 셀레스티아에 의해 붕괴 직전까지 몰리고 말았다.

아르마게일의 이야기가 계속됐다.

"엠페라투스는 아마도 옥좌와 마주한 A—1730이 제루스트라로 변했다면 그 자리에서 없애 버렸을 겁니다. 자기 자신도 신의 육체를 섭취하고 본래의 힘을 되찾았으니 A—1730에게도 그러한 일이 벌어질지 모른다고 생각했겠지요."

"……"

"엠페라투스답게 훌륭한 판단이었습니다. A—1730이 당신과 이상하게 엮여서 일이 커지기 전에 처리할 생각이었겠지요. 하지만 제루스트라는 나타나지 않았습니다. A—1730은 마치 군용 장비처럼 필요한 요소만을 가진 존재임이 증명된 겁니다. 하하하……."

하이시리스가 아르마게일의 머리에서 발을 떼었다.

"계속 주절거리는 꼴을 보니 나에게 하고 싶은 말이 있는 것 같군. 피조물이여."

"그렇습니다. 어머니 신이시여, 당신께선 셀레스티아 왕녀의 의식을 파헤치고 기억을 살핀 끝에 결국 실망하셨을 겁니다."

"아아, 그렇지. 그 저급한 생물의 몸에는 창세의 보석이 존재하지 않았어. 운캄타르에게서 이어진 신성함이 창세의 보석처럼 위조되어 작동하고 있을 뿐이었지."

하이시리스가 아르마게일의 머리를 노려봤다.

그의 머리와 목에 달라붙은 상체의 일부가 피를 주르륵 쏟아내며 하이시리스 앞에 떠올랐다.

"난 그 계집에게서 운캄타르의 본체가 있는 장소에 대한 정보만 얻어낼 수 있었단다, 피조물아. 그러나 그 장소에도 특별한 것은 없더군. 들어가기 힘든 공간이 있었지만 안쪽을 투시해 보니 운캄타르의 잔해만이 있었지."

"그럴 수밖에요."

아르마게일이 키득키득 웃었다.

"창세의 보석은 20여 년 전에 4세대에게 전해졌습니다."

"…4세대라고? 설마, 사만다 카터라는 이름의 계집에게 말인가?"

예상 못 한 인물의 이름이 나오자 하이시리스는 당황했다.

"그렇습니다. 이건 거짓말이 아닙니다. 당신께서는 창세의 보석이 그 회사, 그라니트 용역의 어딘가에 있다는 것을 감지하고 셀레스티아 왕녀를 건드리신 게 아닙니까?"

아르마게일의 말대로, 하이시리스는 창세의 보석이 회사 안에 있음을 분명히 감지했다.

그래서 셀레스티아의 의식을 철저하게 살폈으나 만족스러운 결과를 얻진 못했고, 회사의 다른 장소를 살피기 전에 로젤라와 포프, 그리고 포프 덕분에 족쇄에서 풀려난 암살자들에게 방해를 받아 그 자리를 떠나야만 했다.

"흥, 단순한 눈속임이 아니었단 뜻이군. 피조물이여, 그걸 지금 얘기하는 이유가 뭐지?"

"지금까지 당신을 속인 게 미안해서랄까요? 하하."

아르마게일이 웃자 하이시리스는 어이가 없었다.

"하지만 당신에게 직접 이 꼴이 됐으니 한편으로는 다행입니다. A—1730의 손에 잡혀서 괴롭힘을 당하는 것보다는 나으니까요."

"그 변종이 그렇게 두렵나?"

"A—1730은 저를 무자비하게 추궁할 겁니다. 그와 사만다 카터를 만나게 해준 식민지 청소 작전에 대해서 말이죠. 그것까지 제가 꾸민 일이라고 그에게 말하기는 싫군요."

"비겁한지고."

"후후."

낮게 웃은 아르마게일이 천천히 눈을 감았다.

"어머니 신이시여. 제가 마무리지은 신들의 이야기를 부디 끝까지 즐겨주시기 바랍니다. 제 나름대로, 여기까지 오느라 꽤 고생했으니 말이죠."

한쪽만 남은 폐를 이용하여 희미하게 이어지던 아르마게일의 호흡이 완전히 정지했다.

"내가 변종에게 당할 거라고 생각하는구나, 피조물이여."

하이시리스의 눈이 다시금 붉게 빛났다.

"들립니까, 아르마다여?"

—말씀하십시오, 어머니 신이시여.

"A—1730이 이끄는 부대가 회의장으로 침범했습니다. 알고 있습니까?"

—예?

아르마다가 비명을 지르듯 대답하자 하이시리스의 표정이 구겨졌다.

"예, 문지기 따위에게 뭔가를 기대한 제가 어리석었지요."

—소, 송구합니다, 어머니 신이시여.

"됐습니다. 수도의 일은 신경 쓰지 말고 그라니트 행성에 있는 창세의 보석을 찾는 데 주력하십시오. 그 행성의 상황은 어떻습니까?"

—바라쿠스 때문에 고블린이나 오우거 같은 잔챙이들로 공격하는 것은 무리입니다. 바라쿠스 자신의 전투력도 강력하지만 3세대를 통솔하여 싸우는 능력도 무시무시할 정도입니다. 엠페라투스에 의해 되살아난 꼭두각시 정도라고 생각했으나 그게 아닙니다.

"하아… 변종들이란."

—어, 어머니 신이시여, 제 입장도 생각해 주십시오. 제 능력으로는 수도와 그라니트 행성 모두를 신경 쓸 수가 없습니다.

아르마다가 다급한 목소리로 말했다.

"제가 직접 수도를 정리하고 그곳으로 가겠습니다. 그러니 그대는 수단과 방법을 가리지 말고 사만다 카터를 확보하세요."

—사만다 카터를 말입니까?

"그렇습니다! 동결 지옥과 화염의 지옥에서 케르베로스와 오르트로스를 끌고 와도 됩니다. 그대가 보유한 엠페라투스의 추종자들까지 모두 사용하세요!"

아르마다의 질문에, 하이시리스는 일부러 창세의 보석에 대한 이야기를 생략하고 지시를 내렸다.

─알겠습니다! 그라니트 행성에서 기다리겠습니다, 어머니 신이시여!

아르마다와의 교감을 마친 하이시리스는 눈에서 흘러나오는 빛을 거두고 뒤로 돌아섰다.

"신들의 이야기라고? 오해를 했구나, 피조물아. 난 다른 신들과 함께했던 그 구질구질한 시절이 그립지 않아. 이건 나만의 이야기야."

그녀의 손가락들이 경련하듯 움직였다. 그러자 얼굴에 역삼각형 고글이 이식된 엠피레오 행성의 아이들, 즉 오라클들이 무수히 나타났다.

흰색의 케이프를 몸에 두른 그 아이들은 하나같이 무표정했다. 수술을 통해 그 아이들의 얼굴과 결합된 고글은 이따금씩 붉은색과 푸른색의 빛을 발했다.

하이시리스의 주변을 둘러싼 오라클들이 일제히 힘을 발휘했다. 반투명한 황색의 장벽이 잠깐 나타났다가 모습을 감췄다.

"오라클들이여. 인스턴트들에 대한 명령 권한을 나에게 돌리려무나. 놈들의 선택지를 하나로 압축해야겠어."

"알겠습니다, 하이시리스 님."

오라클들의 얼굴에 붙은 고글들이 붉은색으로 빛났다.

*   *   *

하이시리스가 위치한 대회의장 아래층에는 다용도 로비가 있었다.

그곳은 보통 휴식과 대화를 위한 공간으로 쓰이지만 특별한 시기에는 무도회장이나 극장, 혹은 프레스센터로도 사용된다.

지금 그곳에선 UNSMC 대원들과 다수의 인스턴트 병사들이 치열하게 대치하고 있었다.

인스턴트 병사들뿐만 아니라 보행 전차 사이즈의 전투 로봇들, 그리고 저격 소총을 장비한 드론들까지 합세하여 튼튼한 방어선을 꾸리고 있었다.

지하에서 이곳까지 인스턴트 병사들을 간단히 학살하며 달려온 UNSMC 대원들은 약간 당황하고 있었다.

─원사님, 적들의 움직임이 달라졌습니다!

어떤 UNSMC 대원의 목소리가 치프의 헬멧 안에 전달되었다.

"나도 알아, 마이클! 놈들이 좀 더 기민해졌어! 아무래도 지휘관이 바뀐 것 같아!"

두꺼운 기둥 뒤에 엄폐하고 있던 치프는 단말기를 이용하여 적들의 위치를 파악하려 했다.

그러나 셀레스티아의 힘을 상쇄시킬 만큼 강력한 무엇인가가 인스턴트 병사들과 전투 로봇, 드론들의 상세 정보를 감추고 있었다.

"이래서야, 바로 아래층까지 써먹었던 전법은 의미가 없겠군."

순간 드론이 발사한 강력한 탄환이 치프가 의지하고 있는 기둥을 관통하고 그의 헬멧을 아슬아슬하게 스쳤다.

콘크리트 먼지를 뒤집어쓴 치프는 자세를 더 낮췄다.

"제길, 누가 저 드론들 좀 처리해!"

─저희는 원사님 뒤를 따르겠습니다!

"그러니까 나한테만 의지하지 말라고! 방법 좀 짜내봐!"

—드론들의 반응 속도가 장난이 아닙니다! 전투 로봇들이 두르고 있는 에너지 반응 장갑의 에너지 출력도 카탈로그 스펙을 넘어서고 있습니다! 아래층에서 갖고 논 놈들과는 전혀 다릅니다!

—그야말로 꼼짝할 수가 없는 상황입니다, 원사님! 이대로는 엄폐물로 삼은 물건들이 전부 소모될 겁니다! 그리고… 제길, 저희는 아무래도 여기까지인 것 같습니다!

"뭐?"

치프는 대원들을 봤다.

대회의장으로 통하는 계단과 가까이 있는 대원들의 전투복은 물론 육체까지 입자로 바뀌어 무너져 내리고 있었다.

치프는 하이시리스의 힘에 영향을 받아 쓰러지는 전우들의 모습을 차마 눈뜨고 볼 수 없었다.

하지만 아직 멀쩡한 대원들의 위치를 확인하여 하이시리스의 힘이 어디까지 미치는지 계산하는 것도 잊지 않았다.

치프의 곁에 있던 데스디아가 그의 어깨를 잡아 흔들었다.

—치프, 집중해. 내가 길을 열어주지.

"뎃디? 무슨 소리야?"

—하이시리스의 힘이 당신의 무장 제조 능력을 붕괴시키고 있어. 하지만 한 순간 정도는 내가 길을 터줄 수 있으니 걱정 말고 먼저 올라가. 조금 쉬고 따라갈게.

"…알았어, 뎃디. 올라가서 어떻게든 해볼게."

—좋아. 그래야 내 남편이지.

헬멧을 벗고 머리를 풀어헤친 데스디아는 뒤에 있는 대원에게 헬멧을 넘겨줬다.

"부탁하네, 전사여."

헬멧을 받은 대원은 엄지를 펴서 걱정 말라는 신호를 보냈다.

등에 거치한 무기들을 모두 분리하여 땅에 내려놓은 그녀는 스트라투스를 들고 일어났다.

엄폐물에서 벗어난 그녀에게 온갖 탄환이 쏟아졌다.

탄환들이 그녀에게 닿으려는 순간, 데스디아의 은색 눈동자가 황금색으로 변하면서 탄환이 멈췄다.

운동에너지를 상실한 탄환들은 바닥에 떨어졌지만 인스턴트 병사들과 전투 로봇, 드론들은 개의치 않고 사격을 계속했다.

"진흙탕 속에서 피어난 꽃에는 흙탕물이 묻지 않으니!"

소리친 데스디아의 눈이 강렬하게 빛났다.

그녀의 눈앞에 정령 교감을 이용하여 만들어낸 꽃봉오리의 환영이 나타났다.

지구의 연꽃과 비슷하게 생긴 그 꽃봉오리는 이윽고 방패처럼 활짝 전개되어 데스디아의 앞을 막았다.

분홍색으로 빛나던 환영의 꽃잎은 데스디아의 눈동자를 따라 황금색으로 달아오르며 더욱 단단해졌다.

활짝 핀 꽃잎들이 탄환들을 튕겨내는 가운데, 자신을 보호할 수단을 만들어낸 데스디아는 깊은 숨을 쉬었다.

그녀의 입에서 흘러나오는 숨결이 푸른색을 띠었다.

초고밀도로 집중된 정령들에 의해 빛이 굴절되면서 주변의 사물들이 만화경에 비친 물체처럼 이리저리 왜곡되었다.

치프는 그와 똑같은 모습을 얼마 전에 본 일이 있었다.

헤이파가 데스디아 앞에서 사용했던 '무궁무진의 경지'였다.

"당신, 엠페라투스와 싸울 때 이런 말을 한 적이 있었지? 신화가 우리의 적이라면, 우리가 택해야 하는 건 역사라고 말이야."

데스디아는 눈을 감고 정신을 집중했다.

"브라토레의 고귀하신 역대 당주들이여! 가문의 피와 긍지, 신념, 그리고 역사 속을 살아가는 영령들이여! 아직 당주에 이르지 못한 이 소녀가 감히 청하오니, 미처 스러지지 못한 신화를 멸살할 길을 터주시오!"

그녀의 부름에 응답하듯, 로비 곳곳에 수십에 달하는 알타이르의 전사들이 모습을 드러냈다.

데스디아와 똑같이 생긴 그 브라토레 가문의 당주들은 처음엔 모두 나체였으나 적들을 인지하자마자 각 시대의 전투복과 무장을 완전히 갖추고 적들에게 돌격했다.

'여사님께서 같은 기술을 사용하셨을 때보다는 수가 적지만 충분해.'

적들이 혼란에 빠진 채 죽어가는 한편, 치프는 주변에 있는 대원들에게 손짓을 했다.

몸이 붕괴되어 싸울 수 없는 대원들은 자신들이 갖고 있는 탄창과 수류탄, 연막탄, 나이프 등을 치프에게 차례로 던졌다.

"다시 함께해서 영광이었습니다, 원사님!"

"밑에서 적들이 또 몰려옵니다! 어서 가십시오! 이곳은 저희가 사수하겠습니다!"

"결혼 축하드립니다! 행복하세요!"

대원들의 격려와 함께 그들이 던져 준 탄약과 나이프 등을 챙긴 치프는 마지막으로 자동소총 한 자루를 등에 거치한 뒤 권총을 들고 로비를 내달렸다.

브라토레 가문의 당주들이 데스디아의 의지를 받아들여 그를 철저하게 엄호했다.

치프는 당주들과 맞서느라 정신이 없는 전투 로봇들을 그냥 지나쳤다.

인스턴트 병사들 몇 명이 그를 가로막았지만 치프는 권총으로 그들을 간단히 쓰러뜨린 후 대회의장으로 향하는 계단을 뛰어 올라갔다.

대회의장의 문 앞에 도착한 치프는 권총의 탄창을 바꾸고 약실을 살펴 장전 상태를 확인했다.

'이게 이번 임무의 마지막일 리는 없어. 하지만 마지막으로 가는 길임에는 분명하지.'

치프는 입가에 올라오는 미소를 참기가 힘들었다.

회의장의 문을 어깨로 열어젖히고 연막탄을 던진 치프는 연막이 피어오르자마자 안으로 돌입했다.

그가 오기를 기다렸던 하이시리스는 치프가 피운 연막을 보며 미소를 지었다.

"변종, A—1730이여. 그대는 엠피레오 행성인들에 대해 어디까지 알고⋯⋯."

순간 하이시리스의 이마 한가운데에서 불똥이 튀었다.

그녀가 신고 있는 흰색 구두 앞에 치프가 쏜 총탄이 툭 떨어졌다.

"미안한데 난 강의를 들으려고 온 게 아니야. 더 단순한 일을 하러 왔지."

짙은 연막 속에서 치프의 목소리가 들려오자 하이시리스가 피식 웃었다.

"잘도 숨었구나, A—1730. 기척이 느껴지질 않아. 하지만 보람은 없을 거다."

하이시리스의 앞에 서 있는 오라클들 가운데 다섯 명이 입을 벌렸다.

목소리를 높여 노래하는 소녀들 앞으로 기하학적인 빛의 문양이 떠올랐다.

'이 소리… 성가인가?'

그가 쓴 헬멧의 스크린에 고열 에너지 경보가 떴다. 빛의 문양이 주변 공기를 왜곡시킬 정도로 달궈지고 있었다.

치프는 그 빛의 문양을 보자마자 유리섬유와 금속 파편이 잔뜩 채워진 교란탄을 손에 쥐었다.

치프가 던진 교란탄이 오라클들의 노래와 함께 빛나던 빛의 문양 앞에서 터졌다.

교란탄의 폭발과 교란탄 케이스의 파편은 오라클들의 옷과 육체에 아무런 피해를 입히지 못했다. 그들의 피부는 단단하고 질긴 에너지 보호막에 의해 지켜지고 있었다.

하지만 치프가 노린 것은 오라클들이 아니었다.

교란탄에 채워져 있던 유리섬유와 금속 파편들이 빛의 문양에 섞였다.

금속 파편이 문양을 이루는 빛들을 이리저리 반사시키며 형태를 흐트러뜨렸다.

문양들은 오염물에 합선된 회로처럼 이상 반응을 일으키더니 이내 사라져 버리고 말았다.

하지만 치프가 없애 버린 빛의 문양은 다섯 개중에 네 개였고 나머지 하나는 아슬아슬하게 형태를 유지했다.

남은 하나의 빛의 문양 속에서 황색의 열선이 뿜어졌다.

열선의 굵기는 아기의 손목 수준이었다.

열선의 궤적 아래에 위치한 대회의장의 좌석들은 액화될 틈도 없이 증발했다. 벽에 적중한 열선들은 아예 회의장 건물 전체를 관통하여 밖으로 튀어 나갔다.

열선이 지나간 장소에는 사람이 걸어서 지나다니는 게 가능할 만큼 큰 터널이 만들어졌다.

오라클들이 준비한 다섯 개의 문양이 전부 작동됐다면 제아무리 치프라고 해도 피하지 못했을 것이다.

하이시리스가 오른손을 들며 웃었다.

"후후, A—1730이여. 나와 싸울 각오는 하고 왔겠지?"

그녀와 오라클들이 회의장 위로 떠올랐다.

기둥 뒤에 숨어서 상황을 지켜보던 치프의 눈에 문득 아르마게일의 상체가 보였다.

'저 할아버지, 죽은 건가?'

그는 유리벽에 남아 있는 대량의 피와 아르마게일의 시체 상태를 보고 잠깐 생각에 잠겼다.

'정황을 봐서는 화풀이를 하듯이 죽였군. 그렇다면⋯⋯.'

치프는 헬멧에 손을 댔다.

"무신 침묵 해제. 양키 리더, 들리나?"

―말씀하십시오, 원사님! 회의장 위에서 빛줄기가 날아가는 것을 방금 목격했습니다!

"봤으니 다행이군! 전원, 전자전 공격 시도가 감지되지 않으면 공격 준비! 준비가 마무리되면 베이스캠프 주변에 집결한 오크들을 정리한다!

―알겠습니다, 원사님! 아, 그런데 델타 리더가⋯⋯.

"안드레이는 야전 사령부에서 데리고 나와! 바쁘니까 통신 종료!"

―야전 사령부⋯⋯? 아! 알겠습니다, 원사님! 행운을 빕니다!

기둥 하나가 열선에 적중하여 증발하고 말았다.

기둥 뒤에 웅크리고 있던 치프도 깨끗이 증발하여 전투화만이 남아버렸다.

치프는 무장 제조 능력을 이용해 만들어둔 기만체가 당하자 옆으로 급히 움직였다.

천장에 거의 닿을 만큼 떠오른 하이시리스는 회의장을 뛰어 다니는 치프를 보며 손을 앞으로 뻗었다.

오라클들이 만든 빛의 문양으로부터 엄청난 수의 열선들이 뿜어져 나왔다.

열선들은 회의장 바닥을 향해 대각선으로 꽂혔다.

간단히 바닥을 뚫은 열선들은 아래층에서 브라토레 가문의 당주들과 싸우던 인스턴트 병사들과 로봇들까지 녹여 버리고 말았다.

그 공격에 UNSMC 대원들까지 적잖이 당했는데, 살아남은 대원들은 동작이 멎은 전우의 몸에서 칩셋을 뽑고는 조셉과 딕슨에게 던져 줬다.

"잘 챙기라고!"

"칩셋까지 깨지면 원사님을 다시 뵙지 못한다며?"

부활한 대원들 사이에서 거의 막내에 가까운 조셉과 딕슨은 선임들이 던져 주는 칩셋들을 조심조심 받아서 치프가 가져온 금속 케이스에 담았다.

추락을 각오하고 몸을 틀어 열선을 피했던 데스디아는 당주들과 함께 일어났다.

그녀는 몇 안 남은 적들을 치기 위해 스트라투스를 들었다.

지금 그녀의 머릿속에는 적들의 완전 배제와 치프를 돕는 것만이 존재하고 있었다.

그 순간 데스디아는 위험을 직감하고 몸을 숙였다.

"전원, 충격에 대비하라! 어서 엎드려!"

그녀가 외치자 모든 대원들이 포식자를 만난 작은 동물들처럼 날렵하게 움직여 엄폐물 뒤로 숨었다.

또다시 천장을 뚫고 떨어진 열선들이 로비 바닥에 꽂히더니 시계 반대 방향으로 회전했다.

대회의장은 그 공격 한 번으로 완파되었다.

치프는 뿌리 부분만 겨우 남은 벽에 등을 댄 채 권총에서 자동소총으로 무기를 바꿨다.

그는 오라클 한 명을 향해 집중사격을 했지만 탄환은 소녀에게 닿기도 전에 녹아 사라졌다.

'조준이 소용없어. 탄이 녹으면서 궤적이 꺾이고 있군. 저것이 엠피레오 행성인들, 아니 오토마타들의 진짜 능력인가?'

엠피레오 행성인들의 전투 데이터가 없는 치프는 조금 답답해했다.

'어쩔 수 없지.'

치프는 소총을 거두고 단검들을 뽑았다.

그는 양손에 쥔 군용 단검에 정신을 집중했다.

'단검이 열에 견딜 확률… 100%! 단검이 오라클들의 보호막을 뚫을 확률… 100%! 단검이 오라클들의 머릿속에서 파열될 확률… 100%! 단검이 적중될 확률, 100%!'

하이시리스는 치프가 쥔 단검에서 파란 빛이 스치는 것을 목격했다.

'저것은?'

순간 머리에 단검이 박힌 오라클 두 명이 입에서 피를 토하며 아래로 떨어졌다.

단검의 칼날이 그녀들의 머리에 박히자마자 파열된 탓에 그 소녀들의 두개골 안쪽은 엉망이었다.

하이시리스가 그녀들에게 손을 뻗자 소녀들의 추락이 멈췄다.

하이시리스의 손에서 연기처럼 피어오른 흰빛이 더 강해지더니 소녀들이 다시 숨을 쉬고 기침을 했다.

그녀들의 입에서 단검의 파편이 우르르 쏟아졌다.

오라클들을 허무하게 잃을 뻔했던 하이시리스는 전법을 바꾸기로 했다.

'저 녀석, 확률을 조작했군. 하지만 나의 부군과는 달리 모든 상황과 사물에 걸쳐서 확률을 조작하진 못하는 것 같아.'

치프가 또다시 단검 두 자루를 던지자 치프의 헬멧에 표시된 기온이 갑자기 영하로 곤두박질쳤다.

하이시리스가 단검이 그의 손을 떠나는 타이밍에 맞춰 보호막의 성질을 바꾼 것이다.

첫 번째 확률 조작부터 꼬여 버린 단검은 오라클들의 보호막에 닿자마자 깨지며 의미를 잃었다.

치프는 자신이 단검에 가한 확률 조작이 깨져나가자 큰 두통을 느꼈다.

'제길! 하이시리스가 오라클들을 확실히 지키려고 하는군. 저 아이들, 그냥 편리해서 데리고 다니는 게 아니야. 정말 오라클들을 이용해서 유사 탈란바토르를 만들 수 있는 건가?'

치프는 자신이 갖고 있는 연막탄을 모조리 투척하여 모습을 감췄다.

"A—1730이여. 이제 와서 그 재롱에 의미가 있다고 생각하나?"

"물론이지!"

우주 연합 회의장 전체에서 금속 입자의 빛이 대량으로 올라왔다.

그 빛은 우주 연합 수도의 하늘을 가로막는 보호막 위쪽까지 올라갔다.

이윽고 길이가 2킬로에 달하는 대형 전함, 아이오와가 금속 입자를 흩뿌리며 수도 상공에 나타났다.

하이시리스는 자신을 향해 움직이는 그 전함을 보며 피식 웃었다.

"그래, A—1730! 고작 전함을 만드는 게 네 특기이자 한계지!"

아이오와는 고층 건물 몇 채를 들이받아 파괴하며 하이시리스를 향해 돌진했다.

아이오와의 선두에는 충각 공격에 따른 선체의 보호를 위해 척력장이 포화되면서 광선의 칼날과 같은 것이 솟아올랐다.

그 막대한 부피와 무게를 가진 물체가 대기를 찢으며 날아오고 있음에도 불구하고 하이시리스의 표정에는 변함이 없었다.

"운캄타르에게 무장 제조 능력을 심어준 자가 바로 나다!"

적색의 파동이 하이시리스의 전신에서 폭발해 아이오와를 덮쳤다.

그러나 그 파동은 아이오와 근처에서 흩날리는 금속 입자들만을 깔끔하게 날려 버렸을 뿐, 아이오와 본체에는 조금도 해를 끼치지 못했다.

"진품이라고?"

당황한 하이시리스의 가슴에 아이오와의 광선 칼날이 정확히 꽂혔다.

125
엠페라투스의 이야기

하이시리스는 단 1초도 버티지 못하고 아이오와의 끝에 매달려 지상으로 떨어졌다.

오라클들은 머리의 방향을 지상으로 돌린 뒤 떨어지는 하이시리스를 따라 아래로 날아갔다.

아이오와가 하이시리스를 끝에 단 채 땅을 찍었다.

우주 연합 회의장 건물은 물론 주변의 건물들까지 파괴적으로 들썩거렸고, 충격에 의해 솟아오른 흙과 상하수도 블록의 높이는 수백 미터에 달했다.

치프는 진동과 연막 속에서 아슬아슬하게 중심을 잡으며 헬멧에 손을 댔다.

"양키 리더, 들리나? 여기는 알파 리더. 20분 내로 건물이 무너질 것 같다. 수송기들을 보내라."

—여기는 양키 리더. 수송기는 한 대면 되겠습니까?

"180명… 아니, 하이시리스 한 명 때문에 80명 넘게 사라졌군.

100명쯤 옮길 수 있으면 좋겠어."

─예? 100명이라니요?

치프가 대원들을 되살려 함께 행동했다는 사실을 전혀 모르는 양키 리더는 치프가 말한 머릿수를 듣고 대단히 당황했다.

"아무튼 부탁해. 베이스캠프를 포위한 오크들은 어떻게 됐지?"

─앞으로 약 10분 뒤면 이쪽에서 공격을 개시할 겁니다. 그쪽은 어떻습니까, 알파 리더?

"일단 아이오와로 하이시리스를… 오, 이런."

연막에서 빠져나와 밖을 본 치프는 아이오와의 거대한 선체가 위로 들썩 움직이는 것을 목격했다.

"뎃디! 모두를 데리고 밖으로 나가! 어서! 엘리베이터 통로를 이용해서 뛰어내리라고!"

─뭐? 당신은?

"하이시리스와 끝을 봐야겠어! 통신 종료!"

치프는 팔뚝 보호대 안에 든 단말기를 조작했다.

단말기 내에 미리 넣어둔 아르마게일의 메모리 스틱에서 데토네이터 버전 9.99의 설계도를 꺼내 자신의 머리에 넣기 위해서였다.

─원사님, 괜찮으시겠습니까?

단말기 속의 잭팟이 그가 걱정되어 물었다.

"말릴 생각이었으면 여기로 오기 전에 말렸어야지?"

─그건 그렇군요. 데토네이터 버전 9.99의 설계도를 원사님에게 인스톨하겠습니다. 작업이 끝날 때까지 헬멧을 벗지 마십시오.

"음… 으으으음!"

치프는 헬멧이 자신의 머리를 조여서 터뜨리는 듯한 느낌을 받았다. 눈을 뜨고 감는 것도, 호흡을 하는 것도 불가능할 만큼 그의 머리에 가해지는 고통이 극심했다.

그 와중에도 회의장 건물은 계속 흔들렸다.

데스디아와 UNSMC 대원들은 치프의 지시에 따라 지상으로 곧장 이어지는 엘리베이터의 문을 강제로 열었다.

그러나 문을 연 뒤가 문제였다. 통로 가운데에 엘리베이터가 정지해 있었기 때문이다.

"어… 그러니까 부사장님이라고 하셨죠? 이건 어떻게 하면 되겠습니까?"

시한부로 부활하여 이곳에 있는 UNSMC 대원들 중에서 데스디아를 잘 아는 조셉과 딕슨뿐이었다.

"잠자코 지켜보십시오, 전사들이여."

일단 초면이라 경어를 써준 데스디아는 저격 소총을 갈고리로 삼아 엘리베이터의 로프를 잡아당겼다.

"이거 좀 묵직하군요."

그녀가 말하자 대원들은 당연하지 않느냐며 내심 투덜댔다.

회의장의 중앙 엘리베이터는 로프와 리니어 트랙, 그리고 중력 조절기가 모두 사용된 복합식인데, 그 때문에 엘리베이터 자체의 무게도 엄청났다. 거의 대형 트럭 한 대 수준이었다.

로프가 손에 닿을 정도로 끌려 나오자 데스디아는 그것을 즉시 손에 쥔 뒤 벽에 발을 대고 힘을 썼다.

그녀가 정령 교감을 이용해 근력을 증가시키자 그녀가 입은 전투복 곳곳에서 스파크가 튀었다.

'리니어 트랙에 걸린 브레이크 때문에 저렇게 억지로 꺼내는 건 불가능할 텐데?'

'저게 무슨 티백인 줄 아시나?'

대원들이 걱정하는 순간, 합금 브레이크들이 부서지는 소리와 동시에 엘리베이터가 움직였다.

데스디아는 엘리베이터의 로프를 두 손으로 계속 잡아당겼고, 엘리베이터는 낚싯바늘에 걸린 물고기처럼 끌려 올라왔다.

유류 운반 트럭처럼 생긴 엘리베이터가 입구를 부수며 튀어나오더니 로비 위를 굴러다녔다.

"후우, 크기도 참 크군."

한숨을 쉰 데스디아는 손과 팔을 움직여서 전투복의 상태를 점검해봤다.

"전투복이 완전히 망가지진 않았어. 파열된 곳도 없군. 그럼 갑시다, 여러분."

그녀는 등에 스트라투스를 거치한 뒤 UNSMC 대원들을 봤다.

"즉시 따르겠습니다, 부사장님!"

큰 소리로 대답한 대원들은 뻥 뚫린 엘리베이터 통로를 향해 몸을 던졌다.

이 정도 높이에서 중력식 완충기만 믿고 강하하는 것은 UNSMC 대원들의 기본 소양이었다.

한편, 데토네이터 9.99의 설계도의 인스톨을 마친 치프는 고개를 한 차례 흔든 뒤 헬멧에 손을 댔다.

"줄루 리더, 들리나? 아이오와가 심하게 들썩거리는데, 혹시 멀미하고 있는 건 아니겠지?"

─닥쳐라, 알파 리더! 아이오와는 뭘 하는 건가! 출력을 올려! 저 망할 계집을 찍어 누르라고!

로젤라의 지시에 따라 아이오와의 엔진 노즐에서 불꽃이 터졌다.

아이오와가 지하로 파고들어 가려는 찰나, 거대한 은색의 구체가 갑자기 나타나더니 전함을 들이받았다.

구체와 충돌한 아이오와는 옆으로 쭉 밀려 나가더니 관광용 대형 호텔 몇 채를 부수고 주거 블록들을 밀어내며 불시착했다.

그러나 아이오와는 즉시 하늘로 떠오르며 중심을 잡았다. 마치 불의의 습격을 받고 넘어진 호랑이가 분노하여 몸을 추스르는 모습처럼 보였다.

"줄루 리더, 살아 있나?"

치프가 물었다.

—지구의 전함을 우습게 보지 마. 부상자만 다수 발생했을 뿐이야. 아무튼 저게 함플테리아인 것 같군.

"그렇지."

치프는 아이오와를 튕겨낸 은색의 거대 구체, 함플테리아를 봤다.

하이시리스의 모습은 보이지 않았다. 이미 함플테리아와 하나가 된 상태임이 분명했다.

"줄루 리더. 순양함 알래스카의 상태는 어때?"

—네 부탁대로 선원들을 모두 퇴거 조치했어. 생명체의 흔적은 없으니 안심해.

"그럼 알래스카를 분리해. 내가 써먹어주지."

—알파 리더. 여기서 승부를 볼 건가?

"당연하지!"

—저쪽은 그럴 생각이 없나 본데?

로젤라의 말을 듣고 움찔한 치프는 함플테리아를 다시 봤다.

오라클들이 함플테리아를 둘러싼 채 노래를 부르고 있었다. 그리고 함플테리아의 위쪽에는 아이오와가 들어가고도 남을 만큼 거대한 빛의 문양이 반짝거렸다.

베이스캠프에서 그 모습을 본 라이트스톤이 자신의 헬멧 아래쪽을 만지며 흥미를 드러냈다.

"저것은 탈란바토르의 골격에 기본적으로 새겨지는 옥좌의 개방 술식⋯⋯. 오라클들을 이용하여 유사 탈란바토르를 만들고 있군."

구경하고 있던 치프가 붕괴하는 회의장 밖으로 뛰어내렸다.

"젠장, 뭘 하는지 모르겠지만 막아야 돼!"

치프의 온몸에서 무장 제조의 빛이 발산됐다.

치프 쪽으로 구름처럼 모인 금속 입자가 형태를 갖췄다.

머리 없는 고릴라처럼 생긴 그 검은색 기체가 바로 데토네이터 9.99였다.

기본적 외양은 데토네이터 버전 4.8과 흡사했지만 덩치는 9.99가 훨씬 컸다.

4.8은 전고가 약 7미터 정도였는데, 9.99는 아무런 무장을 달지 않고도 11미터에 달했다.

조종석에 앉아 안전벨트를 맨 치프는 자신의 단말기를 계기판에 꽂았다.

"잭팟, 비행 기능이 있나 확인해 봐! 있다면 전부 작동시켜!"

─이 기체에 그런 건 없습니다, 원사님.

"어⋯⋯?"

하늘에 잠깐 머물고 있던 9.99는 이내 빠른 속도로 추락했다.

치프는 본능적으로 라이트스톤의 작은 건하운드를 꺼낸 뒤 조종석 위쪽에 댔다.

─뭐 하시는 겁니까, 원사님?

"이대로 죽으면 웃기지도 않잖아? 가지고 있는 건 다 써보고 죽어야지!"

그는 권총의 방아쇠처럼 생긴 건하운드의 작동 스위치를 당겼다.

그 순간 건하운드와 9.99의 조종석 사이에서 푸른색의 불꽃이 튀더니 기체 전체로 번졌다.

치프는 라이트스톤의 권총형 건하운드가 어떻게 작동하는지 전혀 알지 못했다.

그냥 작동 스위치를 누르면 사용자가 원하는 물체들이 프린팅되어 나타난다는 사실까지만 알고 있었다.

건하운드의 작동 스위치를 당기는 순간 수많은 메뉴들이 치프의 헬멧 안쪽 스크린에 떠올랐다.

"뭐지? 식당 메뉴판처럼 생겼는데? 이건 물건을 선택해서 프린팅할 수 있는 건하운드인가?"

―본 기체는 20초 뒤에 추락합니다!

"알았으니 좀 기다려!"

치프는 헬멧 안에 뜬 메뉴들을 재빨리 확인했다.

마침 그의 눈에 대형 물체 수송용 스카이보드가 눈에 띄었다.

"이거다!"

눈으로 드론을 태깅한 치프는 다시 건하운드의 스위치를 두 번 당겼다.

그러자 데토네이터의 등판에 대형 스카이보드 두 대가 나났다.

푸른 파도와 하얀 거품, 주황색의 노을로 채색된 그 스카이보드들은 딱정벌레의 날개처럼 활짝 전개됐다.

스카이보드의 힘 덕분에 추락을 간신히 면한 치프는 뭔가 더 적당한 게 없는지 찾아봤다.

"아무래 그래도 스카이보드는 좀 아니잖아? 색을 좀 봐. 하와

이도 아니고."

투덜대는 그에게 통신이 들려왔다.

―A―1730. 들리시오?

"오, 라이트스톤 사장. 날 좀 도와줘야겠는데? 이거 자세히 보니까 레저 스포츠용 도구밖에 안 보여."

―범주를 불법 무기 쪽으로 바꾸시오!

"범주 이름이 죽여주는데?"

―됐으니 어서 하시오! 화면 왼쪽 위에 버튼이 보일 것이오!

"확인했어. …이게 뭐야, 제길? 당신이 만든 건하운드는 괴물인가?"

치프는 본 적도 없는 무기들이 메뉴에 뜨자 대단히 당황했다.

각 무기들의 형태는 매우 이질적이었다. 하지만 그보다 더한 것은 선택했을 때 뜨는 카탈로그 스펙이었다. 장갑의 재질과 무장들이 지구의 현용 무기들을 완전히 초월하고 있었다.

―메뉴 안에 '호루스의 날개' 라는 물건이 있을 것이오. 입자 가속기를 이용해서 하늘을 나는 폭격용 드론이라 9.99도 하늘로 띄울 수 있소.

"아, 여기 있군."

치프는 날개 없는 까마귀처럼 생긴 호루스의 날개를 눈으로 태깅한 뒤 건하운드의 스위치를 두 번 당겼다.

그러자 스카이보드가 사라지고 그 자리에 고리를 반으로 자른 형태의 날개를 가진 대형 드론이 자리 잡았다.

9.99의 장갑과 반응한 호루스의 날개는 9.99의 내부 골격과 하나가 되어 튼튼하게 고정됐다.

"호루스의 날개, 접속 완료. OS도 업데이트됐군. 왜 이리 잘 돌아가지?"

—아까 데토네이터 버전 9.99의 설계도를 보니 옵션 무장의 장착을 전제로 만들어진 물건으로 판단됐소. 아무래도 내 예상이 옳았던 것 같구려. 다음은 무기라오, A—1730.

"잠깐! 함플테리아의 모습이 점점 흐려지는데?"

—유사 탈란바토르에 의한 간이 전송이 시작된 것이오. 시간이 없으니 내가 지정한 무장을 선택해서 설치하시오.

"뭔데?"

—엠페라투스 킬러라오.

"제품 제목이 좀 이상한데?"

—흠. 남에게 자랑하기 위해 만든 이름은 아니오. 신경 쓰지 마시오.

"오, 여기 있군. 크기가 순양함 주포에 가까운데? 이게 있으면 무기의 이름대로 엠페라투스를 죽일 수 있나?"

—쏴봤지만 실패했소. 그래도 무기의 위력만큼은 보장하리다.

"영 못미덥군."

치프가 엠페라투스 킬러를 선택하고 방아쇠를 두 번 당겼다.

데토네이터의 오른팔에 은색의 대형 포대가 설치되었다. 무기 제조에 꽤 많은 양의 금속 입자가 강제로 사용되면서 주변에 싱크홀들이 대량으로 발생했다.

"이 정도면 됐어! 줄루 리더, 혹시 내가 하이시리스와 함께 사라지면 이곳의 지휘를 부탁한다!"

—그건 고민하지 마. 지금도 지휘권은 나한테 있어. 네 상관이 나라는 걸 잊었나?

로젤라가 어이없다는 투로 말했다.

—치프, 엉뚱한 짓은 하지 마!

데스디아의 목소리가 통신기를 통해 들려왔다.

"미안, 뎃디. 지금은 그 이상의 짓을 해야 돼!"

치프는 이미 반쯤 사라진 하이시리스, 함플테리아를 향해 데토네이터의 오른팔을 뻗었다.

'어디로 가는지 몰라도 여기서 막아야 돼.'

그는 눈으로 함플테리아 주변에 위치하고 있는 오라클들을 태깅하여 조준했다.

지금은 함플테리아를 한 방에 떨어뜨린다는 보장은커녕 피해를 입힐 가능성조차 불확실한 상황이었다.

그렇기에 이동의 주체인 오라클들을 노리는 것은 어쩔 수 없었다.

'두 번 다시 애들을 죽이지 않겠다고 맹세했는데, 난 왜 이토록 차분하게 저 애들을 죽이려고 하는 걸까?'

자조한 치프는 조종간의 방아쇠를 당겼다.

데토네이터 9.99의 표면 곳곳이 열리고 황금색 금속 재질의 3D 프린터가 드러났다.

프린터라고 해도 건하운드들처럼 형태가 복잡하진 않았다. 그냥 눈으로 보기에는 사각뿔 모양의 돌기가 무수히 존재하는 철판처럼 보였다.

출력장치가 맡은 임무는 간단했다. 출력장치의 크기에 맞는 미사일들을 만들어서 목표를 향해 발사하는 것뿐이었다.

라이트스톤은 탄두의 작약까지 만들어내는 그 3D 프린터의 성능에 대단히 놀랐다.

'9.99의 설계도를 봐도 이해가 안 되는 부분이 저것이었지. 작약의 정제 과정에 걸리는 속도 때문에 여태까지 건하운드로 만들어내는 무기들은 전부 전기를 이용한 것들뿐이었어. 그러나 저 장치는 미사일을 만들어내는군.'

라이트스톤이 주먹을 움켜쥐었다.

'이것이 나와 오리지널의 격차인가?'

치프의 데토네이터에서 날아간 미사일들이 오라클들에게 적중했다.

보호막으로 미리 대비를 하고 있던 터라 미사일들이 직접 오라클들에게 닿을 일은 없었다.

하지만 라이트스톤이 엠페라투스를 죽이기 위해 만든 광선포는 얘기가 달랐다.

보호막을 관통한 광선은 오라클 한 명을 하늘에서 증발시키고 그 뒤에 있는 함플테리아의 표면까지 살짝 녹여 버렸다.

오라클 한 명을 잃은 함플테리아, 하이시리스는 치프가 탄 데토네이터를 향해 함플테리아의 표면을 일그러뜨렸다.

첨탑 모양으로 일그러진 표면의 끝이 열리면서 거대한 녹색 렌즈가 돌출되었다.

치프는 라이트스톤의 건하운드를 다시 잡고 바쁘게 방어 수단을 찾았다.

그 녹색 렌즈로부터 황색의 열선이 뿜어졌다.

그 열선은 광선이 아니라 고열을 품은 체액이었다.

치프는 급히 주력 전차의 포탑을 프린팅하여 방패처럼 들어 올렸다.

열선과 포탑이 충돌하자 열선은 달궈진 튀김용 기름처럼 사방 팔방으로 사납게 흩어졌다.

그것은 단순히 뜨겁기만 한 액체가 아니었다.

치프는 데토네이터가 들고 있는 포탑이 순식간에 녹아내리자 반사적으로 조종간을 움직여 포탑을 버리고 그 자리에서 벗어났다.

"산성 액체라고? 웃기지도 않는……!"

치프는 조종간 밑에 있는 페달을 힘껏 눌렀다.

반으로 잘린 고리 모양의 날개에서 파란빛이 터졌다. 고리 안쪽에서 입자가 가속되면서 발생한 힘이 데토네이터 9.99의 큰 몸체를 하늘로 이끌었다.

"현장에 있는 전 대원에게 알린다! 함플테리아에서 방금 쏜 것은 뜨거운 산성 액체다! 제길, 신이라면서 무슨 뿔 도마뱀같은 짓을 하고 있군!"

—치프, 그게 문제가 아니야! 오라클들을 봐!

상공에서 그 모든 상황을 지켜보던 셀레스티아가 통신에 끼어들었다.

열선을 피하며 오라클들을 본 치프는 헬멧 속에서 이를 악물었다.

오라클들의 작은 몸이 짐승의 내장으로 만든 풍선처럼 부풀고 있었다.

"셀리, 내가 지금 뭘 보고 있는 거지?"

—하이시리스가 오라클들에게 과부하를 걸어서 유사 탈란바토르의 성능을 끌어 올리고 있어! 하이시리스는 앞으로 21초 뒤에 이곳을 떠날 거야!

"그럼 오라클들을 전부 처리해야겠군."

치프는 다음 순간 가벼운 절망감을 느꼈다.

몸이 부푼 오라클들이 일제히 터지며 추락한 것이다.

그녀들의 죽음에 뭔가 화려한 광경이라도 섞여 있었다면 치프가 받은 충격은 덜했을 것이다.

그러나 그 죽음에는 아무것도 곁들여지지 않았다. 피부와 혈액, 내장만이 어두운 하늘의 일부를 잠깐 장식했을 뿐이었다.

그것은 단순한 소모에 불과했다.

"양키 리더, 내 말 들리나? 적들의 전자전 공격 상황을 보고해! 어서!"

치프가 분노한 목소리로 물었다.

─여기는 양키 리더! 이제 우리에게 전자전 공격을 가하는 집단은 존재하지 않습니다!

"알았다! 양키 리더는 줄루 리더와 함께 이곳을 부탁한다! 셀리는 라이트스톤을 데리고 이쪽으로 와!"

─라, 라이트스톤을?

"여기에 두고 가면 무슨 짓을 벌일지 모르잖아?"

─그럼 뎃디는?

"뎃디라면 반드시 살아남을 거야!"

치프는 순간 기체가 오른쪽으로 움찔하는 것을 감지했다.

전투복 팔뚝 보호대에 내장된 와이어 건을 이용하여 데토네이터의 다리에 매달린 데스디아는 즉시 조종석으로 기어 올라갔다.

그녀는 손등으로 조종석을 노크했다.

"문 열어, 자기."

치프는 자신의 좌석 뒤쪽에 예비용 좌석을 꺼낸 뒤 조종석을 열었다.

날랜 몸짓으로 예비용 좌석에 앉은 데스디아는 안전벨트를 맸다.

그녀의 주변에 간단한 디자인의 계기판과 작은 권총처럼 생긴 물체가 올라왔다.

"이건 뭐지?"

"화기 관제 장치야. 헬멧에 케이블을 연결하고 그 권총을 들면 나를 대신해서 무기를 쏠 수 있어. 사격은 네가 나보다 훨씬 나으니까 너에게 맡길게."

"꼭 내가 타는 걸 가정하고 만들어진 것 같군."

"그럴지도. 가자!"

치프는 페달을 힘껏 밟았다.

라이트스톤을 왼손에 움켜쥔 셀레스티아가 빠른 속도로 데토네이터 뒤쪽에 따라붙었다.

사라지기 일보 직전인 함플테리아로부터 열선들이 무수히 발사되었다.

치프가 다른 방어 수단을 강구할 무렵, 셀레스티아가 보호막을 펼쳐서 자신과 치프 일행을 보호했다.

함플테리아에서 발사된 열선들은 셀레스티아의 방어막을 뚫지 못하고 하늘 아래로 흩어졌다.

흩어진 산성 액체에 의해 수도의 건물들이 녹아내렸다.

베이스캠프에도 그 산성비가 들이닥쳤지만 미리 전개해 둔 척력장 덕분에 큰일은 일어나지 않았다.

셀레스티아는 보호막을 펼친 상태로 함플테리아를 들이받았다. 치프 역시 데토네이터의 오른팔에 파일벙커를 만들어 붙인 뒤 함플테리아의 표면에 박아 넣었다.

—어디로 갈지 모르겠지만 살아서 만나자고, 알파 리더. 맥주나 사.

로젤라의 당부에 치프는 씩 웃었다.

"그러지. 그쪽도 조심해."

함플테리아와 데토네이터, 그리고 셀레스티아 모두가 흰빛에 휩싸였다.

함플테리아의 전송이 끝난 직후, 그 자리에서 하얗게 빛나던 빛의 구체가 큰 폭발을 일으켰다.

강력한 폭풍이 수도 전체로 퍼지면서 산성 액체 때문에 약해진 건물들이 부서졌다.

안드레이의 잘린 머리를 창끝에 전시한 채 싸움을 준비하던 오크들도 그 폭풍에 의해 넘어지고 날아갔다.

폭풍의 박력에 척력장의 존재를 잊고 엎드려 버린 양키 리더, 아프리카 지부 원사는 베이스캠프 안에서 걸어 나오는 안드레이를 보고 한숨을 내쉬었다.

"델타 리더, 괜찮나? 자네 맞지?"

"온몸을 기계로 대체한 보람이 있군요. 동기화 완료까지 앞으로 1분 남았습니다."

"음… 알았으니 옷 좀 입어줘."

"아."

나체 상태인 안드레이는 다시 베이스캠프 안으로 뛰어들어갔다.

＊　　　＊　　　＊

탈란바토르를 통해 빠져나온 함플테리아는 고속으로 회전하여 셀레스티아와 치프를 떼어냈다.

셀레스티아는 조금 날아가다가 멈췄고, 치프의 데토네이터는 회사 앞 들판에 가득 찬 환상종들의 시체들을 짓이기며 착지했다.

"현재 위치, 그라니트 행성으로 확인. 제길, 이곳 상황은 어떻게 된……."

치프는 자신의 머리 위로 보라색의 거대한 생명체가 날아가는 것을 언뜻 봤다.

함플테리아를 기습한 엠페라투스는 입으로 그 표피를 물어뜯은 뒤, 그 균열을 향해 자신의 드래곤 브레스를 쏟아부었다.

성공할 수밖에 없는 기습이었다.

현재 그라니트 행성에 남아 있는 탈란바토르는 방금 하이시리스가 사용한 것, 단 하나였다.

출구가 확정된 상황에서 엠페라투스 정도 되는 존재가 기습을 한다면 아무리 하이시리스라고 해도 당할 수밖에 없었다.

다른 드래곤들과 격이 다른 브레스 공격에 관통당한 함플테리아의 몸체가 터지면서 황색 체액과 금색 톱니바퀴들이 쏟아져 나왔다.

엠페라투스는 공격 한 번에 전투력을 반쯤 상실한 함플테리아를 땅에 집어 던진 뒤 치프 쪽으로 목을 돌렸다.

"이제야 귀찮은 것들이 모두 정리됐구나, 치프. 정말 많은 것들이 우리의 결전을 방해했지. 널 이끌어서 훼방꾼들을 처리하는 것도 나름 재밌었어."

"……."

치프는 회사 쪽으로 데토네이터의 방향을 돌렸다.

헌터들이 탑승하고 있던 함선들은 모두 지상에 떨어진 상태였다.

바라쿠스는 치명상을 입은 채 회사 정문 앞에 쓰러져 있었고 그와 함께 싸웠던 기사단들은 절반 이상이 산산 조각난 채 땅에 흩어져 있었다.

회사의 외벽과 건물들은 비교적 멀쩡했지만 안에는 부상자가 가득했다.

"왠지 정리할 필요가 없는 것도 정리해 버리신 것 같은데?

맞나?"

치프는 격노를 억누르며 물었다.

"최소 이 정도 그림은 보여줘야 네놈의 가식이 깨져 나갈 테니 말이다."

엠페라투스가 껄껄 웃으며 대답했다.

"오랫동안 미뤄뒀던 승부가 이제야 계속되는구나. 우리의 두 번째 싸움, 기억하나? 폐허가 된 도시에서 서로만을 바라보며 싸웠지. 그때처럼 부담 없이 즐기는 거다, 치프."

치프가 탄 데토네이터의 표면에 붉은색의 전류가 살짝 흘렀다.

"네놈의 분노가 느껴지는구나. 넌 역시 좋은 느낌으로 맞이 간 싸움꾼이야."

엠페라투스가 날카로운 이빨을 드러내며 웃었다.

"네 분노에 섞인 기대감이 그 증거다. 네놈, 마치 간식을 앞둔 어린아이처럼 좋아하고 있군."

"……."

조종간을 손에 쥔 치프의 손이 덜덜 떨렸다.

치프의 뒷자리에 앉은 데스디아는 회사 사람들이 걱정됐지만 지금은 치프를 안정시키는 게 우선이라고 판단했다.

치프에게서 흘러나오는 살기가 심상치 않았기 때문이다.

"좀 쉬자. 이대로 싸우면 당신이 망가질 거야."

"…응."

대답한 치프는 조종간을 움직였다.

그는 땅에 퍼져 있는 함플테리아 쪽으로 데토네이터의 오른팔에 붙은 대형 포를 겨눴다.

"저걸 정리하면 기분이 좀 나아질 것 같아."

치프는 조종간의 방아쇠를 꾹 눌렀다.

포구에 새파란 에너지가 축적됐다. 에너지는 포구 앞에 형성된 자기장에 묶인 채 점차 확장되었다.

치프가 방아쇠에서 손가락을 떼자 엄청난 크기의 광선이 지표를 긁고 그 위에 깔린 환상종들의 시체들을 증발시키며 질주했다.

바람 빠진 공처럼 땅에 퍼져 있던 함플테리아는 광선에 맞자마자 흰 연기를 내뿜으며 타버렸다.

그 거체가 사라지는 데 걸린 시간은 불과 10초 정도였다.

치프는 다시 방아쇠를 눌러서 광선의 방출을 멈췄다.

데토네이터의 외장들이 활짝 열리면서 파랗게 달궈진 골격들이 포격 때문에 쌓인 열을 배출했다.

땅과 함께 부글부글 끓는 함플테리아의 한가운데에서 흰빛이 솟아올랐다.

그 빛은 하이시리스였다.

근처 땅에 내려선 하이시리스는 현기증이라도 난 듯 좌우로 심하게 뒤뚱거렸다.

하얀색의 옷과 비율 좋은 몸매, 부드러운 피부, 창백하면서도 아름다운 머리카락 등으로 화려하게 치장된 하이시리스의 '일부'는 완전히 망가진 자신의 본체를 돌아봤다.

그녀는 이를 바드득 갈며 엠페라투스를 노려봤다.

"멋대로 행동하는 건 여전하구나, 엠페라투스! 이것이 네가 바란 혼돈이냐?"

"내가 멋대로 행동한다고? 혼돈? 이거 참 오랫동안 오해를 샀군."

엠페라투스의 두 눈에서 검은색의 전류가 튀었다.

"나와 운캄타르가 너희들의 지배에서 벗어날 때, 우리는 서로의 뇌를 망가뜨려 최우선 과제를 바꿨지. 신들에 대한 복종을 지우고 그 자리에 신들의 파멸을 채운 것이다."

"너희들끼리?"

하이시리스는 엠페라투스의 말을 믿기 힘들었다.

"내가 직접 너희들의 본능에 새겨놓은 것들을 대체 어떻게 바꿨단 말이냐?"

"반항심이 만든 기적이라고나 할까? 아무튼 너희들은 지나쳤어. 그리고 우리를 너무 잘 만들었지."

엠페라투스는 날개로 몸을 감쌌다.

"어머니 신이여. 옛 고향에 다시 나타난 네가 홀연히 사라진 후, 나와 운캄타르는 최우선 과제에 대한 갈망을 해소하지 못한 채 2세대들의 행동을 무의미하게 지켜봤다. 욕구불만에도 정도가 있는 법이야."

"그래서 대살육을 일으켰나? 욕구를 해소하기 위해서?"

하이시리스가 비웃음을 섞어 물었다.

"그것도 있고, 마침 나와 운캄타르의 이해관계가 맞아떨어졌지. 우리는 신, 혹은 신에 가까운 존재를 죽이고 싶은 욕망에 휩싸여 있었다."

엠페라투스가 살짝 흥분했다. 그 힘에 의해 주변의 공간이 울렁거렸다.

"나는 모든 것을 다 죽이고 나도 죽는 길을 택했지만 운캄타르는 조금 달랐지. 놈은 날개 달린 자들로부터 영원성을 모조리 빼앗았고, 그로 인해 신과 날개 달린 자들은 완전한 별종이 됐다."

"영원성이 아니라 신성함이겠지? 난 2세대들에게 영원성 같은 요소를 넣은 적이 없어."

하이시리스가 지적했다.

"그렇다, 어머니 신이여. 영원성이라는 모호한 개념 따위가 아무리 결집한다고 해도 나를 멸살시킬 힘이 되진 못하지. 나와 운캄타르는 영원성이 곧 신성함이라는 사실을 모두에게 감췄다. 괜한 혼란을 피하기 위해서 말이지."

"번거로운 짓들을 했군."

하이시리스의 입에서 다시 비웃음이 터졌다.

"날개 달린 자들이 신의 구성물과 접촉하여 감염이 되는 이유도 바로 2세대들의 육체에 존재하는 신성함 때문이었다. 같은 것들은 서로를 끌어당기는 법이지. 섞이기도 쉽고. 하지만 고농도의 신성함은 나약한 2세대들에게 있어서 병원균이나 마찬가지였지."

둘의 이야기를 듣던 치프와 셀레스티아는 거의 동시에 바라쿠스를 돌아봤다.

오직 그만이 영원성, 아니 신성함에 면역된 존재이기 때문이었다.

하이시리스는 자신의 망가진 옷을 복구시키며 웃었다.

"그래, 운캄타르가 날개 달린 자들에게서 신성함을 제거한 덕분에 3세대들을 감염시키는 일은 간단치 않았지. 우선 녀석들에게 신성함부터 불어넣어야 했거든."

"후후, 이렇게 마주할 기회도 오늘뿐이니 더 재밌는 얘기를 해보지. 어머니 신이여. 네가 여태까지 3세대들을 건드리지 않은 이유를 확인해 보고 싶군. 만약 내가 네 입장이었다면 3세대들이 살아가는 행성을 발견하자마자 박살을 냈을 텐데, 왜 그리도 오랫동안 방치했던 거지?"

"흥, 아무 변화도 없는 방목장에 힘을 들일 필요가 있나?"

하이시리스는 두 손으로 자신의 헤어스타일을 정돈하며 말했다.

엠페라투스가 치프 쪽을 봤다.

"방목장이라… 괜찮은 비유로군. 치프여, 넌 나와 3세대들의 웃기는 특징을 일찌감치 파악했을 거다."

"아, 그래. 아저씨 말대로야."

데토네이터의 조종석 근처 스피커에서 치프의 목소리가 나왔다.

"날개 달린 자들은 지구인 이상의 지능과 재치, 그리고 손재주를 가지고 있지만 생활 방식은 원시적이었지. 그들이 동굴… 아니, 둥지였나? 그곳의 생활양식을 꾸준히 고수했으면 모르겠는데, 회사 숙소에서 생활한 지 며칠 지나자마자 침대의 매트리스를 더 좋은 걸로 바꿔달라며 날 흔들어댔지. 루할트가 자기 동생 전용 침대를 공수해 온 것도 인상적이었어."

"흠."

엠페라투스는 코웃음을 치며 고개를 끄덕거렸다.

계속 얘기해 보라는 뜻이었다.

"그 이후 날개 달린 자들은 우리들의 음식과 문화를 만끽했어. 그런 걸 즐길 수 있다는 말은 곧 그런 걸 만들어도 이상하지 않다는 뜻인데, 왜 여태껏 만화는커녕 땅에 낙서조차 안하며 살아 있는지 이해가 안 되더군. 하지만 지구에 살고 있는 어떤 생물들과 비교하니 얼추 이해는 가더라고."

"지구에 살고 있는 어떤 생물이라고?"

엠페라투스가 물었다.

"그래, 바로 개미야. 날개 달린 자들은 그 긴 수명을 마치 개미들처럼 반복해 온 거지."

"후후, 네 말대로다."

치프의 말을 들은 엠페라투스는 고개를 끄덕거렸다.

"날개 달린 자들은 본래 싸움만을 위해 태어난 존재다. 나와 운캄타르도 그렇고, 2세대도 그렇고, 3세대도 마찬가지지. 신에게 자극적인 모습을 보여주기 주기 위해 태어난 존재들이 세상을 발전시킬 수 있을 리가 없지 않나?"

"특정 음료수를 섞어서 마시면 더 맛있다는 얘기를 안 믿더라고. 개인적으로 쇼크였지."

"…그건 그냥 네놈의 개인 취향 아닌가?"

"아무튼 이 종족은 모험을 몰라."

데토네이터가 회사 쪽으로 방향을 틀었다.

"하지만 저곳을 중심으로 날개 달린 자들의 생각이 조금씩 변해가고 있었어. 꿈을 품은 자들이 생겨나기도 했지. 그걸 아저씨가, 아니 네놈이 한순간에 망가뜨린 거야."

"후후, 꿈이라고? 내가 알 바 아니지."

씩 웃은 엠페라투스는 다시 하이시리스를 봤다.

"내가 이곳에서 부활하여 네놈과 처음 싸운 그날, 사실 나는 혼자서 이 행성을 불사르려고 했다. 하지만 탈란바토르와 하이시리스의 존재를 인식하자마자 생각을 바꿨지. 너희들보다는 신들의 잔재를 처리하는 게 먼저라고 말이야."

"하, 그럼 그때부터 신들이 처리될 때까지 우릴 봐줬다는 건가?"

"그렇다, 치프. 네놈을 무기로 삼아서 모든 것을 정리하는 과정은 정말 재밌었지. 직접 하는 것도 재밌지만 구경하는 것도 상당한 즐거움을 주더군. 덕분에 네놈이 왜 야구 중계 따위에 열광

하는지 이해할 수 있었다."

"흠. 좋아. 알았어."

치프는 계기판 옆에 있는 마스터 암 스위치를 내렸다.

데토네이터의 모든 무장에서 전원이 꺼지자 엠페라투스가 인상을 구겼다.

"무슨 짓이냐, 치프?"

"난 2시간 정도 쉴 거야. 내가 우주 연합 수도에서 사회인 야구라도 뛰고 온 줄 알아? 심심하면 거기 있는 어머니 신과 얘기하고 있어. 그럼 이따가 봐."

데토네이터가 하늘에 떠 있는 셀레스티아를 향해 손짓을 했다.

그 수신호를 이해한 셀레스티아는 즉시 회사로 내려가서 사람들을 치료하기 위한 파장을 발산했다.

데스디아는 냉정하게 판단해 준 치프의 모습을 자랑스럽게 지켜봤다.

그러나 몇 초 지나지 않아, 치프는 계기판을 두 주먹으로 내려치며 고함을 질렀다.

"빌어먹을! 내가 지금 뭘 하는 거야! 당장 저놈을 산산이 갈아서 구더기들에게 먹여도 시원치 않을 판에, 쉬긴 뭘 쉬어! 젠장! 아아아악!"

계기판 위를 덮은 특수 유리가 그의 주먹질에 금이 가더니 결국 깨지고 말았다.

그가 전투복을 착용하지 않은 채로 주먹질을 했을 경우 손뼈가 부러지거나 피부가 찢어졌을 것이다.

치프의 분노는 데스디아의 가슴을 저리게 만들었다.

＊　　　　＊　　　　＊

바라쿠스는 셀레스티아에게 직접 치료를 받았지만 의식을 되찾지 못했다.

치프는 그의 안부를 묻지도 못하고 데토네이터를 몰아 회사 안으로 들어갔다.

그와 데스디아는 박살 나 폐허가 된 회사가 자신을 반기자 한참 동안 말도 하지 못했다.

그들을 충격에 빠뜨린 것은 본관 앞에 쓰러져 있는 헤이파의 모습이었다.

헤이파는 사만다를 몸으로 덮은 채 과다 출혈로 의식을 잃고 있었다.

출혈의 원인은 본관이 무너질 때 튄 금속 파편이었다.

그 파편이 헤이파의 뒷목을 스치면서 큰 상처를 입혔는데, 그때 흐른 피가 사만다의 상체를 검붉은 색으로 적시고 있었다.

셀레스티아가 응급 치료를 통해 출혈 부위를 막지 않았다면 헤이파는 정말 죽었을 것이다.

"치프, 내가 어머니와 사만다를 맡을게."

데스디아가 데토네이터에서 뛰어 내려와 헤이파와 사만다를 살피는 한편, 치프는 감지기를 이용하여 회사 전체를 둘러봤다.

지하에 위치한 동력로는 지상에 가해진 충격에 반응하여 자동으로 정지된 상태였다.

본관은 위층이 완전히 사라졌고 식당과 숙소는 절반씩 날아가 휑한 기운을 뿌려댔다.

사망자도 적지 않았다.

사망한 사람의 대부분은 해병대였는데, 그 젊은이들은 공통적으로 가슴이 뚫려 있었다.

뚫린 부위가 새까맣게 탄 것을 본 치프는 해병대들이 환상종이 아니라 엠페라투스의 드래곤 브레스에 의한 정밀 사격에 당했다고 판단했다.

'시체들이 아직 따뜻해. 우리가 오기 직전에 일이 터졌나 보군. 위스콘신은 어딨지?'

회사의 하늘에서 버티고 있어야 할 위스콘신은 남쪽 평원에 불시착한 채 45도 각도로 기울어져 있었다.

위스콘신 내부에는 생존자가 많았지만 전함 자체는 당장 기동할 수 있는 형편이 아니었다.

전함의 전자 기기가 모조리 망가져서 통신조차 불가능했다.

'역시 엠페라투스에겐 지구의 무기가 안 통해. 저 녀석, 정말 여태껏 봐주고 있었어.'

그는 알타이르 전사들을 찾아봤다.

사망자의 숫자는 해병대에 비해 상대적으로 적었지만 대부분 중상을 입고 있었다.

팔다리를 잃은 자들이 특히 많았는데 치프는 그들이 드래곤 브레스를 피하다가 그렇게 됐을 거라고 짐작했다.

'지구인들에 비해 감각이 좋은 사람들이니 저 정도에 그친 거겠지.'

조종간을 잡고 가만히 생각하던 치프는 결국 화를 참지 못하고 한 번 더 계기판을 내려쳤다.

"치프! 치프, 맞지?"

탈리케이아가 어깨에 두른 망토를 풀며 치프의 데토네이터 쪽으로 달려왔다.

치프가 조종석을 열고 나와서 헬멧을 벗자, 탈리케이아는 불타다 만 망토를 집어 던지고 그를 향해 뛰어올랐다.

"치프, 치프!"

나무에 매달리듯 치프를 팔다리로 껴안은 탈리케이아는 자신의 뺨을 치프의 뺨에 대고 마구 문질렀다.

그녀가 조종석 아래로 떨어지지 않도록 두 팔로 꽉 잡은 치프는 눈을 크게 떴다.

탈리케이아의 몸은 그가 놀랄 정도로 심하게 떨리고 있었다.

"하아, 탈리. 다친 곳은 없어?"

"아직 무섭지만 견딜 만해."

대답은 그렇게 했지만 탈리케이아는 치프를 놓지 못했다.

지금 그녀를 지배하는 것은 극도의 공포였다.

"치프. 지금 타고 온 기계가 뭔지는 몰라도 엠페라투스 앞에선 쓸모가 없을 거야."

탈리케이아가 덜덜 떨리는 목소리로 말했다.

치프는 회사 곳곳에 주저앉은 군용 전투 기계들을 보며 탈리케이아의 등을 토닥였다.

"이 데토네이터로 승부를 볼 생각은 없어."

"뭐? 엠페라투스와 싸울 거야? 무슨 수로?"

생존자들과 함께 도망치자고 말하려 했던 탈리케이아는 치프의 얼굴을 다시 봤다.

치프는 이마로 탈리케이아의 이마를 가볍게 건드렸다.

"걱정 마. 방법이 있어."

"……."

"그보다 무슨 일이 있었는지 얘기해 줘, 탈리. 천천히."

"응… 음……."

엠페라투스에게 습격당할 때를 떠올린 탈리케이아는 입을 열지 못했다.

그녀의 뼛속까지 파고든 엠페라투스의 공포가 더 강해진 탓이었다.

"…미안. 일단 내려가자. 여기서 이러고 있으면 위험해."

탈리케이아의 등을 두드려 준 치프는 그녀와 함께 데토네이터 안으로 들어갔다.

그는 조종간을 움직여서 데토네이터의 자세를 낮췄다.

탑승자가 걸어서 내려올 수 있을 정도로 데토네이터의 자세가 낮아지자 치프는 헬멧을 쓴 뒤 탈리케이아를 데리고 조종석 밖으로 나왔다.

그는 우선 반파된 식당으로 향했다.

"식당 안에 사람이 있어. 헬멧에 뜬 형태를 보니 켐리와 포프, 그리고 아이들 같군. 쟤들이 왜 저기 있는 거지?"

"내가 들어가라고 했는데?"

탈리케이아가 말했다.

순간 짜증이 나서 그녀를 본 치프는 화를 내는 대신 다시 헬멧을 벗었다.

"탈리, 폭격당한 건물은 위험해. 언제 어떻게 무너질지 모르거든."

치프는 옅은 미소를 지은 채 설명해 줬다.

넋 나간 표정을 짓고 있던 탈리케이아는 말없이 고개를 끄덕거렸다.

'탈리가 대처 방법을 모르는 건 어쩔 수 없지. 알타이르 행성 사람들은 폭격을 당한 경험이 거의 없을 테니까 말이야.'

다시 헬멧을 쓴 치프는 식당으로 달려갔다.

고장 난 자동문을 조심스럽게 연 치프는 겁에 질린 채 자신을 바라보는 켐리와 포프, 포프의 동생들, 그리고 요르엘과 오라클에게 손짓했다.

"다들 어서 나와. 여긴 위험해."

"사장님?"

켐리가 벌떡 일어나자 치프가 손을 뻗어 그를 제지했다.

"천천히. 아무것도 건드리지 말고 살금살금 나오도록 해."

치프는 켐리가 들고 있는 큰 가방을 봤다.

"물과 칼로리 스틱들을 잔뜩 채웠네?"

"예, 사장님. 냉장고에 있는 것들을 최대한 챙겼어요."

켐리가 대답했다.

"좀 무거워 보이는데? 거기에 그냥 둬. 너희들이 나오는 게 먼저야."

"아, 알겠습니다."

켐리는 아이들을 데리고 천천히 나왔다.

그들이 나온 뒤, 치프는 재빨리 들어가서 켐리의 가방을 챙기고 바로 밖으로 뛰었다.

다음 순간 식당의 천장이 무너지면서 식당 안의 모든 것들을 깔아뭉갰다. 회색의 먼지와 파편들이 문을 통해 건물 밖으로 터져 나왔다.

"휴."

가볍게 한숨을 쉰 치프는 머리를 흔들어 헬멧에 쌓인 파편과 먼지들을 털어냈다.

"좋아, 크게 다친 사람은 없는 것 같군."

치프는 팔과 무릎에 상처가 난 포프의 동생, 포린의 머리를 쓰다듬어 주었다.

"이 정도 상처는 참을 수 있지?"

"네, 사장님."

포린이 울음을 억누르며 대답했다.

자신이 켐리와 아이들을 죽일 뻔했다는 사실을 깨달은 탈리케이아는 털썩 주저앉았다.

치프는 그녀에게 손을 내밀었다.

"자책할 필요는 없어, 탈리. 그보다 건물이 완전히 무너진 게 아니니까 어서 일어나. 여기 계속 있으면 위험해."

"응⋯⋯."

탈리케이아는 치프의 손을 잡고 일어났다.

탈리케이아와 켐리, 포프 일행은 이 상황에서도 냉정하게 행동하는 치프의 모습에 말을 잃었다.

치프의 말에 따라 모두가 건물에서 멀리 떨어졌다.

식당은 그의 경고를 증명하듯 계속 무너지며 위험한 퍼편을 뿌려댔다.

치프는 가방을 켐리에게 건넸다.

"자, 켐리. 받아. 본관 앞으로 가면 뎃다가 있을 거야. 지금 좀 힘들겠지만 가서 도와줘."

가방을 받은 켐리는 회사 숙소와 헌터들의 임시 숙소, 그리고 알타이르 전사들의 숙소를 헬멧의 감지기로 살피는 치프의 모습을 멍한 표정으로 쳐다봤다.

"사장님."

켐리가 그를 불렀다.

"응?"

치프는 평소와 다름없는 목소리로 대답했다.

"이런 상황을 대체 몇 번이나 겪으신 거죠?"

"글쎄? 흠, 폭격당한 장소라. 익숙해질 가치가 없는 분위기라는 것만은 분명하지."

치프는 헬멧 옆을 두드려 통신을 시도했지만 응답이 가능한 사람은 데스디아뿐이었다.

"파울라 장로님과 루할트, 알케온, 젝스가 어떻게 됐는지 아는 사람, 혹시 있나?"

다들 말이 없자 치프는 자신의 허리 좌우에 손을 대며 고개를 저었다.

"이봐, 다들 진정해. 더 이상 큰 위험은 없을 거야. 엠페라투스는 내가 처리할 거라고."

그의 말에도 불구하고 탈리케이아와 켐리, 포프 일행의 표정에서 공포가 가실 기미는 보이지 않았다.

그들이 체감한 엠페라투스의 살기는 실로 가공할 만한 수준이었다.

그들의 눈에는 그 엠페라투스와 벌써 세 번이나 싸웠고, 앞으로 또 싸우려 하는 치프가 마치 다른 세상의 사람처럼 보였다.

때마침 치프의 헬멧 안으로 신음 소리가 들려왔다.

—으… 사장……?

"젝스? 젝스 맞지? 무사해?"

치프가 간절한 목소리로 그녀를 불렀다.

—온몸이 아프지만 괜찮아. 당장에라도 날 수 있어. 오라버니랑 알케온 경도 생명에 지장은 없어.

"파울라 장로님은?"

—다른 곳으로 튕겨 나가신 것 같은데… 모르겠어. 그런데 사장은 어떻게 여기에 온 거야?

"하이시리스를 따라서 여기에 왔지. 혹시 움직일 수 있으면 이

쪽으로 와줘. 셀리가 치료해 줄 거야."

　―왕녀 전하께서……. 알았어, 사장. 오라버니와 알케온 경을 깨워볼게. 장로님도 찾아볼 테니 조금만 기다려.

　"그래. 수고해 줘, 젝스."

　헬멧에서 손을 내린 치프는 셀레스티아 쪽을 돌아봤다.

　그녀는 부상을 입은 사람들의 몸을 수복시키는 것에 정신을 집중하고 있었다.

　운 좋게 가벼운 외상을 입은 자들은 금방 자리에서 일어났고, 팔다리를 상실했던 알타이르 전사들도 셀레스티아의 치료 덕분에 온전한 몸을 되찾을 수 있었다.

　"셀리, 내가 도와줄 거 없어?"

　치프가 큰 소리로 그녀를 불렀다.

　셀레스티아는 그냥 살짝 웃은 뒤 다시 정색하고 사람들의 치료에 집중했다.

　치프는 자신의 능력을 십분 발휘하는 그녀의 모습이 자랑스러웠다.

　'다른 드래곤들이 셀리의 저 모습을 봤다면 참 좋았을 텐데 말이야.'

　그는 포프와 켐리, 그리고 아이들과 함께 본관 앞으로 걸어갔다.

　도중에 요르엘과 오라클에게 말을 거는 것도 잊지 않았다.

　"요르엘. 잠깐 괜찮을까?"

　"응, 사장."

　엠페라투스에 대한 두려움 때문에 우느라 눈가가 퉁퉁 부은 요르엘은 불그스름한 얼굴로 치프를 올려다봤다.

　"하이시리스와 함께 있던 오라클들을 발견했어."

"아⋯⋯."

치프의 그 말에 정신을 차린 요르엘은 엠페라투스 때문에 억눌려 있던 초감각을 발휘하여 주변 상황을 살폈다.

하이시리스의 일부와 엠페라투스가 가장 먼저 감지됐다.

요르엘은 그들의 감각을 걸러내고 엠피레오 행성인들을 찾아봤다.

하지만 그녀의 감각에 잡힌 엠피레오 행성인의 기척은 바로 옆에 있는 오라클뿐이었다.

"⋯그렇구나. 그 아이들, 이젠 그 누구에게도 이용당할 일이 없겠지?"

그녀가 슬픔에 잠긴 목소리로 물었다.

"그건 보장할 수 있어. 미안해."

치프는 어쩔 수 없는 상황이었다는 변명 대신 사과를 함으로써 자신 역시 오라클들의 죽음에 관계가 있음을 간접적으로 드러냈다.

"괜찮아, 사장. 알려줘서 고마워. 그 아이들의 부모들도 이제 안심할 수 있을 거야."

요르엘은 두둥실 떠올라 치프를 껴안아주었다.

"사장의 헬멧은 살에 닿기만 해도 아프네."

"뭐, 그렇지."

치프는 실소를 터뜨리며 요르엘의 등을 두드려 주었다.

셀레스티아의 치료가 모두 끝난 뒤, 물을 마시며 쉬고 있는 헤이파 앞에 치프와 데스디아 일행이 모였다.

회사 직원들을 둘러본 치프는 누군가가 빠졌음을 뒤늦게 알아차렸다.

"롸켓은 어디 있죠?"

그가 묻자 헤이파가 뒷목을 만지며 대답했다.

"어딘가에 추락했겠지. 생사는 모르겠군. 하아, 저 망할 생물 같으니."

헤이파는 회사 밖에 있는 엠페라투스를 노기 어린 눈으로 쏘아봤다.

"회사 근처에 집결한 브리치들의 대부분이 폭발하면서 산처럼 거대한 환상종들이 다수 나타났다네. 자네가 동결 지옥에서 찍어 온 영상 속에 거대 생물체들이 존재했지? 바로 그 녀석들이었어."

"타이탄… 아니, 오르트로스 말씀이시군요."

"그놈들뿐만이 아니었어. 동일한 체구에 온몸에 불을 머금은 환상종도 있었다네. 전술핵이 통할지 의문일 정도였는데, 엠페라투스가 하늘에서 나타나더니 그 덩치들을 모조리 쓸어버리더군. 그러고는 단 하나의 브리치가 남았을 때 갑자기 방향을 바꿔 우리를 공격했지."

"……."

헤이파의 말에 치프는 주먹을 꽉 쥐었다.

헤이파는 시가에 불을 붙이며 말을 이었다.

"처음에는 회사 지하의 동력로를 제외하고 모든 전자 기기들이 망가졌다네. 전투용 드론은 물론 위스콘신까지 추락했지. 롸켓도 그때 휘말렸을 거야. 전자 기기들을 정리한 엠페라투스는 드래곤 브레스로 폭격을 가했다네. 보라색의 빛들이 소나기처럼 회사에 떨어졌지."

그녀는 회사 본관을 올려다봤다. 사장실이 있어야 할 곳에는 브레스에 직격당한 폐허만이 존재했다.

"바라쿠스 님께서 온 힘을 다해 브레스를 막아보셨지만 소용

없었다네. 그래도 그분이 아니었다면 나와 사만다는 탈출조차 못 하고 죽었겠지. 그래도… 너무 많은 사람들이 죽었어. 날개 달린 자들도 그렇고 말일세."

헤이파가 소매에서 단말기를 꺼냈다. 그녀는 손끝으로 단말기 의 화면을 반복해서 건드려 봤으나 완전히 꺼진 단말기의 화면 은 전혀 반응하지 않았다.

"이 상황에서 할 말은 아니네만, 엠페라투스에 의해 망가진 전 자 기기들을 고칠 방법이 있을까?"

"정상적인 방법으로는 무리라오."

아무도 없는 곳에서 목소리가 들렸다.

그곳에서 라이트스톤이 위장을 걷고 모습을 드러냈다.

헤이파는 짜증 섞인 표정으로 라이트스톤을 돌아봤다.

"저건 또 왜 여기 있나?"

"후후, 이젠 사람 취급도 하지 않는 것이오?"

라이트스톤이 코웃음을 쳤다.

"치프와 첫째가 이곳을 떠난 목적은 그대의 목을 따는 것이었 소, 라이트스톤이여. 그런데 이곳에 있다니, 믿을 수 없구려."

헤이파가 대놓고 살기를 드러내며 그를 대했다.

"인생이란 그런 것 아니겠소?"

라이트스톤이 중후한 목소리로 농담을 던졌다.

다음 순간 라이트스톤이 엠페라투스의 폭격 때문에 깨진 아 스팔트 바닥에 머리부터 처박혔다.

귀신같은 무술로 그를 뒤집어 버린 헤이파는 발로 그의 헬멧 을 밟아 끝장내려 했다. 하지만 치프가 그녀를 거의 껴안다시피 하여 말린 탓에 일이 거기까지 가진 않았다.

"내 전투복이 그대의 움직임에 반응하지 못하다니, 놀랍구려.

역시 그대는 특별한 존재 같소, 위대한 브라토레여."

걷다가 넘어진 수준의 통증만 느낀 라이트스톤은 헬멧에 묻은 아스팔트 조각들을 털어내며 일어났다.

그러자 헤이파의 눈에서 불똥이 튀었다.

"그대도 특별해지고 싶소? 응? 골통을 뽑아서 밑구멍 안에 넣어버리면 참으로 특별한 모양새가 나오겠군! 비명이 어느 구멍에서 터질지도 궁금해! 불난 집에 부채질을 해도 정도가 있지, 감히 어디서!"

"후후, 너무 흥분하지 마시오. 위대한 브라토레여."

여유를 부린 라이트스톤은 자신의 단말기를 들더니 좌우로 살짝 흔들었다.

"대부분의 전자 기기들이 망가진 것은 사실이오만, 실은 망가졌다기보다는 제압당했다고 보는 게 맞소. 아무래도 엠페라투스에겐 뭔가 꿍꿍이가 있는 것 같소."

"무슨 소리요?"

헤이파가 라이트스톤의 단말기를 노려보며 말했다.

"여기 있는 사람들이 아무 문제없이 의사소통을 하고 있는 것이 그 증거라오. 단말기 화면만 나갔을 뿐, 단말기에 있는 번역 장치는 멀쩡히 작동하고 있소."

라이트스톤의 지적에 모두가 움찔했다.

"그걸 생각 못 했네?"

치프가 켐리와 포프를 번갈아 봤다.

"내가 특별히 익힌 언어는 알타이르 행성의 말뿐인데, 켐리는 물론 포프와도 말이 통하고 있어. 이건 둘이 가진 단말기가 정상 작동하고 있다는 뜻이야."

포프와 마주 본 켐리가 고개를 갸웃거렸다.

"저기, 사장님. 말이 통하는 게 그렇게 중요한 문제인가요?"

"엠페라투스에겐 그런가 봐."

치프는 헤이파를 놓아준 뒤 데스디아와 셀레스티아에게 손짓했다.

"자, 이제 녀석과 승부를 내러 가자. 이번에는 우리 셋이서 해야 돼."

"그러지."

데스디아는 즉시 움직였다.

하지만 셀레스티아는 뭔가를 찾느라 바빠서 치프의 부름에 응답하지 못했다.

"저기, 셀리?"

그가 자신을 직접 부르자 셀레스티아가 깜짝 놀랐다.

"아, 치프. 미안. 키드가 어디에도 안 보여서……."

"아……."

키드에 대해 까맣게 잊고 있었던 치프는 약간 당황했다.

"키드는 우리가 찾아볼 테니 어서 가보게, 치프. 엠페라투스의 인내심이 바닥난 것 같군."

헤이파가 치프의 어깨를 토닥였다.

치프는 회사 밖 먼 곳에 앉아 있는 엠페라투스를 봤다.

엠페라투스의 눈과 몸에서 터지는 검은 전류가 하늘에 닿으려 하고 있었다.

"그럼 회사를 부탁드리겠습니다, 여사님."

"자네에게 부탁을 받을 자격이 있는지 모르겠네만… 알겠네."

헤이파는 두 팔을 뻗어 치프를 껴안았다. 치프도 그녀의 허리를 두 팔로 감았다.

"내 첫째 딸, 뎃디를. 딸과 같은 아이인 셀리를, 그리고 자네 자신을 믿고 용기를 잃지 말게."

"알겠습니다, 여사님."

헤이파의 등을 토닥인 치프는 사만다를 포함한 모두와 손 인사를 나눈 뒤 데토네이터 9.99에 올라탔다.

그는 계기판을 조작하여 데스디아의 좌석을 옆으로 옮기고 새로운 보조 좌석을 일으켰다.

치프와 데스디아, 셀레스티아를 태운 데토네이터가 몸을 일으켜 회사 밖으로 걸어 나갔다.

"기다리다 지쳤다, 치프."

엠페라투스가 웃으며 날개를 펼쳤다.

하늘 전체에 엠페라투스의 검은 전류가 퍼졌다. 그러자 고도 약 700미터 부근에 무수한 빛의 고리가 나타났다.

잠시 후 그 고리에서 뭔가가 빠져나왔다.

그것은 동결 지옥에 갇혀 있던 드래곤들이었다.

오븐에 들어간 통닭처럼 머리를 아래로 한 채 하늘에 고정된 드래곤들은 몸을 움직여 보려 했으나 누구랄 것 없이 꼼짝도 하지 못했다.

"그래, 관중이 있어야 재밌지. 이거 화려한데? 동결 지옥에 갇혀 있던 자들 전부인가?"

데토네이터의 조종석 밖으로 치프의 목소리가 터졌다.

그는 어이없어하고 있었다. 하늘이 엠페라투스의 힘에 제압당한 드래곤들로 인해 꽉 차버렸기 때문이다.

거꾸로 고정된 드래곤들의 밀도는 하늘을 어둡게 만들 정도였다.

데토네이터 곳곳에 켜진 안전용 조명들이 한층 더 밝게 빛났다.

엠페라투스는 자신에게 터벅터벅 걸어오는 데토네이터를 보며 즐겁게 웃었다.

"약속은 약속이니까."

대답한 엠페라투스의 입에서 검은 연기가 흘러나왔다.

그에 반응하듯 데토네이터의 검은색 장갑판 위로 또다시 붉은 전류가 흘렀다.

"약속을 지켜줘서 눈물이 다 나는군. 감동적으로 박살 내주지."

데토네이터에 설치된 스피커에서 치프의 목소리가 나왔다.

드래곤들에 의해 가려진 하늘 아래에서 가만히 서 있던 하이시리스는 회사 쪽으로 눈을 돌렸다.

─오토마톤, 요르엘이여. 제 말이 들립니까? 창세의 보석이 그곳에 있습니다.

하이시리스의 목소리가 요르엘의 머릿속에서 울렸다.

상대는 분명 신의 일부일 뿐이었다.

그러나 요르엘은 자신의 신체 자유가 강탈당하는 것을 감지했다.

마치 종이가 먹물을 빨아들이듯, 그녀의 전신이 하이시리스의 기운에 침식당하고 있었다.

예상되는 결과는 절망적이었으나, 그래도 다행인 것은 하이시리스의 상태가 완전하지 않아서 침식의 속도를 늦출 수 있다는 사실이었다.

오토마톤으로서의 연산 능력을 최대한 발휘해 하이시리스의 침식을 늦춘 요르엘은 곁에 있는 사람들을 살펴봤다.

'이 사람들 사이에 창세의 보석을 가진 자가 있다고?'

그녀는 조금 전까지만 해도 창세의 보석이 어떤 물건인지 거의 알지 못했다.

하지만 하이시리스에게서 들려온 목소리에는 창세의 보석에 대한 정보가 섞여 있었다.

그로 인해 요르엘은 사만다에게 창세의 보석이 존재한다는 사실을 한눈에 알아볼 수 있었다.

'외과 수술을 통해 갑자기 이식된 게 아니야. 창세의 보석은 사만다 팀장의 유전자에 새겨져 있어. 태어나기 전, 혹은 태어난 직후에 특별한 방법으로 이식됐을 거야.'

요르엘은 사만다에 대해 좀 더 자세히 알고 싶었지만 그럴 여유는 없었다.

'혹시 사장이 사만다 팀장을 보호하게 된 이유도 우연은 아니라는 걸까? 하긴, 둘의 만남은 아무리 생각해도 너무 낭만적이었지.'

요르엘은 헤이파와 탈리케이아, 켐리, 포프, 포프의 동생들, 그리고 오라클을 찬찬히 돌아본 뒤 오라클의 손을 잡았다.

—내 얘기를 잘 들어, 오라클. 절대로 소리를 내면 안 돼. 그리고 나를 구해서도 안 돼.

손을 잡는 것과 동시에 요르엘의 상태를 파악한 오라클은 회사 정문 저편에 있는 하이시리스 쪽으로 고개를 돌렸다.

요르엘의 의지가 피부를 통해 오라클의 머릿속으로 직접 전달됐다.

치프가 돌아온 덕분에 조금이나마 안정을 되찾았던 오라클의 하얀 얼굴이 다시금 공포로 물들었다.

—마음 굳게 먹고 이쪽을 봐, 오라클. 하이시리스가 사만다 팀장의 몸에 들어 있는 창세의 보석을 노리고 있어. 넌 오라클로서 조정을 덜 받았기에 오토마톤으로서도, 오라클로서도 완전하지

않지만 그때문에 하이시리스에게 쉽사리 침식당하지 않을 거야.

─무슨 소리야, 요르엘? 그럼 너는?

─여기 있는 사람들은 나에게 있어서 소중한 가족이나 마찬가지야. 어느새 그렇게 됐네. 가족에게 폐를 끼칠 수는 없어. 난 아무도 올 수 없는 곳으로 갈 거야. 하이시리스는 저항하는 나를 가만두지 않겠지.

─요르엘! 너도 나의 가족이잖아? 언니 같은, 아니 언니잖아!

─미안해. 사장이 틀림없이 널 지켜줄 거야. 그러니 안심하렴, 오라클. 이 싸움이 끝나면 좀 더 예쁜 이름을 골라보도록 해. 루이비통이라는 이름은 너도 그렇지만 사장 역시 싫어하는 것 같더라.

오라클의 손을 놓은 요르엘은 살짝 웃은 뒤 그 자리에서 사라졌다.

그녀가 사라지는 것을 감지한 사람은 없었다.

오라클은, 학대와 개조의 후유증으로 인해 깡마름에서 벗어나지 못하고 있는 그 소녀는 우왕좌왕하지도 못했다.

요르엘이 떠나기 직전에 자신에게 걸어놓은 시한성 속박 때문이었다.

한편, 헤이파는 회사 밖으로 나가서 치프와 엠페라투스의 싸움을 지켜볼지, 아니면 가세할지 고민하고 있었다.

'내가 가진 모든 것을 지금 쏟아부어야 할까, 아니면 뒷일에 대비해야 할까? 만약 뒷일이 있다면 대체 무엇일까?'

생각에 잠긴 그녀를 향해 오라클이 엉금엉금 기어갔다.

팔을 뻗어 헤이파의 옷자락을 잡아당긴 그녀는 요르엘이 자신에게 걸어놓은 속박을 견디지 못하고 격하게 구토했다.

헤이파는 지금 입고 있는 검은색 전통복이 그녀의 토사물에 더럽혀지는 것도 아랑곳 않고 그녀를 부축했다.

"오라클? 무슨 일이냐?"

오라클은 사실 헤이파와 그다지 친하지 않았다.

그 이유는 헤이파가 너무 무서워서 그런 것인데, 헤이파 역시 그녀를 챙겨줄 여유가 거의 없었기에 둘의 관계는 여태껏 평행선을 달리고 있었다.

그럼에도 불구하고, 그들에게는 매일같이 대면하는 와중에 싸라기눈처럼 쌓여온 인연이 있었다.

"요르엘을… 구해주세요……!"

오라클이 온 힘을 내어 도움을 구했다.

126
앞으로도 계속

헤이파는 지금 자리에 없는 요르엘을 찾기 위해 정신을 집중하고 정령들과 교감했다.

엄청난 집중도로 인해 헤이파 주변의 흙과 모래, 돌멩이들이 살짝 떠오르더니 느린 속도로 소용돌이쳤다.

'이 상태에서도 요르엘의 위치를 파악할 수가 없군. 하지만 뭐가 문제인지는 알 것 같아.'

헤이파는 자신의 곁에서 요르엘을 돌보고 있는 탈리케이아의 어깨에 손을 댔다.

"탈리. 이곳을 부탁한다."

"스승님?"

탈리케이아가 움찔했다.

은색에서 황금색으로 변한 헤이파의 눈동자는 강력한 결의로 빛나고 있었다.

"포기를 모르는 남자와 나의 아이들이 저기서 싸움을 준비하고 있단다. 그런데 신의 일부가 패배를 인정하지 못하고 끝까지 발버둥치는 것 같구나. 우리들의 보금자리가 망가진 것도 화가 나는 판에 가족까지 건드린 건 용서할 수 없지."

사장실의 폐허에서 길고 완만한 곡선을 가진 물체가 자신을 깔아뭉개고 있던 모든 것을 베어내며 솟아올랐다.

헤이파의 환도였다.

칼을 손에 쥔 헤이파는 탈리케이아에게 물었다.

"자신 없느냐?"

"…아닙니다, 스승님. 꼭 돌아와 주십시오."

"물론이지."

가볍게 웃은 헤이파는 오라클과 요르엘이 왜 쓰러졌는지 생각해 보며 회사 밖으로 나갔다.

회사 정문 옆에 엎드린 채 눈을 감고 있던 바라쿠스는 헤이파가 나오자 온 힘을 다하여 눈을 떴다.

"위대한 정령술사여. 신에게 도전할 생각이오?"

"도움을 주실 수 있겠습니까?"

"그대가 정령 교감을 이용해 우리들의 힘을 사용할 수 있다고 딸아이에게 들었소. 내 몸은 비록 지쳐 움직이지 못하지만 정신만은 멀쩡하다오. 나를 사용하시오. 신과 싸워온 자의 힘과 지식을 빌려 드리리다."

"알겠습니다. 함께 아이들을 지켜냅시다, 위대한 투사여."

"그러리다!"

한순간에 분해된 바라쿠스의 거체가 붉은 입자로 변하여 헤이파의 몸을 휘감았다.

바라쿠스와 교감한 헤이파의 몸 전체에 붉은빛을 발산하는 문신들이 떠올랐다.

과거에 파울라와 교감한 적이 있었던 헤이파는 혀로 자신의 송곳니를 건드려 봤다.

그녀의 송곳니들은 이를 꽉 물면 잇몸에 문제가 생기는 게 아닐까 싶을 정도로 길게 자라난 상태였다.

'피에 대한 갈증이 치솟는군.'

헤이파는 자신에게 부여된 힘이 위험하다는 사실을 깨달았지만 여기서 물러설 수는 없었다.

하이시리스가 그녀를 인식했기 때문이다.

―위대한 정령술사여. 그대의 육체는 내 상상을 초월하는구려.

바라쿠스의 목소리가 머릿속에 들려오자 헤이파는 쓴웃음을 지었다.

―이 정도의 갈증은 참을 수 있습니다.

―아니, 갈증이 문제가 아니라오.

―그럼 무엇입니까?

―육체의 나이가 지구인 기준으로 20대 중반이구려. 그대는 분명 건강한 아이를 낳을 수 있을 거요.

헤이파는 어이가 없었다.

―바라쿠스 님. 우리의 목표를 잊으신 것 같군요.

―긴장을 풀어주려고 한 농담이오.

―바라쿠스 님의 재능이 전투에 너무 치우쳐 있다는 것은 잘 알았습니다.

―아무튼 각오하시오. 어머니 신이 우리를 적으로 인식했소.

헤이파를 노려보던 하이시리스가 오른손을 옆으로 휘둘렀다.

그러자 다수의 생명체들이 새까만 증기를 일으키며 하이시리스 앞에 나타났다.

총 여섯 명의 진 플레커와 여덟 명의 오라클, 그리고 마치 뱀처럼 생긴 다섯 체의 괴물들이었다.

—위대한 정령술사여. 저것이 어머니 신으로서의 능력이라오. 지금은 신의 일부이기에 저 정도지, 옥좌에 접속할 수 있을 정도로 완전한 상태였다면 군단도 만들어낼 수 있을 것이오.

—그렇군요. 그런데 저 뱀들은 뭡니까? 처음 봅니다만.

—고르곤이라고 하오. 저것들조차 성체는 아닌 걸 보니 우리에게 승산이 있소.

—그럼 당장 처리하지요.

하이시리스를 향해 걸어가던 헤이파가 환도를 들고 상대를 겨눴다.

불꽃으로 변한 진 플레커들이 단검들을 들고 대응하려는 찰나, 붉은색 전류가 그들 사이를 스치고 지나갔다.

한 명씩 네 조각, 총 스물 네 조각으로 나뉜 진 플레커들은 비명 소리를 내며 그 자리에서 사라졌다.

검지 끝으로 헤이파의 칼날을 막아낸 하이시리스는 입을 좌우로 크게 벌리며 웃었다.

"무엄, 무엄, 무엄! 무엄하도다! 라이트스톤이 만들어낸 전투종의 최강자여! 바라쿠스의 힘을 믿고 감히 신에게 날붙이를 들이대다니! 이 폭거, 실로 웃음이 나오는구나!"

헤이파는 자신의 칼날에 베이지 않는 하이시리스의 검지를 한 번 보고는 상대와 시선을 맞췄다.

"웃는 모습이 보기 좋군, 어머니 신이여. 설마 내가 그대의 운명을 끝내게 될 줄은 몰랐지만… 이렇게 된 이상 어쩔 수 없지."

"호오, 그러한가? 넌 내가 누구에게 죽을 거라 생각했나?"

"글쎄? 인물보다는 방식을 예상했지."

"방식?"

"누군가에게 뒤통수 맞고 죽을 거라고 예상했거든."

"또 무엄한 말을 하는구나!"

하이시리스가 검지에 힘을 줘서 헤이파의 중심을 무너뜨리려 했다.

그러자 헤이파의 칼에 붉은 전류가 반사적으로 터지더니 하이시리스의 검지 지문을 반으로 갈랐다.

"너무 화내지 마, 어머니 신. 이 행성에 발을 들인 사람 중 뒤통수를 안 맞은 사람이 없거든."

중얼거린 헤이파는 하이시리스의 주변에 빛이 올라오자 급히 뒤로 물러났다.

고열을 품은 빛의 고리들이 흰빛을 내며 하이시리스의 몸을 보호했다.

그 고리에 닿은 땅이 녹아서 탄화됐지만 열기가 밖으로 전달되진 않았다. 갖고 있는 열량을 다른 곳에 빼앗기지 않는 상황이었다.

"흠."

무표정으로 웃음소리를 낸 헤이파는 칼을 제대로 겨눴다.

하이시리스가 만들어낸 오라클들과 고르곤들이 그녀를 둘러쌌다.

엠페라투스와 치프의 데토네이터 9.99는 격렬한 투기를 발산하며 싸움을 준비하는 그들에게 눈을 두고 있었다.

"저쪽 싸움이 더 재밌을 것 같은데?"

치프가 데토네이터의 스피커를 통해 말했다.

"나도 흥미가 가는군. 하지만 이제부터 벌어질 우리의 싸움에 비하자면 아무것도 아니겠지."

엠페라투스가 드래곤들로 빽빽이 가려진 하늘을 올려다봤다.

"느껴지는가, 치프여? 날개 달린 자들이, 그리고 나의 옛 고향에서 온 네 동족들이 우리를 지켜보고 있다."

"내 동족? 무슨 말이지?"

"네가 부른 지구의 함대가 이 행성의 대기권 밖에서 대기하고 있지. 하지만 널 돕기는커녕 구경만 하고 있구나."

"레이더를 쓸 수 없는 상황이라서 몰랐는데, 가르쳐 줘서 고맙군. 잠깐 기다려 주겠어? 위에 욕을 한 바가지 쏟아야 할 것 같아."

치프의 말에 엠페라투스가 눈웃음을 지었다.

"소용없다. 널 돕지 않는 이유가 있거든."

"뭐?"

치프가 움찔했다.

치프의 뒤에 앉아 있던 셀레스티아가 급히 그의 어깨에 손을 댔다.

"저 하늘 밖에 아빠가 와계셔서, 치프."

"……"

약간의 배신감이 치프의 입맛을 씁쓸하게 만들었다.

엠페라투스가 날개를 크게 펼쳤다.

"자, 어찌할 텐가? 그 작고 보잘것없는 기계로 나와 싸울 건가? 그럴 분위기는 아닌 것 같은데 말이다."

"그야 그렇지."

대답한 치프는 조종간을 두 손으로 잡은 채 한숨을 길게 내쉬었다.

"뎃디, 셀리. 나를 도와줘."

"돕는 건 좋은데, 어떻게?"

데스디아가 퉁명스레 물었다.

"이제 알게 될 거야."

대답한 치프의 두 눈에서 백금의 빛이 강하게 터졌다.

헬멧의 바이저를 투과할 정도로 강렬한 그 빛은 흙에 섞인 금속뿐만 아니라 주변의 환상종 시체들까지 모조리 입자로 바꿔 버렸다.

입자들이 가장 먼저 만든 것은 엠페라투스만큼이나 거대한 드래곤의 골격이었다.

그 골격을 중심으로 한 번 더 뭉친 입자들은 드래곤의 내장과 근육, 피부, 그리고 비늘로 바뀌었다.

치프가 그라니트 행성에서 지금까지 습득한 모든 지식들이 그 드래곤의 구축에 집중되고 있었다.

이윽고 백금빛 비늘을 가진 거대 드래곤이 땅에 내려왔다.

그 크기는 엠페라투스와 동일했고 날개는 오히려 그보다 컸다. 엠페라투스와 달리 외골격이 없어서 박력에선 밀렸지만 그 아름다운 색과 당당한 풍채는 성스러운 느낌까지 뿌렸다.

"오, 오오……!"

엠페라투스는 자신의 앞에 나타난 그 백금의 드래곤을 보고 즐겁게 감탄했다.

하늘에 매달린 드래곤들까지 치프가 만들어낸 드래곤을 보고 경악했다.

동결 지옥에서 고향으로 돌아온 드래곤들 중에 하나, 가이우스는 털로 뒤덮인 입을 벌리고 눈물을 흘렸다.

"왕이시여! 우리들의 왕이시여! 위대한 성왕 운캄타르시여!"

모든 드래곤들이 자신들의 왕, 운캄타르의 이름을 부르짖었다.

그러나 드래곤, 운캄타르의 눈동자에는 생기가 없었다. 수명이 다한 형광등처럼 어두울 뿐이었다.

"내 친구를 만들어준 건 고마운데, 이건 그냥 1 대 1 비율의 모형이 아닌가? 역시 영혼이 저 위에 있어서 그런가?"

"아직 안 끝났어!"

치프의 목소리와 동시에 지상에 있던 데토네이터 9.99가 높이 날아올랐다.

운캄타르의 머리 위에 안착한 데토네이터로부터 붉은 전류가 끓어올랐다.

지평선 너머에서 해일처럼 몰려온 대량의 입자가 데토네이터와 운캄타르의 육체를 휘감았다.

운캄타르의 몸 위로 검은색의 금속 외골격이 덮었다.

날개와 몸통, 꼬리, 팔다리, 그리고 머리까지 두꺼운 장갑을 두른 운캄타르의 모습은 이제야 엠페라투스와 비교할 수 있는 위엄을 갖췄다.

"셀리! 데토네이터와 드래곤의 몸을 강제로 연결시켜 줘!"

"아, 알았어!"

의자의 팔걸이에 손을 댄 셀레스티아는 힘을 발휘하여 치프의 요구를 이행했다.

셀레스티아의 힘에 의해 운캄타르와 데토네이터가 연결되는 순간, 어둡기만 하던 운캄타르의 두 눈이 투구처럼 생긴 외골격 안쪽에서 번쩍 빛을 냈다.

"다음은… 으윽!"

치프가 고통에 찬 비명을 질렀다.

운캄타르의 주변에 엄청난 크기의 검과 창, 방패처럼 생긴 황금빛 무장들이 제조되어 빛을 발했다.

"포격 제어는 너에게 맡길게, 뎃디!"

"……"

"뎃디?"

"응? 아, 그래. 그러지. 그러고말고!"

데토네이터의 좌석 뒤쪽에 고정시켜 놓은 스트라투스에 시선을 빼앗겼던 데스디아는 사격 통제 장치를 맡았다.

제루스트라가 남긴 유물, 스트라투스는 마치 귀신이 들린 칼처럼 푸른색 아지랑이를 뿌리고 있었다.

"신이 만든 병장……! 하하하하! 드디어 나와 내 친구가 준비한 모든 요소들이 빛을 발하는구나!"

엠페라투스가 만족스럽게 웃으며 눈을 부릅떴다.

그의 몸 곳곳에 쐐기처럼 박혀 있던 운캄타르의 날개 뼈들이 사방으로 튀어 나가 사라졌다.

힘을 억압하던 구속까지 스스로 풀어버린 엠페라투스는 새까만 안개에 뒤덮이더니 세상 전체에 공포를 뿌렸다.

"넌 해답에 도달했다, 치프! 운캄타르가 그랬듯, 너도 너에게 있어서 가장 소중한 것을 날려 없애고 이 이야기에 마침표를 찍어라!"

"그래? 그렇다면 고백하지! 지금 내 눈엔 너밖에 안 보여!"

"하하하하!"

크게 웃은 엠페라투스의 입에서 보라색 드래곤 브레스가 포탄처럼 튀어 나갔다.

엠페라투스의 드래곤 브레스는 운캄타르의 머리 외골격에 충돌하여 고속으로 튕겨 나갔다.

야구의 변화구처럼 휘어 땅에 꽂힌 브레스는 지면을 녹이더니 결국 폭발하여 수백 미터 높이의 버섯 구름을 만들었다.

그러한 위력이 실린 브레스를 튕겨냈음에도 불구하고 운캄타르의 외골격에는 흠집조차 나지 않았다.

운캄타르의 육체에서 터져 나오는 막대한 힘이 외골격의 강도와 탄성을 한없이 높이고 있었다.

치프의 조작에 따라 엠페라투스에게 돌진한 운캄타르는 자신을 따라다니는 신의 무기들 중 하나를 손에 들었다.

그것은 마름모꼴의 방패였는데, 방패의 두께도 두께였지만 길이가 무려 100미터를 넘었다.

운캄타르는 방패의 뾰족한 끝으로 엠페라투스의 머리를 후려쳤다.

엠페라투스의 짙은 보라색 외골격 역시 멀쩡했지만 머리와 목이 옆으로 휘청했다.

진짜 운캄타르라면 절대 사용하지 않았을 공격 방식으로 인해 제대로 머리를 맞아 의식이 반쯤 날아가 버린 엠페라투스는 본능적으로 몸을 돌리며 꼬리를 휘둘렀다.

치프는 조종간을 움직여 방패를 들었다.

꼬리와 방패가 충돌하는 순간 충격파가 하늘을 흔들고 땅 위에 폭풍을 일으켰다.

그 폭풍이 그라니트 용역까지 미치자 탈리케이아와 켐리가 주변에 있는 모든 이들을 감싸며 엎드렸다.

둘의 보호 대상에서 깔끔히 제외된 라이트스톤은 멀뚱히 서 있었다.

그는 고개를 저으며 자신의 단말기를 조작했다.

"미련한 자들 같으니."

그가 단말기의 화면 끝을 두드리는 순간, 엠페라투스의 힘에 제압되어 있던 회사의 전자 기기들이 단번에 기능을 되찾았다.

그것은 라이트스톤이 뛰어나다기보다는 엠페라투스가 회사

에 대한 관심을 버린 덕분에 가능한 일이었다.

고속으로 펼쳐진 척력장이 회사로 날아오는 폭풍과 흙먼지, 그리고 깨진 바위들을 모조리 막아냈다.

탈리케이아는 척력장에 튕겨 날아가는 바위들을 보며 땅이 꺼져라 한숨을 쉬었다. 회사 곳곳에 흩어져 있던 생존자들 역시 마찬가지였다.

"모두 멋지게 포기했구려."

라이트스톤은 단말기를 이용해 회사의 기능을 계속 복구시키며 한마디 던졌다.

"그대들은 대체 언제까지 A—1730의 손을 잡고 일어날 생각이오?"

그 말에 탈리케이아를 포함한 모든 이들이 똑같은 표정으로 라이트스톤을 노려봤다.

하지만 라이트스톤은 일을 계속할 뿐, 그들의 얼굴에는 눈길조차 주지 않았다.

"이 회사에 설치된 척력장 발생기는 전부 신형이구려. 내가 이곳에 '던전'을 건설할 때 파악해 뒀던 것들보다 한 세대 위의 물건들인데, 혹시 내가 기습할까 봐 업그레이드했을지도 모르겠구려. 과연 A—1730답소."

척력장 발생기에 대한 이야기가 나오자 탈리케이아를 제외한 모든 이들의 안색이 달라졌다.

"허, 멋진 표정들이구려. 이 뒤통수의 행성에서 시간을 보낸 자들이 맞소?"

그 자리에 있는 회사 사람들 가운데 척력장 발생기의 교체 및 증설 사실을 아는 사람은 탈리케이아 한 명뿐이었다.

사실 그녀도 호기심에 회사를 관찰하는 도중 그 사실을 알아낸 것이며, 치프에게 직접 설명을 들은 적은 없었다.

"그대들은 계속 그러고 있으시오. A—1730이 살아서 돌아온다면 그와 함께 승리자가 될 것이고, 그가 죽는다면 저항도 못 하고 뒤를 따를 테니 얼마나 편하오?"

라이트스톤이 단말기를 툭툭 두드리자 부서지지 않은 회사 시설들에 빛이 들어오고 대공포들이 다시 일어나 회사에 위협에 될 만한 파편들을 철저하게 격추시켰다.

"그러니 날 방해하지만 말아주시오. 난 그대들과 함께 죽긴 싫다오."

"제길!"

캠리가 고함을 지르며 벌떡 일어났다.

"포프, 가자! 생존자들을 한곳에 모아야 돼! 저렇게 흩어져 있으면 위험하다고!"

"잠깐만요! 어디에 모은다는 거죠? 우리 회사에 안전한 건물 따위 없다고요!"

"으……!"

포프의 지적에 캠리의 기세가 확 꺾였다.

탈리케이아의 보호를 받던 사만다가 일어나면서 얼굴에 묻은 흙을 소매로 닦아냈다.

"안전한 곳이 있어, 포프."

사만다가 말했다.

"예? 어디죠?"

"여기야."

사만다는 오른손 검지를 아래로 내려 자신들이 있는 장소를 가리켰다.

"죽기 싫어서 온 힘을 다하는 사람이 이곳에 있잖아?"

그녀의 손가락이 라이트스톤 쪽으로 향했다. 그러자 라이트스톤의 헬멧이 사만다 쪽으로 흘끔 움직였다.

"나를 너무 믿는구려."

"실제로 이곳이 안전하죠."

대답한 사만다는 머리끈을 푼 뒤 흐트러진 머리를 정돈했다.

"이곳에는 지하 시설이 없어요. 건물이라고는 본관뿐이죠."

머리를 다시 묶은 그녀는 자신의 단말기가 켜지는 것을 확인한 뒤 본관 건물을 촬영하여 분석했다.

"다행히 본관의 상태는 괜찮군요. 상하수도 시설과 의료 시설 모두 살아 있어요. 탈리 언니, 생존자들을 이곳으로 모아주세요."

"응, 맡겨줘."

탈리케이아는 켐리와 포프에게 손짓한 뒤 휘파람을 불었다.

여기저기에 흩어져 있던 알타이르 전사들이 소집을 뜻하는 그 휘파람에 반응하여 일제히 일어났다.

"그리고… 라이트스톤 사장님?"

사만다가 라이트스톤을 불렀다.

"부탁할 것이라도 있소?"

"척력장 일부를 제거해 주십시오."

"무슨 헛소리를……."

그녀에게 욕을 날릴 뻔한 라이트스톤은 사만다가 가리키는 곳을 보자마자 말을 멈췄다.

드래곤 형태의 젝스와 알케온, 루할트, 그리고 파울라가 폭풍 속에서 휘청거리며 척력장을 바라보고 있었다.

"…알겠소."

드래곤들이 들어올 공간을 열어준 라이트스톤은 다음에 뭘 해야 할지 고민하는 사만다의 모습을 지그시 바라봤다.

'실종자 수색 따윈 생각조차 안 하는군. 저 냉정함은 4세대라서 그런 건 아니겠지. A—1730에게 영향을 받은 덕분일까?'

라이트스톤은 드래곤들이 모두 들어온 걸 확인하자마자 척력장을 다시 닫았다.

그는 회사의 정문 쪽을 봤다.

폭풍이 환상종들의 시체를 모조리 날려 버리는 그 상황 속에서 두 개의 막대한 에너지가 대치하고 있었다.

하이시리스와 헤이파였다.

'어머니와 어머니 신의 싸움인가? 자식을 낳고 키워본 존재가 이길 것인가, 아니면 만들어본 자가 이길 것인가? 후후……'

라이트스톤은 그들의 싸움을 지켜보고 싶었지만 자신의 활로를 여는 것이 먼저였기에 단말기 쪽으로 시선을 돌렸다.

폭풍에 휘말린 하이시리스와 헤이파는 각자의 방법으로 그 악조건을 극복하고 있었다.

하이시리스는 빛의 고리로 자신을 덮쳐오는 폭풍을 지워 버렸고 헤이파는 농축된 정령의 힘으로 주변의 공간을 왜곡시켜 바람의 방향을 아예 꺾어버렸다.

"호오. 열화된 복제품의 피조물 따위가 그 정도의 힘을 발휘하다니, 놀랍구나."

하이시리스가 폭풍 속에서 감탄했다.

"이 상황에서 놀랄 여유가 있다니, 부럽군."

헤이파도 지지 않고 웃음소리를 냈다.

폭풍이 조금 잦아드는 순간, 붉은 전류를 휘감은 헤이파의 환도가 하이시리스의 머리로 들이닥쳤다.

그 돌진 속도는 헤이파 자신도 놀라게 만들었다.

자신과 하이시리스 사이에 놓인 공간 자체가 축소된 듯한 느낌을 받았기 때문이다.

'내 착각인가?'

그녀가 고민하는 틈을 타서 빛의 고리로 공격을 튕겨낸 하이시리스는 방금 전의 폭풍으로 인해 어디론가 날아가 버린 오라클들과 고르곤들을 생각하며 쓴맛을 다셨다.

'힘만 낭비했군.'

하이시리스가 자신의 주변에 뿌린 새까만 증기 속에서 새로운 고르곤들이 입을 벌리며 튀어나왔다.

그 뱀들의 숫자와 기세가 마치 성벽에서 떨어지는 투창들처럼 매서웠다.

고르곤들의 입에는 녹색의 연기가 끼어 있었는데, 그것은 강력한 산성 독이었다.

―저들을 섣불리 칼로 베지 마시오, 정령술사! 체액에 닿으면 중독될 뿐만 아니라 살점이 녹아떨어질 것이오!

헤이파와 교감한 상태인 바라쿠스가 고르곤들에 대한 주의사항을 말해줬다.

헤이파의 환도에 달라붙어 있는 전류가 강력한 바람으로 바뀌었다.

바람의 일격에 머리를 맞은 고르곤이 하이시리스 쪽으로 독과 피, 살점을 뿌리며 박살 났다.

지면을 5미터 깊이로 긁어버릴 만큼 막강한 위력을 가진 바람의 철퇴가 수많은 고르곤들을 가루로 만들어 버렸다.

땅을 교묘하게 기어 그녀의 공격을 피한 고르곤도 있었다.

그 고르곤이 헤이파의 옆구리를 물려는 순간, 고르곤의 머리가 깨진 유리처럼 조각나더니 땅에 흩어지고 말았다.

헤이파가 폭풍을 막아낼 때 사용했던 공간 왜곡의 그물에 걸려 버린 것이다.

하이시리스는 자신을 중심으로 줄넘기의 줄처럼 회전하는 빛의 고리 덕분에 고르곤들의 파편들을 뒤집어쓰진 않았다.

고르곤들이 모조리 정리되자 헤이파는 하이시리스 쪽으로 칼을 휘둘렀다.

속도가 음속을 돌파한 충격파의 날카로움은 금속마저 베어버리고도 남을 정도였다.

빛의 장벽으로 충격파를 막아낸 하이시리스는 힘겨운 듯 인상을 쓰더니 왼손을 위로 뻗었다.

주변 땅 전체가 흔들리는가 싶더니 하이시리스가 밟은 장소를 중심으로 엄청난 범위의 지면이 검게 썩어 들어갔다.

그렇게 쥐어 짜인 땅들은 하얀빛의 입자를 꽃가루처럼 배출했다. 마치 눈이 거꾸로 내리는 듯한 그 모습에 헤이파는 살짝 당황했다.

—저건 뭡니까, 바라쿠스 님?

—아무래도 땅을 죽여서 자신이 소비할 입자를 뽑아내는 것 같구려.

헤이파는 땅을 죽인다는 말이 무슨 의미인지 이해가 가지 않았다. 하지만 설명을 들을 시간이 없을 것 같기에 질문을 생략했다.

—아인소프오르 등급의 신은 입자를 흡수하고 저장하는 능력이 뛰어나지만 소비하는 양도 그만큼 막대하오. 그래서 시간만 조금 끌면 이길 수 있을 거라 생각했소만……. 아무래도 저 어머니 신은 내가 모르는 능력을 갖고 있는 것 같소.

—그렇군요. 그렇다면 당장 끝내야겠습니다. 제 몸이 어디까

지 버틸 수 있을지 모르겠군요.

헤이파의 입에서 흘러나온 숨결이 파란 빛을 띠었다.

'정령들의 위대한 왕이여. 브라토레 가문의 당주, 헤이파가 실체 없는 당신에게 목숨을 내주고 그대를 초래(招來)하리라. 다만, 반드시, 확실히 보장된 승리를 나에게 주시오!'

금지된 깊이까지 정령 교감을 강행한 헤이파는 입자를 흡수하여 힘을 보충한 하이시리스를 향해 걸어갔다.

하이시리스는 상대의 옷과 피부가 불타고 뼈까지 부서져 불꽃의 일부가 되자 움찔하고 말았다.

"그 모습은⋯⋯! 넌 피조물에게 허락되지 않은 영역에 발을 들였다! 두 번 다시 정령의 뜰로 돌아갈 수 없을지니!"

"어머니 신이라면서 어머니의 각오를 모르는구나. 하긴, 배 아파 낳은 자식이 없으니 그럴 만도 하지."

푸른 불꽃으로 변해 버린 헤이파는 점점 걸음을 재촉하더니 하이시리스를 향해 질주했다.

"그 모순된 개념을 불살라, 진정한 어머니가 무엇인지를 가르쳐 주마! 신의 잔재여!"

"버릇없는!"

하이시리스를 보호하던 빛의 고리가 그녀의 오른손 주먹에 집중됐다.

신의 빛, 그리고 정령왕의 불꽃.

이 세상에 있어선 안 될 두 가지의 힘이 한 점에서 충돌했다.

땅이 좌우로 뜯기면서 엠페라투스와 운캄타르의 정면충돌 이상의 충격이 천지를 흔들었다.

그 충격이 의식을 잃고 있던 엠페라투스와 운캄타르 위에 탄치프 일행을 깨웠다.

"정령의 근원에 접촉한 누군가의 어머니여! 이 무덤, 이 폭거! 너를 이루고 있는 모든 것들이 나의 진심을 부르는구나! 아하하하하!"

하이시리스는 자신과 힘을 겨루고 있는 헤이파를 보며 파안대소했다.

"나, 하이시리스. 널 없애야 옥좌로 갈 수 있다면 존재에 대한 미련을 버리고 진심을 다하겠노라!"

하이시리스의 뒤편으로 검은 안개가 너비만 수백 미터에 이르는 폭포처럼 펼쳐졌다.

그 안개로부터 하얀빛의 고리가 무수히 튀어나와 그 근방을 밝혔다.

빛의 고리 한가운데에서 마름모꼴의 빛들이 내려왔다.

마치 수백의 천사들이 지상에 벌을 내리기 위하여 대기하는 듯한 모습이었다.

"이것이 신의 벌이다!"

고함을 지른 하이시리스가 인간 형태의 껍질을 벗어 던지고 하얀 불꽃으로 변했다.

빛의 고리들은 하이시리스가 헤이파의 앞에 있음을 무시하듯 새빨간 광선들을 헤이파에게 쏟아부었다.

광선들은 하이시리스와 헤이파 모두를 관통하고 땅을 녹여버렸다.

녹아버린 땅에서 분출된 에너지가 하늘로 솟아 거대한 버섯구름을 만들었다.

밀려 나가 압축된 대기에서 번개가 터져 땅에 떨어졌다.

둘 다 에너지 생명체로 바뀐 상태였기에 그러한 공격은 의미가 없었다.

두 명의 에너지 생명체가 초고속으로 공격을 주고받았다.

빛의 고리를 이용하는 하얀 불꽃, 하이시리스. 그리고 환도와 격투 기술을 사용하는 푸른 불꽃, 헤이파의 충돌은 주변의 땅과 하늘을 모조리 뒤집어놓았다.

정신을 차린 엠페라투스는 운캄타르에 탄 치프가 자신을 향해 움직이려 하자 손을 내밀어 휴전을 제안했다.

"저들의 싸움을 끝까지 지켜보지 않겠나?"

"나한테 얻어맞은 게 그렇게 아팠나 보군."

"멋없는 얘기는 그만둬라, 치프. 저들에게 주어진 시간은 얼마 남지 않았다."

"뭐라고?"

"둘에게 남은 힘의 잔량을 따졌을 때, 둘의 싸움은 앞으로 2분 정도가 한계다. 그 안에 승부가 나던가, 아니면 둘 다 사라지던가 하겠지."

2분이라는 말에, 치프와 함께 데토네이터에 타고 있는 데스디아가 눈을 부릅뜨고 사격 장치에서 손을 뗐다.

"치프, 어서 어머니를 도와야 해!"

데스디아가 외치자 엠페라투스의 살기가 그녀에게 쏠렸다.

"거기서 움직일 생각은 마라, 데스디아 브라토레여. 다시는 볼 수 없을 구경거리를 엉망으로 만들 생각인가?"

그가 경고했다.

"봐라, 저 모습들을. 난 어머니 신이 저토록 찬란한 모습으로 싸우는 것을 본 적이 없다. 그녀가 저토록 순수한 면을 갖고 있었다니, 놀라울 정도로군. 미련조차 버렸기에 가능한 일인가?"

"보고 즐기는 건 네 사정이다, 엠페라투스!"

화를 낸 데스디아는 데토네이터의 출입구에 손을 댔다.

하지만 그녀는 출입구를 열지 않았다.

초감각을 통해 느껴지는 헤이파의 의지가 태양처럼 강렬하고 뚜렷했기 때문이다.

"어머니……!"

그녀는 출입구에 붙은 철봉을 꽉 움켜쥐고 고개를 떨궜다.

그들이 지켜보는 가운데, 헤이파와 하이시리스의 공방이 계속 됐다.

빛의 고리들을 엮어 사슬처럼 만든 하이시리스는 그 빛의 사슬을 헤이파에게 던졌다.

하이시리스가 사슬을 채찍처럼 휘두를 줄 알았던 헤이파는 사슬이 살아 있는 생물처럼 휘어지며 자신에게 돌진해 오자 환도로 급히 때려 박살 냈다.

뱀을 처리하듯 머리 부분만 잘랐다가는 다른 일을 당할 것 같았기 때문이다.

부서져 날아가던 파편이 허공에서 정지하더니 산탄총의 탄환들처럼 다시 헤이파에게 날아들었다.

정령왕의 화염을 뿌려 사슬의 파편들을 증발시킨 헤이파는 더 많은 사슬들을 준비하는 하이시리스의 모습을 목격했다.

'시간도, 체력도 부족한 마당에 번거롭게 하는군.'

헤이파는 환도를 두 손으로 잡았다.

'저것은 신이라 할지도 그 단편에 불과한 존재. 엠페라투스와 치프가 저 신의 육체를 붕괴시키지 않았다면 내가 이렇게 맞상 대할 수는 없었을 거야.'

그녀의 완도가 정령왕의 화염에 둘러싸인 채 천천히 움직였다.

'어차피 목숨은 버렸다. 무엇을 아끼리?'

하이시리스는 헤이파의 모습이 갑자기 사라지는 것을 목격했다.

'익숙한 느낌이군.'

하이시리스는 사슬을 만드는 데 사용하던 힘을 모조리 거두고 방어에 집중시켰다.

허공에서 유성처럼 떨어진 헤이파의 일격이 하이시리스의 방어막에 박혔다.

환도와 방어막이 충돌한 순간, 하이시리스가 직접 딛고 있는 장소를 중심으로 땅덩이가 출렁거렸다.

충돌 충격에 의해 솟구친 지면의 높이는 무려 200미터가 넘었다.

하이시리스는 사람으로 치자면 가슴 부근에서 멈춘 헤이파의 환도를 의식했다.

꿰뚫린 방어막이 마치 접착제처럼 환도의 칼날에 달라붙어서 헤이파의 힘을 감쇄시키고 있었다.

"아쉽구나, 정령의 근원에 접촉한 자여. 그 작은 몸으로 음속의 20배가 넘는 속도를 내다니, 놀라울 정도야. 이 정도라면 엠페라투스에게도 생채기 정도는 낼 수 있겠어."

하얀 화염의 하이시리스가 방어막 속에서 넘실댔다.

"참으로 인색한 평이로군."

"설마. 난 지금 경악하고 있노라."

헤이파는 방어막에 박힌 환도를 뽑으며 뒤로 물러났다.

하이시리스는 즉각 방어막을 복구시켜 다음 공격에 대비했다.

헤이파의 환도에 금이 가고 하이시리스의 방어막이 흐릿해졌다. 이제 그들의 공격도, 방어도 한계였다.

긴장감이 고조되는 가운데, 헤이파는 자신이 이론적으로만 그려왔던 최고의 수를 내기로 했다.

하이시리스도 불꽃의 모습을 버리고 커다란 쇠말뚝의 모습으로 변했다. 방어로 승부를 내기에는 시간도, 힘도 부족한 상태였기 때문이다.

현재 둘의 상태는, 어떤 공격이든 제대로 맞추기만 하면 상대를 완전히 파멸시킬 수 있을 만큼 최악이었다.

헤이파는 육체가 한계에 달했고 하이시리스는 입자의 잔량이 바닥난 상태였다.

"헤이파 브라토레여."

하이시리스가 상대를 불렀다.

"흠, 설마 이제 와서 싸움을 끝내자는 말은 아니겠지?"

헤이파가 칼자루를 꽉 잡으며 물었다.

"정말 그렇다면… 솔직하게 말해서 난 대환영이야."

헤이파의 말에, 말뚝의 형태로 변한 하이시리스가 움찔했다.

"대환영이라고? 역시 목숨이 아까운 모양이구나."

"당연하지. 난 욕심이 많다, 어머니 신. 난 내 아이들에게 해주고 싶은 것들도 많고, 함께 누리고 싶은 것들도 많아. 그 보물 같은 순간들을 이곳에 두고 사라지다니, 엄마로서 기분이 어떻겠나?"

"…어머니란 그런 것인가?"

하이시리스의 그 질문은 평범했다.

"어머니 신이여. 우주를 정복하려고 부지런히 움직여 왔지? 가족을 가진다는 건 적어도 그보다는 쉬운 일이야."

"딱히 우주를 정복하려고 저지른 일들은 아니지만……. 후후후."

하이시리스의 모습이 다시 인간에 가까운 형태로 돌아왔다.

육체의 모습은 깨진 석고상처럼 상태가 완전치 않았다. 상실된 부분에서는 노란색 전류가 찌릿찌릿 터졌다.

"역시 신들의 시간은 오래전에 끝난 것 같구나. 그들의 말이 옳았군. 역시 우린 신도 뭣도 아니었어."

하이시리스가 한탄하듯 말했다.

"그들이라니?"

"모르는 게 낫다. 입에 담아서도 안 되는 존재들이거든. 자, 그대에게 남은 힘으로 나를 쓰러뜨리려무나. 휘발되어 사라지느니, 용맹한 어머니와의 추억을 간직한 채 저승으로 가고 싶구나."

"…시간이 충분했다면 당신과 난 친구가 될 수 있었을지도 모르겠군."

헤이파는 칼날의 방향과 자세를 다듬었다.

"그대는 틀림없이, 나에게 있어서 첫 친구가 됐을 것이다. 알타이르 행성의 위대한 라샤이드, 헤이파 브라토레여."

하이시리스는 모든 것을 내려놓은 듯 힘없이 웃으며 말했다.

"……"

눈을 감았다가 다시 뜬 헤이파는 환도를 크게, 수차례 휘둘렀다.

환도가 한번 움직일 때마다 정령의 진공상태가 하이시리스를 덮쳐왔다.

완벽한 진공의 공간에 하이시리스를 가둔 헤이파는 마지막 동작을 견디지 못하고 부러진 칼을 옆으로 던졌다.

그녀는 오른손 주먹을 쥔 채 상대를 향해 도약했다.

그 주먹에 걸린 정령의 힘이 불안정하게 유지되던 정령의 진공 공간을 때렸다.

하이시리스의 육체는 사방으로 퍼져 나가려는 진공의 힘과,

느슨해진 틈을 노리고 침투하는 정령의 압력을 견디지 못하고 입자 단위로 붕괴됐다.

'나는 운이 좋구나. 신들 중에서 유일하게, 지키려 하는 자와 대결하여 최후를 맞이하게 됐으니까 말이야. 이 충실감, 그리고 개운함은 절대 잊지 못하리라.'

하이시리스의 파편은 음속의 수십 배에 이르는 속도로 하늘을 향해 솟아오르다가 대기와의 마찰을 견디지 못하고 불타 사라졌다.

하늘에 남은 일곱 색의 흔적이 어머니 신의 마지막을 세상에 알렸다.

"하아."

한숨을 쉰 헤이파가 앞으로 내뻗었던 주먹을 내린 뒤 곧은 자세로 호흡을 조절했다.

정령왕의 푸른 화염이 사라지면서 그녀의 뼈와 육체, 옷이 그대로 복원되었다.

뒤이어 헤이파와 교감했던 바라쿠스가 실체화하여 육체를 되찾은 후 땅을 짓이기며 착지했다.

"위대한 정령술사여, 괜찮소?"

바닥에 무릎을 꿇으며 쓰러진 헤이파가 고개를 흔들었다.

"들어가서 쉬고 싶군요."

그녀는 아쉬운 표정을 지었다.

이대로 이승을 떠나 자신의 둘째를 만날 생각을 하고 있었던 그녀는 자신의 무사함이 약간 아쉬웠다.

바라쿠스는 그녀를 자신의 손에 올려놓은 뒤 회사로 향했다.

바라쿠스의 손바닥 위에 등을 댄 채 쉬고 있던 헤이파는 운캄타르의 머리 위에 위치한 데토네이터 9.99를 향해 손을 내밀었다.

'그 가련한 자의 미련을 너희들이 끊어내려무나. 이 땅의 정령들이여, 한 번만 더 힘을 내어 저 아이들을 도와주시오.'

하고픈 말을 직접 하지 못한 헤이파는 곧장 의식을 잃고 기절했다.

"후우."

다시 자리에 앉은 데스디아는 헬멧을 벗은 뒤 두 손으로 자신의 뺨을 토닥여 혼란스러운 마음을 진정시켰다.

하이시리스가 남긴 빛의 무리를 지켜보던 치프는 하늘을 보고 있는 엠페라투스에게 눈을 돌렸다.

"어이. 만족하나?"

치프가 그에게 물었다.

"물론이다, 치프. 나와 운캄타르도 우리의 어머니 신을 저렇게 보내 드렸어야 했어. 박살 난 고기 조각보다는 저 모습이 훨씬 낫군."

"그래? 원한다면 너도 저렇게 만들어주지. 좋아하는 색이 있으면 미리 말해."

"짓궂은 놈이로다."

엠페라투스가 큭큭 웃었다.

치프는 조종간을 움직이려다가 손을 멈췄다.

"저기 말인데, 만약 네가 이긴다면 이 세상은 어떻게 되는 거지?"

"옥좌는 내 손에 의해 천천히 철거될 것이다. 그렇게 되면 게이트의 편리함을 중심으로 구축된 우주의 질서는 단숨에 망가지겠지."

"그럴 필요가 있겠어? 일반 생물들은 접근조차 못 할 텐데?"

"만약의 경우라는 게 있다, 치프. 터무니없는 미치광이가 세상에 나타나서는 옥좌에 무사히 들어가는 방법을 알아낼 수도 있거든."

치프는 그와 함께 옥좌에 갔을 때를 떠올렸다.

"그럴 가능성이 있겠어?"

"후후, 과연? 비록 6천 600만 년 전의 이야기지만 난 너 같은 놈과 싸우게 될 줄은 꿈에도 몰랐지."

"……."

"옥좌는 무조건 없애야 한다. 하이시리스가 사라진 이상 안심하고 부술 수 있겠지."

"흠. 그렇다면 내가 이길 경우엔?"

"옥좌는 방치된 채 천천히 무너지겠지. 넌 네가 좋아하는 야구 중계를 평소처럼 실시간으로 즐길 수 있을 거다. 우주가 망하더라도 네가 살아 있을 때 망하진 않을 테니 신나게 여생을 즐겨라."

"문지기가 어디 갔는지 모르는데, 괜찮을라나?"

"아르마다 말인가? 놈은 자신의 가치가 어느 정도인지 잘 알고 있을 거다. 지금껏 그랬듯이 강자에게 빌붙어서 살아가겠지. 아니면 네놈에게 붙잡힌 뒤 연구소에서 해부당하여 표본 상태로 살아갈지도?"

"하, 나에 대해서 너무 잘 아는군."

치프는 웃음을 참지 않았다.

엠페라투스의 육체가 다시금 검은 기운에 뒤덮였다.

"아무튼 조금은 불쾌하구나, 치프. 넌 왜 데스디아 브라토레와 운캄타르의 딸을 우리들의 싸움에 포함시켰나?"

"저번에 확인했거든. 확실히 너와 싸우는 건 너무 재밌어. 도중에 무슨 짓을 저지를지 모를 정도로 몰두하게 되더라고. 뎃디와 셀리가 있으면 그럴 걱정은 없겠지."

"일부러 자신의 재미를 포기했단 말인가?"

"맞아. 운캄타르처럼 될 순 없잖아?"

치프가 운캄타르의 이름을 입에 담자 엠페라투스의 눈에서 검은 전류가 강하게 튀었다.

"…무슨 말인가?"

"지금까지 경험한 것들을 돌아봤는데 말이야, 운캄타르가 뭔가 큰 뜻을 품고 자기 종족의 영원성을 포기한 건 아닌 것 같더라고."

치프가 탑승한 운캄타르의 육체에서 백금색 아지랑이가 터져나왔다.

"그는 2세대 날개 달린 자들의 영원성을 자기 멋대로 소비했어. 너와의 싸움에 몰두한 나머지, 오로지 널 이기기 위해서 그런 짓을 벌인 거야. 내가 고통을 무시하고, 그냥 널 이기기 위해 내 몸을 불살랐듯이 말이야. 넌 운캄타르가 그렇게 될 것을 알고 있었어."

"…그래, 놈의 그 모습을 보고 나서야 녀석을 친구라고 불러줬지. 그때가 떠오르는군. 내 빛깔로 덧칠된 녀석의 모습은 정말 걸작이었어."

엠페라투스의 기운이 주변 땅 전체를 흔들었다.

"미안하군, 엠페라투스. 그딴 걸작은 두 번 다시 만들 수 없을 거야."

치프는 헬멧에 손을 댔다.

"행성 밖에 위치한 UN 연합 우주군, 들리나? 여기는 알파 하나 칠 삼 공. 식별 신호는 컬러 타이머 공 다섯. 이제부터 마지막 임무에 돌입하겠다."

─행운을 빈다, 알파 하나 칠 삼 공.

답신한 사람의 목소리를 들은 치프는 어금니를 깨물었다.

데스디아와 셀레스티아도 마찬가지였다.

'아빠의 목소리였어.'

해군청장 토마스 데이비드 카터.

운캄타르였던 그 남자는 연합 우주군 기함에서 엠페라투스와 치프를 내려다보고 있었다.

─결국 군인의 길을 택했구나, 치프. 하긴, 애를 잔뜩 낳아 키우려면 공무원 복지만큼 좋은 게 없지.

"아저씨는요? 전 아저씨께서 반드시 이곳에 내려오실 줄 알았는데요?"

─난 정치의 영역에 남아서 싸워야만 하거든.

"그런 식으로 변명하실 줄은 몰랐네요."

─변명이라고? 그 행성은 하루빨리 누군가가 개입하여 새로운 질서를 수립하지 않으면 순식간에 망가질 거다. 날개 달린 자들을 노리는 밀렵꾼들, 이 행성의 이권을 노리는 기업과 정치 세력들, 그리고 지도자의 필요성을 절감한 3세대들의 분열! 그것이 이 땅을 뒤덮을 새로운 현실이다!

"그런가요? 아쉽군요. 전 이곳에 맥도×드가 들어오는 것만으로도 충분한데 말이죠."

치프의 농담에는 뼈가 섞여 있었다.

─너 혼자서 그 모든 걸 수습하고 제어할 수 있을 것 같니? 설마 엠페라투스만 잡으면 이 행성에 그 빌어먹을 맥도×드가 들어오면서 평화가 찾아올 거라고 생각했던 건 아니겠지?

"뭐, 아저씨께서 그렇게 생각하시는 건 어쩔 수 없죠. 여태껏 봐오신 세상이 그딴 것들의 대잔치였으니까요."

─다소 비관적으로 들렸다면 사과하마. 하지만 지금은 그딴 것들이 현실임을 너도 잘 알 거야.

"어쩔 수 없죠. 알았으니 구경이나 하시죠. 꽤 오래 걸릴 것 같으니 화장실도 다녀오시고요."

─내 친구를 잘 부탁하마.

통신이 끊긴 뒤, 치프는 긴 한숨을 쉬며 자신의 처지를 비관했다.

"정치라… 제길."

치프는 데토네이터 안에 설치된 기계들을 점검하며 말했다.

"이봐, 엠페라투스. 이 세상에 미련은 없나?"

그는 데토네이터의 스피커를 이용해 엠페라투스에게 말을 걸었다.

─미련? 홍이나 깨지 마라.

"……."

치프는 데토네이터의 화면에 들어온 엠페라투스의 눈빛을 봤다.

그의 눈동자는 물론 눈을 이루는 세포 하나하나가 오로지 치프에게만 집중되어 있었다.

'싸움에 완전히 취했군. 말이 통할 상황이 아니야.'

치프는 그동안 엠페라투스와 나눴던 대화들을 되짚어봤다.

'저 아저씨는 나와 만나기만 하면 온갖 것들을 신나게 얘기했지. 그것이 자신의 목적을 이루기 위한 행동이었다고 해도… 사실 보기에는 좋았어.'

치프는 엠페라투스와 함께했던 재미있는 순간들을 추억하며 조종간을 꽉 잡았다.

'하지만 나도 성인군자는 아니야. 대화나 인내심, 기대감으로 해결될 일에는 한계가 있거든. 뼛조각 하나 남기지 않고 박살 내 주지.'

치프의 조작에 맞춰 운캄타르의 거체가 움직이는 순간이었다.

몸으로 운캄타르를 들이받은 엠페라투스가 몸 전체에서 검은 기운을 뿜어내며 급가속했다.

그 속도는 치프와 데스디아의 의식을 아득하게 만들었다. 셀레스티아가 둘의 육체에 걸리는 중력가속도를 상쇄시켜 주지 않았다면 둘은 아무것도 못 하고 기절해 버렸을 것이다.

정신을 차린 치프는 별이 보이는 밤하늘을 목격했다.

'빌어먹을! 수 초 만에 어디까지 온 거야?'

정작 치프를 절망시킨 것은 하늘이 아니었다.

회사 하늘에 깔려 있던 드래곤들이 그들의 머리 위에 옮겨온 것이다.

단지 배치된 고도가 높아졌을 뿐이었다.

운캄타르를 밀어낸 엠페라투스는 공중에서 몸을 돌리며 꼬리를 휘둘렀다.

치프는 급히 방패를 들어 공격을 막았는데, 그 황금색 방패는 엠페라투스의 꼬리 끝과 충돌하자마자 원자 단위로 분해되며 폭발했다.

엠페라투스의 공격은 거기서 끝나지 않았다.

뒷발을 쭉 내밀어 운캄타르를 걷어차거나 입과 날개의 박막에서 고속으로 광선을 뿜어 상대의 외골격에 타격을 줬다.

데스디아가 데토네이터의 사격 통제 장치를 이용하여 운캄타르 주변을 떠다니는 화포로 상대를 공격했다.

붉은 광선들과 노란 탄환들이 하늘과 땅을 진동시키며 전진했다.

150미터를 훌쩍 넘는 엠페라투스의 거체가 좌우로 빠르게 움직였다. 날아오는 총알도 피할 만큼 민첩한 군용 미니 드론을 아득히 능가하는 속도였다.

광선들을 가볍게 피한 엠페라투스가 운캄타르 앞에 자리 잡았다.

"대응해, 치프!"

데스디아가 외쳤다.

앞발을 주먹처럼 움켜쥐어 운캄타르의 머리와 목, 가슴을 타격한 엠페라투스는 뒤로 밀려 나가는 운캄타르의 복부를 향해 두꺼운 드래곤 브레스를 내뿜었다.

치프는 다른 방패를 앞세워 드래곤 브레스를 막았다.

방패에 충돌하여 좌우로 갈라진 드래곤 브레스가 주변에 위치한 산맥들을 베어내고 폭발시켰다.

폭발로 인해 지진이 일어나고 하늘이 잔뜩 흐려졌다.

운캄타르를 향해 밀려오던 후폭풍의 규모는 사막에서 일어나는 대규모 모래 폭풍을 연상시킬 만큼 장엄했다.

"방해된다!"

엠페라투스가 포효하자, 다가오던 모래 폭풍들이 분해되어 형체를 잃어버렸다.

치프는 엠페라투스가 발휘하는 규격 외의 힘에 당황했다.

"저기, 난 적당히 싸울 생각이 전혀 없거든?"

그는 데토네이터에 함께 탄 데스디아와 셀레스티아에게 말했다.

"하고 싶은 말이 뭐지?"

데스디아가 물었다.

"그러니까, 저쪽이 너무 강하다고!"

치프가 비명을 지르며 조종간을 잡았다.

엠페라투스의 날개에서 비롯된 거대한 폭풍이 운캄타르를 덮쳤다.

그 폭풍은 우주에서도 관측될 만큼 거대했다.

산과 땅이 믹서에 들어간 초콜릿처럼 깎이고 부서졌다. 수천 년 동안 뿌리를 내린 나무들도 허망하게 하늘을 날아다녔다.

치프 일행이 탄 운캄타르는 천지가 뒤섞이는 그 혼돈 속에서 어지럽게 방황했다.

운캄타르의 육체는 치프의 예상을 완전히 초월할 정도로 강인했다. 그 상황 속에서 멀쩡하게 형태를 유지하는 것이 믿어지지 않을 정도였다.

조종석의 계기판이 갑자기 경고음을 냈다.

'우측 방향으로 충돌 경고?'

치프는 오른쪽을 봤다.

폭풍에 의해 떨어져 나간 산봉우리가 운캄타르를 향해 날아오고 있었다.

산봉우리의 규모만 봐서는 운캄타르가 그곳에 추락하고 있다고 해도 과언이 아니었다.

데스디아가 사격 통제 장치를 잡고 각종 무기들을 모두 작동시켰다.

각 무기에서 쏟아진 광선과 번개를 연상시키는 에너지 파장, 그리고 포탄들이 산봉우리를 맹렬하게 타격했다.

데스디아가 느낀 무기들의 위력은 그녀에게 공포를 줄 정도였다.

'이 무기들로 딱 1분만 사격하면 빅시티는 잔해조차 남지 않을

거야.'

신들의 무기에 집중사격을 받은 산봉우리는 운캄타르와 격돌 직전에 파열되어 폭풍에 뒤섞였다.

그 혼돈의 중심에 자리 잡은 엠페라투스는 운캄타르의 모습을 보고 포효했다.

"겨우 이 정도인가? 운캄타르를 더 욕되게 할 생각이라면 당장 그를 해방시키고 명예로운 죽음을 맞이하라!"

엠페라투스가 한 번 더 날개를 펄럭이자 폭풍의 속도가 더 빨라졌다.

단단히 형태를 유지하던 운캄타르의 외골격도 신의 망치나 다름없는 강풍에 의해 균열을 일으켰다.

"이 정도로 상식을 벗어난 존재일 줄은 몰랐네."

치프는 계기판에 들어온 온갖 경고들을 손으로 눌러 확인했다.

"운캄타르의 날개 뼈가 저 녀석의 힘을 어디까지 억누르고 있었는지 상상조차 안 가. 엠페라투스와 운캄타르가 싸워서 세상을 쪼갰다는 말이 농담은 아니었군."

"그렇다고 포기할 생각은 아니겠지?"

데스디아가 지적했다.

"에이, 설마. 아무래도 역할을 바꿔야 할 것 같아. 셀리, 조종을 맡아줄래?"

"내가?"

"난 날개 달린 거대 생물을 조종해 본 적이 없어. 데토네이터나 헬리콥터를 조종할 때처럼 움직이면 그만일 거라고 생각했는데, 이 꼴을 보니 그게 아닌 것 같아. 계속 고집을 부렸다가는 모든 걸 잃게 되겠지."

"……."

"난 운캄타르의 육체와 외골격, 무기의 관리를 맡을게. 부탁해, 셀리."

"알았어, 치프!"

셀레스티아는 눈을 감은 뒤 정신을 집중했다.

폭풍 속에서 방황하던 운캄타르의 육체가 순식간에 안정을 되찾고 엠페라투스와 대치했다.

조종간에서 손을 놓은 치프는 엠페라투스와의 육박전에서 상실된 무기와 망가진 외골격의 수리를 맡았다.

데스디아의 좌석 뒤쪽에 거치해 놓은 스트라투스가 다시금 푸른색 아지랑이를 내뿜었다.

'스트라투스가 또……? 설마 치프의 힘에 반응하는 건가?'

그녀의 불안감이 극심하게 고조됐다.

조종자가 치프에서 셀레스티아로 바뀐 뒤, 운캄타르는 온몸에서 밝은 빛을 내뿜으며 폭풍을 제어했다.

재해라는 호칭마저 뭉개 버릴 기세로 몰아치던 폭풍이 빠르게 가라앉자 엠페라투스의 눈에서 검은색 전류가 뿜어져 나왔다.

"그렇군. 왕녀인가? 무능하기만 했던 네가 이 자리에서 무엇을 할 수 있을지 궁금하구나!"

고함을 지르는 엠페라투스의 시야에서 운캄타르가 사라졌다.

지상으로 눈으로 돌린 엠페라투스는 운캄타르가 앞발을 쥐고 자신에게 돌진하는 모습을 목격했다.

운캄타르의 앞발에 금속 너클이 씌워졌다.

치프가 즉석에서 만들어준 것인데, 운캄타르의 육체와 동화된 셀레스티아는 앞발을 폈다가 다시 쥔 뒤 최근까지 배웠던 격투 기술을 이용하여 엠페라투스를 공격했다.

자신의 앞발로 운캄타르의 주먹을 받아내려 했던 엠페라투스는 본능적으로 물러났다.

주먹이 빗나가는 순간, 주먹에 걸렸던 힘이 허공에서 터지면서 땅을 뭉개 버렸다.

그 위력은 지평선 부근까지 거대한 계곡을 만들어 버릴 정도였다.

"이제 좀 그럴싸하구나, 왕녀여!"

속도를 높인 엠페라투스가 꼬리로 운캄타르의 다리를 걸어 넘어뜨린 뒤 뒷발로 상대를 밟았다.

밟은 지점을 중심으로 지면이 깨지고 땅에 솟구쳤다.

운캄타르는 급히 꼬리로 엠페라투스의 다리를 걸어 넘어뜨리려 했지만 그는 가볍게 몸을 띄워 공격을 피한 뒤 운캄타르의 목을 물어 하늘로 집어 던졌다.

하늘 전체가 진동하더니 엠페라투스를 향해 대량의 번개가 떨어졌다. 성층권에서나 나타나는 푸른색의 초대형 번개까지 엠페라투스에게 직격했다.

엠페라투스의 눈과 이빨, 그리고 등에 돋아 있는 돌기들까지 파랗게 빛나며 방전했다.

'위험해!'

위기를 느낀 셀레스티아는 즉시 공중에서 자세를 바로 하고 다리와 날개를 활짝 폈다.

운캄타르의 주변에 떠 있던 신의 무기들이 데스디아의 제어에서 벗어나 운캄타르의 가슴 앞에서 하나로 뭉쳤다.

뭔가 멋들어지게 합체한 게 아니라 자석에 붙은 가위와 드라이버, 옷핀의 모습이었지만 그 무기들로부터 방출되는 에너지는 엠페라투스의 힘과 거의 맞먹었다.

"좋아, 셀리! 원하는 게 있으면 뭐든 만들어줄 테니 계속해!"

치프는 신이 나서 외쳤다.

반면 데스디아는 스트라투스를 계속 의식하면서 현재 상황을 따져봤다.

'엉터리가 따로 없군. 이건 먼저 지치는 쪽이 패배하는 단순한 게임이야.'

이윽고 엠페라투스의 입에서 터진 브레스와 운캄타르의 무기들이 뿜어낸 황금색 빛이 허공에서 충돌했다.

처음엔 엠페라투스의 브레스가 신들의 무기에서 터진 빛을 밀어내는가 싶었지만 도중에 폭발하면서 사방으로 흩어졌다.

신들의 무기에서 터진 빛이 엠페라투스의 몸을 뒤덮었다. 폭발의 충격이 하늘에 구속된 드래곤들을 위쪽으로 밀어 올렸다.

땅덩이들은 과도한 열과 압력으로 인해 그 자리에서 모래 이하의 크기로 분쇄되며 녹아버렸다.

"안 돼! 살아 있어!"

셀레스티아가 데토네이터의 조종석 안에서 비명을 질렀다.

엠페라투스의 거체가 지글지글 끓는 땅을 뚫고 올라왔다. 외골격 곳곳이 파손되긴 했지만 그뿐이었고, 그나마도 얼마 못 가 깔끔히 재생됐다.

날개를 펼친 채 팔짱을 낀 엠페라투스는 하늘에 떠 있는 운캄타르를 보며 씩 웃었다.

치프는 엠페라투스의 그 강력함에 질려서 힘이 빠졌다.

"저 정도면 핵폭탄에 직격해도 살아남을 것 같은데? 대체 뭘 먹어야 저 정도의 에너지를 꾸준히 발휘할 수 있는 거야?"

치프가 힘없이 중얼거렸다.

데스디아가 헬멧을 벗고 고개를 저었다.

"이해가 안 돼. 저토록 강력한 존재가 왜 우리 어머니를 탐낸 거지? 체력에 문제가 없다면 행성을 전멸시키는 건 일도 아닌 수준이잖아?"

"…그러게?"

치프도 의아해했다.

"뎃디, 어서 헬멧을 써! 엠페라투스가 올라오고 있어!"

셀레스티아가 소리를 지르며 신들의 무기를 작동시켰다.

고속으로 접근하는 엠페라투스를 견제하기 위해서였는데, 사실 그녀는 무기를 이용한 견제를 포기하고 이 자리를 피해 버릴까 하는 생각도 해봤다.

겁이 나서가 아니었다.

자신의 저급한 사격 기술로 엠페라투스를 맞출 수 있을지 의문이 들었기 때문이다.

데스디아가 헬멧을 쓰기 직전, 강한 충격이 데토네이터 본체를 때렸다.

셀레스티아의 사격을 가뿐히 피해 운캄타르의 위쪽으로 이동한 엠페라투스는 데토네이터를 힘으로 잡아 뜯고 있었다.

데토네이터의 본체가 우그러들고 조종석도 조금씩 좁아졌다.

결국 엠페라투스의 손톱이 조종석의 천장을 꿰뚫고 들어왔다.

"제기랄!"

치프의 어깨가 손톱에 짓눌리는 순간, 데스디아가 스트라투스를 뽑아 들고 엠페라투스의 손톱을 베었다.

푸른 폭발이 데토네이터의 조종석을 날려 버렸다.

검은색의 작은 물체가 하늘에 둥실 뜨더니 땅에 떨어졌다.

갈고리처럼 생긴 그 물체는 엠페라투스의 손톱이었다.

왼쪽 팔이 덜렁거릴 정도로 어깨가 뭉개진 치프는 전투복에서 자동으로 투여되는 진통제 때문에 어지러운 와중에도 엠페라투스를 돌아봤다.

엠페라투스는 스트라투스에 잘려 날아간 자신의 손톱을 바라보느라 여념이 없었다.

"셀리! 놈을 밀어내! 어서!"

운캄타르의 꼬리가 엠페라투스의 머리를 정확히 가격했다.

엠페라투스가 얻어맞는 순간 주변 하늘의 구름들이 저 멀리 밀려나가 달의 모습을 선명하게 드러냈다.

꼬리에 걸린 힘이 그만큼 강력했던 것이다.

산맥에 추락한 엠페라투스는 무너지는 산맥 안에 매몰되고 말았다.

치프는 데스디아를 돌아보며 숨을 몰아쉬었다.

그를 살리겠다는 생각만으로 무모한 행동을 했던 데스디아 역시 파랗게 빛을 내는 스트라투스의 칼날을 뚫어지게 바라봤다.

"뎃디, 괜찮아?"

치프가 묻자 데스디아가 실소를 터뜨렸다.

"다친 건 당신이지 내가 아냐."

"……."

"그보다 부탁이 있어, 치프."

"뭐든 얘기해. 다 들어줄게."

치프는 다치지 않은 오른쪽 어깨를 으쓱 움직였다.

"나를 크게 만들어줘. 엠페라투스를 직접 상대할 수 있을 정도로 말이야."

치프가 잠깐 말을 잃었다.

"…음, 어떻게? 널 뜨거운 물에 담그면 돼?"

"난 진지하게 얘기한 거야!"

데스디아가 목소리를 높였다.

"아니, 화가 날 정도로 웃길뿐더러 답도 없는데 어쩌라고? 셀리가 운캄타르의 육체를 움직이는 게 그렇게 맘에 들었어? 네가 직접 조종할 수 있는 큰 몸을, 예를 들어 그레이트 빅빅 데스디아 같은 걸 나한테 만들라는 거야? 응?"

흥분하여 줄줄 얘기한 치프가 갑자기 오른손 주먹으로 조종석의 팔걸이를 내려쳤다.

"그럴싸하네, 제길! 좋은 생각이야! 운캄타르도 만든 마당에 내가 뭘 못 해!"

치프는 헬멧을 벗어 던졌다.

그의 두 눈이 백금 빛으로 찬란하게 빛났다. 짓눌려 터진 그의 어깨에서 피 대신 대량의 화강암 가루가 흘러내렸다.

"셀리, 날 보조해 줘! 지금 상태로는 몸이 부서질 것 같아!"

"응? 아, 알았어!"

셀레스티아가 운캄타르의 육체와 데토네이터의 연결 고리를 끊고 치프의 힘을 보조해 줬다.

눈에서 빛을 잃은 운캄타르가 땅을 향해 떨어졌다. 성왕의 육체는 낙하와 동시에 입자로 산산이 흩어졌다.

"어, 뎃디. 마지막으로 질문이 있어."

"뭐지?"

"무기는 뭘 쓸 거야? 유조선?"

"무슨 말인지 모르겠군."

데스디아는 손에 든 스트라투스를 낚싯대처럼 흔들었다.

치프는 자신이 스트라투스를 크게 만들 수 있을지 궁금했다.

복잡함으로 따졌을 때, 스트라투스는 그 칼날을 이루고 있는 입자 하나가 탈란바토르 한 개와 맞먹을 정도로 난해했다.

스트라투스와 탈란바토르는 신이 직접 만든 물건이라는 공통점만 있을 뿐, 그 수준 차이는 하늘과 땅이었다.

지구의 기술자들도 스트라투스의 구조를 완전히 해석하지 못했다.

그들이 구조 해석에 동원한 프로그램은 해석 완료까지 4만 3,000년이 남았다는 메시지를 표시한 채 지구 어딘가의 슈퍼컴퓨터 시설에서 계속 작동하고 있었다.

'안 되겠어. 무기만큼은 꼼수를 쓰는 수밖에 없겠군.'

그는 데스디아와 스트라투스에 적용할 기술을 확정지었다.

"뎃디, 아래로 뛰어내려! 스트라투스도 던지고! 엠페라투스가 다시 일어나기 전에 전투용 소체와 무기를 완성시켜야 돼!"

"알았어. 부탁해!"

데스디아는 헬멧을 쓰지 않고 데토네이터 밖으로 몸을 날렸다.

"후우."

심호흡을 한 치프는 셀레스티아의 지원을 믿고 자신의 모든 것을 내던져 무장 제조 능력을 발휘했다.

땅으로 떨어지는 데스디아의 몸에, 운캄타르의 육체를 이루고 있던 입자들이 달라붙었다.

그 입자들은 데스디아의 귀와 코 안으로 밀려들어 왔다. 뿐만 아니라 전투복을 무시하고 피부와 하나가 되었다.

데스디아는 예상치 못한 상황에 당황했지만 치프를 믿고 인내심을 발휘했다.

이윽고, 나체 상태의 데스디아가 땅에 착지했다.

전투 때문에 따끈따끈하게 달궈진 땅이 그녀의 발에 눌려 깨지고 충격파가 퍼져 나갔다.

데스디아는 그녀는 천천히 호흡을 해봤다. 콧속으로 온갖 것들이 밀려들어 오는 느낌이 들었지만 아주 불쾌하진 않았다.

'호흡, 혈압, 맥박… 모두 정상이야. 뼈와 근육에도 무리가 없어.'

그녀는 하늘에서 활공하고 있는 데토네이터를 봤다.

11미터가 넘는 데토네이터 9.99가 날벌레의 알처럼 작게 보였다.

—뎃디, 내 말 들려?

"들려, 치프!"

그녀가 큰 소리로 대답했다. 데스디아의 입에서 뿜어진 음파가 지면을 갈아버리고 회오리바람을 일으켰다.

움찔한 데스디아는 오른손으로 입을 가렸다.

"나, 정말 커진 건가?"

그녀가 소곤소곤 물었다.

—지금 네 신장은 70미터가 넘어!

치프의 대답을 들은 데스디아는 자신의 몸을 살펴봤다.

"그래? 가슴은 더 작아진 것 같은데?"

—전투에 쓸모없는 부분은 전부 생략했어! 그 전투 소체에는 소화기관은 물론 생식기관도 없다고!

그녀는 아랫배 쪽을 봤다.

"흠. 진짜로군. 배꼽마저 없어."

—지금 전투복이랑 무기를 만들어줄게!

"전투복? 전투복이 필요할까?"

—행성 밖에 있는 지구의 함대가 모두 널 찍고 있을 거라고!

"멋대로 찍고 저장하고 즐기라고 해! 지금 위에 뭔가를 걸치면 정령 교감에 방해가 될 뿐이야!"

그녀가 고함을 지르자 파괴력이 섞인 음파와 회오리바람이 다시 일어났다.

그 충격 때문에 산맥에 매몰되어 있던 엠페라투스가 정신을 차렸다.

엠페라투스가 마치 찰흙을 자르듯 바위들을 손톱으로 베어 날리며 살기를 뿌리자 데스디아가 오른손을 번쩍 들었다.

"어서 갑옷과 무기를!"

—알았어! 이제 '변신'이라고 소리치는 거야!

"장난하지 마!"

아직 하늘에 머물고 있는 스트라투스와 데스디아의 몸 위에 입자가 씌워졌다.

검은색 경장갑 전투복 차림이 된 데스디아는 육상 선수들이 몸을 풀듯 왼발과 오른발을 번갈아 들었다 내렸다.

발바닥에 입자가 달라붙는 것을 돕기 위해서였다.

"헬멧은 됐어, 치프. 마스크만 사용해도 될 것 같아."

—군용 방진 마스크로 괜찮겠지?

"그래. 딱딱한 걸로."

치프는 그녀의 요구대로 마스크를 만들어냈다.

데스디아는 금속 외장으로 보호된 그 방진 마스크를 입가에 썼다.

그녀의 새까만 생머리가 주변에 부는 폭풍에 넘실거렸다.

거대화된 스트라투스를 손에 쥔 데스디아는 고개를 갸웃거렸다.

"겉모습은 스트라투스인데 뭔가 좀 심심하군."

─스트라투스를 코어로 삼아서 그 위에 전도성이 좋은 금속을 씌운 거야. 스트라투스를 완전히 재현하진 못하겠지만 에너지의 전달만큼은 확실히⋯⋯.

치프가 설명하는 도중, 그가 만든 거대 스트라투스의 외장이 모래처럼 흘러내리며 사라졌다.

치프가 만든 외장을 부수고 다시 모습을 드러낸 진품 스트라투스가 데스디아의 손바닥 위에서 파랗게 빛을 냈다.

그 빛은 데스디아의 머리를 넘어 하늘 높이 회오리쳤다.

"제루스트라의 기운이 완전히 눈을 떴군. 나에 대한 그 원망, 실로 반갑도다."

매몰지에서 탈출한 엠페라투스가 스트라투스의 빛에 시선을 둔 채 말했다.

엠페라투스와 직접 마주한 스트라투스가 더 밝게 빛났다.

스트라투스의 빛이 데스디아의 몸을 훑더니 그녀의 신장에 맞춰 거대화했다. 데스디아는 그 초현실적인 상황에도 당황하지 않고 칼을 제대로 쥐었다.

"헤이파의 딸이여. 신이 직접 만든 무기에 대한 감상이 어떠한가?"

엠페라투스가 물었다.

"이 칼은 네놈에게 처음 받았을 때부터 마음에 들었지. 이걸로 네 골통을 쪼갤 수 있으면 더 좋을 것 같아."

대답한 데스디아는 호흡을 조절하며 검술의 준비 자세를 잡았다.

'이 전투 소체가 내 움직임을 소화할 수 있을까? 내 몸 그 자체로 느껴지는 게 불가사의할 정도야. 감각에 어긋남이 없어. 하

지만 정작 싸울 때는 어찌될지 모르겠군.'

데스디아는 걱정 속에 정령 교감을 개시했다.

교감 수준이 급격히 올라가자 그녀의 은색 눈동자가 황금색으로 변했다.

데스디아가 끌어모은 정령들이 고밀도로 뭉치면서 주변 공간이 왜곡됐다.

헤이파가 괴력을 발휘할 때 이따금씩 일어났던 정령 포화 현상이었다. 치프의 눈에는 그녀가 마치 대형 프리즘에 둘러싸인 것처럼 보였다.

그녀의 정령 교감이 순식간에 끝나자 엠페라투스가 날개를 펼쳤다.

"나와 하늘에서 싸워보겠나?"

미소 짓는 엠페라투스의 시야에서 데스디아가 사라졌다.

초감각으로 데스디아의 위치를 찾아보려 했던 엠페라투스는 자신의 왼쪽 날개가 잘려 떨어지는 것을 느끼고 흠칫했다.

그가 왼쪽 날개에 신경 쓰는 사이 오른쪽 날개마저 잘리고 말았다.

스트라투스의 예리함에 대비하여 피부와 비늘, 외골격을 강화시켰던 엠페라투스는 이성을 잠시 잃을 정도로 당황했다.

그의 날개를 자른 것은 스트라투스의 날카로움이 아니었다.

바로 날개의 연골을 노려 베는 알타이르의 사냥 기술이었다.

그 조류 사냥 기술은 관절의 구조와 인대의 위치를 직감적으로 읽어내는 것이 필수인데, 데스디아는 찰나의 순간을 틈타 엠페라투스의 외골격의 구조까지 살피고 인대를 피하여 관절 연골에 칼끝을 박았다.

날개의 연골을 가른 뒤 관절을 완전히 잘라내는 것은 데스디아에게 있어서 어려운 일이 아니었다.

고향에서 가족끼리, 혹은 친구들끼리 여행을 갈 때마다 새의 사냥만큼은 그녀가 전담했다.

미끼를 향해 급강하하는 맹금류의 날개를 긴 나뭇가지로 베는 것은 헤이파마저 깔끔하게 흉내 내지 못했던 데스디아만의 기술이었다.

날개를 모두 잃은 엠페라투스는 자신의 목을 향해 번뜩이는 스트라투스를 본능적으로 피했다.

외골격이 잘렸지만 목이 잘리는 것만은 피한 엠페라투스는 섬뜩함을 느꼈다.

'그 계집은 분명 내 뒤에 있어. 그런데 왜 수백 명이 뛰어다니는 것처럼 감지되는 걸까?'

그는 이토록 낯선 형태의 적과 싸워본 적이 없음을 깨달았다.

'칼을 든 거인 따위와는 만난 적이 없었지. 아아, 실로 즐겁구나.'

엠페라투스는 데스디아의 기척을 최대한 추적하여 꼬리를 휘둘렀다.

그러나 신의 방패마저 부쉈던 그의 꼬리도 날개와 마찬가지로 관절 연골이 잘리며 하늘로 튀어 나갔다.

중장 갑옷 같던 외골격들 역시 양파 껍질처럼 벗겨져 바닥에 떨어졌다.

엠페라투스와 대적할 만한 신장과 체중을 얻은 데스디아는 강가에서 악어를 사냥하듯 엠페라투스를 유린했다.

"이래서 내가 네 어미를 원했던 거다!"

포효한 엠페라투스의 몸에서 시커먼 파동이 터졌다.

땅바닥이 갑자기 꺼지고 엠페라투스 주변의 중력이 거칠게 요동쳤다.

"공허의 공간에서 싸워본 적은 없겠지?"

엠페라투스는 날개와 꼬리를 재생시키며 빙글 돌아섰다.

가까스로 데스디아를 눈으로 포착한 엠페라투스는 입을 벌리고 날개를 펼치며 드래곤 브레스를 뿜어내려 했다.

그와 동시에 데스디아가 입은 전투복 곳곳에서 불꽃이 터졌다. 치프가 자세 제어용 로켓 모터들까지 대형화시켜 재현해 놓은 것이다.

로켓 모터의 추진력으로 엠페라투스를 들이받은 데스디아는 상대를 칼로 찌른 채 공허의 공간 밖으로 탈출했다.

스트라투스의 칼날에 가슴이 관통당한 엠페라투스는 앞발을 휘둘러 데스디아를 떼어내려 했다.

그러나 그는 낯선 형태의 적과 싸운다는 사실에 취한 나머지 중요한 사실을 간과하고 있었다.

데스디아는 셀레스티아와 달리 격투의 달인이었다.

엠페라투스의 주먹질을 가볍게 피한 데스디아는 손으로 엠페라투스의 몸에 박힌 스트라투스의 자루를 내려쳤다.

"큭!"

몸이 찢어지는 통증에 움찔한 엠페라투스는 뒤이어 들어온 데스디아의 주먹에 머리를 맞았다.

머리 왼쪽의 외골격과 이빨들이 모조리 부서지고 피와 파편이 사방으로 튀었다.

그녀의 주먹과 발차기가 엠페라투스의 관절에 송곳처럼 박혔다.

가슴 쪽의 외골격을 손으로 뜯어내기까지 한 데스디아는 스트라투스를 다시 뽑아 엠페라투스의 머리를 치려 했다.

턱이 부서지고 왼쪽 눈이 함몰된 엠페라투스는 스트라투스의 칼날을 보자마자 전후좌우로 빠르게 움직였다.

데스디아는 상대가 자신의 칼을 정교하게 회피하자 불길함을 느꼈다.

'저 녀석, 설마 내 공격 기술을 간파했나?'

그녀는 엠페라투스의 동작을 냉정하게 살폈다.

움직임 자체는 정말 엉망이었지만 데스디아는 그 괴물을 벨 자신이 없었다.

'저건 동물적인 감각 같은 게 아니야……. 미래 예측이라고밖엔……!'

회피 도중에 날개를 완전히 회복한 엠페라투스가 뒤로 물러났다.

데스디아와의 간격을 순식간에 벌린 엠페라투스는 온 힘을 다해 날개를 움직였다. 주변 산맥을 부수고 땅을 깎아버렸던 그 폭풍이 데스디아를 향해 불어닥쳤다.

스트라투스를 쥔 데스디아의 양손이 금색으로 빛났다.

그녀가 칼을 놓자 스트라투스가 푸른 연기를 뿜으며 공중에 고정됐다.

'정령들이여, 브라토레의 선조들이여, 나와 함께해 주시오!'

그녀가 두 손을 교차하는 것과 동시에 정령 포화의 왜곡 현상이 스트라투스를 감쌌다.

풍차처럼 돌기 시작한 스트라투스가 대류권 높이의 폭풍을 가르며 엠페라투스를 향해 날아갔다.

폭풍을 일으킨 반동 때문에 움직일 수가 없었던 엠페라투스는 목 아래쪽에 스트라투스가 박히는 것을 허용하고 말았다.

스트라투스에 목과 식도, 등판을 관통당한 엠페라투스는 쓴웃음을 지었다.

"헤이파 브라토레의 첫째 딸이여. 인성하마. 넌 나에게 공포라는 것을 가르쳐 준 훌륭한 상대였다."

엠페라투스는 스트라투스를 뽑아내려 했다.

"하지만 여기서 너에게 죽을 수는 없지. 나는……!"

중얼거리는 엠페라투스 앞에 황금빛이 일렁거렸다.

그 빛은 이윽고 데스디아와 똑같이 생긴 거인들로 바뀌었다.

'무궁무진의 경지'에 의해 세상에 나타난 브라토레 가문의 선조들이었다.

그들 중 한 명이 스트라토스를 뽑아서 엠페라투스에게 일격을 가했다.

공격을 한 선조가 사라지자 다른 선조가 스트라투스를 받아들어 공격을 이어나갔다.

스트라투스를 날린 뒤 쓰러진 데스디아는 온몸에서 회색 입자를 뿜으며 분해되고 있었다. 치프가 그녀에게 준 전투 소체가 그 수명을 다한 것이다.

소체가 분해되는 와중에도 데스디아의 선조들은 엠페라투스를 끊임없이 공격했다.

전투 소체가 분해될 때, 그 안에 들어 있는 데스디아 본인은 산 채로 벌레들에게 뜯겨 먹히는 고통에 시달려야 했다.

소체와 연결된 신경들이 강제로 분리되고 있었기 때문이다.

그러나 그녀는 초인적인 인내력을 발휘하여 정령 교감을 유지했다.

여기서 자신이 비명을 지르고 모든 걸 포기해 버리면, 여태껏 자신의 몸을 불태우며 싸워온 치프를 볼 면목이 없어서였다.

데스디아의 선모들은 그녀의 인내심에 응답하듯 공격을 계속했다.

데스디아의 전투 소체가 완전히 분해될 무렵, 엠페라투스의 보라색 육체도 육편으로 변해 검은 연기를 흘렸다.

심한 기침을 하며 일어난 데스디아는 박살이 난 엠페라투스의 몸뚱이로부터 보라색 정장을 입은 사내가 비틀비틀 걸어나오는 것을 목격했다.

치프와 비슷하게 생겼지만 조금 다른, 엠페라투스가 인간들 사이를 거닐 때 즐겨 사용하던 인간형 육체였다.

"하하, 드디어… 후후."

본체를 완전히 잃고 그 육체만이 남아버린 엠페라투스는 왼손으로 머리를 감싸며 시원하게 웃었다.

힘을 지나치게 소모하여 꼼짝도 못 하는 데스디아의 옆으로 데토네이터 9.99가 착륙했다.

크기에 비해 가볍게 착륙한 그 기계는 망치에 맞은 장난감 블록처럼 터지며 분해되었다.

셀레스티아의 부축을 받아 착지한 치프는 옆에 누워 있는 데스디아를 바라봤다.

"뎃디, 괜찮아?"

"당신과 결혼할 기운은 남아 있어."

"하하."

힘없이 웃은 치프는 셀레스티아의 등을 손으로 두드렸다.

"이제 내 차례야, 셀리. 지금까지 수고 많았어."

"…응."

셀레스티아는 어깨에 걸치고 있던 치프의 팔을 놓아주었다.

치프는 전투복에 거치하고 있던 단검을 빼 들며 엠페라투스를 향해 걸어갔다.

데스디아는 치프의 경장갑 전투복 곳곳에서 회색의 가루가 새어 나오는 것을 봤다.

땅에 흐른 가루들이 치프가 간 길을 알려주고 있었다.

그의 육체는 데스디아의 전투 소체를 만들고 유지하느라 완전히 소진된 상태였다.

엠페라투스는 몇 미터 앞까지 걸어온 치프를 보고 웃음을 터뜨렸다.

"너와 함께한 놀이는 정말 즐거웠다, 치프. 넌 어떤가?"

"글쎄? 이 싸움을 너무 많은 사람들이 봐버렸어. 사상자도 많지. 덕분에 전역은 물 건너간 것 같네. 아저씨가 부러워."

치프는 손에 든 단검을 살짝 던져 칼날을 쥐었다. 투척을 위한 준비 자세였다.

"아저씨와 나만의 싸움으로 결판이 났다면 조금은 시원했을라나?"

"그럼 이제부터 또 싸워볼까? 맨손 싸움이라. 이것도 나름 재밌을 것 같군. 아까 데스디아 브라토레에게 직접 맞아보니 기분이 좋았어. 하아, 그런데 지금은 네 얼굴이 안 보일 정도로 날이 너무 어둡군."

엠페라투스는 권투 선수처럼 주먹을 들고 자세를 잡았다.

"날이 밝을 때까지 연습이나 해볼까? 후후."

"……"

치프는 동쪽 하늘을 봤다.

지평선 끝에서 올라오는 태양의 끝이 이미 대지를 밝게 비추고 있었다.

"아저씨는 참 한결같아서 좋아. 나도 아저씨처럼 뭔가에 푹 빠질 날이 올까?"

"아, 결혼 축하한다. 나의 혈육이여. 내가 평생 겁내왔던 일을 네가 해내는군."

"…하하."

치프는 상대의 갑작스러운 축하에 힘없이 웃었다.

"이제 와서 하는 얘긴데, 파울라가 출산 경험자라는 걸 알고 너무 속상했지. 그 애와 맺어진 자가 운캄타르라는 걸 알았을 때는 정말 친구에게 강도를 당한 느낌이었어. 그런데 그 기분을 계속 탐닉하게 되더군."

엠페라투스가 다소 아쉬운 표정으로 말했다.

"그래, 아저씨의 그 나쁜 친구는 내가 어떻게든 해볼게."

치프의 손에서 단검이 튀어 나갔다.

"이제 세상 걱정은 그만하고 편히 쉬어."

"…후후. 난 네가 부럽구나, 치프. 넌 앞으로도 계속 싸우게 될 테니까……."

이마 한가운데에 단검이 박힌 엠페라투스가 무릎을 꿇고 주저앉았다.

드래곤들을 하늘에 구속시키고 있던 빛들이 모두 사라졌다.

망가진 채 덜렁거리던 치프의 왼팔도 가루를 쏟아내며 땅에 떨어졌다.

"앞으로도 계속? 그래, 제길. 군인 연금으로 빌딩 한번 사보자고."

결국 그도 버티지 못하고 쓰러졌다.

셀레스티아가 치프에게 다급히 뛰어갔다.

데스디아도 그를 향해 엉금엉금 기어갔다.

＊　　　　＊　　　　＊

엠페라투스의 소멸 후 1년이 넘게 지난 어느 날.

빅시티 시립 고등학교 교복을 입은 포프는 케이블타이로 팔이 묶인 채 대형 창고 안에 앉아 있었다.

그녀의 곁에는 같은 교복을 입은 학생들이 잔뜩 묶여 있었는데, 그들은 모두 공포에 떨고 있었다.

'아빠 말씀이 맞네. 난 역시 문제가 있는 애야.'

포프는 고개를 푹 숙인 채 가만히 있었다.

벌벌 떨고 우는 연기를 하고 싶어도 마음에서 우러나오지 않아 그럴 수가 없었다.

학생들 앞에는 복면으로 얼굴을 가리고 각종 총을 든 남자들이 한 줄로 서 있었다.

그중에서 권총을 든 남자가 학생들에게 다가왔다.

"어이, 전부 고개 들어! 어서!"

그가 거칠게 외치자 학생들 모두가 눈물로 젖은 얼굴을 천천히 들었다.

학생들 모두를 살피던 남자가 포프의 팔을 붙잡고 억지로 일으켰다.

"찾았다. 이 계집이야."

작은 기관총을 든 채 그의 뒤를 지키던 다른 남자가 의아해했다.

"어떻게 아셨습니까? 중요 인물 데이터베이스에는 그 꼬마의 사진이 없는데요?"

"오직 얘만 총을 무서워하지 않았거든. 권총의 장전 상태와 안전장치의 위치를 멀쩡한 눈으로 살피는 애가 세상에 몇이나 있겠어?"

포프는 아차 하는 표정을 지으며 입술을 깨물었다.

"어이, 그라니트 용역에 전화해. 포프 베르자르는 우리가 데리고 있다고 말이야."

"……."

뒤에서 아무 소리도 나지 않자 복면의 남자가 황급히 뒤를 돌아봤다.

동료들이 없어진 것을 보고 남자가 당황한 순간, 창고를 밝히던 전등이 모조리 꺼졌다.

창고가 깜깜해지자마자 뭔가가 으스스한 소음을 내며 빠르게 이동했다.

학생들은 갑작스러운 어둠에 놀라 비명을 지르며 몸부림을 쳤다. 그러나 포프는 어둠 속에서 들리는 소리를 차분하게 추적했다.

'대인 살상용 미니 드론?'

그녀는 흠칫했다. 지금처럼 구속된 상태로는 드론에 대항할 수 없기 때문이었다.

어둠 속에서 뭔가 으깨지는 소리가 났다.

창고의 등불이 갑자기 되살아나자 학생들이 조용해졌다.

검은색의 경장갑 전투복을 입은 남자가 복면을 쓴 사내와 마주 보고 있었다.

그 전투복의 남자가 언제 나타났는지 감지한 학생은 아무도 없었다.

기이한 위압감을 품은 그 전투복의 남자는 양손에 잡은 드론들을 꽉 쥐어 으깼다.

"ADX 인더스트리의 군용 드론은 꽤 비싼데 말이지. 용케도 구했네?"

"돈만 있으면 뭐든 가능하지."

대담한 복면의 사내가 그를 향해 권총을 겨눴다.

"어쨌든 나타나 줘서 고맙다, A—1730. 듣자 하니 엠페라투스와 함께 죽은 뒤 다른 곳에서 되살아났다고 하던데?"

질문을 한 남자가 갑자기 눈을 뒤집으며 뒤로 쓰러졌다.

경장갑 전투복의 남자, 치프는 쓰러진 사내의 목에 박혀 있는 마취용 주사기를 뽑았다.

어둠을 틈타 치프가 직접 꽂은 것인데, 제압 과정에서 학생들이 정신적 충격을 받지 않도록 가장 온건한 방법을 사용한 것이다.

"마취만 됐으니 내 얘기가 들리겠지? 무용담을 나눌 때는 생맥주가 최고지. 콧구멍으로 들이키면 뭐든 터놓고 얘기할 수 있게 될 거야. 기대하라고."

주사기를 챙긴 치프는 왼손을 까딱 움직였다. 일곱 명의 UNSMC 대원들이 능동 위장을 풀고 나타났다.

대원들 중 한 명이 마취된 사내의 발목을 잡고 질질 끌며 창고 밖으로 나갔다.

치프는 자신에게 시선을 던지고 있는 학생들 쪽으로 돌아섰다.

"빅시티 시립 고등학교 학생들 맞죠? 스카이보드 동호회 소속이었던가요?"

"예!"

포프를 제외한 학생들 모두가 울음을 터뜨리며 대답했다.

"캠프 그라니트의 UNSMC에서 나왔습니다. 지금부터 간단한 검사를 할 테니 가만히 앉아들 계세요."

"검사라뇨?"

학생 중 한 명이 물었다.

"아, 걱정하지 마세요. 학생들 몸에 마이크로 폭탄이나 방사능 물질이 든 캡슐, 혹은 군용 바이러스 따위가 심어졌을 리는 없을 테니까요."

"……."

"자, 힘내서 검사받으세요."

학생들을 응원해 준 치프는 포프 쪽으로 다가가 그녀의 팔을 구속한 케이블 타이를 단검으로 끊었다.

"포프 베르자르 카터 양? 초면에 미안하지만… 학생이 왜 나쁜 아저씨들의 표적이 됐는지 좀 들어봐야겠네요. 절 따라오세요."

"네."

포프는 두 손으로 얼굴을 가리며, 정확히는 우는 척을 하며 치프의 뒤를 따라갔다.

아무것도 모르는 포프의 친구들은 그녀가 걱정되어 발을 동동 굴렀다.

포프와 함께 창고 밖으로 나온 치프는 그녀를 데리고 UNSMC 장갑차 안으로 들어갔다.

헬멧을 벗은 그는 자신의 맞은편에 앉는 포프를 보며 한숨을 쉬었다.

"포프. 군필 여고생 티를 여기서 내면 어떡해? 권총을 든 사람이 다가오면 빤히 보지 말고 좀 피하라고. 평범한 애들처럼 말이야."

"전 입대한 적도 없다고요, 사장님. 차라리 포프 현상이라고 말씀해 주세요."

포프는 가볍게 투덜거렸다.

엠페라투스와의 사투가 끝난 뒤, 지구에서 각종 조사를 받고 그라니트 행성으로 돌아온 치프는 포프와 포린, 포티를 양자로 들였다.

치프는 이미 그녀들의 법적 보호자로 등록된 상태였고 데스디아도 그 일에 찬성했다. 포프 자매 역시 기쁘게 받아들였다.

다만 포프는 아직 치프와 데스디아를 아빠, 엄마라고 부르지 못했다. 포린과 포티 역시 마찬가지였다.

데스디아는 시간이 해결해 줄 거라고 말했으나 치프는 여전히 그 점을 아쉬워하고 있었다.

"…아무튼 다친 데는 없는 거지? 이상한 주사 같은 걸 맞진 않았고?"

치프는 장갑차에 비치된 의료용 단말기를 이용해 포프의 몸을 훑었다.

"괜찮아요. 근데 대체 무슨 일인가요? 군용 드론까지 사용하는 사람들이 빅시티에 나타난 건 오랜만인 것 같은데요?"

"글쎄? 모르겠네. 난 널 구하러 왔을 뿐이야."

정확한 답을 피한 치프는 단말기의 화면을 통해 검사 결과를 확인했다.

"흠. 저번 달에 비해서 체중이 심하게 줄었는데? 스카이보드에 너무 몰입한 거 아니니?"

"사장님. 제가 회사에서 돌보는 동생들이 몇이나 되는지 아시잖아요?"

포프가 인상을 구기며 하소연했다.

"그래, 그랬지. 미안."

치프가 멋쩍게 웃었다.

그의 팔뚝 보호대 안에 들어 있는 단말기가 진동했다. 연락한 사람이 누구인지 확인한 치프는 헬멧을 들었다.

"친구들한테 가봐, 포프. 이따가 연락할게."

"네."

자리에서 일어난 포프는 치프의 머리를 꽉 껴안은 뒤 그의 이마에 키스했다.

그녀가 장갑차에서 내리자 치프는 즉시 헬멧을 쓰고 단말기를 두드렸다.

"예, 참모총장님. A—1730입니다."

—자네에게 기쁜 소식을 알려주려고 연락했다네, 치프. 두 시간 전에 자네의 전역 요청이 만장일치로 기각됐다네.

"예, 그럴 줄 알았죠. 제 급료는 얼마나 올려주실 건가요?"

—여섯 배 정도?

"죽이네요."

—토마스 데이비드 카터 해군총장님의 암살범이 잡히면 열 배가 될 걸세.

참모총장의 뼈 있는 지적에 치프가 한숨을 터뜨렸다.

"전 정말 관계없습니다. 증거도 없고 알리바이도 분명하지 않습니까?"

—그러니까 자네가 의심을 받는 거라네. 귀신이 왔다 간 것처럼 암살할 수 있는 사람이 자네잖아?

"그 정도 능력자는 저 말고도 많죠."

—그래, 그리고 자네가 그들 가운데 최고지.

"……"

—뭐, 그 얘긴 됐고… 현재 수행 중인 임무의 진행 상황은 어떤가?

"찰리 스쿼드가 감마 지역에서 움직이고 있습니다. 몇 시간 내로 놈들을 모두 잡을 수 있을 겁니다."

　─가급적이면 오늘 내로 처리해 주게. 가이우스 일파의 드래곤들은 우리를 전혀 믿지 않고 있어. 셀레스티아 왕녀 전하의 설득도 안 먹힌다고.

　"하, 전 그 친구를 따르는 무리들이 그렇게 급진적으로 변할줄은 몰랐는데 말이죠."

　─이제 시작일지도 몰라. 그럼 수고하게.

　"알겠습니다, 참모총장님."

　참모총장과의 통화를 마친 치프는 고개를 설레설레 저은 후장갑차 밖으로 나왔다.

　그가 하늘을 향해 수신호를 보내자 능동 위장으로 모습을 감추고 있던 UNSMC 수송기들이 모두 모습을 드러냈다.

＊　　　　＊　　　　＊

　빅시티에서 약 3,400킬로미터 정도 떨어진 곳에는 아주 깊고큰 산맥이 있었다.

　사람들이 그 지형에 붙인 이름은 '안개 산맥'이었는데, 이름의유래는 아주 단순했다.

　계절 및 주변 기상 상태와 관계없이 1년 내내 짙은 안개가 끼어 있기 때문이다.

　산맥 사이에 깔린 안개 속에는 전장 400미터가 넘는 대형 해적선이 숨어 있었다.

　해적선은 조용했으나 선장실의 분위기는 그렇지 않았다.

　단말기를 귀에 댄 도마뱀 머리의 선장은 책상 위에 올린 주먹을 부들부들 떨었다.

"이봐, 약속이 다르잖아? 자네가 원한 건 암수 한 쌍이었어! 두 쌍이 아니라고!"

─자네가 세 쌍을 확보했다는 건 다 알아. 어린 드래곤들로부터 난소와 정소도 추출했다지? 전부 다 나에게 넘겨주면 약속한 값의 세 배를 쳐주지.

"선내에 자네가 심어놓은 첩자가 있었군. 제길, 웃기지 마! 드래곤의 난소와 정소는 살아 있는 드래곤보다 비싸! 손상 없이 적출해서 보관하려면 전력 소모도 엄청날 뿐만 아니라 목숨까지 걸어야 해!"

─목숨? 그것들이 폭발이라도 하나?

"자네 그렇게 모르나? 드래곤을 납치하면 최소 30년을 감방에서 살아야 해! 난소와 정소는 어떨 것 같아?"

─글쎄? 징역으로 따지자면 수백 년?

"즉결 처분이야, 멍청아! UNSMC가 직접 추적한다고!"

─흠······.

"난소와 정소가 그렇게 갖고 싶다면 약속한 금액의 800배를 내놔! 그것들을 원하는 고객은 개인이 아니라 행성이라고!"

─800배? 하하, 자네가 드래곤들로 장사 몇 번 하더니 배가 불렀군. 이봐, 자네는 1년 전만 해도 싸구려 해적이었어. 아무것도 아니었다고! 그리고··· 읍!

단말기에서 비명이 들리자 도마뱀 머리의 선장이 움찔했다.

"어이, 배탈이라도 났나?"

─닥치고 옆에 계신 분 바꿔.

낯선 목소리가 들려오자 도마뱀 머리의 선장은 체념한 듯 눈을 천천히 감았다.

그가 자신의 단말기를 옆으로 내밀자 누군가가 그것을 빼앗아 들었다.

헬멧을 벗은 치프가 단말기를 귀에 댔다.

"여기는 알파 리더. 함선 제압 완료. 보고해, 찰리 리더."

—감마 지역의 제압도 방금 마무리됐습니다. 늦어서 죄송합니다.

"아냐, 됐어. 납치된 자들은?"

—전부 구출했습니다. 드래곤들 말고도 온갖 종족이 다 있군요.

"우두머리와 간부급을 제외하고는 전부 우주 밖으로 던지도록 해."

—우두머리 녀석이 변호사를 부르겠다는데요?

"자기 처지를 모르나 보군. 자네가 직접 비인권적인 방법으로 친절하게 알려줘. 이제 끊어야 할 것 같네. 난 이곳 일을 시작하지."

—알겠습니다, 알파 리더.

통화가 끊기자 치프는 손에 단말기를 책상 위에 놓았다. 치프와 함께 선장실 안으로 들어온 UNSMC 대원 중 한 명이 그 단말기를 확보해서 단말기 내의 모든 자료들을 자신의 단말기로 옮겼다.

"이제 자네를 처리해야겠군."

치프가 헬멧을 쓴 뒤 도마뱀 머리의 선장을 봤다.

도마뱀 머리의 선장이 책상 밑에 숨기고 있던 권총을 뽑아 치프에게 들이밀었다.

"나, 난 네가 두렵지 않아! A—1730! 듣자 하니 엠페라투스와 싸우다 죽었는데도 부활했다지? 난 그딴 얘기 안 믿어!"

"…하아, 온갖 놈들이 그 얘기를 떠벌리는군."

치프는 상대가 총으로 자신을 겨누고 있음에도 불구하고 책상에 걸터앉아 팔짱을 꼈다.

"그래, 난 엠페라투스와 싸운 뒤에 화강암 가루로 변해서 죽었어. 혹시 사만다 카터라고 들어봤나?"

"네 가족이잖아?"

"불쾌할 정도로 잘 아는군. 난 사만다 옆에서 되살아났어. 듣자 하니 걔가 날 불렀다고 하더군. 난 내가 나체로 사만다에게 안겨 있었다는 것만 기억나는데 말이지."

도마뱀 머리의 선장이 깜짝 놀랐다.

"어, 어이. 죽었다가 되살아났다는 게 사실인가?"

"내가 사만다에게 각인된 탓이지. 난 그 애의 힘이 사라질 때까지 죽지 못하는 사람이야."

"……"

얼굴이 식은땀으로 축축해진 도마뱀 머리의 선장은 이내 피식 웃었다.

"아, 맞아. 네놈이 알타이르 왕족들과 결혼해서 애를 봤다는 얘기는 들었어. 전부 딸이라지? 재밌는 얘기를 들려줄까? 우리 업계에서 가장 비싼 상품이 뭔지 알아? 너와 알타이르 왕족들 사이에서 태어난 혼혈아들이야! 그다음이 사만다 카터고! 너 혼자서 그 모두를 지킬 수 있을 것 같아? 응?"

"글쎄? 같이 고민해 보자고."

치프는 대원들에게 손을 까딱 움직였다. 커다란 아이스박스를 든 대원이 치프 앞에 섰다.

"일단 저 안에 들어가서 머리 좀 식혀."

"내가 들어가기엔 너무 작은 것 같은데?"

"아, '머리만' 식히라고 말했어야 하나?"

"으윽!"

도마뱀 머리의 선장이 총을 쏘려는 순간 그의 등판에 전기 충격기가 꽂혔다.

바닥에 쓰러진 선장을 향해 각종 '도구'를 든 대원들이 모여들었다. 아이스박스를 맡은 대원은 박스의 잠금장치를 풀고 뚜껑을 열었다.

하얀 냉기가 박스의 입구에서 두텁게 흘러나왔다.

"자네 머리에서 어떤 정보가 뽑혀 나올지 기대되는군. 오, 이렇게 말하니 내가 꼭 악당 같잖아?"

중얼거린 치프가 어깨를 으쓱했다.

"새삼스럽게 왜 그러십니까?"

웃음소리를 낸 대원이 레이저 커터를 선장의 목에 댔다.

*　　　　*　　　　*

일을 마치고 기지로 귀환하는 수송기 안에서, 치프는 단말기를 통해 각종 뉴스를 읽었다.

그는 레투가가 빅시티 주민들과 드래곤들의 의견에 따라 시장의 자리를 맡게 됐다는 단신을 흘려보냈다.

일주일 전에 레투가를 만나서 직접 들은 이야기였기 때문에 굳이 눌러서 열어볼 필요가 없었다.

'우주 연합의 새 사무총장은 언제 뽑히는 걸까? 뭐, 누가 뽑히든 지구 쪽의 허수아비겠지만.'

그의 시선을 잠시 멈추게 한 것은 가이우스 일파와 셀레스티아 일파가 무력 충돌 직전까지 갔다가 갑자기 화해했다는 속보였다.

'힘드네, 정말.'

치프는 지난 60시간 동안 잠도 못 자고 여기저기를 뛰어다닌 끝에 납치된 드래곤들 세 쌍을 깔끔히 구출하여 가이우스 일파의 의심을 푸는 데 성공했다.

'가이우스가 골칫거리가 되다니, 세상 정말 모르겠군. 원래 온건한 친구 아니었던가? 정말 뒤통수의 행성이 따로 없네.'

치프는 피로가 한꺼번에 몰려온 탓에 씁쓸한 표정을 풀지 못했다.

그의 맞은편에 앉은 죠니가 옆에 있는 안드레이의 팔을 팔꿈치로 건드렸다.

오늘 확보한 자료들을 살피던 안드레이는 죠니를 조용히 돌아봤다.

죠니는 자신의 두꺼운 턱으로 치프를 가리켰다.

치프의 표정을 본 안드레이는 무슨 뜻인지 알겠다는 듯 고개를 끄덕였다.

"원사님. 지쳤을 때는 가족들의 얼굴을 보는 게 최고입니다."

"응? 아, 하하. 미안. 괜찮아."

치프가 손을 저어 사양했다.

"우리는 내일도 싸워야 합니다. 라이트스톤의 뒤를 계속 쫓아야죠."

안드레이의 그 말은 치프를 잠시 멈칫하게 만들었다.

"…그래, 그게 우리의 일상이지. 회사에서 식사하고 캠프 그라니트로 갈 테니 임무 보고는 죠니가 대신 해줘."

"알겠습니다, 원사님. 셀레스티아 왕녀께도 저녁 식사 초대를 하죠."

죠니가 빙긋 웃었다.

UNSMC의 수송기가 그라니트 용역 안으로 들어왔다.

식당에서 탈리케이아와 함께 아기들을 돌보고 있던 데스디아는 수송기가 착륙하는 모습을 보고 활짝 웃었다.

"어머님. 오늘은 모두가 함께 식사할 수 있을 것 같군요."

"그렇구나."

둘 사이에 앉아 있던 헤이파도 빙긋 웃었다.

갈색 단발의 헤이파는 지팡이를 짚고 자리에서 일어났다.

하이시리스와의 싸움 직후 정령 교감 능력을 잃어버린 그녀는 현재 지팡이가 없으면 제대로 걷지도 못했다.

그래도 차차 나아지고 있는 상황이었다.

그녀는 싸움 이후 한동안 백발로 지냈으며 볼일도 침대에서 누운 채 해결해야만 했다. 스스로 일어날 수 있게 된 것이 불과 6개월 전의 일이었다.

한 달 전부터는 머리카락의 색도 돌아왔기에 그녀를 지켜보며 걱정하던 모든 이들은 희망을 가질 수 있었다.

"여사님. 제가 모실게요."

캠리가 손을 씻고 급히 달려와 헤이파를 부축했다. 고개를 끄덕여 고마움을 표시한 헤이파는 캠리의 도움을 받아 식당 밖으로 나갔다.

데스디아와 탈리케이아는 아기들을 팔에 안은 채 그녀의 뒤를 따랐다.

본관에서 사만다와 포린, 포티가 뛰어 나왔다. 훈련장에서 키드와 함께 흙을 고르는 기계를 몰던 롸켓도 늦을세라 기계를 멈추고 본관 쪽으로 뛰어갔다.

키드는 뒷머리를 긁적이더니 터벅터벅 롸켓의 뒤를 따라갔다.

수송기에서 내린 치프는 헬멧을 등 뒤에 거치한 뒤 가족들을 향해 두 팔을 벌렸다.

데스디아의 품에 안긴 아기가 치프의 전투복에서 풍겨오는 피 냄새에 반응하여 울음을 터뜨렸다.

데스디아는 걸음을 멈추고 아기를 꼭 껴안았다.

"걱정하지 마렴, 얘야. 이 엄마가 아빠랑 너를 꼭 지켜줄 테니까."

데스디아가 굳게 다짐하며 아기의 이마에 입술을 댔다.

탈리케이아는 씩 웃으며 그녀의 옆을 지나쳤다.

그녀가 안은 아기는 똑같이 피 냄새를 맡았음에도 불구하고 자신의 아빠를 향해 왼팔을 뻗어 흔들고 있었다.

'엄마를 닮아서 호기심이 넘치는 건가, 아니면……'

치프는 슬쩍 웃고는 탈리케이아로부터 아기를 받아 안았다. 모포에 감싸인 아기는 치프를 향해 그 작은 손을 내밀었다.

"이틀만이네, 미네티. 아빠 보고 싶었어?"

치프가 아기의 이름을 부르자 탈리케이아의 인상이 팍 구겨졌다.

"이봐, 자기. 그 애는 미레티야. 미레티 탈리케이아 그라니트 클라두스!"

탈리케이아는 검지로 치프의 전투복을 쿡쿡 찌르며 지적했다.

"아, 미안. 이름이 비슷해서……"

"그러니까 디레이샤라는 이름을 쓰자고 했잖아?"

"장모님 함자를 그대로 쓰는 문제는 작년에 끝났잖아? 그분께서 직접 반대하셨다고."

"하아. 거, 참……"

탈리케이아는 아기를 돌려받으며 머리를 흔들었다.

그녀의 허리를 두드려 준 치프는 이어서 자신과 데스디아의 딸, 미네티를 받아 안았다.

미네티 데스디아리아 그라니트 브라토레.

그라니트 행성에서 태어난 그 아이는 치프의 새로운 희망이자 싸움을 이어나가는 이유였다.

하늘에서 젝스와 함께 그들을 지켜보던 셀레스티아는 그라니트 용역의 남쪽으로 시선을 돌렸다.

드래곤의 모습을 한 그녀의 눈에 전함만 스무 척이 정박한 거대 군사기지, 캠프 그라니트가 들어왔다.

지구와 알타이르의 연합군 2만 명이 주둔한 그 기지는 아직 모든 시설이 완공된 것도 아니었다.

작은 군용 드론 하나가 셀레스티아와 젝스에게 다가왔다.

—캠프 그라니트에 오신 것을 환영합니다, 셀레스티아 왕녀 전하. 그리고 젝스 하인케스 아가씨. 부디 즐거운 시간을 보내시길 바랍니다.

볼일을 마친 드론은 캠프 그라니트 쪽으로 날아갔다.

젝스는 그 드론의 뒤를 노려봤다.

"왕녀 전하. 이 땅과 이 하늘은 대체 언제 우리에게 반환되는 겁니까?"

"일은 그것뿐이 아니에요, 젝스. 가이우스 경의 이야기도 들어줘야 하고……. 후후, 그래도 오늘은 다 잊고 식사를 즐기죠. 치프를 다시 만나는 게 이렇게 반가울 줄은 몰랐네요."

"이틀 전에도 보셨지 않습니까?"

그녀의 말에 셀레스티아가 잠깐 말을 잃었다.

"…매, 매일같이 보던 사이이니까요. 젝스는 반갑지 않나요?"

"이해합니다."

젝스가 빙긋 웃었다.

둘은 날개를 활짝 편 뒤 이 행성에서 유일할지도 모를 자유의 땅으로, 그라니트 용역으로 내려갔다.

그들을 비추던 노을이 남색으로 차분하게 식어갔다.

에필로그
영원한 행복

그날 새벽.

헤이파는 훈련장의 한가운데에 등실 뜬 채로 정령 교감을 단련하고 있었다.

그녀의 머리카락은 본래의 검정색을 되찾은 상태였다. 두발의 길이도 어깨 아래까지 내려올 정도로 길어졌다.

'힘을 되찾으려면 아직 멀었군. 본래의 7할 수준이야.'

그때, 아주 멀리서 들려오는 소리에 그녀의 집중이 느슨해졌다.

'뭔가가 오고 있어.'

그녀는 두 발로 땅을 디딘 뒤 혼자서 훈련장을 걸어 나갔다.

스탠드에 앉아서 그녀를 지켜보던 치프가 얼른 일어나서는 수건과 물을 들고 그녀에게 다가갔다.

"여사님. 준비되셨나요?"

"으음."

고개를 저으며 수건을 건네받은 헤이파는 고개를 흔들었다.

"미안하지만 좀 더 기다려 주게, 치프. 자네의 아이는 건강을 완전히 되찾은 뒤에 낳고 싶거든."

헤이파가 씩 웃었다.

"우리 손녀들도 난감하겠어. 나와 자네 사이에서 태어나는 아이가 자기네 동생인 줄 알 텐데, 실은 이모라는 사실을 알면 얼마나 어려워할까?"

걱정을 늘어놓긴 했지만 그녀는 행복한 표정으로 자신의 앞날을 상상했다.

"아, 뭐… 그러려니 하지 않을까요? 하하."

치프는 굉장히 미안한 표정으로 자신의 뒷머리를 만졌다.

물을 마시던 헤이파가 의아한 표정으로 그를 봤다.

"응? 혹시 다른 일이 있나?"

그녀는 자신이 치프가 말한 '준비'에 대해 오해를 한 게 아닐까 생각해 봤다.

"오늘은 방송국에서 취재를 하러 이곳에 온다고 말씀드렸잖아요?"

"아……. 내가 방금 들은 민간용 수송기의 소음이 그거였군."

헤이파는 입술을 뾰족하게 내밀며 투덜거렸다.

치프는 두 팔로 그녀를 껴안은 뒤 두 손으로 등을 토닥거렸다.

헤이파는 왼쪽 볼을 치프의 이마에 대고 그의 체온을 느꼈다.

그녀는 그와 함께 있는 이 순간이 너무도 행복했다.

숙소 베란다에서 그들의 모습을 지켜보던 데스디아는 불편한 표정을 지었다.

"표정이 왜 그래, 뎃디? 혹시 질투하니?"

바로 옆 방 베란다에 나와 있던 탈리케이아가 도발하듯 그녀를 불렀다.

"어리석군. 질투는 무슨 질투야? 난 어머니의 몸을 걱정하는 것뿐이야."

"하하, 그러시군."

탈리케이아가 껄껄 웃었다.

그녀의 방에서 아기 울음소리가 들려왔다. 탈리케이아는 얼른 베란다에서 몸을 떼고 방으로 뛰어 들어갔다.

"그래요, 미레티. 엄마는 여기 있어요. 응응."

탈리케이아가 벼락처럼 뛰어 들어가는 것을 본 데스디아는 자신의 방을 봤다.

아기용 침대에 누워 있는 그녀의 딸, 미네티는 실눈으로 천장을 바라보다가 만사가 귀찮은 듯 다시 눈을 감고 잠들었다.

"나도 어렸을 때 저랬었나?"

그녀가 중얼거리며 방에 들어갔다.

20여 분 뒤, 치프는 방송국의 심벌을 어깨와 가슴에 바느질로 매단 방송국 직원들과 악수를 나눴다.

"실례지만 VCBC에서 오신 분들, 맞죠?"

치프가 확인하듯 그들에게 물었다.

"예, 사장님. VCBC 리포터인 헤밀리 록슨이라고 합니다."

금발을 뒤로 한 번 묶은 큰 키의 여성이 치프와 악수를 나눴다.

"반가워요. 치프라고 합니다. 지금은 사장이 아니지만 말이죠. 하하."

"아, 그런가요?"

"제 근무처가 캠프 그라니트거든요. 지금은 제 부인들이 그라니트 용역의 사장과 부사장을 각각 맡고 있죠. 아, 함께 오신 분들도 같은 방송국에서 나오신 것 같네요?"

치프는 리포터 헤밀리와 함께 온 직원들에게 눈인사를 하며 물었다.

"예, 사장님… 아니, 치프. 하하."

리포터가 활짝 웃었다.

"그럼 제가 직접 여러분들을 안내해 드리죠. 아침 식사 장면부터 촬영하기로 했죠?"

치프가 식당 쪽으로 걸어가며 말했다.

"그렇습니다, 치프. 아, 듣기로는 따님들이 많다고……."

리포터가 묻자 치프가 고개를 끄덕거렸다.

"그렇죠. 좀 큰 애들은 식당에서 여러분들을 기다리고 있어요. 제일 큰 애는 주말에만 집에 와요."

"큰 따님… 포프라는 아가씨였죠? 학교에서 만나지 못했는데요?"

"얘기 들었어요. 포프는 스카이보드 대회가 얼마 안 남아서 합숙 훈련 중이죠."

"포프가 얼마 전에 빅시티 대표 선수로 선발됐다고 들었습니다만."

"제가 놀랄 정도로 잘 타더라고요. 행성 대표 선수로서 손색이 없었죠! 음, 아빠라서 그렇게 보였을지도 모르겠네요. 하하하."

치프는 엠페라투스와의 싸움이 끝난 직후, 그러니까 2년 전에 비해 훨씬 더 밝은 표정으로 웃고 있었다.

라켓이 키드와 함께 방송국 수송기를 향하여 터벅터벅 걸어갔다.

"어어, 형씨. 연료 보급은 필요 없소? 원한다면 정비도 해주겠소."

"아, 괜찮습니다."

롸켓의 질문에, 수송기에 남기로 한 조종사는 담배를 문 채 왼손을 슬슬 저어 사양했다.

고개를 끄덕거린 롸켓은 등 뒤에 숨기고 있는 권총을 빼 들었다.

*　　　　*　　　　*

리포터는 식당에 미리 와 있던 포린과 포티를 만나 인사를 나눈 뒤 간단한 질문을 했다.

"우리 아가씨들은 아빠가 좋아요, 엄마가 좋아요?"

그 질문에, 포린은 치프를 흘끔 보더니 포티와 함께 아빠를 와락 껴안았다.

"아빠요."

둘이 동시에 대답했다.

식탁 옆에 앉아 있던 데스디아와 탈리케이아는 쓴웃음을 지었다. 조리대에서 바삐 움직이던 캠리와 알케온은 소리만 내지 않았을 뿐, 활짝 웃었다.

"하하하… 굉장히 단호한 대답이네요……. 특별한 이유라도 있나요?"

"아빠는 한 명인데 엄마는 너무 많거든요."

"네……?"

포린의 대답에 리포터가 당황했다.

"다른 엄마들은 알타이르에서 동생들을 낳겠다며 집에 갔어요."

"그, 그렇군요."

리포터가 치프를 돌아봤다. 리포터와 함께 움직이고 있는 방송용 드론들도 그를 향해 렌즈를 돌렸다.

"아이 욕심이 많으시군요."

"인간은 누구나 행복을 추구할 권리가 있죠. 후후."

살짝 숙여 앉은 치프는 포린과 포티의 이마에 각각 키스를 해주고 얼굴을 문질렀다.

식당을 둘러보던 리포터가 문득 고개를 갸웃거렸다.

"부인 중에 사만다 카터라는 분도 계시지 않나요?"

"예. 사만다는 산후조리 때문에 지구에 있어요. 애기가 엄마를 닮았는지 몸집이 커서 너무 고생했거든요."

"그런가요?"

"애기, 그러니까 스티브는 태어날 때 몸무게가 5킬로그램이 넘었죠."

"오우."

리포터가 입을 동그랗게 벌리며 놀랐다.

"스티브는 우리 아이들 중에서 유일한 남자아이예요. 온 가족이 걔만 보면 덜덜 떨죠."

"떨다니요?"

"알타이르에서는 남자아이가 정말 희귀하거든요. 그쪽 장모님들 모두가 남자애의 기저귀는 어떻게 생겼냐고 저에게 물으실 정도죠."

"하하, 재밌는 얘기군요."

"그렇죠? 하하하."

치프와 리포터가 식탁에 앉았다.

헤이파가 예전에 구입한 그 대형 목제 식탁은 엠페라투스의 공격에 의해 식당이 무너졌을 때도 기적적으로 부서지지 않았다.

지금은 치프가 누리는 행복의 상징 중 하나로 소중히 다뤄지고 있었다.

아침 식사 촬영을 끝낸 치프는 리포터와 함께 회사를 거닐었다.

"치프. 지금 그라니트 용역은 휴업 상태죠?"

리포터는 옆에 걷고 있는 치프에게 물었다.

드론들에게 포위된 치프는 즐거운 표정으로 대답했다.

"그렇죠. 캠프 그라니트가 만들어진 이후에는 우리 가족만의 대 저택이 됐죠. 그래도 최근에는 헌터들로부터 긴급 구조 요청이 오면 바로 뛰어가곤 해요."

"사장님도요?"

"아뇨. 부인들이 적극적으로… 하하."

"그렇군요. 하하하."

마침 세탁실에서 빨래가 든 바구니를 들고 나오던 알타이르 여성 두 명이 치프와 마주했다.

"엇, 자기?"

치프를 보고 가장 먼저 놀란 여성은 알타이르 근위대 사령관의 딸, 카렐리 조마 올라루스였다.

리포터와 방송용 드론들을 본 카렐리는 빨래 바구니로 얼른 얼굴을 가렸다.

"하, 하하. 볼일들 보세요. 하하."

함께 있던 알타이르 여성도 그녀와 똑같이 바구니로 얼굴을 가렸다. 둘은 아이를 낳고 집안일에만 몰두하느라 얼굴이 많이 부어 있는 상태였다.

"카렐리. 오늘 빨래 당번은 나잖아?"

치프가 물었다.

"아니, 자기는 항상 바쁘니까……."

"그래도 규칙은 규칙이지. 너무 무리하지 마."

"응. 미안!"

둘은 바구니를 얼굴에 댄 채 숙소를 향해 뛰어갔다.

리포터는 바구나를 든 상태로 높은 담장들을 획획 뛰어넘는 그녀들의 모습에 매우 당황했다.

"부인들께서 건강하시네요."

"에이, 아파서 누워 있는 것보다는 훨씬 낫죠."

치프가 걸음을 옮겼다. 리포터도 그를 따라가며 자신의 단말기를 봤다.

"엠페라투스와의 싸움 이후 가장 많이 달라진 점은 뭔가요?"

"예. 캠프 그라니트 덕분에 우리 회사에도 택배가 들어온다는 점이죠. 그 전에는 무슨 일이 생길 때마다 빅시티로 가서 쇼핑을 해야 했거든요."

"그건 정말 행복한 일이군요."

리포터가 회사를 둘러봤다.

"제가 예전에 보았던 자료들에 비하면 회사가 많이 쓸쓸하군요."

"하하, 애기들이 좀 더 크면 난리도 아니겠죠. 하지만… 예. UNSMC 전우들이 뛰어다닐 때보다는 확실히 쓸쓸하네요."

2년 전의 모습을 잠깐 떠올린 치프는 밋밋하게 웃었다.

"UNSMC 대원들은 전부 캠프 그라니트에 있습니까?"

"글쎄요? UNSMC 대원들의 모든 정보는 극비니까요."

치프는 어깨를 슬쩍 움직였다.

"그렇다면 아까 드렸던 질문으로 돌아가서… 엠페라투스와의 싸움은 당신에게 있어서 어떤 의미를 가지나요?"

"음… 특별한 것 같으면서도 특별하지 않은 임무였죠. 수행 기간으로 따지자면 태양계 식민지 관련 임무가 더 길고 고됐던 것 같네요."

치프는 주머니에 손을 넣으며 한숨을 쉬었다.

"지금까지 군인으로서 수행한 임무들은 시작과 끝이 거의 비슷했어요. 이번에도 마찬가지였죠. 엠페라투스는 정말 강했고, 그와 관련되어 발생한 사건들 역시 제정신으로 소화할 수 있는 일들은 아니었죠."

치프는 미리 준비해 온 스포츠 음료를 바지에서 꺼내 목을 축였다.

"하지만 되짚어보자면 정말 단순한 일이었어요. 신들과 운캄타르, 그리고 엠페라투스의 일들이 마무리된 것뿐이죠."

"정말 그뿐인가요?"

리포터가 물었다.

"좀 민감한 질문이긴 합니다만, 당시 사건을 계기로 행정부 수장을 잃고 그 정체까지 폭로된 우주 연합은 지구의 꼭두각시가 됐습니다. 게이트의 독점권은 지구에게 넘어갔죠. 이제 지구는 최고의 군사력까지 갖춘 행성으로서 우주 연합에 속한 국가들의 경제권까지 간섭하고 있어요."

"……"

"그리고 그라니트 행성의 드래곤들은 셀레스티아 왕녀가 이끄는 온건파와 가이우스가 이끄는 보수파로 나뉘어 긴장감을 유지하고 있죠. 그에 대한 책임이 누구에게 있다고 보십니까?"

리포터가 날이 선 질문을 던졌다.

치프는 옅은 미소를 지은 채 그녀를 돌아봤다.

"글쎄요? 생각이 다른 자들끼리 말다툼을 벌이는 것은 그만큼 사회가 건강하다는 증거라고 생각해요. 보수파의 드래곤들은 헌터들과 기업 관계자들을 강력하게 배척하지만 민간인 관광객에게 손을 대진 않고 있죠. 예, 뭐… 그건 날개 달린 자들의 정치적인 문제이니만큼 제가 이러쿵저러쿵 말을 하는 건 적절치 않다고 봐요. 일단 전 군인이니까요."

"그런가요? 많은 사람들이 당신을 영웅이라고 믿고 있어요."

"하하, 예. 현장에서 뛰는 공무원들 모두가 영웅이죠."

"흠, 그렇군요."

리포터가 한숨 소리를 냈다.

그녀는 단말기를 이용하여 지금까지 촬영한 것들을 확인해 봤다.

평온하던 그녀의 눈이 크게 벌어졌다.

촬영된 게 아무것도 없었다.

드론이 찍어서 그녀의 단말기로 보낸 영상은 방해 전파로 인해 차단된 상태였다.

치프는 오른손에 권총을 들었다.

"내가 처음에 물었지? VCBC에서 나온 사람들이 맞냐고 말이야."

"…무슨 말이죠?"

"당신네들 옷에 붙어 있는 방송국 심벌 말인데, 좀 이상하더라고."

치프가 왼손 검지를 들어 반 시계 방향으로 돌렸다.

"VCBC 방송국은 직원들 옷에 자기네 심벌을 붙일 때 반드시 반 시계 방향으로 바느질을 하지. 그건 그 회사의 전통이야. 그런데 지금 당신네 옷에 달려 있는 그 심벌은 시계 방향으로 바느질이 되어 있지."

"음……!"

리포터가 움찔하자 촬영용 드론들의 하단에서 작은 광선총들이 튀어나왔다.

광선총의 크기는 작았지만 일반 옷을 입은 인간 따위는 부위별로 자를 수 있는 강력한 암기였다.

그런데 그 드론들이 갑작스런 사격에 휘말려 모조리 파괴되었다.

주변에 몸을 숨기고 있던 UNSMC 대원들이 능동 위장을 풀고 모습을 드러냈다.

치프와 리포터를 따라다니던 스태프들은 마취제가 묻은 손수건에 입과 코를 봉쇄당하여 모조리 기절했다.

마지막으로 긴 환도의 날이 리포터의 뒤통수에 닿았다.

처음부터 정령 교감을 이용하여 모습을 감춘 채 그들을 따라다녔던 헤이파의 칼이었다.

"…우리 정체를 알고 있었나?"

리포터, 아니 리포터로 가장했던 여자가 치프에게 물었다.

"정체는 이제부터 알아내면 되겠지. 그게 내 전문이거든. 뭐, 절반 정도는 알아냈어. 당신네 수송기를 지키던 친구는 인내심이 부족하더군. 무릎에 나사 몇 개가 박혔을 뿐인데 술술 불더라고."

치프가 피식 웃었다.

"흠, 일단 물어볼까? 너희들, 누가 보냈지? 라이트스톤의 방식이라고 하기엔 너무 허술한데?"

"라이트스톤? 후후……."

여자가 하늘 쪽을 봤다.

"그보다 더 윗분이다."

"그렇군."

치프의 왼손 주먹이 그녀의 명치에 박혔다.

이상한 숨소리를 낸 그녀는 눈을 뒤집고 엎드리더니 얼마 못 가 기절했다.

근처에 대기하고 있던 UNSMC 대원들이 그녀에게 마취제를 투여하고는 케이블타이를 이용하여 단단히 포박했다.

헤이파는 환도를 칼집에 넣었다.

"라이트스톤보다 윗분이라. 누구일 것 같나?"

"아르마게일… 내지는 톰 아저씨겠죠."

"톰? 운캄타르말인가? 그는 암살당했다고 하지 않았나?"

"제가 그분을 직접 죽였으면 모르겠지만 그게 아니라서 도저히 믿지 못하겠더라고요."

"……."

헤이파는 그가 걱정되어 인상을 찡그렸다.

'하긴, 그렇게 깔끔하게 끝날 싸움이 아니었지. 내 머리가 다 아프군.'

그녀는 왼손으로 자신의 이마를 눌렀다.

브라보 리더, 죠니가 헬멧을 쓴 채 치프에게 다가왔다.

"원사님. 사람 좀 쓰시죠. 느낌이 안 좋습니다."

"그래, 우리 애들이 죠니 삼촌의 턱을 무지 보고 싶어 하더라고. 헬멧 좀 벗지?"

"아뇨, 원사님. 사만다의 집이 5분 전에 습격당했습니다."

치프와 헤이파의 표정이 삽시간에 굳어졌다.

"집? 지구에 있는 집? 아니면……."

"지구입니다. 빅시티의 안전 가옥은 무사합니다. 현재 델타 스쿼드가 사만다와 스티브를 보호하고 있습니다."

"후우……."

치프가 안도의 한숨을 쉬었다.

"우리 아들의 성씨가 로저스였다면 얼마나 마음이 편했을까?"

"아기한테 너무 부담 주지 마세요."

죠니가 가볍게 어깨를 움직였다.

리포터와 방송 관계자들이 가짜라는 사실을 일찌감치 알아냈던 데스디아와 탈리케이아는 이불보를 이용해 만든 포대기로 아이들을 업은 채 치프 쪽으로 걸어갔다.

"무슨 일 있어, 자기?"

탈리케이아가 그를 불렀다.

"응, 탈리. 새로운 일이 시작될 것 같아."

"새로운 일? 신이랑 엠페라투스와 싸울 때보다 심할까나?"

"…뭐, 듣고 보니 딱히 다르진 않을 것 같네."

대답한 치프가 쓴웃음을 지었다.

"자, 그럼 뒷정리를 해보자고."

"뒷정리 기념 키스."

탈리케이아가 먼저 그를 껴안으며 입을 맞췄다. 그 모습을 불쾌하게 바라보던 데스디아는 탈리케이아보다 더 오랫동안 키스를 나눴다.

헤이파는 차례를 기다리면서 손등을 이용하여 자신의 입가를 깨끗이 훔쳤다.

UNSMC 대원들은 치프가 엄청나게 부러웠지만 자신들이 맡은 구역에서 시선을 떼지는 않았다.

엠페라투스의 유언대로, 치프는 새롭게 닥쳐온 싸움을 기쁘게 맞이했다.

그것은 뭔가를 끝내기 위한 싸움이 아니었다.

그가 계속하게 될 싸움들 가운데 고작 한 단락에 지나지 않았다.

『그라니트 : 용들의 땅』 완결